21世纪经济管理类规划教材

会计学原理

主　编　陈东领

副主编　赵　晖　谢德明　马瑞芹

河南人民出版社

内 容 简 介

　　本书是适应我国会计改革的需要,依据现代会计理论,按照2001年《企业会计制度》并参照2006年修订、自2007年1月1日起施行的《企业会计准则——基本准则》和38项具体准则(具体准则自2007年1月1日起在上市公司范围内施行,鼓励其他企业执行)及其相关条例、补充规定编写而成的。体系新、针对性强、注重实务上的可操作性是本书的基本特点。

　　全书共10章,主要内容有:总论、会计科目和账户、复式记账、企业主要经济业务的核算、会计凭证、会计账簿、财产清查、财务会计报告、账务处理程序、会计工作的管理等。本书内容体系完整,核算方法规范,各章均列举了大量的经济业务核算题,通过例题讲解更有助于对各章理论知识的理解,深入浅出,既有一定的理论基础又有较强的适用性和可操作性。

　　本书在第1版的基础上,根据最新的会计准则和规范进行了部分内容的修订,主要适用于高校经济管理类本科、高等职业教育财经类专业的教材,也可作为在职人员的岗位培训教材和自学用书。

图书在版编目(CIP)数据

会计学原理/陈东领主编 . - 郑州:河南人民出版社,
2008.1(2009.2 重印)
(21 世纪经济管理类规划教材)
ISBN 978 - 7 - 215 - 06415 - 7

　　Ⅰ.会… Ⅱ.陈… Ⅲ.会计学 - 高等学校 - 教材
Ⅳ.F230

中国版本图书馆 CIP 数据核字(2007)第 179794 号

河南人民出版社出版发行

(地址:郑州市经五路 66 号　邮政编码:450002　电话:65723341)

新华书店经销　郑州市智丰印刷厂印刷

开本　710 毫米×960 毫米　1/16　印张　21

字数　385 千字

2008 年 1 月第 1 版　2009 年 2 月第 2 次印刷

定价:30.00 元

21世纪经济管理类规划教材
编委会

"21 世纪经济管理类系列教材"版权为河南人民出版社所有,盗印必究。若有内容修正、相关图书开发及营销等事宜,请直接与河南人民出版社联系。

联 系 人　韦金良

联系电话　(0371)61269680、65788070

E-mail　　weijinliang@ sina. com

联 系 人　张志林(65788032)　赵增起(65788033)

　　　　　姬孟伟(65788036)　姚　辉(65788037)

账　　号　郑州市工行三八支行 1702029419022300890

地　　址　郑州市经五路 66 号河南人民出版社

邮　　编　450002

序

　　随着社会经济发展和高等教育改革的不断深入,我国从 1994 年开始了面向 21 世纪教学内容和课程体系改革,十多年的探索和实践,使许多专业的课程体系和教学内容发生了根本变化。以多年来课程教学内容与课程体系改革成果为基础,组织编写符合教学改革要求的高质量教材,建立符合时代要求的优秀教材体系,已成为深化教育教学改革,全面推进素质教育,提高教育教学质量,培养创新人才的一项重要保证措施。为此,河南人民出版社组织我省部分高校编写了 21 世纪经济管理类系列教材。

　　编写本系列教材的指导思想是以邓小平理论和"三个代表"重要思想为指导,全面贯彻国家的教育方针和科教兴国战略,面向现代化,面向世界,面向未来,认真贯彻教育部关于普通高等教育教材建设与改革的意见和高等教育精品教材建设方面的精神,着力提高教育教学质量,全面推进素质教育。

　　本系列教材力求反映国内外经济管理类课程建设与学科发展最新成果和最高水平,体现现代教育思想,具有先进性、科学性和教育教学的适用性;积极适应我国高等教育的改革,特别是适应素质教育的需要,既传授知识又引导能力的提高;坚持以实践为基础,着力提高学生相应的素质,有利于激发学生自主学习,有利于提高学生的综合素质和创新能力。

　　为了使本系列教材能够更好地适应时代要求,在编写过程中,一是正确把握新世纪教学内容和课程体系的改革方向,在选择教材内容和编写体系时注意体现素质教育和创新能力与实践能力的培养,为学生知识、能力、素质协调发展创造条件。二是注重内容质量的提高。教材的取材和内容的设置充分考虑不断发展的教学需要和培养创新人才的需求,积极吸收当今经济学与管理学的最新学术观点和实践经验,突出理论与实践的紧密结合。三是加强对经济管理类课程体系整体结构的优化研究,各科教材之间做到定位准确、有机结合,形成一个内容完整的经济管理类教材体系。四是确保出版质量,从编校、装帧和印刷上精心打造,力求图文并茂,给人以一种全新的面貌。

本系列教材已出版《管理学原理》、《市场营销学》、《现代企业管理》、《财务管理》、《统计学》、《管理信息系统》、《技术经济学》、《财政与金融》、《计量经济学》和《会计学原理》等10种。整个系列教材具有理论水平相对较高、实际操作性强和注重理论与实际相结合等特点,体系合理、内容全面、通俗易懂,不仅适合经济管理类专业本专科学生使用,也适合各种社会培训、企业管理人员学习参考。

希望通过本系列教材的编写和应用,有利于进一步深化经济管理类教学内容和课程体系改革。诚邀更多的专家学者加入到这一工作行列中来,共同推进适应培养面向21世纪的高素质、创新型经济管理人才需要的教材体系的建设步伐。

孙陶生

2008 年 1 月

再 版 前 言

会计学原理是学习财务会计、成本会计、管理会计、会计电算化以及审计学等课程的基础课。为了让经济管理类专业的大学生较好掌握会计核算能力和熟练的计算技能，为适应会计教学的特点，我们编写了本教材。本书以最新颁布的财务会计制度为基础，以我国现行会计准则为依据，以会计核算为主线，重点阐述现代会计的基本理论、基本方法和基本操作技能，以供会计、财务管理等经济管理类专业的教学使用。

本教材所体现的主要特点有以下几个方面。

第一，把课程改革的主线贯穿于教材始终，强调"以能力为本位；以学生为主体；以实践为导向"的教学指导思想。理论部分强调"必需、有用、够用"，在讲清"是什么""怎么做"的同时适当地省略"为什么"。注重学生综合职业能力的培养，各章节不仅向学生传授专业理论知识，更为重要的是围绕职业岗位需要，培养学生从事财会工作的能力。

第二，为学分制和弹性学制的实施留下了空间。在现代职业教育中，以人为本的教育理念越来越为人们广泛接受，教学活动应当充分尊重学生的个性发展，满足学生的个性化学习，调动学生的学习积极性与主动性，激发其学习热情。

第三，本教材根据财政部 2006 年颁布、2007 年 1 月 1 日执行的《企业会计准则——基本准则》和 38 个具体会计准则并吸收了最新的各项补充规定和核算内容编写。在新会计准则体系中，对基本准则和 16 项原有的具体准则进行了修订，新增了 22 项具体准则。新《企业会计准则——基本准则》将于 2007 年 1 月 1 日起在上市公司范围内施行，鼓励其他企业执行。执行该 38 项具体准则的企业不再执行现行准则、《企业会计制度》和《金融企业会计制度》。由于在我国上市公司所占整个企业的比例较小，根据目前会计教学的特点，所以本书仍以《企业会计制度》

为依据,个别内容参照新会计准则的规定,力求理论简明,内容翔实,突出实用性和可操作性,更贴近实际工作业务。

　　全书共 10 章,由陈东领任主编,谢德明、马瑞芹、马德芳和庞晓雪任副主编,各章具体分工如下:第 1、2 章由庞晓雪编写,第 3 章由陈东领编写,第 4、7 章由马瑞芹编写,第 5、8 章由谢德明编写,第 6、9、10 章由马德芳编写。陈东领对全书进行了统稿,并依据新会计准则体系,包括《企业会计准则——基本准则》《企业会计准则第 1 号——存货》等 38 项具体准则和应用指南三个部分,根据需要对书中一部分基本概念、核算方法和核算要求、会计科目等内容进行了调整、更换。在编写过程中,郑州航空工业管理学院的王秀芬老师对本书的大纲提了许多宝贵的建议,在此表示感谢! 由于编写者水平有限,书中难免存在疏漏和不当之处。

　　此书再版之际,河南人民出版社诚邀本书作者依据最新的会计准则,对教材中的一些内容做了及时更新和修改,修正了第一版中部分不太准确的提法,并在书后附上各章《思考与练习》的答案,以方便教师教学和学生学习之用。

　　和第一版比较,此书再版时主要在以下几个方面做了调整和修改:

　　1. 依据最新的会计准则,对教材中相关数据进行了更新。

　　2. 依据最新的会计准则,删去了第 4 章中"接受捐赠资产价值"的内容,替换了原【例 4 - 7】内容;删去了第 4 章中"提取法定公益金"及相关实例中的对应内容。

　　3. 对第 4 章《思考与练习》"习题 2"内容作了较多修改。

　　4. 修改了第 5 章"记账凭证"、第 6 章"总分类账与细分类账的关系"、第 8 章"利润表"等内容。

　　5. 更正第 1 版第 7 章中有关资产"损益"的提法为"损溢",如"待处理财产损益"为"待处理财产损溢"。

　　6. 删去了第 8 章"利润表附表"的内容,增加了"所有者权益变动表"的内容。

　　7. 删去了第 10 章"会计机构和会计人员在单位内部会计监督中的职权"重复内容,新增"单位内部会计监督的依据"内容。

　　8. 新增各章《思考与练习》的参考答案。

　　再版修订工作由主编陈东领主持,并负责统稿。此书在修订过程中得到了广大一线从事会计教学和会计实践工作者的关心与支持,在此表示由衷的感谢。

　　欢迎广大师生对此书的内容提出更好的意见和建议,以便下次修订时采纳,并对使用此教材的师生及厚爱此书的读者表示感谢。

编　　者

河南人民出版社

2009 年 1 月

目 录

第1章 总　　论

学习目的与要求

1. 通过本章的学习,要了解会计的产生与发展、会计法律规范。

2. 理解会计的基本职能、会计信息使用者、会计目标。

3. 掌握会计的定义、会计核算的基本前提和会计信息质量要求、会计对象和会计要素。

4. 掌握会计等式及运用、会计确认与会计计量、会计的核算。

1.1　会计的概述

1.1.1　会计的产生与发展

会计作为一种特殊经济管理活动,是经济管理的重要组成部分。作为一种经济管理活动,会计与社会生产的发展有着不可分割的联系。会计的产生与发展离不开人们对生产活动进行管理的客观需要。

物质资料的生产是人类社会存在和发展的基础。在社会生产活动中,人们在创造物质财富的同时还要消耗大量的人力、物力与财力。为了更好地发展社会生产,人们要对生产过程中的人力、物力的消耗量及其劳动产品的数量进行记录、计量、计算,并对生产过程中的耗费和劳动成果进行分析、控制和审核,使之不断节约劳动耗费,取得更多的劳动产品,从而提高生产活动的成果。会计正是适应社会生产的客观需要而产生,并随着社会生产的不断发展和经济管理的需要而不断发展和完善。

会计产生于人类社会的早期,它最初只是作为生产职能的附带部分,在生产时间之外附带地把收入、支出等记载下来;当社会生产力发展到一定阶段,出现剩余产品以后,会计才逐渐地从生产职能中分离出来,形成特殊的专门的独立职能,成为专职人员从事的经济管理工作。

会计经历了漫长的发展过程。原始社会,人类只能用"简单刻记"和"结绳记事"的方法计量和记录生产过程中的收入和支出以及氏族公社成员之间的分配关系,这是人类原始的会计行为。从这种简单的计算和记录开始,发展演变为今天具有科学理论和实践规范的现代会计,经历了漫长的历史过程,从世界范围来看,大致经历了以下几个阶段。

(一)古代会计初始阶段

人类最早的会计思想与会计行为起始于旧石器时代的中晚期,距今 2 万至 10 万年。当初计量、记录方法只是简单刻记。据马克思考证,在远古的印度公社中,农业上已有了"记账员"(《资本论》第 1 卷第 369 页)。大约在 4 000 年前,巴比伦就开始在金属或瓦片上做商业交易的记录。在我国,"会计"两字在西周时代就已出现并开始运作,同时建立较为严格的会计机构,当时在朝廷中设立了"大宰"、"司会"的专门官职,掌管朝廷中的钱粮赋税等收支和管理大权,并建立"日成"、"月要"和"岁会"等报告文书。到宋朝,封建经济发展较快,创建了"四柱结算法",把财政收支分为元管、新收、已支、现在四个部分。明朝初年把"四柱结算法"概括为"四柱清册"记账法。所谓"四柱"即是指"旧管"、"新收"、"开除"、"实在"。即根据旧管(期初结存) + 新收(本期收入) − 开除(本期支出) = 实在(期末结存)进行结账,为我国通行的收付记账法奠定了基础。明末清初,随着商业和手工业的发展,在"四柱式"的基础上出现了中国固有的复式记账方法——"龙门账",把全部账目划分为"进"(收入)、"缴"(支出)、"存"(资产)、"该"(负债)四大类,并运用"进 − 缴 = 存 − 该"方程式,计算盈亏,并编制"进缴表"和"存该表"。如果两表计算结果完全吻合,则称之为"合龙门"。在清朝又产生了"天地合"账,即账簿采用垂直书写,分上下两格,上格记收,下格记付,上下两格所记数额必须相等。此外,在古代埃及、印度及希腊等国,也逐步形成了具有各自特点的单式簿记方法体系。总之,这一时期的会计都是采用单式记账法,账户、账簿的设置不完善,因此会计理论不成熟,方法不科学,处于会计发展历史上的初始阶段。

(二)近代会计发展阶段

13 ~ 15 世纪,伴随着资本主义经济关系的萌芽与发展,在地中海沿岸的一些城市,如意大利、威尼斯、佛罗伦萨等,商业和金融业发展较快,商品货币经济比较发达。随着贸易的发展,使意大利等国家的城市积累了大量财富,从此,代理经营和合伙经营方式逐步替代个人经营方式。单式记账法已不能适应经济发展的需要,从而产生了复式借贷记账法。在对其进行总结及研究的基础上,1494 年意大利数学家卢卡·帕乔利出版了他的《算术、几何及比例概要》一书,其中"计算与记录要论"部分系统地介绍了借贷记账方法,是世界上最早对复式簿记的系统描述,标志着近代会计的开始,也是近代会计发展史上一个重要的里程碑。

　　18 世纪 60 年代,在西欧开始的产业革命,使社会生产力大大提高,对经济管理工作的客观要求越来越高,而会计则显得更为重要。1890 年,大陆式会计理论奠基人雪尔的《簿记理论》,以及 1900 年前后英国皮克斯利的《会计学》和狄克西的《高级会计学》等著作,都标志着会计理论有了很大的发展。18 世纪末 19 世纪初,美国的生产组织和经营形式发生了重大变革,以资本所有权和经营权相分离的适应社会化大生产的经营形式的股份公司应运而生,对会计工作也提出了更高的要求。企业的会计信息要为各方面的信息使用者负责,这就要求企业所提供的会计报表必须经过执业会计师的检查,然后证明是否公允可靠,最后才能作为报表使用者决策的依据。这样就产生了审核经营者履行职责、维护股东集团和债权人利益的代理人——独立职业会计师,进行查账和公证业务。1854 年,苏格兰的爱丁堡会计师公会的成立是近代会计发展史上的另一个里程碑,具有划时代的意义。

　　进入 20 世纪,特别是第一次世界大战后,美国经济发展迅速,世界的经济和科学技术、管理理论和会计理论中心也随之从欧洲移至美国。在美国,随着工业的发展,劳伦斯的《成本会计》和陀尔的《成本会计》相继出版。会计理论研究的重点也从原来的以商业为重点变成以工商业为重点。第二次世界大战后,资本主义国家生产社会化程度大大提高,股份公司兴旺发达,跨国公司发展迅速,现代西方会计职能、作用、范围日趋扩大。30 年代以后,美国等西方国家先后拟定和颁布了《会计准则》,使会计核算工作更加规范化。这时,会计的理论和方法达到了新的水平。综上所述,在近代会计发展阶段实现了一个基本的转变:那就是由单式簿记向复式簿记的转变。

(三)现代会计成熟阶段

　　20 世纪 40 年代以来,在新技术革命的推动下,现代市场经济迅速朝系统化、信息化与科学化方向发展。进入 50 年代,生产和管理科学迅猛发展,竞争更加激烈,随着电子技术、空间技术的发展,促使各学科之间互相渗透,产生了系统论、控制论与信息论等新型基础理论学科,为会计与电子计算机的结合和管理会计的形成奠定了基础。传统的财务会计已不能满足企业生存和发展的需要。企业内部管理要求科学化,又要加强事前、事中的预测和决策分析及事后的考核和评价,以适应竞争日益激烈的市场。由此,以加强经营管理为核心职能的"管理会计"就诞生了,这是现代会计开端的重要标志。财务会计和管理会计是现代会计的两大分支。

20 世纪最后十年,现代会计的发展又面临着新的历史挑战与机遇,这些挑战与机遇使经济的发展迅速向全球化推进,并朝着信息与知识经济方向演进。高新技术与产业的发展,这些都对会计理论、方法、思想带来挑战。总之,这一历史阶段,会计发展趋于成熟,但面临新环境必须创新才能适应。

综上所述,一部会计发展史表明,自有天下之经济,便必然有天下之会计,经济世界有多大,会计世界便会有多大。会计随着经济的发展而发展,"经济越发展,会计越重要"这是一条真理。会计发展历史还表明:自从有了国家,国家便离不开会计,会计工作关系到国家经济之兴衰、政权之安危;自从有了企业,企业便自始至终依赖于会计,会计工作事关企业经济发展之起落、经营之成败,乃至企业的发展速度与规模。随着经济全球化的发展态势,会计必将在治理整顿全球性的经济秩序中发挥越来越重要的作用。

1.1.2　会计的定义

究竟什么是会计(Accounting)?虽然会计从产生到现在已有几千年的历史,但是,对于这一基本问题,至今,国内外却一直没有一个明确的、统一的说法。究其原因,关键在于对会计的本质有不同的认识,对会计的基本职能有不同的理解,因此,在阐述会计的定义之前,首先阐明会计的基本职能。对此问题,马克思在《资本论》第 2 卷论述流通费用的性质时指出:"过程越是按社会的规模进行,越是失去纯粹个人的性质,作为对过程的控制和观念总结的簿记就越是必要。"马克思所讲的"簿记"一般认为指的是会计,"过程"指的是社会再生产过程。我国会计界早在 20 世纪 50 年代初期,将"对过程的控制"理解为监督,将"观念总结"理解为反映(或核算),也就是说,对社会再生产过程的反映(或核算)和监督是会计的两项基本职能。

(一)会计的基本职能

所谓会计的职能,是指会计在经济管理中所具有的功能。会计的职能有多种,随着社会经济的不断发展,会计职能的具体内容也在不断地发展变化,但是,会计的基本职能应该概括为两个,即:会计核算与会计监督。

1.会计的核算职能

会计核算是会计的首要职能,也是全部会计管理工作的基础。会计的核算职能,就是核算各个经济实体的经济活动,为经济管理提供会计信息。通过会计核算、记录、计算、分类、汇总经济活动的过程及其结果,为人们了解各个经济实体的经济活动状况提供真实、正确、完整、系统的会计信息。

会计核算职能具有以下特点:

第一,会计核算主要是从价值量上反映各经济实体的经济活动情况,为经济管理提供数据资料。会计为经济管理提供数据资料是由经济活动的复杂性所决定的。会计可以采用三种量度(货币量度、实物量度、劳动量度)从数量方面反映经济活动,但是在商品经济条件下,人们主要利用货币计量,通过价值量的核算来综合反映经济活动的过程和结果。所以,会计核算从数量上反映各经济实体的经济活动状况,是以货币量度为主,以实物量度及劳动量度作为辅助量度。

第二,会计核算对经济活动的反映具有完整性、连续性和系统性。会计核算的完整性、连续性和系统性,是会计资料完整性、连续性和系统性的保证。所谓完整性,是指对全部经济活动都必须加以记录,不得有任何遗漏;所谓连续性,是指对会计对象的计量、记录、报告要连续进行,而不能有任何中断;所谓系统性,是指对会计记录的全部内容进行科学的分类、整理和汇总,使之形成系统,从而为揭示客观经济规律提供真实、可靠、准确的数据资料。

第三,会计核算要对各经济实体经济活动的全过程进行反映,在对已经发生的经济活动进行事中、事后核算的同时,还可以预测未来的经济活动。会计核算对已经发生的经济活动进行事后的记录、核算、分析,通过加工处理后提供大量的信息资料,反映经济活动的现实状况及历史状况,这是会计核算的基础工作。但是,随着商品经济的发展,市场竞争日趋激烈,企业经营规模不断扩大,经济活动日益复杂化,经营管理需要加强预见性。为此,会计要在事后、事中核算的同时进一步发展到事前核算、分析和预测经济前景,为经营管理决策提供更多的经济信息,这样才能更好地发挥会计的管理功能。

2. 会计的监督职能

会计的监督职能是指通过专门的方法,对经济活动进行监督,促使经济活动按照规定的要求运行,以达到预期目标。

会计监督职能具有以下特点:

第一,会计监督主要是利用价值指标。会计核算通过价值指标综合地反映了经济活动过程及其结果。实现会计监督职能,要依据会计核算所提供的价值指标,对经济活动进行控制、考核和检查。

第二,会计监督贯穿于经济活动的全过程,做到事前监督、事中监督、事后监督相结合。事前监督,是指在经济活动开始以前进行的监督,即审查未来经济活动的合法性、合理性和效益性。事中监督,是指对正在进行的经济活动过程的监督,即对所取得的核算资料进行审查,从中发现对实现预期目标不利的因素,并采取措施加以控制,以便使经济活动按规定的要求正常进行。事后监督,是指在经济活动之后进行的监督,即对已取得的会计核算资料进行考核和分析,以便总结经验,更好地组织经济活动,提高经济效益。

会计核算职能与会计监督职能是相辅相成的。会计核算是会计监督的基础,通过会计核算生成的会计信息是会计监督的对象,所以,没有会计核算就无法进行会计监督;会计监督是会计核算的延伸与发展,如果没有会计监督,便不能实现会计的目标,只有严格的会计监督,会计核算所提供的数据资料才能在经济管理中发挥应有的作用。

需要指出的是:会计的职能不是一成不变的,随着经济的不断发展,会计的内容、作用不断扩展,特别是随着数学、管理学、电子计算机技术引入会计领域,会计的职能有了新的发展,会计学术界也提出过"会计多功能论"。一般认为,除了上述两个基本职能外,还有预测、决策、控制、分析、考核职能。

基于对会计本质的认识不同,对会计职能的理解不同,形成了不同的会计流派。在我国,会计的定义表述有多种,具有代表性的观点有两种。

(二)会计的定义

对会计的定义表述具有代表性的观点,一是"管理活动论",二是"信息系统论"。

1."管理活动论"

持"管理活动论"观点的学者认为:"会计是对各单位(各个会计主体)的经济业务,主要运用货币形式,借助于专门的方法和程序,进行核算,实行监督,产生一系列财务信息和其他经济信息,旨在提高经济效益的一项具有反映和控制职能的管理活动。"

根据以上对会计定义的表述,会计特征可归纳如下:

第一,会计是进行价值计量管理。价值计量是指对经济资源、经济关系和经济活动所进行计算的总称。会计进行价值计量管理,主要是利用货币量度对经济过程中使用的财产物资、劳动耗费、劳动成果进行系统的记录、计算、分析、检查,以达到加强经济管理的目的。

第二,会计是利用专门的方法,提供各方面所需要的会计信息。对各经济实体发生的经济业务和会计事项,会计利用专门方法加以确认、计量、记录、整理、汇总,最后,通过编制财务报告输出会计信息,以满足政府宏观调控的需要,同时满足投资人进行决策以及各单位自身经济管理的需要。

第三,会计是一项管理活动。会计所提供的会计信息能够反映各会计主体在特定日期的财务状况和一定时期的经营成果以及现金流量变动结果与变动情况。会计是在取得和利用会计信息的基础上进行的一项价值计量管理,通过会计管理活动,促使企业加强经营管理,提高经济效益。

2."信息系统论"

持"信息系统论"观点的学者认为会计是："旨在提高微观经济效益,加强经济管理而在企业(单位)范围内建立的一个以提高财务信息为主的经济信息系统。这个系统主要用来处理各单位的资金运动(价值运动)所产生的数据而后把它加工成有助于决策的财务信息和其他信息。"

根据以上对会计定义的表述,会计特征可归纳如下：

第一,会计是一个经济信息系统。会计生成信息的系统同其他的系统一样,基本的功能是：信息输入、信息交换、信息输出。

第二,会计是提供财务信息为主的经济信息系统。会计信息系统将经济业务的数据输入,通过确认、计量、记录、分类、汇总等会计程序,将它转换为财务信息,利用财务报表和其他财务报告为载体输出财务信息。

根据上述会计的定义,会计是一项信息系统,它是连接企业和经济决策制定者之间的一个纽带。首先,会计计量和记录了企业的经营活动的数据;其次,将数据储存起来,并加工处理成为会计信息;再次,通过报表形式将会计信息传送给经济决策制定者。

3.我们的观点

自从会计学界提出会计"管理活动论"和会计"信息系统论"之后,这两种学术观点就展开了尖锐的交锋。然而,我们经过反思,认为两种学派尽管在表达上有一定的差异,侧重点有所不同,但并不矛盾。会计的管理活动论侧重于会计的内容和过程,会计在形成会计信息的过程中,要采用适当的手段对企业的经济活动过程进行控制和反映,这种控制和反映,本质上就是一种管理活动。会计信息系统学派侧重于会计的目标,按照现代会计理论的基本观点,会计的目标就是为用户提供对决策有用的信息。

我们认为,随着高新科技的飞速发展,特别是现代信息技术的发展,人们对会计的认识也在不断加深。从本质上看,会计既是一个以提供财务信息为主的信息系统,又是一项经济管理活动。从信息理论、系统理论与会计的技术属性的角度来看,会计是企业整个管理信息系统中的一个子系统,这个子系统是由确认、计量、记录、报告、分析、预测、评估等一系列要素组成的集合,它跟踪着企业生产经营的全过程,捕捉着应由会计系统处理的数据,通过加工与变换,形成可用于评估企业生产经营效率和效益,反映企业的经济与财务实力,可以用货币单位予以量化的信息,使企业内、外部的各类信息使用者可以作出正确的财务决策与经济决策。从管理理论与会计的社会属性的角度来看,会计实际上是企业价值运动的管理,这样的管理是以企业的资金运动为对象,采用以价值管理为主的计划、控制、分析、考核、评价等方法,以提高资金运动的效益为目的的一项管理活动。因此,可以将会计的定义描述如下:会计是以货币为主要计量单位,以反映和监督会计主体的经济活动为内容,以为用户提供决策有用信息为目标的管理信息系统。

1.1.3　会计信息使用者

从会计的历史发展过程来看,会计信息需要的范围在不断地扩大。都有哪些人需要会计信息呢?

(一)股东或企业所有者

在企业所有的利益相关群体中,股东或企业所有者是与企业利益关系最为密切的群体。当企业是独资企业或合伙企业时,所有者与经营者合二为一,所有者通过参与企业的经营管理可以直接了解企业的财务状况和经营成果,这种情况下,会计信息对所有者来说可能并不是很重要。随着企业规模的扩大,资金需求的扩张,企业逐步改变所有权结构,很多企业发展成为股份公司或有限责任公司,大型公司将拥有成千上万股东,为数众多的股东不再可能直接行使企业管理职权,会计信息成为他们了解企业财务状况和经营成果的主要信息来源。于是通过正式公布的会计报表向广大股东汇报经营管理情况,就变得非常必要了。广大股东必须依据企业会计报表作出投资或撤资决策。特别是随着作为股权交易场所的资本市场的建立和完善,会计信息成为现有股东和潜在投资者进行投资决策的最基本和最主要的信息来源。

(二)债权人

在公司形式的企业组织出现后,由于公司只承担有限责任,所以公司的债权人也同样关心公司的财务状况,会计报表不仅需要向股东提供,而且还需要向债权人提供。债权人是企业重要的利害关系人,他们需要利用会计信息作出与投资和贷款相关的决策。债权人包括银行、非银行金融机构、债券的购买者、其他提供贷款的单位或个人、以及其他商业债权人等。企业成立之初所需资金主要由所有者提供,成立之后所需资金,特别是流动资金,主要通过贷款获得。金融机构在进行信贷决策时,需要了解企业的偿债能力。财务报表是金融机构了解企业偿债能力的主要信息来源。在利率市场化条件下,金融机构通过企业提供的财务报表可以分析贷款的风险程度,由此决定贷款的利率水平。

(三)政府及其有关部门

政府及其有关部门包括税务、海关、统计、工商行政和主管部门等。为了履行国家管理职能,他们需要用于决定税收政策、国民收入、统计、制定经济法规和方针等方面的资料。从微观上讲,企业的会计资料可以作为政府课税的基础资料。尽管税务部门在征税时不会完全按照企业提供的会计报表征税,但企业提供的会计资料仍然是征税的基本依据。从宏观上看,企业财务报告还可以成为政府宏观决策的依据。基层企业会计报表,通过有关部门的统计和汇总,可以反映国民经济运行的基本状况,可以作为政府检验宏观政策效果,进一步实施某些经济政策的依据。

(四)企业管理者

企业管理者包括公司董事会成员、公司经理、公司计划、财务、人事、供应、市场营销、技术等方面的管理者等,他们也是会计信息的主要使用者之一。公司管理者需要根据会计信息作出一系列与经营有关的决策,如筹资决策、生产决策、投资决策、员工薪酬决策等。随着企业规模的扩大,专业分工越来越细,作为管理者往往只能了解自己所在部门的情况,其他部门以至整个企业情况往往无法全面了解,此时会计信息可以为企业内部决策提供重要的信息支持。

(五)其他会计信息使用者

除上面介绍的主要会计信息使用者外,企业还存在其他一些利益关系群体,这些利益关系群体包括供应商、客户、社会公众、证券交易所等。企业会计报表要提供经营情况以及企业活动影响社会环境的信息,以便他们作出合理的管理决策和利益决策。

上述所列的会计信息使用者,他们在使用会计报表时,持有不同的立场和动机,其决策的重点和所需信息并不完全相同,甚至存在较大差异。会计报表必须同时满足不同使用者的需要,会计人员并不能为了某一特定类别的使用者单独设计会计报表。若按不同的需求分别提供财务报告,成本较高,且无法满足及时性要求。所以,会计部门主要提供对各类使用者都有用的信息,即通用会计报表。无论是哪一类型的使用者,均应通过通用会计报表获得充分的会计信息,对企业现在和未来的财务状况和获利能力作出评价,从而作出有关经济决策。

1.1.4　会计目标

会计目标有时也称财务报表目标或财务会计目标,是指在一定的客观环境和经济条件下,会计工作所期望达到的结果或标准,即会计信息是做什么用的,哪些人需要会计信息。会计目标明确了,才能够进一步确定会计应该收集哪些数据,以及如何加工和处理这些数据,从而为报表使用者提供有用的会计信息。

国外会计理论界对会计目标的研究已经形成两种不同的观点,即"受托责任观"和"决策有用观"。"受托责任观"认为,财务报告的目标是向企业资源的所有者如实反映资源的受托者(企业管理当局)对受托资源的管理和使用情况,财务报告应主要反映企业历史的客观信息,强调信息的可靠性;而"决策有用观"认为,财务报告的目标是向会计信息的使用者(主要包括企业现在和潜在的投资者、债权人及企业管理当局和政府等)提供对他们进行决策有用的信息。对决策者有用的信息主要是关于企业现金流动的信息和关于经营业绩及资源变动的信息。一般来说,在资本市场不是十分发达的情况下,"受托责任观"较符合实际,它可以使企业的会计行为与其经济行为目标一致。在资本市场高度发达的情况下,"决策有用观"比较能够体现会计的社会功能。目前美国、英国等资本市场发达国家在制定会计准则时,均采纳"决策有用观"观点。国际会计准则委员会在制定国际会计准则时也采用"决策有用观"。

我国财政部于 2006 年 2 月 15 日发布的《企业会计准则——基本准则》(自 2007 年 1 月 1 日起施行)对会计目标有如下提法:财务会计报告的目标是向财务会计报告使用者提供与企业财务状况、经营成果和现金流量等有关的会计信息,反映企业管理层受托责任履行情况,有助于财务会计报告使用者作出经济决策。其主要包括两个方面的内容:

(一)向财务报告使用者提供决策有用的信息

企业编制财务报告的主要目的是为了满足财务报告使用者的信息需要,有助于财务报告使用者作出经济决策。因此,向财务报告使用者提供决策有用的信息是财务报告的基本目标。如果企业在财务报告中提供的会计信息与使用者的决策无关,没有使用价值,那么财务报告就失去了其编制的意义。

(二)反映企业管理层受托责任的履行情况

在现代公司制下,企业所有权和经营权相分离,企业管理层是受委托人之托经营管理企业及其各项资产,负有受托责任,即企业管理层所经营管理的企业各项资产基本上均为投资者投入的资本(或者留存收益作为再投资)或者向债权人借入的资金所形成的,企业管理层有责任妥善保管并合理、有效地运用这些资产。尤其是企业投资者和债权人等,需要及时了解企业管理层保管、使用资产的情况,以便于评价企业管理层受托责任的履行情况和业绩情况,并作出经济决策。

1.1.5 会计法律规范

会计法律规范是我国经济法规的一个组成部分,它是由国家和地方立法机关及中央、地方各级政府和行政部门制定颁发的有关会计方面的法律、法规、制度、办法和规定。这些法律、法规、制度和办法是贯彻国家有关方针、政策和加强会计工作的重要工具,是处理会计工作的规范。

为了确保企业之间会计信息的可比性,各单位对外提供的财务报表必须按统一的会计规范进行编制。行业、规模不同,编制财务报表所依据的会计规范也有所不同。目前我国指导企业会计工作的会计法规主要包括会计法、会计准则、会计制度等,以《中华人民共和国会计法》为主,形成了一个比较完整的法规体系。

(一)会计法

《中华人民共和国会计法》(以下简称《会计法》)是我国会计工作的基本法规,是我国会计法规的母法,它在我国的会计法律规范体系中处于最高层次,是其他会计规范制定的基本依据。它于 1985 年 1 月第六届全国人民代表大会常务委员会第九次会议通过,自 1985 年 5 月 1 日施行。为适应我国社会主义市场经济发展和深化改革的需要,1993 年 12 月和 1999 年 10 月人大常委会对其进行了两次修订。

《会计法》全文共七章五十二条,除了立法目的、规定适用范围、划分会计工作管理权限、国家统一会计制度外,还包括会计核算、会计监督、会计机构和会计人员、法律责任等方面,规定了会计工作应当达到的要求。修改后的《会计法》突出以下要求:第一,强调会计信息的真实完整。第二,突出单位负责人对会计信息真实性的责任。第三,确立记账的基本规则,保证会计核算依法进行。第四,针对公司、企业的特点,增加了"公司、企业会计核算的特别规定",如不能随意改变资产、负债、所有者权益的确认标准和计量方法;不得虚列或隐瞒收入,推迟或提前确认收入;不得随意调整利润的计算、分配方法,编造虚假利润或隐瞒利润等。

制定《会计法》的目的是为了规范和加强会计工作,保障会计人员依法行使职权,发挥会计工作在维护社会主义市场经济秩序,加强经济管理,提高经济效益中的作用。国家机关、社会团体、公司、企事业单位和其他组织都必须依照《会计法》办理会计事务。

(二)会计准则

会计准则是会计核算工作的基本规范,它就会计核算的原则和会计处理方法及程序作出了规定,为会计制度的制定提供了依据,也是评价会计工作质量的准绳。

我国于 1992 年 11 月发布了第一个会计准则,即《企业会计准则》,并于 1993 年 7 月 1 日开始施行。我国的会计准则由财政部制定并颁布,包括基本会计准则和具体会计准则两大部分。从 1997 年开始,财政部陆续发布了 16 个具体会计准则。2005 年以后,我国加快了企业会计准则的制定步伐。2006 年 2 月 15 日,财政部发布了包括 1 项基本准则和 38 项具体准则在内的企业会计准则体系。该企业会计准则体系自 2007 年 1 月 1 日起将全面取代现行的企业会计准则和《企业会计制度》,力争在不长时间内,在所有大中型企业执行。

2006 年新企业会计准则体系由 1 项基本准则和 38 项具体准则和应用指南构成,可理解为三个层次,第一层次为基本准则,第二层次为具体会计准则,第三层次为具体会计准则的应用指南。基本准则在整个准则体系中起统驭作用,主要规范会计目标、会计基本假定、会计基本原则、会计要素的确认和计量等。具体准则又分为一般业务准则、特殊行业的特定业务准则和报告准则三类。而具体准则的应用指南主要对具体准则的疑点、难点、会计科目的设置、会计分录的编制和报表的填报等操作层面的内容予以示范性指导。

(三)会计制度

会计制度是在会计法和会计准则基础上制定的具体会计方法和程序的总称。我国的会计制度是国家财政部门通过一定的行政程序制定、具有一定强制性的会计规范的总称,其中会计核算制度是重要的组成部分。

1999 年颁布的修订后的《会计法》要求企业保证会计资料的真实、完整,并且规定国家实行统一的会计制度。我国财政部为了贯彻落实《会计法》及其他有关法规的规定,适应社会主义市场经济的要求,在继续制定会计准则的同时,对会计核算制度进行了改革,确立了建立国家统一的、打破行业、所有制界限的会计核算制度,包括会计要素的确认、计量、记录和报告全过程的会计核算标准。根据目前我国的会计制度改革思路,国家统一的企业会计核算制度体系,将分三个层次:第一层次是按照企业性质和规模,分别建立《企业会计制度》、《金融企业会计制度》和《小企业会计制度》所应遵循的一般原则;第二层次是在第一层次的基础上,分别建立操作性较强的有关会计科目的设置、具体账务处理和财务报告的编制和对外提供办法;第三层次是在上述两个层次的基础上,对于各行业企业专业性较强的会计核算,将陆续以专业会计核算办法的形式发布。为此,作为第一步,财政部制定并在 2000 年年末颁布了《企业会计制度》,统一了除金融企业和小企业以外的会计核算。2001 年 11 月,财政部又颁布了《金融企业会计制度》,并于 2002 年 1月 1 日起施行。2004 年 4 月,财政部又颁布了《小企业会计制度》,并从 2005 年 1月 1 日起在小企业范围内实施。

本书后面各章的会计核算主要依据《企业会计制度》进行。

应当注意,企业及金融企业在执行 2006 年新企业会计准则后,新会计准则将取代《企业会计制度》和《金融企业会计制度》,这两项会计制度将终止执行。但小企业仍将执行《小企业会计制度》,无须执行新企业会计准则。

1.2 会计核算基本前提和会计信息质量要求

1.2.1 会计核算基本前提

会计核算的基本前提是指为了保证会计工作的正常进行和会计信息的质量,对会计核算的范围、内容、基本程序和方法所作的基本假定。由于这些假定都是通过合理的推断或人为的规定而作出的,所以也称为会计假设。会计假设,是人们在长期的会计实践中逐步总结而形成的。中外学者对会计假设的外延有不同的看法,比较一致的看法认为会计假设有四项,即:会计主体、持续经营、会计期间、货币计量。

(一)会计主体

会计主体是指会计工作为其服务的特定单位或组织。即会计核算必须在一个特定的范围之内,也就是会计核算服务的对象或者说会计人员进行核算采取的立场及空间范围的界定。在会计主体假设下,企业应当对其本身发生的交易或者事项进行会计确认、计量和报告。

如果没有一个确定的空间范围,资产和负债就难以界定,收入和费用便无法衡量,就无法划清经济责任,无法使用各种核算方法。因此,进行会计核算时,首先要从空间上界定核算的范围,计算其经营收益或可能遭受的损失,提供准确的会计信息。

值得注意的有两点:第一,会计所反映的是一个特定主体的经济业务,而不是其他主体的经济业务,也不是主体所有者个人的财务活动。其目的在于把每一个经济组织的经营管理权和所有权相分离,把每一个经济组织所经营的业务和其他经济组织所经营的业务相分离,从而划清经济责任、分清公私的界限,准确计算该经济组织所拥有的资产、对外承担的债务以及经济活动的范围和财务成果,从而提供信息使用者所需要的有用信息。这一点对独资和合伙企业尤为重要。

第二,会计主体与法律主体是两个不同的概念。一般来说,法律主体必然是会计主体,但会计主体不一定是法律主体。比如在一个企业内部的某些责任单位(分部、部门)有独立资金、实行独立核算并能计算盈亏,就可以成为一个会计主体。而某个企业如能控制别的企业,其股权已达到足以左右其经营政策和控制其人事任免,从而需要通过编制合并报表来显示某个企业全部经济实力,那么在实质上,其所编制的合并报表已把这两个企业当做一个企业主体来考察了。因此,会计主体可以是一个具有法人资格的企业,也可以是由若干家企业通过控股关系组织起来的集团公司,还可以是企业、单位下属的二级核算单位。

(二)持续经营

持续经营,是指在可以预见的将来,企业将会按当前的规模和状态继续经营下去,不会面临破产,进行清算。即假设企业的经营活动处于一个正常运行状态。尽管客观上企业会由于市场经济的竞争而面临被淘汰的危险,但只有假定作为会计主体的企业是持续、正常经营的,会计原则和会计程序及方法才有可能建立的非清算的基础之上,这样才能保证会计信息处理的一致性和稳定性。持续经营假设明确了会计工作的时间范围。

会计核算所使用的一系列原则和方法都是建立在会计主体持续经营的基础上的。例如固定资产的折旧和摊销方法——企业对经营中所长期使用的房屋、机器的价值,在会计上都要按它们的使用年限分期转作费用就是以这一假设为前提的。也只有在持续经营的前提下,企业的资产计价才能采用历史成本原则;企业才有必要确立会计分期假设,配比、划分收益性支出和资本性支出,并采用权责发生制等会计原则。

当然,如有迹象表明,一个会计主体需要停业清理,甚至破产清算时,所有以这一假定作为基础的会计原则和会计方法就都不再适用。即在企业经济状况恶化,有确凿证据证明企业已经不能再持续经营下去的,应改用破产清算会计进行处理。

(三)会计分期

会计分期,是指将一个企业持续经营的生产经营活动期间划分为若干连续的、长短相同的期间。会计分期的目的在于通过会计期间的划分,分期结算账目,按期编制财务报告,从而及时向财务报告使用者提供有关企业财务状况、经营成果和现金流量的信息。

根据持续经营假设,一个企业将按当前的规模和状态持续经营下去。要想最终确定企业的生产经营成果,只能等到企业在若干年后歇业时核算一次盈亏。但是,无论是企业的生产经营决策还是投资者、债权人等的决策都需要及时的信息,不能等到歇业时。因此,就必须将企业持续经营的生产经营活动期间划分为若干连续的、长短相同的期间,分期确认、计量和报告企业的财务状况、经营成果和现金流量。而且由于会计分期,才产生了当期与以前期间、以后期间的差别,出现了权责发生制和收付实现制的区别,才使不同类型的会计主体有了记账的基准,进而出现了应收、应付、折旧、摊销等会计处理方法。

会计分期假设是对会计工作时间范围的具体划分,主要是确定会计年度。我国以日历年度作为会计年度,即从每年的 1 月 1 日至 12 月 31 日为一个会计年度。除以年度作为基本会计期间外,还可以季度或月份作为分期基础,提供中期财务信息。

（四）货币计量

货币计量，是指会计主体在会计核算过程中应采用货币作为计量单位，记录、反映会计主体的经营情况。货币是商品一般等价物，是衡量一般商品价值的共同尺度，其他计量单位，如重量、长度、容积等，都只能从一个侧面反映企业的生产经营情况，无法在量上进行汇总和比较，不便于会计计量和经营管理。因此，为全面反映企业的生产经营活动和有关交易、事项，会计核算必然选择货币作为计量单位。

货币计量表明，财务报表所表明的内容，只限于那些能够用货币计量的企业经济活动，而某些影响企业财务状况和经营成果的因素，如企业经营战略、研发能力、技术发展前景、市场竞争力等，往往难以用货币来计量，但这些信息对使用者决策也很重要。为此，企业可以在财务报告中补充披露有关非财务信息来弥补这一缺陷。

以货币为统一的计量单位，是以货币本身的价值稳定不变这个假设为前提的，就是说货币购买力的波动不予考虑。币值不变的假设是指人们假定自身处在一个稳定的经济环境中，货币价值稳定不变，即使变化也是变化甚微，不会影响会计计量的结果。但是，在通货膨胀，特别是在持续的通货膨胀条件下，这个假设明显地同经济现实发生矛盾，这时就需要采用特殊的会计原则如物价变动会计或通货膨胀会计来处理有关的经济业务。

在我国，企业会计核算应以人民币为记账本位币。业务收支以人民币以外的货币为主的企业，也可以选定其中一种货币作为记账本位币，但编制的财务报告应当折算为人民币反映。

综上所述，会计核算基本前提虽然是人为确定的，但完全是出于客观的需要，有充分的客观必然性。没有这些假设，会计核算工作就无法进行。这四项假设缺一不可，既有联系又有区别，共同为会计核算工作的开展奠定了基础，也为确定会计原则奠定了基础。

1.2.2 会计信息质量要求

会计信息质量要求是对企业财务报告中所提供的会计信息质量的基本要求，是使财务报告中所提供会计信息对使用者决策有用所应具备的基本特征，它包括可靠性、相关性、可理解性、可比性、实质重于形式、重要性、谨慎性和及时性等。

（一）可靠性

可靠性要求企业应当以实际发生的交易或者事项为依据进行会计确认、计量和报告,如实反映符合确认和计量要求的各项会计要素及其他相关信息,保证会计信息真实可靠、内容完整。可靠性包括以下三方面的属性:

(1)真实性。真实性是指以实际发生的交易或事项为依据,如实反映其所应反映的财务状况和经营成果。

(2)可验证性。所谓可以验证,一般是指有可靠的凭证可据以复查其数据的来源和转化为信息的计算过程。

(3)中立性。可靠的信息资料,还必须是中立的,也就是不带偏向的。如果财务报表通过选取和列报资料影响决策和判断,以求达到预定的效果或结果,那它们就不是中立的。

(二)相关性

相关性要求企业提供的会计信息应当与财务报告使用者的经济决策需要相关,有助于财务报告使用者对企业过去、现在或者未来的情况作出评价或者预测。相关性应以可靠性为基础,即会计信息应在可靠性的前提下,尽可能地做到相关性,以满足投资者等财务报告使用者的决策需要。

资料要成为有用的信息,就必须与使用者的决策需要相关联。会计信息的价值,关键是看其与使用者的决策需要是否相关,是否有助于决策或者提高决策水平。相关性包括以下两个方面的属性:

(1)会计信息必须具有预测价值。相关的会计信息应当具有预测价值,有助于使用者根据财务报告所提供的会计信息预测企业未来的财务状况、经营成果和现金流量。例如预测企业未来的财务状况和经营业绩是否面临财务危机,是否会破产;预测证券价格的变动,股利、工资的发放水平;预测企业在承诺到期时完成承诺的能力;等等。

(2)会计信息必须具有反馈价值。会计信息必须能够反映企业及其下属业务部门的上期经营成果,根据会计信息的反馈可以提出改进企业经营管理的措施。

(三)可理解性

可理解性要求企业提供的会计信息应当清晰明了,便于财务会计报告使用者理解和使用。企业提供会计信息的目的在于使用,而要使使用者有效地使用会计信息,应当能让其了解会计信息的内涵,弄懂会计信息的内容,这就要求财务报告所提供的会计信息应当清晰明了,易于理解。

财务报表应提供的一项基本的质量特征,就是便于使用者理解。信息是否被使用者所理解,取决于信息本身是否易懂,也取决于使用者理解信息的能力,即这个质量特征对信息使用者和提供者都有要求。一方面,会计上假定信息使用者具有一定的工商经济活动和会计方面的知识,并且愿意花费一点工夫去研究资料;另一方面,提供者应力求使会计信息通俗易懂,避免故意用晦涩难懂的专业术语为难信息使用者。

(四)可比性

可比性要求企业提供的会计信息应当具有可比性。同一企业不同时期发生的相同或者相似的交易或者事项,应当采用一致的会计政策,不得随意变更。确需变更的,应当在附注中说明。不同企业发生的相同或者相似的交易或者事项,应当采用规定的会计政策,确保会计信息口径一致、相互可比。

为了明确企业财务状况和经营业绩的变化趋势,信息使用者必须能够比较企业不同时期的财务报表;为了评价不同企业相对的财务状况和经营业绩,信息使用者还必须能够比较不同企业的财务报表。因此,不论是对于一般事项或其他事项的计量和列报,都必须按照一致的方法进行。

(五)实质重于形式

实质重于形式要求企业应当按照交易或者事项的经济实质进行会计确认、计量和报告,不应仅以交易或者事项的法律形式为依据。

如果要真实地反映所拟反映的交易或其他事项,那就必须根据它们的实质和经济现实,而不是仅仅根据它们的法律形式进行核算和反映。交易或其他事项的实质,不总是与它们的法律形式的外在面貌相一致。实质重于形式原则就是要求在对会计要素进行确认和计量时,应重视交易的实质,而不管其采用何种形式。在这一方面,最典型的例子当数融资租入固定资产的确认与计量。企业以融资租赁方式租入固定资产,虽然从法律形式来讲,企业并不拥有其所有权,但由于租赁合同中规定的租赁期都相当长,接近于该资产的使用寿命;租赁期结束时承租企业有优先购买该资产的选择权;在租赁期内承租企业有权支配该资产并从中受益等。所以,从其经济实质来看,企业能够控制融资租入固定资产所创造的未来经济利益,因此,应当将以融资租赁方式租入的固定资产视为企业的资产,反映在企业的资产负债表上。

(六)重要性

重要性要求企业提供的会计信息应当反映与企业财务状况、经营成果和现金流量有关的所有重要交易或者事项。

在评价某些项目的重要性时,应当从性质和数量两个方面来进行。从性质上看,如果某会计事项发生就可能对决策产生一定影响时,则该事项属于具有重要性的事项;从数量上看,如果某会计事项的发生达到一定数量就可能对决策产生影响时,则该事项属于具有重要性的事项。对某项会计事项判断其重要性,在很大程度上需要依赖会计人员的职业判断。

（七）谨慎性

谨慎性要求企业对交易或者事项进行会计确认、计量和报告时应当保持应有的谨慎，不应高估资产或者收益、低估负债或者费用。

在市场经济环境下，企业的生产经营活动面临着竞争和风险，存在着很大的不确定性，例如应收账款的可收回性、无形资产的使用寿命、售出存货可能发生的退货等。会计信息质量的谨慎性要求，即需要企业在面临不确定性因素的情况下作出职业判断时，保持应有的谨慎，凡可能的损失或负债，应充分予以估计，而可能的（预期的）收入或利得，一般不予以估计，或必须十分谨慎地加以估计。通常把谨慎性原则概括为"预计可能的损失，而不预计可能的收入"，即不高估资产或者收益，也不低估负债或者费用，从而使会计报表揭示的信息，不会引起报表使用者由于根据不足而导致的乐观，对使用者的决策产生误导。

（八）及时性

及时性要求企业对于已经发生的交易或者事项，应当及时进行会计确认、计量和报告，不得提前或者延后。

会计信息具有时效性，即使是可靠、相关的会计信息，如果不及时提供，也就失去了时效性，对于使用者的效用就大大降低，甚至不再具有任何意义。在会计核算中坚持及时性原则，要求会计人员在经济业务发生后能及时收集各种原始单据或凭证，对会计信息及时进行加工处理，并编制出财务报告，将会计信息及时传递，按国家规定的有关时限提供给财务报告信息使用者。

1.3　会计要素与会计等式

1.3.1　会计对象

会计对象是指会计核算和监督的内容，即会计工作所要核算和监督的客体。

在前文中，我们曾经这样来描述会计的定义：会计是以货币为主要计量单位，以反映和监督会计主体的经济活动为内容，以为用户提供决策有用信息为目标的管理信息系统。从宏观上来说，会计对象是社会再生产过程中的资金运动；从微观上来说，会计对象是一个单位能够用货币表现的经济活动。

因此，会计的对象是指会计所核算和监督的内容，即特定主体能够以货币表现的经济活动。以货币表现的经济活动通常又称为价值运动或资金运动。社会再生产过程中的资金运动包括各特定主体的资金投入、资金运用（即资金的循环与周转）以及资金退出等过程。而具体到企业、事业、行政单位又有较大差异。即便同样是企业,工业、农业、商业、交通运输业、建筑业及金融业等也均有各自资金运动的特点,其中尤以工业企业最具代表性。下面以工业企业为例,说明企业会计的具体对象。

工业企业是从事工业产品生产和销售的营利性经济组织。为了从事产品的生产和销售活动,企业必须拥有一定数量的资金,用于建造厂房、购买机器设备、购买材料、支付职工工资、支付经营管理中必要的开支等,生产出的产品经过销售后,收回的货款还要补偿生产中的垫付资金、偿还有关债务、上交有关税金等。对于工业企业而言,资金指的是企业所拥有的各项财产物资的货币表现,在生产经营过程中,资金的存在形态不断地发生变化,构成了企业的资金运动,表现为资金的投入、资金的循环与周转(也称为资金运用,包括供应过程、生产过程、销售过程三个阶段)以及资金的退出三部分,既有一定时期内的显著运动状态(表现为收入、费用、利润等),又有一定日期的相对静止状态(表现为资产与负债及所有者权益的恒等关系)。

资金的投入指的是资金的取得,是资金运动的起点,投入企业的资金包括企业所有者投入的资金和债权人投入的资金两部分,前者形成企业的所有者权益,后者属于企业债权人权益,形成企业的负债。投入企业的资金在形成企业的所有者权益和负债的同时形成企业的资产,一部分形成流动资产,另一部分构成非流动资产。

资金的循环与周转是资金运动的主要组成部分,企业将资金运用于生产经营过程就形成了资金的循环与周转,分为供应过程、生产过程、销售过程三个阶段。

供应过程是生产的准备过程,在供应过程中,企业要购买材料等劳动对象,发生材料买价、运输费、装卸费等材料采购成本,与供应单位发生货款结算关系。随着采购活动的进行,企业的资金从货币资金形态转化为储备资金形态。

生产过程既是产品的制造过程,又是资产的耗费过程。在生产过程中,劳动者借助于劳动手段将劳动对象加工成特定的产品,发生材料消耗的材料费、固定资产磨损的折旧费、生产工人劳动耗费的人工费等,同时,还将发生企业与工人之间的工资结算关系、与有关单位之间的劳务结算关系等。生产过程中,在产品完工之前,企业的资金从储备资金形态转化为生产资金形态,在产品完工后又由生产资金形态转化为成品资金形态。

销售过程是产品价值的实现过程,在销售过程中,将生产的产品销售出去,发生有关销售费用、收回货款、交纳税金等业务活动,并同购货单位发生货款结算关系、同税务机关发生税务结算关系及其他结算关系。在销售过程中,销售产品取得收入,企业的资金从成品资金形态又转化为货币资金形态。至此,企业的资金运动完成了一个循环过程,然后,企业再将回笼的货币资金重新投入生产过程,从而形成了企业资金运动的周转。

资金的退出指的是资金离开本企业,退出资金的循环与周转,主要包括偿还各项债务,上交各项税金以及向所有者分配股利或利润等。

上述资金运动的三部分内容是相互支撑、相互制约的统一体,具体而言:没有资金的投入,就不会有资金的循环与周转;没有资金的循环与周转,就不会有债务的偿还、税金的上交和利润的分配等;没有这类资金的退出,就不会有新一轮资金的投入,也就不会有企业进一步的发展。

上述资金运动呈现出显著的运动状态,同时也具有某一时点上的相对静止状态。仍以工业企业为例:为了维持生产经营活动,企业必须拥有一定的经济资源(即资产),它们分布在企业经营过程的不同阶段(供应、生产、销售等阶段)和不同方面(表现为厂房、机器设备、原材料、在产品及货币资金等),我们称之为资金占用。另一方面,这些经济资源的取得需要通过一定的途径,包括来自投资者投入的资金或是债权人提供的借款等,我们称之为资金的来源。从任一时点上看,资金运动总处于相对静止的状态,即企业的资金在任一时点上均表现为资金占用和资金来源两方面,这两方面既相互联系,又相互制约。

1.3.2　会计要素

前面我们曾经提到:会计的对象是指会计所核算和监督的内容,即特定主体能够以货币表现的经济活动,是社会再生产过程中的资金运动。但是,这一概念的涉及面过于广泛。在会计实践中,为了进行分类核算,从而提供各种分门别类的会计信息,就必须对会计对象的具体内容进行适当的分类。于是,会计要素这一概念应运而生。

会计要素是会计对象的具体化,是对会计对象按经济特征所作的最基本分类。我国的《企业会计准则——基本准则》中定义了资产、负债、所有者权益、收入、费用和利润六大会计要素。这六大会计要素又可以划分为两大类,即反映企业财务状况的会计要素和反映企业经营成果的会计要素。财务状况是指企业一定日期的资产及权益情况,是资金运动相对静止时的表现。经营成果是企业在一定时期内从事生产经营活动所取得的最终成果,是资金运动显著变动状态的主要体现。其中,反映财务状况的会计要素包括资产、负债和所有者权益;反映经营成果的会计要素包括收入、费用和利润。下面,我们将详细阐述各会计要素的具体内容。

(一)资产

资产是指企业过去的交易或事项形成并由企业拥有或者控制的资源,该资源预期会给企业带来经济利益。企业从事生产经营活动必须具备一定的物质资源，如货币资金、厂房、机器设备、原材料等，这些都是企业从事生产经营的物质基础，都属于企业的资产。此外，专利权、商标权等不具有实物形态，但却有助于生产经营活动进行的无形资产，以及企业对其他单位的投资等，也都属于资产。

1. 资产的特征

资产具有以下基本特征：

（1）资产能够直接或间接地给企业带来经济利益。所谓经济利益，是指直接或者间接地流入企业的现金或现金等价物。资产都应能够为企业带来经济利益，这是资产的一个最重要属性。例如企业通过出售库存商品直接获得经济利益，也可通过对外投资以获得股利或参与分配利润的方式间接获得经济利益。按照这一特征，那些已经没有经济价值、不能给企业带来经济利益的项目，就不能继续确认为企业的资产。如企业有一项机器设备已不能用于产品的生产，虽然它确实是企业的一项物资，但不能给企业带来经济利益，因此不能确认为资产。

（2）资产由企业拥有或者控制，是指企业享有某项资源的所有权，或者虽然不享有某项资源的所有权，但该资源能被企业所控制。一般情况下，企业拥有资产的所有权。但对于某些特殊的资产，企业虽对其不拥有所有权，但能够实际控制、支配这些资产。而且，这些资产与企业拥有的资产一样能够排他性地为企业带来经济利益，如融资租入固定资产。按照实质重于形式原则，也应当将这些资产确认为企业的资产。

（3）资产是由企业过去的交易或者事项形成的。过去的交易或者事项包括购买、生产、建造行为或者其他交易或事项。即只有过去发生的交易或事项才能产生资产，企业预期在未来发生的交易或者事项不形成资产。如企业签订合同所预期购置的机器设备，由于尚未发生这项购销业务，所以它们不属于企业的资产。

2. 资产的分类

资产按其流动性不同，分为流动资产和非流动资产。

流动资产是指预计在一个正常营业周期中变现、出售或耗用，或者主要为交易目的而持有，或者预计在资产负债表日起一年内（含一年）变现的资产，以及自资产负债表日起一年内交换其他资产或清偿负债的能力不受限制的现金或现金等价物。流动资产主要包括货币资金、交易性金融资产、应收账款、应收票据、预付账款、应收股利、应收利息、其他应收款、存货等。

非流动资产是指流动资产以外的资产，主要包括长期股权投资、固定资产、在建工程、工程物资、无形资产等。

长期股权投资是指企业持有的对其子公司、合营企业及联营企业的权益性投资以及企业持有的对被投资单位不具有控制、共同控制或重大影响,并且在活跃市场中没有报价、公允价值不能可靠计量的权益性投资。

固定资产是指同时具有以下特征的有形资产:①为生产商品、提供劳务、出租或经营管理而持有的;②使用寿命超过一个会计年度。

无形资产是指企业拥有或控制的没有实物形态的非货币性资产。包括专利权、非专利技术、商标权、著作权、土地使用权、特许权等。

(二)负债

负债是指企业过去的交易或者事项形成的预期会导致经济利益流出企业的现时义务。现时义务是指企业在现行条件下已承担的义务。未来发生的交易或者事项形成的义务,不属于现时义务,不应当确认为负债。

1.负债的特征

负债具有以下基本特征:

(1)负债是企业具有的现时义务,是由过去的交易或事项形成的现已承担的义务。也就是说,导致负债的交易或事项必须已经发生,如接受银行贷款会产生偿还贷款的义务。对于企业预期在将来要发生的交易或事项可能产生的债务,不能作为会计上的负债处理。

(2)负债的清偿预期会导致经济利益流出企业。负债通常是在未来某一时日通过交付资产(包括现金和其他资产)或提供劳务来清偿。例如,企业赊购一批材料,材料已验收入库,但尚未付款,该笔业务所形成的应付账款应确认为企业的负债,需要在未来某一时日通过交付现金或银行存款来清偿。

2.负债的分类

负债按其流动性不同分为流动负债和非流动负债。

流动负债是指预计在一个正常营业周期中清偿、或者主要为交易目的而持有、或者自资产负债表日起一年内(含一年)到期应予以清偿、或者企业无权自主地将清偿推迟至资产负债表日后一年以上的负债。流动负债主要包括短期借款、应付票据、应付账款、预收账款、应付职工薪酬、应交税费、应付利息、应付股利、其他应付款等。

非流动负债是指流动负债以外的负债,主要包括长期借款、应付债券等。

(三)所有者权益

所有者权益是指企业资产扣除负债后由所有者享有的剩余权益。公司的所有者权益又称为股东权益。所有者权益是所有者对企业净资产的要求权。所有者在企业创办时投入的资本,创办后追加的资本,以及企业在经营过程中将获得利润留在企业里的部分等都构成企业的所有者权益。

所有者权益具有以下特征:第一,除非发生减资、清算或分派现金股利,企业不需要偿还所有者权益。第二,企业清算时,只有在清偿所有的负债后,所有者权益才返还给所有者。第三,所有者能够参与企业利润的分配。

所有者权益包括实收资本(或者股本)、资本公积、盈余公积和未分配利润。其中,资本公积包括企业收到投资者出资超过其在注册资本或股本中所占份额的部分以及直接计入所有者权益的利得和损失等。盈余公积和未分配利润又合称为留存收益。

广义的权益由负债与所有者权益构成,负债与所有者权益是企业全部资产的来源,但两者是有区别的,负债反映了债权人对企业资产的求偿权,体现的是企业同债权人的债务关系,所有者权益反映了投资人对企业资产的求偿权,体现的是企业同投资人的产权关系。

(四)收入

收入是指企业在日常活动中形成的、会导致所有者权益增加的、与所有者投入资本无关的经济利益的总流入。其中日常活动如销售商品、提供劳务及让渡资产使用权。收入具有以下特征:

(1)收入应当是企业在日常活动中形成的,而不是从偶发的交易或事项中产生的。日常活动指企业为完成其经营目标所从事的经常性活动以及与之相关的活动。如工业企业制造并销售产品、商业企业销售商品、咨询公司提供咨询服务、商业银行对外贷款、租赁公司出租资产等,均属于企业的日常活动。一些偶然发生的事项所产生的收入,如企业出售固定资产,由于与日常活动无关,其收入不应确认为收入,而应作为营业外收入确认。

(2)收入应当会导致经济利益的流入,该流入不包括所有者投入的资本。收入应当会导致经济利益的流入,从而导致资产的增加。但是,企业经济利益的流入有时是由所有者投入资本的增加所导致的,所有者投入资本的增加不应当确认为收入,应当将其直接确认为所有者权益。

(3)收入应当最终会导致所有者权益的增加。收入可能表现为企业资产的增加,如增加银行存款、应收账款等,也可能表现为企业负债的减少,如以商品或劳务抵偿债务,或者二者兼而有之。因此,无论是资产的增加、负债的减少,或是同时引起资产增加和负债减少都会使企业的所有者权益增加。

(4)收入只包括本企业经济利益的流入,而不包括为第三方或客户代收的款项。应该予以强调的是,上面所说的收入是指狭义的收入,它是营业收入的同义语。广义的收入还包括投资收益、营业外收入等。投资收益是指企业对外投资所取得的收益减去发生的投资损失和计提的减值准备后的净额。营业外收入指企业发生的与其生产经营活动无直接关系的各项收入。

(五)费用

费用是指企业在日常活动中发生的、会导致所有者权益减少的、与向所有者分配利润无关的经济利益的总流出。费用具有以下几方面的特征:

(1)费用应当是企业在日常活动中发生的。这些日常活动的界定与收入定义中涉及的日常活动相一致。日常活动所产生的费用通常包括销售成本、职工薪酬、折旧费等。

(2)费用应当会导致经济利益的流出,该流出不包括向所有者分配的利润。费用应当会导致经济利益的流出,从而导致资产的减少或负债的增加(最终也会导致资产的减少)。其表现形式包括,现金或现金等价物的流出,存货、固定资产等的流出或消耗等。企业向所有者分配利润引起的经济利益的流出属于所有者权益的抵减项目,不应确认为费用。

(3)费用应当最终会导致所有者权益的减少。与费用相关的经济利益的流出最终应当会导致所有者权益的减少,不会导致所有者权益减少的经济利益的流出不符合费用的定义,不应确认为费用。

按照其经济用途不同,费用可以分为生产成本和期间费用。前者计入产品成本,包括直接材料、直接人工和制造费用;后者不计入产品成本而直接计入当期损益,包括管理费用、财务费用和销售费用。费用也有广义和狭义之分,上面所述的费用指的是狭义的费用,即仅与企业的营业收入相配比的那部分耗费;广义的费用泛指企业发生的所有耗费和损失,包括投资损失、营业外支出和所得税费用。

(六)利润

利润是指企业在一定会计期间的经营成果。反映的是企业的经营业绩情况。利润包括收入减去费用后的净额、直接计入当期利润的利得和损失等。其中,收入减去费用后的净额反映的是企业日常活动的业绩,直接计入当期利润的利得和损失反映的是企业非日常活动的业绩。利润有营业利润、利润总额和净利润。

净利润 = 利润总额 - 所得税费用

利润总额 = 营业利润 + 营业外收入 - 营业外支出

营业利润 = 营业收入 - 营业成本(主营业务成本、其他业务成本) - 营业税金及附加 - 期间费用(包括销售费用、管理费用和财务费用) - 资产减值损失 + 公允价值变动净收益 + 投资净收益

营业收入 = 主营业务收入 + 其他业务收入

就会计原理或基础工作规范而言,各类单位基本相同,但行政单位和事业单位的事业活动采用的是收付实现制而不是权责发生制,由此导致行政事业单位会计

要素的设置及其定义与企业单位有所区别。行政事业单位为资产负债表和收入支出表(类似企业的利润表)设置了五项会计要素,包括资产、负债、净资产、收入和支出。在会计要素的定义上,以事业单位会计要素的定义为例,资产是指事业单位占有或者使用的能以货币计量的经济资源,包括各种财产、债权和其他权利;负债是指事业单位所承担的能以货币计量、需要以资产或者劳务偿付的债务,包括借入款项、应付款项、应缴款项等;净资产是指事业单位的资产减去负债后的差额,包括事业基金、固定基金、专用基金、事业结余和经营结余等;收入是指事业单位为开展业务活动,依法取得的非偿还性资金,包括补助收入、事业收入、经营收入及其他收入;支出是指事业单位为开展业务活动和其他活动所发生的各项资金耗费及损失以及用于基本建设项目的开支,包括拨出经费、事业支出、经营支出等。

1.3.3　会计等式

前面我们介绍了反映企业经济内容的会计要素。这六大会计要素反映了资金运动的静态和动态两个方面,具有紧密的相关性,它们在数量上存在着特定的平衡关系,这种平衡关系用公式来表示,就是通常所说的会计等式。会计等式是反映会计要素之间平衡关系的计算公式,它是各种会计核算方法的理论基础。

(一)资产 = 负债 + 所有者权益

这是最基本的会计等式。企业开展生产经营活动,必须拥有一定数量和质量的资产,也就是能给企业带来经济利益的经济资源。资产来源于两个渠道:企业所有者投入的和债权人提供的。所有者投入的形成所有者权益,债权人提供的形成债权人权益即企业的负债。企业资产的提供者对资产有求偿权:投资者要求分享企业的利润,并享有对企业的经营管理权和其他权利;债权人要求定期收回对企业的贷款,并能获得一定的贷款报酬。在会计上称这种求偿权为权益。权益与资产各自具有特定的经济含义,它们分别反映企业经济活动的不同侧面。资产表明企业拥有多少经济资源以及哪些经济资源,即资源在企业存在、分布的形态;权益则体现谁拥有这些资源及对企业经济资源所具有的权力,即资源取得和形成的渠道。资产和权益实际上是企业所拥有的经济资源在同一时点上所表现的不同形式。资产来源于权益,资产与权益必然相等。也就是说,一定数额的资产必然对应着相同数额的负债与所有者权益,而一定数额的负债与所有者权益也必然对应着相同数额的资产。这一恒等关系用公式表示出来,就是:

资产 = 负债 + 所有者权益

该等式反映了企业任何一个时点资产的分布状况及其形成来源,无论在什么时点,资产、负债、所有者权益都应该保持上述恒等关系。它是最基本的会计等式,也是会计静态等式,是复式记账法、会计核算以及编制资产负债表的理论依据。

(二)收入 – 费用 = 利润

企业经营的目的是为了获取收入,实现盈利。企业在取得收入的同时,也必然要发生相应的费用。通过收入与费用的比较,才能确定企业一定时期的盈利水平。当收入大于费用时,表明企业实现了盈利;当收入小于费用时,意味着企业发生了亏损。

上述等式表明了企业在一定会计期间的经营成果与相应的收入和费用之间的关系,说明了企业利润的形成过程。它反映的是资金运动的动态方面,是某一会计期间的经营成果,是编制利润表的依据。

(三)扩展的会计等式

随着企业生产经营活动的进行,在会计期间,企业取得的收入引起资产增加或负债减少;另一方面,发生的费用引起资产的减少或负债的增加。所以,在会计期间会计要素之间的数量关系可以用下列会计等式表示:

$$资产 = 负债 + 所有者权益 + 利润$$
$$= 负债 + 所有者权益 + (收入 – 费用)$$

到会计期末,将收入与费用相配比后计算出利润或亏损。实现的税后净利润,按照利润分配的规定与顺序进行分配,一部分以利润的形式分配给投资者,退出企业;一部分形成企业的留存收益,归入所有者权益项目。所以,在会计期末,结账之后,会计等式又恢复为期初的形式,即资产 = 负债 + 所有者权益。

1.3.4　会计等式的运用

企业在生产经营过程中,每天都会发生多种多样、错综复杂的经济业务,从而引起各会计要素的增减变动,但无论经济业务如何变化,都不会影响资产与权益的恒等关系。

经济业务的种类多种多样,但经济业务发生后,从引起各项资产、负债和所有者权益增减变动的情况看,有以下四种类型九种情况:

(一)经济业务的发生引起会计等式左右两方项目的金额同时增加,双方项目增加的金额相等。即资产项目的金额增加,负债或所有者权益项目的金额增加

1. 经济业务的发生,引起资产项目和负债项目同时等额增加

【例 1 – 1】向银行借款 100 000 元用于生产周转借款,款项存入银行。

该项经济业务使银行存款增加了 100 000 元,即会计等式左边的资产增加了100 000 元,同时等式右边的负债项目短期借款增加了 100 000 元,在原有的平衡基础上等式双方同时各增加相同数额,虽然总额增加,但双方仍保持平衡关系。

2.经济业务的发生,引起资产项目和所有者权益项目同时等额增加

【例1-2】企业收到所有者追加的投资500 000元,款项存入银行。

该项经济业务使银行存款增加了500 000元,即会计等式左边的资产增加了500 000元,同时等式右边的所有者权益项目也增加500 000元,因此并没有改变等式的平衡关系。

(二)经济业务的发生引起会计等式左右两方项目的金额同时减少,双方项目减少的金额相等。即资产项目的金额减少,负债或所有者权益项目的金额减少

1.经济业务的发生,引起资产项目和负债项目同时等额减少

【例1-3】企业用银行存款60 000元归还银行短期借款。

该项经济业务使银行存款减少了60 000元,即会计等式左边的资产减少了60 000元,同时等式右边的负债项目短期借款减少60 000元,等式仍保持平衡关系。

2.经济业务的发生,引起资产项目和所有者权益项目同时等额减少

【例1-4】企业因缩减生产规模,向投资者退还投资100 000元,从银行划转。

该项经济业务使资产项目银行存款减少了100 000元,同时所有者权益项目实收资本减少100 000元,等式仍保持平衡关系。

(三)经济业务的发生引起会计等式左方项目之间的金额有增有减,增加与减少的金额相等。即资产项目之间的金额有增有减,权益项目不变

经济业务的发生,引起资产项目内部一个项目增加,一个项目减少,增减金额相等。

【例1-5】企业用银行存款购买一台机器设备150 000元,设备已交付使用。

该项经济业务使资产项目固定资产增加150 000元,资产项目银行存款减少150 000元,等式一方增减相同的数额150 000元,等式仍保持平衡关系。

(四)经济业务的发生引起会计等式右方项目之间的金额有增有减,增加与减少的金额相等。即负债项目之间的金额有增有减,或所有者权益项目之间的金额有增有减,或负债与所有者权益项目之间的金额有增有减

1.经济业务的发生,引起负债项目内部一个项目增加,一个项目减少,增减金额相等

【例1-6】企业借入短期借款100 000元偿还应付账款。

该项经济业务使负债项目短期借款增加100 000元,负债项目应付账款减少100 000元,在原有平衡关系基础上,负债方增减相同的数额100 000元,等式双方仍保持平衡关系。

2．经济业务的发生，引起所有者权益内部一个项目增加，一个项目减少，增减金额相等

【例 1－7】企业经批准将资本公积金 50 000 元转增资本。

该项经济业务使企业所有者权益项目资本公积金减少 50 000 元，所有者权益项目实收资本增加 50 000 元，等式双方仍保持平衡关系。

3．经济业务的发生，引起负债和所有者权益项目之间，负债项目增加，所有者权益项目减少，增减金额相等

【例 1－8】企业年终应付给投资者股利 500 000 元。

该项经济业务使负债项目应付股利增加 500 000 元，所有者权益项目本年利润减少 500 000 元。在原有平衡关系基础上，负债和所有者权益项目增减相同的数额 500 000 元，等式双方仍保持平衡关系。

4．经济业务的发生，引起负债和所有者权益项目之间，所有者权益项目增加，负债项目减少，增减金额相等

【例 1－9】接有关部门通知，将 100 000 元长期借款转为国家追加投资。

该项经济业务使负债项目长期借款减少 100 000 元，所有者权益项目实收资本增加 100 000 元，负债和所有者权益项目增减相同的数额 100 000 元，等式双方仍保持平衡关系。

在实际工作中，企业每天发生的经济业务要复杂得多，但无论其引起会计要素如何变动，都不会破坏资产与权益的恒等关系（亦即会计等式的平衡）。

1.4　会计确认与会计计量

确认、计量要求方面的原则是为了会计信息的确认、计量能够协调进行而设置的，它包括权责发生制原则、配比原则、历史成本原则、划分收益性支出和资本性支出原则。

（一）权责发生制原则

《企业会计准则——基本准则》规定，企业应当以权责发生制为基础进行会计确认、计量和报告。行政、事业单位（不包括实行企业化管理的事业单位），为了正确反映预算支出的执行情况，而且不必进行盈亏计算，可以采用收付实现制作为记账的基础。

权责发生制原则也称为应计制或应收应付制原则，是指企业按收入的权利和支出的义务是否应归属于本期来确认收入、费用，而不管款项的实际收支是否在本

期发生。也就是以应收应付为计算标准确认本期收入和费用的一项原则。该原则要求:凡是本期已经实现的收入或已经发生的费用,不论款项是否收付,都应作为本期的收入和费用处理,凡是不属于本期的收入和费用,即使款项在本期收到或付出,也不作为本期的收入和费用处理。由于它不管款项的收付,而以收入和费用是否归属于本期为准,所以也称应计制。

有时企业发生的货币收支业务与交易或事项本身并不完全一致,例如销售已经实现,款项尚未收到,或款项已经支付,但并不是因本期生产经营活动而发生的。为了明确会计核算的确认基础,正确反映特定会计期间的财务状况和经营成果,要求企业在会计核算过程中应以权责发生制为原则。

收付实现制亦称现收现付制。它以款项是否实际收到或付出作为确定本期收入和费用的标准。凡是本期实际收到款项的收入和付出款项的费用,不论其是否归属于本期,都作为本期的收入和费用处理;反之,凡本期没有实际收到款项的收入和付出款项的费用,即使应归属于本期,也不作为本期的收入和费用处理。由于款项的收付实际上以现金收付为准,所以一般也称之为现金制。

举例说明如下:(1)企业于7月10日销售商品一批,8月10日收到货款,存入银行。在收付实现制下该收入应作为8月份的收入,而在权责发生制下则应作为7月份的收入,因为收入的权利在7月份就实现了,尽管货款是在8月份收到。(2)企业于12月30日购入办公用品一批,但款项在次年的3月份支付。在收付实现制下应作为次年3月份的费用,而在权责发生制下则应作为12月份的费用,因为12月份已经发生支出的义务了。

(二)配比原则

获取营业收入必然有相应的耗费。为了确定某一会计期间的净收益,除了确定本期营业收入外,还得确认本期的费用,并将收入和相应的费用配合起来比较。所谓配比原则是指企业的收入与其相关的成本、费用相互配比。配比原则要求某一个会计期间的收入确认后,与收入相关的成本费用必须加以确认,以便正确确定损益。

配比原则包括两方面内容:一是收入和费用在因果联系上的配比,即取得一定的收入是因为发生了一定的支出,发生这些支出的目的就是为了取得这些收入;二是收入和费用在时间意义上的配比,即一定会计期间的收入和费用的配比。

(三)历史成本原则

历史成本原则又称原始成本原则或实际成本原则,在历史成本计量下,资产按照购置时支付的现金或者现金等价物的金额,或者按照购置资产时所付出的对价的公允价值计量。即是企业的各项财产物资应当按取得或购建时发生的实际支出进行计价。这是由于历史成本相对重置成本、可变现净值而言,最易确定,易查证。同时也由于持续经营假设,使历史成本计价比可变现净值计价更具相关性。长期以来,人们首先考虑到会计信息必须可靠,当然也考虑到会计信息必须对决策相关,从而选择了以历史成本原则为公认会计原则。

以历史成本为计价基础有助于对各项资产、负债项目的确认和对计量结果的验证和控制;同时,按照历史成本原则进行核算,也使得收入与费用的配比建立在实际交易的基础上,防止企业随意改动资产价格造成经营成果虚假或任意操纵企业的经营收益。

以历史成本为主要的计量标准,在很大程度上决定了现行会计模式的特点和现行会计信息的优点及其局限性,如难以反映企业当前的真实财务状况和经营成果。因此,2007 年 1 月 1 日起施行的新准则在以历史成本计量为核心的同时,引入了重置成本、可变现净值、现值和公允价值并存的混合计量模式,能更好地满足投资者对信息的需求,有利于会计目标的实现,同时增进了与国际会计准则的进一步趋同。相关内容将在下面详细讲述,这里不再赘述。

(四)划分收益性支出和资本性支出原则

所谓收益性支出,是指支出的效益仅与本会计年度(或一个营业周期)相关的支出;而资本性支出是指支出的效益与几个会计年度(或几个营业周期)相关的支出。

会计核算应当合理划分收益性支出和资本性支出。划分收益性支出和资本性支出的目的在于正确确定企业的当期(一般指一个会计年度)损益。具体来说,收益性支出是为取得本期收益而发生的支出,这样的支出应当在当期费用化,列入利润表中,与其当期收入进行配比,例如销售商品的主营业务成本、期间费用等。而资本性支出是为形成生产经营能力,以便在以后各期取得收益而发生的各种支出,这样的支出应该资本化,作为资产列于资产负债表中,并采用合理、系统的方法在不同的受益期间进行摊销,例如购置固定资产和无形资产的支出等。

如果一项收益性支出按资本性支出处理,就会造成少计费用而多计资产,出现当期利润虚增而资产价值偏高的现象;如果一项资本性支出按收益性支出处理,则会造成多计费用而少计资产,出现当期利润虚减而资产价值偏低的现象。所以要合理划分收益性支出和资本性支出,否则就不能正确地计算企业各期收益,也无法客观、合理地计量各期的资产。

1.4.1 会计确认

会计确认是按照规定的标准和方法,辨认和确定经济信息是否作为会计信息进行正式记录并列入财务报表的过程。确认包括确认标准和确认时间。前者是指以什么标准确认为某项会计要素,后者是指何时确认并加以记录。会计确认贯穿于会计核算的全过程。

每一会计主体产生的经济信息都是大量的,在众多的经济业务中,有些是会计核算和监督的内容,有些则不属于会计核算和监督的范围。如企业根据各自的生产经营活动签订的购销合同、机器设备的利用情况、职工的构成等。它们中有些虽然是企业的经济业务,而且对企业的最终经营成果也会产生影响,但它们无法按照会计核算系统的特有方法直接进行加工处理。如果不加以确认,将所有的经济信息一并进行会计处理,势必影响会计提供最后信息的价值。因此,在会计核算系统正式接收、记录经济业务的有关数据之前,应进行必要的确认,以排除不属于会计核算范围的经济数据。一项经济业务是否属于会计核算范围,受到会计假设、会计目标和会计信息质量的制约。能够经过确认输入会计核算系统的经济数据,通过会计特有的方法进行分类、加工、记录、整理,最后汇总编制成财务报表,可为管理者提供有助于经济管理的会计资料。因此为保证会计提供信息的使用价值,在会计核算系统正式输出信息之前,应进行必要的确认,归并一些非重要的经济数据,突出重要的数据。综上所述,会计确认可分为初次确认和再次确认。

初次确认是指对输入会计核算系统的原始经济信息进行的确认。初次确认要依据会计目标或会计核算的特定规范要求,筛选掉多余的或不可接受的数据,将筛选后有用的原始数据进行分类,运用复式记账法编制记账凭证,将经济数据转化为会计信息,并登记有关账簿。初次确认实际上是经济数据能否转化为会计信息,并进入会计核算系统的筛选过程。初次确认的标准主要是发生的经济业务能否用货币计量,如果发生的经济业务能够用货币计量,则通过了初次确认可以进入会计核算系统。再次确认是指对会计核算系统输出的经过加工的会计信息进行确认。经过初次确认的原始数据,借助于会计的核算方法转化为账簿资料。为便于报表使用者使用,账簿资料继续进行加工、浓缩、提炼,或加以扩充、重新归类、组合,这就是会计再次确认。再次确认是确认账簿资料中的哪些内容应列入财务报表,或是在财务报表中应揭示多少财务资料和何种财务资料。会计再次确认还包括对已确认过的经济数据在日后由于变动影响的再次确认,如企业购入的各种存货,经初次确认后,以实际成本记录在账簿中,若物价发生变动,须对变动影响进行再次确认。再次确认实际上是对已经形成的会计信息再提纯、再加工,以保证其真实性及正确性,满足各会计信息使用者的需要。再次确认的标准主要是会计信息使用者的需要,会计输出的信息应是能够影响会计信息使用者决策的信息。很明显,初次确认与再次确认的任务是不一样的。初次确认决定着经济信息能否转换成会计信息进入会计核算系统,而再次确认则是对经过加工的信息再提纯。经过初次确认与再次确认,可以保证会计信息的真实性和有用性。

(一)会计确认标准

会计确认的核心问题是根据什么标准,例如什么时间,多少金额对输入会计核算系统的经济信息加以初次确认,对会计核算系统输出的信息进行再次确认。概括地讲,确认的标准有以下几个方面:

1. 可定义性

在具体会计工作中,具有会计信息属性的经济信息可以具体化为会计要素,即资产、负债、所有者权益、收入、费用、利润,按照这些要素的定义和特征加以确认,就是可定义性。也就是说,首先应确认发生的经济业务能否进入会计核算系统,然后对能够进入会计核算系统的经济业务按照会计要素的定义将其具体确认为某一会计要素。

2. 可计量性

可计量性是会计确认的核心问题。在可定义性的基础上,经济信息必须能够量化,能够以货币计量,才能够保证经过确认后的信息具有质的统一性,可以进行比较和加工。

3. 经济信息的可靠性

会计信息要真实可靠,首先是如实地、完整地反映应当反映的交易或事项,而且这些交易或事项必须是根据它们的实质和不带偏向的经济现实,而不仅仅根据它们的法律形式进行核算和反映。为此,在会计确认时,要认真审核原始凭证所记载的经济数据是否真实,辨别有关经济数据能否加以查证,输入的经济数据是否有客观可信的证据。但在许多情况下,必须估计成本或价值,如暂估料款。使用合理的估计,不会降低确认的可靠性,若无法作出合理的估计,就不能作为会计要素加以确认。

4. 经济信息的相关性

将相关性的概念作为确认的标准,是因为各方面信息使用者的需要不同。针对信息使用者的具体需要,排除不相关的数据,增进信息的有用性,如在财务报表中增加补充资料以满足不同使用者的需要。

在上述确认标准中可定义性和可计量性是主要的标准。如果会计信息主要反映企业经营管理者的受托责任时,会计确认更强调信息的可靠性;如果会计信息主要是为满足会计信息使用者的需要,会计确认更强调会计信息的相关性。因此,进行会计确认时应在可靠性和相关性之间权衡,以保证输出的信息能满足各个方面的需要。

(二)会计要素的确认

按照上述会计确认的标准,可以对会计要素一一加以确认。

1.资产的确认

资产要素是会计六要素中的核心,是企业赖以存在的基础。我国《企业会计准则——基本准则》中,把资产定义为:企业过去的交易或者事项形成的、由企业拥有或者控制的、预期会给企业带来经济利益的资源。在资产的具体确认中,必须按三个重要的标准来进行衡量:其一,企业所拥有或者控制的资源首先应符合资产的定义,如果不符合资产的定义,不能将其确认为资产。其二,与该资源有关的经济利益很可能流入企业。资产的确认应当与经济利益流入的不确定性程度的判断结合起来,如果根据编制财务报表时所取得的证据,与该资源有关的经济利益很可能流入企业,那么就应当将其作为资产予以确认。如果一项支出已经发生,但在本会计期间及以后的会计期间都不会形成经济利益流入企业,这项支出不能作为资产,只能将其确认为费用。其三,该资源的成本或价值能够可靠地计量。可计量性是所有会计要素确认的重要前提,资产的确认同样需要符合这一要求。只有当有关资源的成本或者价值能够可靠地计量时,资产才能予以确认。

上述三个条件缺一不可,只有在同时满足的情况下,才能将其确认为一项资产。

2.负债的确认

我国《企业会计准则——基本准则》中,把负债定义为:企业过去的交易或者事项形成的、预期会导致经济利益流出企业的现时义务。在负债的具体确认中,应该按以下的标准来进行判断:其一,应当符合负债的定义。即负债是一项现时义务的偿还,这种偿还是由于过去的交易或事项发生而引起的,未来发生的交易或者事项形成的义务,不属于现时义务,不应当确认为负债。其二,与该义务有关的经济利益很可能流出企业。根据负债的定义,预期会导致经济利益流出企业是负债的一个本质特征。一项债务的偿还,企业必须付出债权人能够接受的资产或劳务,因而使企业所拥有的会给企业带来经济利益的资源流出。其三,未来流出的经济利益的金额能够可靠地计量。负债的确认也需要符合可计量性的要求,即对于未来流出的经济利益的金额应当能够可靠地计量。对于与法定义务有关的经济利益流出金额,通常可以根据合同或法律规定的金额予以确定。考虑到经济利益的流出一般发生在未来期间,有时未来期间的时间还很长,在这种情况下,有关金额的计量通常需要考虑货币时间价值、风险等因素的影响。

3.所有者权益的确认

我国《企业会计准则——基本准则》中,把所有者权益定义为:企业资产扣除负债后由所有者享有的剩余权益。也就是企业的所有者对企业净资产享有所有权。净资产就是资产总额减去负债以后的余额,它不可能像资产、负债那样可以单独确认,其确认主要依赖于其他会计要素,尤其是资产和负债的确认;所有者权益金额的确定也主要取决于资产和负债的计量。例如,企业接受投资者投入的资产,在该资产符合企业资产确认条件时,也相应地符合了所有者权益的确认条件。

4.收入的确认

收入是企业补偿费用开支、取得盈利的源泉。我国《企业会计准则——基本准则》中,把收入定义为:企业在日常活动中形成的、会导致所有者权益增加的、与所有者投入资本无关的经济利益的总流入。收入的确认除了应当符合定义外,还应当满足严格的确认条件。收入的确认至少应当同时符合下列条件:第一,与收入相关的经济利益很可能流入企业。第二,经济利益流入企业的结果会导致企业资产的增加或者负债的减少。第三,经济利益的流入额能够可靠计量。

5.费用的确认

我国《企业会计准则——基本准则》中,把费用定义为:企业在日常活动中发生的、会导致所有者权益减少的、与向所有者分配利润无关的经济利益的总流出。费用与收入是相对应的概念,费用是为得到收入而付出的代价。费用的确认除了应当符合定义外,还应当满足以下条件:第一,与费用相关的经济利益很可能流出企业。第二,经济利益流出企业的结果会导致企业资产的减少或者负债的增加。第三,经济利益的流出额能够可靠计量。

6.利润的确认

利润是指企业在一定会计期间的经营成果。它反映的是收入减去费用、利得减去损失后的净额。因此利润不能像收入、费用那样单独确认,它的确认主要依赖于收入和费用以及利得和损失的确认,其金额的确定也主要取决于收入、费用、利得、损失金额的计量。

1.4.2 会计计量

会计计量,是为了将符合确认条件的会计要素登记入账,并列报于财务报表而确定其金额的过程。如前所述,企业经济业务中大量的原始经济信息要通过初次确认输入会计核算系统,在会计核算系统内运行的会计信息要经过再次确认,以保证信息的正确性、有用性。在会计确认中离不开计量,只有经过计量,应输入的数据才能被正式记录,输出的数据才能最终列入财务报表。会计确认与会计计量总是不可分割地联系在一起,未经确认,就不能进行计量;没有计量,确认也就失去了意义。企业应当按照规定的会计计量属性进行计量,确定相关金额。

（一）会计计量属性及其构成

计量属性，是指所予计量的某一要素的特性方面。例如，楼房的高度、桌子的长度等。从会计的角度，计量属性反映的是会计要素金额的确定基础，即按什么标准来记账，它主要包括历史成本、重置成本、可变现净值、现值和公允价值等。

1. **历史成本**

在历史成本计量下，资产按照购置时支付的现金或者现金等价物的金额，或者按照购置资产时所付出的对价的公允价值计量。负债按照因承担现时义务而实际收到的款项或者资产的金额，或者承担现时义务的合同金额，或者按照日常活动中为偿还负债预期需要支付的现金或者现金等价物的金额计量。

2. **重置成本**

在重置成本计量下，资产按照现在购买相同或者相似资产所需支付的现金或者现金等价物的金额计量。负债按照现在偿付该项债务所需支付的现金或者现金等价物的金额计量。

3. **可变现净值**

在可变现净值计量下，资产按照其正常对外销售所能收到现金或者现金等价物的金额扣减该资产至完工时估计将要发生的成本、估计的销售费用以及相关税费后的金额计量。

4. **现值**

在现值计量下，资产按照预计从其持续使用和最终处置中所产生的未来净现金流入量的折现金额计量；负债按照预计期限内需要偿还的未来净现金流出量的折现金额计量。

5. **公允价值**

在公允价值计量下，资产和负债按照在公平交易中，熟悉情况的交易双方自愿进行资产交换或者债务清偿的金额计量。公允价值的确定条件是公平交易；交易的双方对所进行的交易活动是熟悉的，而且交易双方都是自愿的。在此基础上确定的资产金额和债务金额都属于公允价值。

（二）会计计量属性的应用原则

会计计量属性尽管包括历史成本、重置成本、可变现净值、现值和公允价值等，但是企业在对会计要素进行计量时，应当严格按照规定选择相应的计量属性。一般情况下，对于会计要素的计量，应当采用历史成本计量属性，例如，企业购入存货、建造厂房等，应当以所购入资产发生的实际成本作为资产计量的金额。历史成本为计量基础，比较可靠、简便，符合会计核算可靠性等原则。但是历史成本也存在着一定的缺陷，因此，为了提高会计信息的有用性，向使用者提供更为相关的决策信息,就有必要采用其他计量属性进行会计计量,以弥补历史成本计量属性的缺陷。

鉴于应用重置成本、可变现净值、现值和公允价值等其他计量属性,往往需要依赖于估计,为了使所估计的金额在提高会计信息的相关性的同时,又不影响其可靠性,企业会计准则要求企业应当保证根据重置成本、可变现净值、现值和公允价值所确定的会计要素金额能够取得并可靠计量;如果这些金额无法取得或可靠计量的,则不允许采用其他计量属性。也就是说,企业在对会计要素进行计量时,一般应当采用历史成本,采用重置成本、可变现净值、现值、公允价值计量的,应当保证所确定的会计要素金额能够取得并可靠计量。

1.5 会计核算方法

会计核算方法是指为核算和监督会计对象,完成会计任务而采用的各种专门方法和手段。会计方法是人们在长期的会计工作实践中总结创立的,并随着社会生产力的发展、会计的内涵不断发展而逐渐完善。现代的会计方法包括会计核算方法、会计分析方法和会计预测决策方法等。这几种方法各自具有特点,有一定的独立性,但也密切联系。

在会计工作中,会计核算方法是基本环节,是最基本的方法,其他的会计方法都要在会计核算提供的资料和信息的基础上进行。会计核算方法主要包括设置会计科目和账户、复式记账、填制和审核会计凭证、登记会计账簿、成本计算、财产清查与编制财务会计报告七种方法。

1.5.1 设置会计科目和账户

会计要素的内容很复杂,对会计要素的具体内容进行科学分类并分类核算,就形成了会计科目。根据会计科目开设账户,在账户中登记经济业务的发生对会计要素的影响,这是会计核算的一种专门方法,也是会计核算的基础之一。通过账户可以分类、连续、系统地记录各项经济业务,为经济管理提供各种类型的会计指标。

正确地、科学地设置会计科目和账户,是满足经营管理需要,完成会计核算任务的基础。

1.5.2 复式记账

复式记账是指对每一项经济业务,都要以相等的金额在两个或两个以上相互关联的账户中进行记录的一种记账方法。两个或两个以上的账户会形成一种对应关系和平衡关系。根据账户的对应关系,可以了解有关经济业务的来龙去脉,比如企业增加一台机器设备,来源是什么? 企业银行存款减少 100 000 元,去向又是什么? 所以复式记账一方面是对任何一项经济业务在有关账户中登记其来源,另一方面又要在有关账户中登记其去向。而根据账户的平衡关系,可以检查有关业务的记录是否正确。

1.5.3 填制和审核会计凭证

会计凭证是记录经济业务与明确经济责任作为记账依据的书面证明。会计凭证一般按填制的程序和用途可分为原始凭证和记账凭证。每发生一项经济业务都应取得或填制原始凭证,并经过会计部门和有关部门审核无误后,按照设置的会计科目和账户,运用复式记账法,编制记账凭证,作为登记账簿的依据。填制和审核会计凭证是会计核算的一种专门方法,它可以保证会计核算的质量,并为经济管理提供真实可靠的数据资料,也是实行会计监督的重要手段。

1.5.4 登记会计账簿

账簿是具有一定格式,相互联结的账页,是用来全面、连续、系统地记录各项经济业务的簿籍,是保存会计数据资料的重要工具。登记会计账簿就是将会计凭证记录的经济业务,序时、分类地记入有关簿籍中设置的各个账户。登记会计账簿必须以审核无误的凭证为依据,并定期进行结账、对账,以便为编制财务报表提供完整而又系统的会计数据。

1.5.5 成本计算

成本计算是指在生产经营过程中,按照一定对象归集和分配发生的各种费用支出,以确定该对象的总成本和单位成本。通过成本计算,可以确定材料的采购成本、产品的生产成本和销售成本,可以反映和监督生产经营过程中发生的各项费用是否符合节约原则和经济核算的要求,并据以确定企业的经营成果。这对于不断降低成本,提高经济效益具有非常重要的意义。

1.5.6 财产清查

为了增强会计记录的准确性,保证账簿记录和实际相符,必须定期或不定期地对各项财产物资、往来款项进行清查、盘点和核对。财产清查就是指通过盘点实物、核对账目,对各往来款项进行查询核对,以保证账账、账实相符的一种专门方法。在清查中如果发现账实不符,应分析原因,明确责任,并调整账簿记录,使账实完全一致。通过财产清查,可以查明各项财产物资和货币资金的保管和使用情况,以及往来款项的结算情况,监督各类财产物资的安全与合理使用。

1.5.7　编制财务会计报告

编制财务会计报告是以书面报告的形式,定期总括地反映一个特定单位的财务状况和经营成果而采用的一种会计专门方法。通过编制财务会计报告,能将分散在账簿中的资料集中起来,归纳整理加工,以提供全面反映经济活动所需要的有用信息。编制财务会计报告是会计核算工作的最后环节。它所提供的资料,不仅是分析考核财务计划和预算执行情况及编制下期计划和预算的重要依据,也为经营决策和国民经济的综合平衡等提供必要的参考资料。

上述各种会计核算方法相互联系、密切配合,构成了一个完整的方法体系。这一体系表明,从经济业务发生取得原始凭证到财务会计报告的编制,这形成了一个会计循环。这个循环是一个周而复始的过程。在这个会计循环中,处于重要环节的是三种基本方法,即填制和审核会计凭证、登记会计账簿和编制财务会计报告。任何会计期间所发生的经济业务,都要经过这三个环节进行会计处理,最终将大量的经济业务转换为有用的会计信息。会计循环可以描述为:经济业务发生后,经办人员要填制或取得原始凭证,经会计人员审核无误后,按设置的账户,运用复式记账法,编制记账凭证,并据以登记账簿;根据凭证和账簿记录对生产经营过程中发生的各项费用进行成本计算,运用财产清查方法对账簿记录加以核实,在保证账实相符的基础上,定期编制财务会计报告。

本章小结

会计与社会生产的发展有着不可分割的联系。会计产生于人类社会的早期,它最初只是作为生产职能的附带部分,在生产时间之外附带地把收入、支出等记载下来;当社会生产力发展到一定阶段,出现剩余产品以后,会计才逐渐地从生产职能中分离出来,形成特殊的专门的独立职能,成为专职人员从事的经济管理工作。会计经历了漫长的发展过程。从世界范围来看,大致经历了以下几个阶段:古代会计初始阶段、近代会计发展阶段、现代会计成熟阶段。会计是适应社会生产的客观需要产生的,并随着社会生产的不断发展和经济管理的需要而不断发展和完善。

会计的职能是指会计在经济管理中所具有的功能。会计的基本职能有两个:

会计核算与会计监督。会计核算是会计的首要职能,也是全部会计管理工作的基础。会计的监督职能是指通过专门的方法,对经济活动进行监督,促使经济活动按照规定的要求运行,以达到预期目标。除了上述两个基本职能外,还有预测、决策、控制、分析、考核职能。

会计的定义表述具有代表性的观点有两种:一是"管理活动论",二是"信息系统论"。持"管理活动论"观点的学者认为:"会计是对各单位(各会计主体)的经济业务,主要运用货币形式,借助于专门的方法和程序,进行核算,实行监督,产生一系列财务信息和其他经济信息,旨在提高经济效益的一项具有反映和控制职能的管理活动。"而持"信息系统论"观点的学者认为会计是:"旨在提高微观经济效益,加强经济管理而在企业(单位)范围内建立的一个以提高财务信息为主的经济信息系统。这个系统主要用来处理各单位的资金运动(价值运动)所产生的数据而后把它加工成有助于决策的财务信息和其他信息。"而我们认为两种学派尽管在表达上有一定的差异,侧重点有所不同,但并不矛盾,即会计既是一个以提供财务信息为主的信息系统,又是一项经济管理活动。

会计报表必须同时满足不同使用者的需要,会计信息使用者包括:股东或企业所有者、债权人、政府及其有关部门、企业管理者、其他会计信息使用者等。

会计目标也称财务报表目标或财务会计目标,是指在一定的客观环境和经济条件下,会计工作所期望达到的结果或标准。

会计法律规范是我国经济法规的一个组成部分,目前我国指导企业会计工作的会计法规主要包括会计法、会计准则、会计制度等,以《会计法》为主,形成了一个比较完整的法规体系。会计准则是会计核算工作的基本规范,它就会计核算的原则和会计处理方法及程序作出了规定,为会计制度的制定提供了依据。我国的会计准则由财政部制定并颁布,包括基本会计准则和具体会计准则两大部分。2006年2月15日,财政部发布了包括1项基本准则和38项具体准则在内的企业会计准则体系。

会计核算的基本前提是指为了保证会计工作的正常进行和会计信息的质量,对会计核算的范围、内容、基本程序和方法所作的基本假定,也称为会计假设。中外学者对会计假设的外延有不同的看法,比较一致的看法认为会计假设有四项,即:会计主体、持续经营、会计期间、货币计量。会计主体是指会计工作为其服务的特定单位或组织。须注意两点:第一,会计所反映的是一个特定主体的经济业务,而不是其他主体的经济业务,也不是主体所有者个人的财务活动。第二,会计主体与法律主体是两个不同的概念。会计主体为会计工作规定了活动的空间范围。持续经营是指在可以预见的将来,企业将会按当前的规模和状态继续经营下去,不会面临破产,进行清算。持续经营为会计工作规定了活动的时间范围。会计分期,是指将一个企业持续经营的生产经营活动期间划分为若干连续的、长短相同的期间。会计分期的目的在于通过会计期间的划分,分期结算账目,按期编制财务报告。货币计量,是指会计主体在会计核算过程中应采用货币作为计量单位,记录、反映会计主体的经营情况。

会计信息质量要求是对企业财务报告中所提供的会计信息质量的基本要求,是使财务报告中所提供会计信息对使用者决策有用所应具备的基本特征,它包括可靠性、相关性、可理解性、可比性、实质重于形式、重要性、谨慎性和及时性。

可靠性要求企业应当以实际发生的交易或者事项为依据进行会计确认、计量和报告,如实反映符合确认和计量要求的各项会计要素及其他相关信息,保证会计信息真实可靠、内容完整。相关性要求企业提供的会计信息应当与财务报告使用者的经济决策需要相关,有助于财务报告使用者对企业过去、现在或者未来的情况作出评价或者预测。可理解性要求企业提供的会计信息应当清晰明了,便于财务会计报告使用者理解和使用。可比性要求企业提供的会计信息应当具有可比性。实质重于形式要求企业应当按照交易或者事项的经济实质进行会计确认、计量和报告,不应仅以交易或者事项的法律形式为依据。重要性要求企业提供的会计信息应当反映与企业财务状况、经营成果和现金流量等有关的所有重要交易或者事项。谨慎性要求企业对交易或者事项进行会计确认、计量和报告时应当保持应有的谨慎,不应高估资产或者收益、低估负债或者费用。及时性要求企业对于已经发生的交易或者事项,应当及时进行会计确认、计量和报告,不得提前或者延后。

会计的对象是指会计所核算和监督的内容,即特定主体能够以货币表现的经济活动。以货币表现的经济活动通常又称为价值运动或资金运动。社会再生产过程中的资金运动包括各特定主体的资金投入、资金运用(即资金的循环与周转)以及资金退出等过程。

会计要素是会计对象的具体化,是对会计对象按经济特征所作的最基本分类。我国的《企业会计准则——基本准则》中定义了资产、负债、所有者权益、收入、费用和利润六大会计要素。这六大会计要素又可以划分为两大类,即反映企业财务状况的会计要素和反映企业经营成果的会计要素。资产是指企业过去的交易或事项形成并由企业拥有或者控制的资源,该资源预期会给企业带来经济利益。负债是指企业过去的交易或者事项形成的预期会导致经济利益流出企业的现时义务。所有者权益是指企业资产扣除负债后由所有者享有的剩余权益。公司的所有者权益又称为股东权益。收入是指企业在日常活动中形成的、会导致所有者权益增加的、与所有者投入资本无关的经济利益的总流入。费用是指企业在日常活动中发生的、会导致所有者权益减少的、与向所有者分配利润无关的经济利益的总流出。利润是指企业在一定会计期间的经营成果。

会计等式是反映会计要素之间平衡关系的计算公式,它是各种会计核算方法的理论基础。①资产 = 负债 + 所有者权益,这是最基本的会计等式。②收入 – 费用 = 利润。

企业在生产经营过程中,每天都会发生多种多样、错综复杂的经济业务,从而引起各会计要素的增减变动,但无论经济业务如何变化,都不会影响资产与权益的恒等关系。

确认、计量要求方面的原则包括权责发生制原则、配比原则、历史成本原则、划分收益性支出和资本性支出原则。权责发生制原则是指企业按收入的权利和支出的义务是否应归属于本期来确认收入、费用,而不管款项的实际收支是否在本期发生。配比原则是指企业的收入与其相关的成本、费用相互配比。历史成本原则又称原始成本原则或实际成本原则,在历史成本计量下,资产按照购置时支付的现金或者现金等价物的金额,或者按照购置资产时所付出的对价的公允价值计量。收益性支出,是指支出的效益仅与本会计年度(或一个营业周期)相关的支出;而资本性支出是指支出的效益与几个会计年度(或几个营业周期)相关的支出。划分收益性支出和资本性支出的目的在于正确确定企业的当期损益。

会计确认是按照规定的标准和方法,辨认和确定经济信息是否作为会计信息进行正式记录并列入财务报表的过程。会计确认的标准有:可定义性、可计量性、经济信息的可靠性、经济信息的相关性。

会计计量,是为了将符合确认条件的会计要素登记入账,并列报于财务报表而确定其金额的过程。计量属性反映的是会计要素金额的确定基础,即按什么标准来记账,它主要包括历史成本、重置成本、可变现净值、现值和公允价值等。企业在对会计要素进行计量时,一般应当采用历史成本,采用重置成本、可变现净值、现值、公允价值计量的,应当保证所确定的会计要素金额能够取得并可靠计量。

会计核算方法是指为核算和监督会计对象,完成会计任务而采用的各种专门方法和手段,主要包括设置会计科目和账户、复式记账、填制和审核会计凭证、登记会计账簿、成本计算、财产清查和编制财务会计报告七种方法。正确地、科学地设置会计科目和账户,是满足经营管理需要,完成会计核算任务的基础。复式记账是指对每一项经济业务,都要以相等的金额在两个或两个以上相互关联的账户中进行记录的一种记账方法。会计凭证是以记录经济业务与明确经济责任作为记账依据的书面证明。账簿是具有一定格式,相互联结的账页,是用来全面、连续、系统地记录各项经济业务的簿籍,是保存会计数据资料的重要工具。登记会计账簿就是将会计凭证记录的经济业务,序时、分类地记入有关簿籍中设置的各个账户。成本计算是指在生产经营过程中,按照一定对象归集和分配发生的各种费用支出,以确定该对象的总成本和单位成本。财产清查是通过盘点实物、核对账目,对各往来款项进行查询核对,以保证账账、账实相符的一种专门方法。编制财务会计报告是以书面报告的形式,定期总括地反映一个特定单位的财务状况和经营成果而采用的一种会计专门方法。

从经济业务发生取得原始凭证到财务会计报告的编制,这形成了一个会计循环。会计循环可以描述为:经济业务发生后,经办人员要填制或取得原始凭证,经会计人员审核无误后,按设置的账户,运用复式记账法,编制记账凭证,并据以登记账簿;根据凭证和账簿记录对生产经营过程中发生的各项费用进行成本计算,运用财产清查方法对账簿记录加以核实,在保证账实相符的基础上,定期编制财务会计报告。

思考与练习

一、思考题

1. 对会计的含义表述具有代表性的观点是什么?

2. 会计的两项基本职能是什么? 它们有哪些特点?

3. 什么是会计对象? 什么是会计要素?

4. 会计六要素是什么? 六要素具有哪些特征?

5. 会计核算的基本前提是什么?

6. 如何划分资本性支出与收益性支出的界限?

7. 经济业务的发生对会计等式中的资产、负债与所有者权益的影响有几种类型?

8. 会计核算方法包括哪些?

二、判断题

1. 法律主体一定是会计主体,但会计主体不一定是法律主体。   (　　)

2. 按照权责发生制原则的要求,凡是本期实际收到的款项的收入和付出款项的费用,不论是否归属于本期,都应当作为本期的收入和费用处理。   (　　)

3. 记账本位币指的是记账使用的货币种类,按照《企业会计制度》的规定,会计核算必须以人民币为记账本位币。   (　　)

4. 购买无形资产的支出属于资本性支出。   (　　)

5. 资金的退出指的是资金离开本企业,退出资金的循环与周转,主要包括偿还各项债务,上交各项税金以及向所有者分配利润等。　　　　　　　（　）

6. 会计核算职能是会计最基本的职能,它贯穿于经济活动的全过程。（　）

7. 资产必须具备实物形态。　　　　　　　　　　　　　　　　　（　）

8. 权益指的是所有者权益。　　　　　　　　　　　　　　　　　（　）

9. 会计主体为会计工作规定了活动的时间范围。　　　　　　　　（　）

10. 谨慎性原则要求尽量低估资产。　　　　　　　　　　　　　　（　）

三、单项选择题

1. 下列属于负债的特征的是　　　　　　　　　　　　　　　　　（　）

　　A. 是由于未来的交易或事项所形成的

　　B. 是现在已经承担的责任并且是企业将来要清偿的义务

　　C. 是企业拥有或控制的

　　D. 能够给企业带来未来经济利益

2. 下列属于反映企业财务状况的会计要素是　　　　　　　　　　（　）

　　A. 收入　　　　　B. 资产　　　　　C. 费用　　　　　D. 利润

3. 下列不属于会计确认、计量核算原则的是　　　　　　　　　　（　）

　　A. 划分收益性支出与资本性支出

　　B. 历史成本计价

　　C. 权责发生制原则

　　D. 会计主体

4. （　）是会计最基本的等式。

　　A. 资产 = 负债 + 所有者权益

　　B. 资产 = 负债 + 所有者权益 + (收入 − 费用)

　　C. 资产 = 负债 + 所有者权益 + 利润

　　D. 收入 − 费用 = 利润

5. 下列属于会计信息质量要求的是　　　　　　　　　　　　　　（　）

　　A. 持续经营　　　　　　　　B. 实质重于形式

　　C. 会计分期　　　　　　　　D. 货币计量

6. 下列各项中用于划分各期会计期间收入和费用的原则是　　　　（　）

　　A. 配比原则　　　　　　　　B. 权责发生制原则

　　C. 可比性原则　　　　　　　D. 收付实现制原则

7. 会计主体明确了会计工作的　　　　　　　　　　　　　　　　（　）

　　A. 时间范围　　B. 空间范围　　C. 核算范围　　D. 监督范围

8. 会计的基本职能是 （　）

    A. 核算与监督   B. 分析与考核

    C. 预测与决策   D. 记账与算账

9. 在会计年度内,企业把资本性支出按收益性支出处理,其后果是 （　）

    A. 本年度净收益降低,资产价值偏低

    B. 本年度净收益和资产价值虚增

    C. 本年度净收益减少,负债减少

    D. 本年度净收益增加,负债减少

10. 下列支出属于收益性支出的是 （　）

    A. 购买固定资产   B. 购买办公设备

    C. 购买办公用品   D. 购买无形资产

四、多项选择题

1. 下列说法正确的是 （　）

    A. 所有者权益是指企业所有者在企业资产中享有的经济利益

    B. 所有者权益的金额等于资产减去负债后的余额

    C. 所有者权益也称为净资产

    D. 所有者权益包括实收资本、资本公积、盈余公积和未分配利润

2. 负债的特征是( )

    A. 由过去的交易或事项所引起

    B. 由企业拥有或者控制

    C. 现在已经承担的责任

    D. 最终要导致经济利益流出企业

3. 下列关于会计的对象的表述正确的是 （　）

    A. 会计的对象是指会计核算和监督的内容

    B. 凡是特定单位能够以货币表现的经济活动都是会计的对象

    C. 企业会计的对象就是企业的资金运动

    D. 企业的资金运动,表现为资金投入、资金运用和资金退出三个过程

4. 下列属于流动资产的是 （　）

    A. 预收账款   B. 预付账款   C. 应收账款   D. 应收票据

5. 会计核算的基本前提包括 （　）

    A. 会计主体   B. 持续经营   C. 会计分期   D. 货币计量

6. 与会计信息质量要求有关的会计原则是 （　）

    A. 可靠性   B. 相关性   C. 可比性   D. 谨慎性

7. 引起会计等式左右两方同时发生增加或减少变化的经济业务有 ( )

    A. 以银行存款归还借款   B. 投资者投入资本

    C. 购进原材料未付款   D. 收回应收账款存入银行

8. 资产的特征是 ( )

    A. 过去的交易或事项形成

    B. 企业日常活动形成的经济利益的总流入

    C. 企业拥有或控制的

    D. 能够给企业带来未来的经济利益流入

9. 下列项目属于会计核算方法的有 ( )

    A. 复式记账   B. 设置会计科目和账户

    C. 会计分析   D. 编制财务会计报告

10. 下列属于会计确认、计量核算原则的是 ( )

    A. 权责发生制原则   B. 配比原则

    C. 历史成本原则   D. 划分收益性支出和资本性支出原则

11. 经济业务的发生不可能导致 ( )

    A. 一项资产增加,一项负债减少

    B. 一项资产增加,一项所有者权益增加

    C. 一项负债增加,一项所有者权益增加

    D. 一项负债增加,一项所有者权益减少

12. 下列经济业务的发生,能引起会计等式两边同时增加的有 ( )

    A. 用银行存款支付股利

    B. 投资者追加投资一台设备

    C. 向银行借入短期借款存入银行

    D. 用银行存款购买机器设备

第 2 章　会计科目和账户

学习目的与要求

1. 通过本章的学习,了解会计科目设置的原则。
2. 掌握会计科目及账户的含义和分类。
3. 掌握账户的基本结构及账户与会计科目的关系。

2.1　会计科目

2.1.1　会计科目的含义

第一章已说明,资产、负债、所有者权益、收入、费用、利润等会计要素是对会计对象的基本分类,而这六项会计要素仍显得过于粗略,难以满足各有关方面对会计信息的需要。会计信息的使用者可以通过会计要素的分类得到关于企业的总括核算资料,但为了决策和管理经济活动,除了总括资料以外,还需要详细的资料。例如,所有者需要了解利润的构成及其分配情况、了解负债及其构成情况;债权人需要了解流动比率、速动比率等有关指标,以评判其债权的安全情况;税务机关要了解企业欠交税金的详细情况;等等。为此还必须对会计要素作进一步分类,即设置会计科目,以便全面、系统地反映和监督各项会计要素的增减变动情况,分门别类地为经济管理提供会计核算资料。会计科目就是对会计要素的具体内容进行分类核算的项目。

在实际工作中,会计科目是事先通过会计制度加以规定的。例如,为了反映和监督各项资产的增减变动,需要设置"库存现金"、"原材料"、"库存商品"、"长期股权投资"、"固定资产"等科目。为了反映和监督负债的增减变动,需要设置"短期借款"、"应付账款"、"应付职工薪酬"、"长期借款"等科目。设置会计科目是会计核算的专门方法之一,通过设置会计科目,为设置账户和登记账簿提供了依据,为编制财务报表提供了条件。

为了分类、系统、全面地核算和监督企业各项经济业务以及由此引起各项会计要素的变动,达到设置会计科目的目的,会计科目的设置应遵循一定的原则。

2.1.2　会计科目设置的原则

(一)设置会计科目必须结合会计对象的特点,全面反映会计核算的内容

所谓结合会计对象的特点,就是根据不同单位经济业务的特点,本着全面核算其经济业务的全过程及结果的目的来确定应该设置哪些会计科目。这里所说的要结合会计对象的特点,首先是根据不同的行业特点,并在此基础上考虑各自企业的特点。不同的行业或企业的经济业务是有差别的,会计要素所包含的内容也各有特点,在设置会计科目时,还应根据各行业会计要素的具体特点,设置相应的会计科目。例如,工业企业的主要经营活动是制造产品,因而需要设置反映生产费用的归集、成本计算的会计科目,如"生产成本"、"制造费用"等会计科目。而商业流通企业的主要经营活动是购进和销售商品,不进行产品生产,因而一般不需要设置"生产成本"科目,但需要设置反映商品采购、商品销售,以及在购、销、存等环节发生的各项费用的会计科目。

(二)设置会计科目必须符合经济管理对会计信息的需求

会计核算所提供的会计信息不仅要满足国家宏观管理的需要,满足企业内部经济管理的需要,还要满足投资者、债权人和其他有关方面的需要,因此,设置会计科目必须充分考虑各方面对会计信息的需求,以利于信息使用者进行决策。如,在设置会计科目时要兼顾企业外部有关方面和内部经营管理的不同需求,并根据各自需要的详细程度,分设总分类科目和明细分类科目。总分类科目所提供的是总括性指标,基本上满足企业外部有关方面信息使用者的需要;在总分类账户下设置的二级科目和明细科目所提供的明细核算资料,主要是为企业内部经营管理服务。又如,为了加强宏观调控,反映利税的取得、分配和上缴情况,需要设置"本年利润"、"利润分配"、"应交税费"等科目。

(三)设置会计科目要将统一性与灵活性结合起来

为适应国家宏观管理的需要,保证对外提供的会计指标口径一致,使会计信息具有可比性,我国财政部根据《企业会计准则——基本准则》及行业特点,统一制定各主要行业的会计制度,其中相应规定了统一的会计科目。企业在保证提供统一会计核算指标的前提下,根据本单位的具体情况,对统一规定的会计科目,可以

根据需要作必要的简化或合并、增设或补充。如,小规模的制造业企业,可以将生产成本、制造费用两个会计科目合并,设置"制造成本"会计科目;规模较大的制造业企业,有废品损失和停工损失的发生,可以增设"废品损失"、"停工损失"会计科目。

贯彻统一性与灵活性相结合的原则设置会计科目,实际上就是保证会计信息的有用性,在具体工作时要防止两种倾向:一是要防止会计科目过于简单化,过于简单就不能满足于经济管理的要求;二是要防止会计科目过于烦琐,如果核算资料超过要求,就会不合理地加大会计核算工作量。

(四)设置会计科目的名称要简单明确,字义相符,通俗易懂

会计科目作为分类核算的标识,要求简单明确,字义相符,这样才能避免误解和混乱。简单明确是指根据经济业务的特点尽可能简洁明确地规定科目名称;字义相符是指按照中文习惯,能够望文生义,不致产生误解;通俗易懂是指要尽量避免使用晦涩难懂的文字,便于大多数人正确理解。会计科目的名称除了要求简单明确,字义相符,通俗易懂之外,还要尽量采用在经济生活中习惯性的名称,以避免不必要的误解。

(五)设置会计科目要保持相对稳定性

为了便于在不同时期分析比较会计核算指标和在一定范围内汇总核算指标,应保持会计科目相对稳定,不能经常变动会计科目的名称、内容、数量,使核算指标保持可比性。但会计科目的设置必须要适应经济环境的变化和本单位业务发展的需要,当会计环境发生变化,会计制度进行修改补充时,会计科目也要随之作相应的调整变更,以及时反映新的经济业务的全面内容。所以,相对稳定性并不排斥对会计科目的适时修订,只是变动不可过于频繁。

2.1.3　会计科目的分类

(一)按经济内容分类

会计科目按其所反映的经济内容不同,分为资产类、负债类、所有者权益类、共同类、成本类、损益类。参照我国新的《企业会计准则——应用指南》(2006 年 10 月 30 日财政部发布,自 2007 年 1 月 1 日起施行),企业会计科目的设置如表 2-1 所示。

表 2 - 1 会计科目表(部分)

顺序号	会计科目名称	顺序号	会计科目名称
	一、资产类		应付票据
	库存现金		应付账款
	银行存款		预收账款
	其他货币资金		应付职工薪酬
	交易性金融资产		应交税费
	应收票据		应付利息
	应收账款		应付股利
	预付账款		其他应付款
	应收利息		长期借款
	应收股利		应付债券
	其他应收款		预计负债
	坏账准备		三、共同类
	材料采购		衍生工具
	在途物资		套期工具
	原材料		四、所有者权益类
	材料成本差异		实收资本
(略)	库存商品	(略)	资本公积
	发出商品		盈余公积
	委托加工物资		本年利润
	存货跌价准备		利润分配
	持有至到期投资		五、成本类
	长期股权投资		生产成本
	长期股权投资减值准备		制造费用
	长期应收款		六、损益类
	固定资产		主营业务收入
	累计折旧		其他业务收入
	固定资产减值准备		投资收益
	在建工程		营业外收入
	工程物资		其他业务成本
	固定资产清理		主营业务成本
	长期待摊费用		营业税金及附加
	无形资产		销售费用
	无形资产减值准备		管理费用
	待处理财产损溢		财务费用
	二、负债类		营业外支出
	短期借款		所得税费用
	交易性金融负债		以前年度损益调整

（二）按所提供指标的详细程度分类

会计科目按其提供指标的详细程度不同,可分为以下两类:

1. 总分类科目

总分类科目,又称总账科目,是对会计要素具体内容进行的总括分类,是反映总括性核算指标的会计科目。如"库存现金"、"银行存款"、"原材料"、"固定资产"、"短期借款"、"实收资本"等。按我国现行会计制度的规定,总分类科目一般由财政部或企业主管部门统一制定。上述会计科目表中的科目都是总分类科目。

2. 明细分类科目

明细分类科目,是对总分类科目的核算内容所作的进一步分类,是反映核算指标的详细、具体情况的会计科目。例如:在"应付账款"总分类科目下按具体应付单位分设明细科目,具体反映应付某个单位的货款。按我国现行会计制度的规定,明细分类科目除会计制度规定必须设置的以外,各单位可根据实际需要自行设置。

在实际工作中,有时在总分类科目下设置的明细分类科目太多,为了适应管理工作的需要,可在总分类科目与明细分类科目之间增设二级科目(也称子目)。它所提供的指标或信息介于总分类科目与明细分类科目之间。也就是说,会计科目还可再分为二级或三级,即总分类科目统辖下属若干明细分类科目,或者总分类科目统辖下属若干二级科目,再在每个二级科目下设置若干明细科目。

为了简化说明,我们一般将二级科目(子目)也算作明细分类科目的一个组成部分。二级科目所属的科目称为明细科目(也称细目)。因此,明细分类科目包括二级科目(子目)和明细科目(细目)。

会计科目按所提供指标的详细程度分类,如表 2－2 所示:

表 2－2　会计科目按所提供指标的详细程度分类

总分类科目	明细分类科目	
（一级科目）	二级科目（子目）	三级科目（细目）
生产成本	一车间	A 产品
		B 产品
	二车间	C 产品
		D 产品
	三车间	E 产品
		F 产品

2.2 账 户

2.2.1 账户的含义

通过设置会计科目,有助于会计信息使用者分门别类地了解会计要素的增减变化及其结果,满足企业内部经营管理与企业外部有关方面对会计信息的需要。但是会计科目不能对经济业务的发生所引起的会计要素的增减变动及其结果加以序时、连续、系统地记录,提供各种会计信息,所以必须借助于一定的记账实体,这样就出现了账户。所谓账户就是根据会计科目开设的,具有一定的格式和结构,用来分类、连续地记录经济业务,反映会计要素增减变动情况及其结果的载体。设置账户是会计核算的重要方法之一。

2.2.2 账户的分类

账户的分类与会计科目的分类相对应,按其所提供指标的详细程度及其统驭关系不同,账户分为总分类账户(简称总账账户或总账)和明细分类账户(简称明细账);按其所反映的经济内容不同,账户分为资产类账户、负债类账户、共同类账户、所有者权益类账户、成本类账户、损益类账户。

(一)按照提供指标的详细程度分类

按照提供指标的详细程度,账户分为总分类账户和明细分类账户。总分类账户是指根据总分类科目设置的,用于对会计要素具体内容进行总括分类核算的账户,每一个总账科目都对应一个总账账户。明细分类账户是根据明细分类科目设置的,用于对会计要素具体内容进行明细分类核算的账户,每一个明细科目都对应一个明细账户。总账账户称为一级账户,总账以下的账户称为明细账户。

总分类账户对明细分类账户具有统驭控制作用,而明细分类账户对总分类账户具有补充说明作用。总分类账户与其所属的明细分类账户在总金额上应当相符。在会计核算中,对总分类账户和明细分类账户采用平行登记法,即对所发生的每项经济业务事项,都要以会计凭证为依据,一方面记入有关总分类账户,另一方面记入有关总分类账户所属明细分类账户的方法。平行登记法可以归纳如下:第一,时期相同。每一项经济业务发生后,在同一会计期间既要记入有关总分类账户,又要记入其所属的明细分类账户。第二,方向相同。每一项经济业务发生后,记入总分类账户的方向与记入明细分类账户的方向相同。第三,金额相同。每一项经济业务发生后,记入总分类账户的金额与记入明细分类账户的金额相同。

(二)按其所反映的经济内容不同分类

1. 资产类账户

资产类账户是用来反映企业资产的增减变动(发生额)及其结存情况(余额)的账户。按照资产的流动性和经营管理核算的需要分为反映流动资产的账户和反映非流动资产的账户。反映流动资产的账户,按照各项资产的流动性和在生产经营过程中所起的作用,又可分为反映货币资金的账户,如"库存现金"、"银行存款"、"其他货币资金"账户;反映短期债权的账户,如"应收账款"、"应收票据"、"其他应收款"等;反映存货的账户,如"在途物资"、"原材料"、"库存商品"、"商品进销差价"、"委托加工物资"、"存货跌价准备"等。反映非流动资产的账户,如"固定资产"、"累计折旧"、"在建工程"、"无形资产"、"长期待摊费用"等。

2. 负债类账户

负债类账户是用来反映负债的增减变动(发生额)及其结存情况(余额)的账户。按照负债的流动性或偿还期限的长短分为反映流动负债的账户和反映长期负债的账户。前者如"短期借款"、"应付票据"、"应付账款"、"应付职工薪酬"、"应交税费"、"其他应付款"、"应付股利"、"预收账款"等账户;后者如"长期借款"、"长期应付款"、"应付债券"等账户。

3. 共同类账户

共同类账户包括清算资金往来、货币兑换、衍生工具、套期工具、被套期项目5个,基本上只有银行、证券、期货等企业使用。

4. 所有者权益类账户

所有者权益类账户是用来反映企业所有者权益的增减变动(发生额)及其结存情况(余额)的账户。按照所有者权益的来源不同分为反映投入资本的账户和反映留存收益的账户,前者如"实收资本"、"资本公积"等账户;后者如"盈余公积"、"本年利润"等账户。

5. 成本类账户

成本类账户是用来反映企业在生产经营过程中发生的各种耗费并计算产品或劳务成本的账户。如"生产成本"、"制造费用"、"劳务成本"等账户。

6. 损益类账户

损益类账户是用来反映企业收入和费用的账户。按照损益与企业的生产经营活动是否有关,分为反映营业损益的账户和反映非营业损益的账户。反映营业损益的账户,如"主营业务收入"、"其他业务收入"等。反映非营业损益的账户如"营业外收入"、"营业外支出"。

2.2.3 账户的基本结构

账户既然是用来记录经济业务的发生所引起的会计要素的增减变动及其结果的,那么,账户必须具有一定的结构和格式。所谓账户的基本结构是指账户应由哪几部分组成,以及如何在账户中记录会计要素的增加、减少及余额情况等。

(一)账户的基本结构

企业经济业务的发生引起的会计要素的变动,从数量上看,不外乎增加和减少两种情况,因此账户的结构也相应的分为两个基本部分,即左右两方,一方登记增加额,另一方登记减少额。账户的每一方再根据实际需要分为若干栏次,分别记录经济业务发生的时间和内容以及会计要素增加和减少的数额。无论何种记账方法,何种性质的账户,左右两方的增减意义都是相反的。也就是如果左方记增加,则右方记减少;如果左方记减少,则右方记增加。账户哪一方登记数额的增加,哪一方登记数额的减少,取决于所记录的经济业务和账户的性质。账户的基本结构一般包括下列内容:

(1)账户的名称(会计科目作为账户的名称);表明账户用以记录哪一类经济要素。

(2)记录经济业务的日期。

(3)所依据记账凭证的种类和编号:为以后查账提供便利。

(4)经济业务内容的摘要:用以概括说明经济业务的内容。

(5)增加和减少的金额及余额:用以填写经济业务引起会计要素增加、减少及变动的结果。

账户的一般格式如表 2 - 3 所示。

表 2 - 3　账户名称(会计科目)

年		凭证		摘要	借方金额	贷方金额	借或贷	余额
月	日	字	号					

表 2 - 3 所示账户格式为手工记账常用的格式。在会计教学中,为了能直观地、简要地讲授核算内容,设置 T 形账户,T 形账户的基本格式如图 2 - 1 所示。

账户名称(会计科目)

图 2 - 1　T 形账户的基本格式

(二)四项金额及其关系

无论是手工记账采用的格式,还是教学中采用的 T 形账户,都要记录会计要素的增加额、减少额、增减相抵后的差额,即账户的余额。账户的余额按照表示的时间不同,分为期初余额和期末余额。在账户中记录的本期增加发生额、本期减少发生额、期初余额、期末余额构成账户的四项金额。这四项金额可以用下列等式表示:

期末余额 = 期初余额 + 本期增加发生额 − 本期减少发生额

(1)期初余额:上期的期末余额就是本期的期初余额。期初余额的数据来源于同一账户上期期末余额的结转。

(2)本期增加发生额:是指一定会计期间内账户所登记的本期增加额的合计数。

(3)本期减少发生额:是指一定会计期间内账户所登记的本期减少额的合计数。

(4)期末余额:通过结账计算求出。在没有期初余额的情况下,期末余额是本期增加发生额与本期减少发生额相抵后的差额;在有期初余额的情况下,期末余额通过以上公式计算求出。

2.2.4　账户与会计科目的关系

账户与会计科目两者之间既有联系又有区别。两者的共同点在于:账户与会计科目都是对会计对象的具体内容所进行的科学分类,都说明一定的经济业务内容;一般情况下,账户的名称就是会计科目,会计科目是设置账户的依据,账户是会计科目的具体运用。

在会计实务中人们经常将"账户"与"会计科目"理解为同一个概念,不加区分,但是从理论上分析,两者还是有区别的。

两者的区别在于:会计科目仅仅是账户的名称,不存在结构,而账户则具有一定的格式和结构;会计科目只表示一定的经济业务内容,而账户不仅能够分类记录经济业务的内容,而且能够记录经济业务引起会计要素增减变动及其变动结果的金额。

本章小结

会计科目就是对会计要素的具体内容进行分类核算的项目。账户是根据会计科目开设的,具有一定的格式和结构,用来分类连续地记录经济业务,反映会计要素增减变动情况及其结果的载体。

会计要素是对会计对象的基本分类,资产、负债、所有者权益、收入、费用和利润这六个会计要素又是会计核算和监督的内容。而这六个会计要素对于纷繁复杂的企业经济业务的反映又显得过于粗略。因此,为满足经济管理及有关各方面对会计信息的要求,必须对会计要素进行细化。即对会计要素所反映的具体内容进一步分门别类的划分,设置会计科目。

为了分类、系统、全面地核算和监督企业各项经济业务以及由此引起各项会计要素的变动,达到设置会计科目的目的,会计科目的设置应遵循一定的原则:设置会计科目必须结合会计对象的特点,全面反映会计核算的内容;设置会计科目必须符合经济管理对会计信息的需求;设置会计科目要将统一性与灵活性结合起来;设置会计科目的名称要简单明确,字义相符,通俗易懂;设置会计科目要保持相对稳定性。

会计科目按其所反映的经济内容不同,分为资产类、负债类、所有者权益类、共同类、成本类、损益类。

会计科目按其提供指标的详细程度不同,可分为两类:总分类科目与明细分类科目。总分类科目,又称总账科目,是对会计要素具体内容进行的总括分类,是反映总括性核算指标的会计科目。明细分类科目,是对总分类科目的核算内容所作的进一步分类,是反映核算指标的详细、具体情况的会计科目。

通过设置会计科目,有助于会计信息使用者分门别类地了解会计要素的增减变化及其结果,满足企业内部经营管理与企业外部有关方面对会计信息的需要。但是会计科目不能对经济业务的发生所引起的会计要素的增减变动及其结果加以序时、连续、系统地记录,提供各种会计信息,所以必须借助于一定的记账实体,这样就出现了账户。

账户的分类与会计科目的分类相对应,按其所提供信息的详细程度及其统驭关系不同,账户分为总分类账户(简称总账账户或总账)和明细分类账户(简称明细账);按其所反映的经济内容不同,账户分为资产类账户、负债类账户、所有者权益类账户、成本类账户、损益类账户等。

总分类账户对明细分类账户具有统驭控制作用,而明细分类账户对总分类账户具有补充说明作用。总分类账户与其所属的明细分类账户在总金额上应当相符。在会计核算中,对总分类账户和明细分类账户采用平行登记法,即对所发生的每项经济业务事项,都要以会计凭证为依据,一方面记入有关总分类账户,另一方面记入有关总分类账户所属明细分类账户的方法。总分类账户与明细分类账户平行登记要求做到:所依据会计凭证相同、借贷方向相同、所属会计期间相同、计入总分类账户的金额与计入其所属明细分类账户的合计金额相等。

账户必须具有一定的结构和格式。账户的基本结构一般包括下列内容:①账户的名称(会计科目作为账户的名称);②记录经济业务的日期;③所依据记账凭证的种类和编号;④经济业务内容的摘要;⑤增加和减少的金额及余额。

在账户中记录的本期增加发生额、本期减少发生额、期初余额、期末余额构成账户的四项金额。这四项金额可以用下列等式表示:

期末余额 = 期初余额 + 本期增加发生额 − 本期减少发生额

账户与会计科目两者之间既有联系又有区别。两者的共同点在于:账户与会计科目都是对会计对象的具体内容所进行的科学分类,都说明一定的经济业务内容;一般情况下,账户的名称就是会计科目,会计科目是设置账户的依据,账户是会计科目的具体运用。

两者的区别在于:会计科目仅仅是账户的名称,不存在结构,而账户则具有一定的格式和结构;会计科目只表示一定的经济业务内容,而账户不仅能够分类记录经济业务的内容,而且能够记录经济业务引起会计要素增减变动及其变动结果的金额。

思考与练习

一、思考题

1. 什么是会计科目? 设置会计科目应遵循哪些原则?

2. 会计科目按经济内容如何分类? 按所提供指标的详细程度如何分类?

3. 什么是账户?

4. 简述总分类账户与明细分类账户的平行登记法。

5. 简述账户中的四项金额及其关系。

6. 简述账户的基本结构。

7. 简述账户与会计科目的关系。

二、判断题

1. 会计账户的各项金额的关系可用"本期期末余额 = 本期期初余额 + 本期增加发生额 − 本期减少发生额"表示。　　　　　　　　　　　　　　　　(　)

2. 会计账户都是根据会计科目设置的。　　　　　　　　　　　(　)

3. 明细会计科目可以根据企业内部管理的需要自行制定。　　　(　)

4. 成本类会计科目包括生产成本、管理费用等。　　　　　　　　（　　）

5. 账户的简单格式分为左右两方,其中,左方表示增加,右方表示减少。（　　）

三、单项选择题

1. 会计科目是对(　　)的具体内容进行分类核算的项目。

　A. 经济业务　　　B. 会计主体　　C. 会计对象　　D. 会计要素

2. 会计账户是根据(　　)分别设置的。

　A. 会计对象　　　B. 会计要素　　C. 会计科目　　D. 经济业务

3. 下列会计科目中,属于损益类的是　　　　　　　　　　　　　（　　）

　A. 长期待摊费用　B. 银行存款　C. 制造费用　D. 财务费用

4. 在下列项目中,与管理费用属于同一类科目的是　　　　　　　（　　）

　A. 固定资产　　　B. 盈余公积　　C. 应付账款　　D. 主营业务收入

5. 会计科目和会计账户的本质区别在于　　　　　　　　　　　　（　　）

　A. 反映的经济业务不同

　B. 记录资产和权益的内容不同

　C. 记录资产和权益的方法不同

　D. 会计账户有结构,而会计科目无结构

6. 总分类会计科目一般按(　　)进行设置。

　A. 企业管理的需要　　　　B. 统一会计制度的规定

　C. 会计核算的需要　　　　D. 经济业务的种类不同

7. 下列会计科目中,不属于资产类的是　　　　　　　　　　　　（　　）

　A. 应收账款　　　B. 材料采购　　C. 应付账款　　D. 原材料

8. "累计折旧"会计科目属于　　　　　　　　　　　　　　　　　（　　）

　A. 资产类科目　　B. 负债类科目　C. 损益类科目　D. 成本类科目

9. 反映流动负债的会计科目是　　　　　　　　　　　　　　　　（　　）

　A. 长期借款　　　B. 应付债券　　C. 应付职工薪酬　D. 预付账款

10. 属于所有者权益类的会计科目是　　　　　　　　　　　　　　（　　）

　A. 利润分配　　　B. 长期借款　　C. 营业外收入　　D. 长期股权投资

四、多项选择题

1. 关于总分类会计科目与明细分类会计科目表述正确的是(　　)

　A. 总分类科目是概括地反映会计对象的具体内容

　B. 明细分类科目是详细反映会计对象的具体内容

　C. 总分类会计科目对明细分类科目具有控制作用

　D. 明细分类会计科目是对总分类会计科目的补充和说明

2. 下列属于损益类科目的是   ( )

    A. 制造费用   B. 主营业务收入   C. 主营业务成本   D. 其他业务收入

3. 下列属于总账科目的是   ( )

    A. 应收账款   B. 生产成本   C. 应交所得税   D. 固定资产

4. 下列项目中,属于成本类科目的是   ( )

    A. 生产成本   B. 制造费用   C. 投资收益   D. 销售费用

5. 下列( )属于反映非流动资产的账户。

    A. 库存商品   B. 应收账款   C. 固定资产   D. 累计折旧

6. 反映非流动负债的会计科目有   ( )

    A. 应付票据   B. 长期借款   C. 应付债券   D. 长期应付款

7. 下列属于资产类的会计科目有   ( )

    A. 应收账款   B. 预付账款   C. 无形资产   D. 长期待摊费用

8. 下列属于所有者权益类的会计科目的有   ( )

    A. 实收资本   B. 资本公积   C. 盈余公积   D. 本年利润

五、计算题

▲目的:熟悉与掌握会计恒等式。

▲资料:

甲公司×××年1月31日资产总额为400 000元,负债总额为34 000元,所有者权益总额为366 000元。

甲公司2月份发生如下经济业务:

①从银行提取现金1 000元。

②用银行存款偿还原购买材料所欠货款(应付账款)20 000元。

③向银行借款40 000元,存入银行。

④新加入的投资者投资70 000元,存入银行。

⑤用银行存款购买设备一台50 000元。

▲要求:

1. 说明上述经济业务的发生对资产、负债、所有者权益项目增减变动的影响。

2. 计算并列出等式说明每笔经济业务的发生对会计恒等式"资产＝负债＋所有者权益"的具体影响。

第3章 复式记账

学习目的与要求

1. 通过本章的学习,掌握复式记账法的特点。
2. 重点掌握借贷记账法的记账规则和试算平衡方法。
3. 学会编制会计分录和总分类账户本期发生额及余额试算平衡表。

3.1 记账方法概述

在会计核算中,记账是基础。因此,在设置会计科目并据以开设账户的基础上,还要进一步研究记账的方法。

记账方法是指会计核算工作中在簿记系统中登记经济业务的方法。在设置账户的基础上,如何对大量的经济业务在账户中进行记录,需要运用科学的记账方法。在会计的发展过程中,曾采用过单式记账法与复式记账法。而复式记账法已成为现代会计工作中普遍采用的记账方法。本节将主要从单式记账法与复式记账法的比较来说明复式记账法的科学性。

3.1.1 单式记账法

单式记账法是指对发生的经济业务只在一个账户中进行登记的记账方法。单式记账法是一种比较简单、不完整的记账方法,一般只适用于现金及债权债务账户的记录。例如以库存现金800元购入生产用材料,只在"库存现金"账户中登记减少库存现金800元,销售产品一批2 000元未收到货款,则只在"应收账款"账户中登记增加应收账款2 000元。这种记账方法手续简便,方法灵活,但它既不能反映库存现金减少的原因,又不能反映应付账款增加的原因,各账户之间的记录没有直接的联系,形不成相互对应的关系,没有一套完整的账户体系,所以不能全面、系统地反映经济业务的来龙去脉,不能提供完整、客观的会计信息,也不便于检查账户记录的正确性,是一种简单且不科学的记账方法。单式记账法已被现代会计所淘汰。

3.1.2 复式记账法

复式记账法是指对每一项经济业务,都要以相等的金额,同时在两个或两个以上相互联系的账户中进行登记的方法。这种记账方法的特点是:对每项经济业务至少要在两个账户中进行等额登记,即每一项经济业务至少要记两笔账。这种记账方法可以系统地反映经济活动的过程和结果。如前述例中,以库存现金 1 000元购入生产用材料。在复式记账法下,在"库存现金"账户中登记减少 800 元,同时在"原材料"账户中登记增加 800 元,这就说明库存现金减少的原因是用于购买了原材料;销售产品一批 2 000 元未收到货款,则在"应收账款"账户登记增加2 000元,同时在"主营业务收入"账户登记增加 2 000 元,说明应收账款的增加是销售产品的货款收入尚未收到,形成债权。这样的记录才能全面、系统地反映经济业务的发生过程及结果,满足会计信息输出的需要。复式记账法是一种科学的记账方法,它已成为现代企业会计普遍采用的记账方法。

为什么每项经济业务的发生都必须以相等的金额,在两个或两个以上相互联系的账户中进行登记呢? 这是因为在企业的生产经营活动过程中,每项经济业务的发生引起的会计对象具体内容的增减变化都存在着一种内在联系,表现为既相互独立,又相互依存的两个方面的变化,不是引起资产与权益同时变化,就是引起资产内部或权益内部两个方面的变化,即资金从何处来,到何处去。为了全面地反映资产、负债和所有者权益的客观变化情况,就需要同时在两个或两个以上相互联系的账户中进行登记。另外,由于在相互联系的账户中登记的是同一笔经济业务的两个不同方面,即同一资金的来龙去脉,所以登记的金额也应该是相等的。

综上所述,与单式记账法相比,复式记账法是一种科学的、完整的记账方法,它具有以下特点:

第一,在两个或两个以上相互联系的账户中记录一项经济业务,以反映资本运动的来龙去脉。尽管经济业务是多种多样的,但每次资本运动,都表现为不同来源或不同资产。对于每一项经济业务,要在两个或两个以上相互联系的账户中登记,不仅可以反映每一项经济业务的来龙去脉,而且可以将某一会计期间发生的全部经济业务作为一个有机的整体在整个账户体系中进行反映。也可以通过账户记录,全面、系统地了解资本运动的过程及其结果。

第二,以相等的金额记入相应的账户,以便于检查账簿记录的正确性。运用复式记账,账户的记录以及账户之间的关系不再孤立,每项经济业务发生时,以相等的金额进行记录,对账户记录的内容及结果可以利用账户之间的相互关系进行试算平衡,以检查账簿记录的正确性。

复式记账法是在大量的会计实践和发展的基础上产生的,与单式记账法相比更具合理性、科学性和可操作性。复式记账法按其采用的记账符号、记账规则等有所不同又具体地分为:借贷记账法、收付记账法和增减记账法。其中的借贷记账法经过数百年的实践已被世界各国普遍接受。这几种记账方法我国都采用过,一段时间,还出现各种记账方法并存的局面。为了统一记账方法,促进国际间经济往来,规范会计核算工作,我国从1993年7月1日起实施的《企业会计准则——基本准则》中明确规定:"各经济单位会计核算应采用借贷记账法。"目前,我国企业、行政、事业单位的会计核算工作都已采用借贷记账法。

由于记账符号、记账规则和试算平衡等方面的不同,国际上形成了多种复式记账法,但通用的是借贷记账法,它是最科学、最具代表性的复式记账法。

新中国成立后,我国曾采用过借贷记账法、增减记账法和收付记账法三种复式记账法,其中,收付记账法又分为资金收付记账法、库存现金收付记账法和财产收付记账法。自20世纪60年代以后,我国工业企业普遍采用借贷记账法,商业企业普遍采用增减记账法,行政事业单位普遍采用资金收付记账法,金融企业普遍采用现金收付记账法,农村普遍采用财产收付记账法。多种记账方法的并存不仅增加了会计核算的难度,而且使我国在对外经济交往中失去了"共同语言"。

为了适应经济发展和对外经济交往的需要,中国会计必须与国际惯例接轨。鉴于借贷记账法内在的科学性和应用的广泛性,1992年,我国颁布的《企业会计准则——基本准则》规定,企业会计一律采用借贷记账法。

3.2 借贷记账法

3.2.1 借贷记账法的含义

借贷记账法是指以资产和权益的平衡关系为基础,以"借"和"贷"作为记账符号,以"有借必有贷,借贷必相等"作为记账规则的一种复式记账法。

3.2.2 借贷记账法的基本内容

下面分别从五个方面介绍借贷记账法的基本内容。

1. 借贷记账法的记账符号与账户结构

在借贷记账法下,是以"借"和"贷"两个字作为记账符号的。从借贷记账法的产生来看,"借"和"贷"两个字最初是从借贷资本家的角度来解释的。大约在 13 世纪,意大利沿地中海各城市的商品经济有很大的发展,商业资本和借贷资本也较发达。当时,佛罗伦萨一带经营钱庄的商人,一方面收存商人的游资,给以利息;另一方面又把钱借给别的商人,收取较高的利息。根据存款和放款管理需要,必须以人名设账,以反映借贷资本家与债务人(借主、欠人)与债权人(贷主、人欠)的债权债务关系。当时每个户头分为借方和贷方。向借贷资本家借款的债务人,其借款数额记在该人账户借方,表示人欠的增加,当收回借出款项后作相反方向记录,表示人欠的抵消。向借贷资本家存款的债权人,其存款数额记在该人账户的贷方,表示欠人的增加,当归还存入款项后也作相反方向记录。可见,当时"借"和"贷"两个字具有现实意义,即用来反映记账内容的债权与债务关系。但随着商品经济的发展,借贷记账法使用范围越来越广泛,不仅应用于金融行业,而且应用于工业、商业以及行政事业单位,"借"和"贷"两个字也失去了本来的含义,成了会计上的一个术语,成了纯粹代表账户左方、右方的符号。

在借贷记账法下,任何账户的基本结构都分为借方和贷方两个基本部分,通常账户的左方为借方,右方为贷方。所有账户的借方和贷方都要按相反的方向记录,即一方登记增加金额,一方登记减少金额。但是究竟哪一方登记增加金额,哪一方登记减少金额,则取决于该账户所要反映的经济内容。这是因为"借"和"贷"两个记账符号,对于资产(包括成本、费用)和权益(包括负债、所有者权益和收入)表示的增减含义是相反的。为便于说明,下面分别资产、权益和损益三类账户,并辅以 T 形账户加以说明。

(1)资产类账户基本结构。对于资产类(包括成本类)账户,借方登记增加金额,贷方登记减少金额,如期末有余额,一般为借方余额,表示期末资产余额。

这类账户的基本结构如表 3 - 1 所示。

表 3 - 1　资产类账户基本结构

借　方	资产类账户	贷　方
期初余额(资产余额)××× ①本期增加额 ②本期增加额		①本期减少额 ②本期减少额
本期发生额①＋②×××		本期发生额①＋②×××
期末余额(资产余额)×××		

资产类账户的期末余额计算公式如下：

$$\underset{（借方）}{期末余额} = \underset{（借方）}{期初余额} + \underset{发生额}{本期借方} - \underset{发生额}{本期贷方}$$

（2）权益类账户基本结构。对于权益类（包括负债类和所有者权益类）账户，贷方登记增加额，借方登记减少额，如期末有余额，一般为贷方余额，表示期末权益余额。

这类账户的基本结构，如表 3 - 2 所示。

表 3 - 2　权益类账户基本结构

借　方	权益类账户	贷　方
		期初余额（权益余额）×××
①本期减少额 ②本期减少额		①本期增加额 ②本期增加额
本期发生额①＋②×××		本期发生额①＋②×××
		期末余额（权益余额）×××

权益类账户的期末余额计算公式如下：

$$\underset{（贷方）}{期末余额} = \underset{（贷方）}{期初余额} + \underset{发生额}{本期贷方} - \underset{发生额}{本期借方}$$

（3）损益类账户基本结构。为了具体反映生产经营活动的全过程，计算和考核经营活动的成果，在会计核算中，除设置资产类（包括成本）、权益类（包括负债和所有者权益）账户以外，还要设置损益类账户，即收入和费用两大类账户。如前所述，收入和费用实质上是资产和权益运动状态的一部分表现。费用与资产都属于资金运用，因此，费用类账户的结构与资产类账户的结构相同，借方登记增加金额，贷方登记减少金额。而收入与权益都属于资金来源，因此，收入类账户的结构与权益类账户的结构相同，贷方登记增加额，借方登记减少额。只是期末将本期损益结转后，损益类账户期末无余额。

通过对各类不同属性账户具体结构及记录内容的分析，可以归纳出借贷记账法"借"、"贷"二字表示的含义如下：

● 表示已登记在账户"借方"和"贷方"的数字是增加或是减少

"借方"记录资产、成本和费用的增加，负债、所有者权益的减少及收益的结转；"贷方"记录资产的减少，成本和费用的结转，负债、所有者权益及收益的增加。

● "借"、"贷"二字表示应记入账户的方向

"借方"表示记入账户的借方；"贷方"表示记入账户的贷方。

● 根据余额出现在借方或贷方判断账户属性

一般而言,余额出现在借方的账户属于资产类、成本类、费用(结转后无余额)类账户;余额出现在贷方的账户属于负债类、所有者权益类、收益(结转后无余额)类账户。

综上所述,借贷记账法下"借"、"贷"符号表示的增减含义及各类账户余额,情况可归纳如表3-3,这也就是借贷记账法下各类账户的结构。

表3-3　"借"、"贷"符号表示的增减含义

账户类型	借方	贷方	余额
资产类	+	-	借方
负债类	-	+	贷方
所有者权益类	-	+	贷方
成本类	+	-	借方
收入类	-	+	无
费用类	+	-	无

2. 借贷记账法的账户分类

在借贷记账法下,账户按其反映的经济内容一般分为资产、负债、所有者权益、成本、损益(收入和费用)五大类账户,其基本结构可归并为资产和权益两大类型。但是,在实际工作中借贷记账法并不要求所有账户都必须按照资产和权益两大类固定划分。也就是说,借贷记账法下,账户的使用比较灵活,其反映的内容并不一定必须固定为资产,抑或是权益,可以设置一些既反映资产又反映权益的双重性质账户。

例如,某会计主体与另一企业因发生经济往来而产生了债权债务关系,有时候会计主体处于债务人地位,如购进材料未付货款;有时也可能处于债权人地位,如为购进材料而提前预付了货款。在这种情况下,就不必一定要为同一个企业设置"应付账款"和"预付账款"两个账户,只需将发生的应付和预付账款业务合并为一个往来账户进行核算即可。现行企业会计制度就规定,预付账款不多的企业,可不设置"预付账款"账户,而通过"应付账款"账户核算。这样"应付账款"账户,就成为一个既反映债权(资产)又反映债务(负债)的双重性质账户。当应付账款增加或预付账款减少时,在该账户贷方登记;当应付账款减少或预付账款增加时,在该账户借方登记。该账户如期末余额在借方,反映债权性质;如果期末余额在贷方,反映债务性质。

设置双重性质的账户,可以减少账户设置,简化记账手续。

3. 借贷记账法的记账规则

在借贷记账法下,作为记账符号的"借"和"贷",对于资产和权益两类不同性

质账户表示的增减含义是相反的。因此,将资产和权益增减变化的四种类型同借贷符号反映到相互联系的账户中,就可以看出每项经济业务的发生,都必须等金额地登记在一个账户的借方和另一个账户的贷方。借贷记账法的记账规则由此产生,可概括为:"有借必有贷,借贷必相等"。为便于理解,可以列示如图3-1。

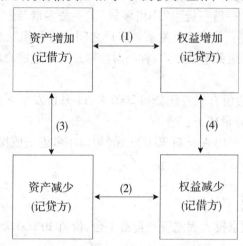

图3-1　借贷记账法的记账规则

注:图中(1)、(2)、(3)、(4)分别表示四种类型的经济业务。

4.借贷记账法的会计分录和账户对应关系

会计分录是指对每项经济业务指出其应登记的账户名称、借贷方向和金额的一种记录。通过编制会计分录,有利于方便记账,避免差错。因此,在把每项经济业务记入账户之前,都应首先编制会计分录。

会计分录有简单会计分录和复合会计分录两种。只涉及两个账户,即"一借一贷"的会计分录,称为简单会计分录。涉及两个以上账户,即"一借多贷"、"一贷多借"或"多借多贷"的会计分录,称为复合会计分录(在会计实务中有时也需要编制多借多贷的会计分录,但是,不能把不同的经济业务合并在一起编制多借多贷的会计分录)。

在实际工作中,会计分录一般根据反映经济业务的原始凭证,填制在记账凭证上。记账凭证是会计分录的载体。

会计分录的编制,一般分以下三步:

第一步:确定账户名称,分析确定经济业务涉及的账户类别、特点及其名称;

第二步:确定借贷方向,分析确定每个对应账户应记录的借贷方向;

第三步:确定记录金额,分析计算记入每个对应账户的金额。

会计分录的书写格式:①先借后贷;②借贷上下排列,贷往后空两字格;③每行先写借或贷,再写账户,最后写金额;④每个借、贷账户及金额占一行;⑤金额后不要带单位;⑥若有二、三级账户应在一级账户后画杠说明。

在借贷记账法下,由于每项经济业务都必须在两个或两个以上相互联系的账户中进行登记,形成"一借一贷"、"一借多贷"、"一贷多借"或"多借多贷",这样就使有关账户之间产生了一种对应关系。账户之间的这种相互对应关系,称为账户对应关系。存在着对应关系的账户,称为对应账户。通过账户的对应关系,可以了解经济业务的内容。

【例3-1】长江股份有限责任公司2007年11月份发生下列经济业务,运用借贷记账法,编制会计分录如下:

(1)2日,购入生产用A材料30 000元(假设不考虑增值税),货款以银行承兑汇票抵付,材料验收入库。

借:原材料   30 000
 贷:应付票据   30 000

(2)3日,收到国家投入固定资产设备1台,价值20 000元。

借:固定资产   20 000
 贷:实收资本   20 000

(3)9日,用银行存款15 000元,偿还前欠青云公司材料款。

借:应付账款   15 000
 贷:银行存款   15 000

(4)13日,从银行提取现金1 000元备用。

借:库存现金   1 000
 贷:银行存款   1 000

(5)15日,收到利民公司归还前欠货款1 000元,存入银行。

借:银行存款   1 000
 贷:应收账款   1 000

(6)23日,公司决定将盈余公积金10 000元,转作资本金。

借:盈余公积   10 000
 贷:实收资本   10 000

(7)25日,生产甲产品领用B材料4 000元。

借:生产成本   4 000
 贷:原材料   4 000

(8)26日,向银行借入短期借款12 000元,存入银行。

| 借:银行存款 | 12 000 |
| 贷:短期借款 | 12 000 |

从上述八种类型的经济业务中可以看出,每项经济业务的发生,都要在两个相关联的账户中进行登记,以相等的金额记入一个账户的借方和另一个账户的贷方,即一借一贷,金额相等。

在实际工作中,有些比较复杂的经济业务,往往会涉及两个以上的账户,或是一个账户的借方、两个或两个以上账户的贷方;或是一个账户的贷方、两个或两个以上账户的借方。即一借多贷或一贷多借,但借贷金额仍然是相等的。有时甚至还会出现一笔业务需编制多借多贷的会计分录,同时在多个账户的借方和贷方进行等金额登记。现假设长江股份有限责任公司2007年11月份还发生下列经济业务,运用借贷记账法,编制复合会计分录如下:

(9)29日,发出材料6 000元,其中用于产品生产5 000元,生产车间一般耗用1 000元。

借:生产成本	5 000
制造费用	1 000
贷:原材料	6 000

(10)30日,购进材料7 000元,以银行存款支付5 000元,其余暂欠(假设不考虑增值税)。

借:原材料	7 000
贷:银行存款	5 000
应付账款	2 000

根据上述业务(1)至(10)会计分录,登记有关账户(如表3-4)。该公司11月初余额为假设。本期没有发生额的账户略。

表3-4 有关账户登记

库存现金				银行存款			
借方		贷方		借方		贷方	
期初余额	500			期初余额		③15 000	
④1 000				83 000		④1 000	
					⑤1 000	⑩5 000	
					⑧12 000		
本期发生额	1 000	本期发生额		本期发生额		本期发生额	
				13 000		21 000	
期末余额	1 500			期末余额 75 000			

应收账款

借方	贷方
期初余额	⑤1 000
4 100	
本期发生额	本期发生额
	1 000
期末余额	
3 100	

原材料

借方	贷方
期初余额	⑦4 000
98 000	⑨6 000
①30 000	
⑩7 000	
本期发生额	本期发生额
37 000	10 000
期末余额 125 000	

生产成本

借方	贷方
期初余额	
30 000	
⑦4 000	
⑨5 000	
本期发生额	本期发生额
9 000	
期末余额	
39 000	

制造费用

借方	贷方
期初余额	
⑨1 000	
本期发生额	本期发生额
1 000	
期末余额	
1 000	

固定资产

借方	贷方
期初余额	
350 000	
②20 000	
本期发生额	本期发生额
20 000	
期末余额	
370 000	

短期借款

借方	贷方
	期初余额
	80 000
	⑧12 000
本期发生额	本期发生额
	12 000
	期末余额
	92 000

应付票据

借方	贷方
	期初余额
	16 000
	①30 000
本期发生额	本期发生额
	30 000
	期末余额
	46 000

应付账款

借方	贷方
③15 000	期初余额
	33 600
	⑩2 000
本期发生额	本期发生额
15 000	2 000
	期末余额
	20 600

实收资本

借方	贷方
	期初余额
	381 000
	②20 000
	⑥10 000
本期发生额	本期发生额
	30 000
	期末余额
	411 000

盈余公积

借方	贷方
⑥10 000	期初余额
	70 000
本期发生额	本期发生额
10 000	
	期末余额
	60 000

5. 借贷记账法的试算平衡

试算平衡,就是根据资产和权益的平衡原理,检查会计分录和各个账户的记录是否正确,以保证会计核算质量,这是会计核算的重要环节。

会计上的试算平衡,主要是指发生额平衡(即动态平衡)和余额平衡(即静态平衡)两个方面。它是运用一定的公式,通过编制试算平衡表(见表3-5)来进行的。

表3-5 总分类账户本期发生额及余额试算平衡表

账户名称	期初余额		本期发生额		期末余额	
	借方	贷方	借方	贷方	借方	贷方
库存现金	500		1 000		1 500	
银行存款	83 000		13 000	21 000	75 000	

续表

账户名称	期初余额		本期发生额		期末余额	
	借方	贷方	借方	贷方	借方	贷方
应收账款	4 100			1 000	3 100	
应收票据	12 000				12 000	
原材料	98 000		37 000	10 000	125 000	
生产成本	30 000		9 000		39 000	
制造费用			1 000		1 000	
库存商品	27 000				27 000	
固定资产	350 000		20 000		370 000	
短期借款		80 000		12 000		92 000
应付票据		16 000		30 000		46 000
应付账款		33 600	15 000	2 000		20 600
长期借款		24 000				24 000
实收资本		381 000		30 000		411 000
盈余公积		70 000	10 000			60 000
合　计	604 600	604 600	106 000	106 000	653 600	653 600

在借贷记账法下,由于以"资产 = 负债 + 所有者权益"为理论依据,又是按照"有借必有贷,借贷必相等"的记账规则来记账的,这就保证了无论是每项经济业务的发生额,还是全部经济业务在一定期间(如月、季、年)的累计发生额以及账户期末余额,借贷两方都能够从头到尾地全部自动平衡。其试算平衡公式如下:

(1)发生额平衡公式

　　全部账户借方发生额合计 = 全部账户贷方发生额合计

(2)余额平衡公式

　　全部账户借方余额合计 = 全部账户贷方余额合计

发生额平衡公式通常用来检查每笔会计分录和全部总分类账户的发生额是否平衡;余额平衡公式通常用来检查一定时期(如月、季、年)末全部总分类账户的余额是否平衡。

必须指出,试算平衡只是通过借贷金额是否平衡来检查账户的记录是否正确。如果借贷不平衡,可以肯定账户记录或计算有错误。如果借贷平衡,可以大体上推断总分类账户的记录是正确的,但不能绝对肯定记账没有错误。因为有许多错误对于借贷双方的平衡并不发生影响,因而不能通过试算平衡发现所有错误。

在实际工作中,总分类账户的本期发生额和余额的试算平衡,一般是在期末通过编制"总分类账户本期发生额及余额试算平衡表"进行的。

【例 3 – 2】续【例 3 – 1】,根据长江股份有限责任公司 2007 年 11 月份的账户资料(见表 3 – 4)编制的试算平衡表如表 3 – 5。

本章小结

对经济业务所引起的会计数据的增减变动在账户中记录的方法,称为记账方式。它分为单式记账法和复式记账法两种。对发生的每一笔经济业务,都要以相等的金额在两个或两个以上相互联系的账户中登记的方法即为复式记账法。借贷记账法,是以"借"、"贷"为记账符号的复式记账法。资产费用类账户,借记增加,贷记减少,余额一般在借方;负债及所有者权益类账户,贷记增加,借记减少,余额一般在贷方。借贷记账法的记账规则是"有借必有贷,借贷必相等"。

为保证账户记录的正确性,应当根据业务发生时取得的原始凭证编制会计分录,再据以过账。会计分录,是对每项经济业务指出其应登记的账户名称、借贷方向和金额的一种记录。会计分录分为简单会计分录和复合会计分录。

由于每项经济业务都必须在两个或两个以上相互联系的账户中进行登记,这样就使有关账户之间产生了一种对应关系。账户之间的这种相互对应关系,称为账户对应关系。存在着对应关系的账户,称为对应账户。

借贷记账法的试算平衡是会计工作中经常使用的一种方法。它是根据会计恒等式"资产 = 负债 + 所有者权益"这一平衡关系和"有借必有贷,借贷必相等"的记账规则,检查某一会计期间内对每一经济业务的会计处理及全部账户记录内容是否正确、完整的方法。按其检查对象的不同可分为会计分录试算平衡、发生额试算平衡及余额试算平衡。

在日常会计工作中,采用借贷记账法对发生的经济业务进行会计处理必须严格遵守其"有借必有贷,借贷必相等"的记账规则。编制的会计分录及记账方式必须方向相反而变动的金额相等。因此,某一会计期间全部账户本期借、贷方发生额及其余额合计数应分别相等,从而维护会计恒等式的平衡。但在实际会计工作中因各种原因而人为地影响会计恒等式的平衡关系,进而影响会计信息的正确性,这种现象时有发生。如某一经济业务发生额为 2 000 元,在一个账户中误记为 200 元,而在其对应账户中记为 2 000 元。这样就导致会计恒等式失去了平衡。因此会计实务中进行试算平衡是保证账务处理和会计信息完整性和正确性不可缺少的一环。

思考与练习

一、思考题

1. 什么是复式记账法？复式记账法有什么特点？

2. 什么是借贷记账法？其记账规则是什么？

3. 借贷记账法下,资产类和权益类账户的结构各有何特点？

4. 什么是试算平衡？借贷记账法下的发生额平衡公式和余额平衡公式各是什么？举例说明哪些错误仅通过试算平衡检查不出来？

5. 什么是会计分录？会计分录有哪几种？

6. 借贷记账法的试算平衡有什么作用？如何进行试算平衡？

二、练习题

▲目的：

理解与掌握借贷记账法。

▲资料：

某公司 2008 年 3 月份发生下列经济业务：

(1)收到投资者投资 460 000 元,存入银行。

(2)购入机器设备五台,价款 200 000 元开出转账支票付讫。

(3)用银行存款偿还原购买材料所欠货款(应付账款)32 000 元。

(4)向某公司购入材料一批,货款 340 000 元尚未支付,材料已验收入库。

(5)从银行提取现金 2 000 元。

(6)采购员张明预借差旅费 1 000 元,现金付讫。

(7)销售产品一批,货款 180 000 元尚未收到。

(8)向银行借入短期借款 20 000 元,存入银行。

(9)开出现金支票 18 000 元支付广告费。

(10)收回应收的货款 310 000 元,存入银行。

▲要求：

1. 根据上述经济业务解释借贷记账法的记账规则。

2. 根据上述经济业务编制会计分录。

3. 以 T 形账表示其记账形式。

4. 编制本月发生额试算平衡表。

第4章 企业主要经济业务的核算

学习目的与要求

1. 目的是要使初学者通过实践提高应用会计核算方法的能力。

2. 理解和掌握制造业企业资金筹集业务、供应过程业务、产品生产过程业务、产品销售过程业务以及经营成果资金退出业务的具体核算内容。

3. 提高运用设置账户、复式记账方法处理企业各种经济业务的熟练程度。

4.1 资金筹集业务的核算

资金筹集是企业资金运动的起点。目前,企业的资金来源渠道,主要是企业的所有者和企业的债权人。从企业所有者处筹集的资金,即投资者的资本金,通常称为实收资本;从企业债权人处筹集的资金,属于企业的负债,如银行借款、应付债券等。本节从这几个方面的筹资业务对有关账户和复式记账法的运用进行说明。

4.1.1 资金筹集业务应设置的账户

为了反映和监督企业资金的情况,在会计核算中应当设置以下几个会计账户。

1. "库存现金"账户

它属于资产类账户,用于核算企业的库存现金。借方登记库存现金的收入数;贷方登记库存现金的减少数。期末借方余额,反映企业实际持有的库存现金数。

2. "银行存款"账户

它属于资产类账户,用于核算企业存入银行的各种款项。借方登记款项存入银行而引起的存款增加数;贷方登记提取或支出存款而引起的减少数;期末借方余额,反映企业存放在银行的款项的实有数。

3."实收资本"账户

它属于所有者权益类账户,用以核算企业实际收到投资者投入的资本,其贷方登记企业实际收到的投资者投入的资本;借方登记投入资本的减少额;期末余额在贷方,表示期末投入资本的实有数额。本账户应按投资者设置明细分类账户,进行明细核算。账户的结构可用表 4 – 1 表示。

表 4 – 1 "实收资本"账户结构

借方	实收资本	贷方
投入资本的减少	收到投资者投入的资本	
	余额:期末投入资本的实有数额	

4."资本公积"账户

它属于所有者权益类账户,其贷方登记从不同渠道取得的资本公积金的增加数,借方登记用资本公积金转增资本即资本公积金的减少数,期末余额在贷方,表示资本公积金的期末结余数。为了反映和监督资本公积金的增减变动及其结余情况,会计上应设置"资本公积"账户,并设置"股本溢价"、"资本溢价"、"其他资本公积"等明细账户。账户的结构可用表 4 – 2 表示。

表 4 – 2 "资本公积"账户结构

借方	资本公积	贷方
资本公积金的减少数(使用数)	资本公积金的增加数	
	期末余额:资本公积金的结余数	

5."短期借款"账户

它属于负债类账户,是用来核算企业向银行或其他金融机构借入的期限在一年以下(含一年)的各种借款。其贷方登记借入的各种短期借款;借方登记归还的短期借款,期末余额在贷方,表示期末尚未归还的短期借款。本账户应按债权人和借款种类设置明细分类账,进行明细核算。"短期借款"账户的结构可用表 4 – 3 表示。

表 4 – 3 "短期借款"账户结构

借方	短期借款	贷方
归还短期借款	取得短期借款	
	余额:期末尚未归还的短期借款	

6. "长期借款"账户

它属于负债类账户,是用来核算企业向银行或其他金融机构借入的期限在一年以上(不含一年)的各种借款。其贷方登记借入的本金和发生的利息金额;借方登记归还借款的本息金额,期末余额在贷方,表示期末尚未归还的长期借款本息。本账户应按债权人和借款种类设置明细分类账,进行明细核算。"长期借款"账户的结构可用表 4-4 表示。

表 4-4　"长期借款"账户结构

借方	长期借款	贷方
长期借款本息的偿还(减少)		长期借款本金的取得和利息的计算
		期末余额:长期借款本息的结余

7. "应付债券"账户

它属于负债类账户。用以核算企业为筹集长期资金而实际发行的债券及应付的利息。贷方登记企业发行债券收到的款项和企业提取应支付的利息;借方登记实际支付的债券本息;期末贷方余额,反映企业尚未偿还的债券本息。本账户可按"债券面值"、"利息调整"、"应计利息"等进行明细核算。"应付债券"账户的结构可用表 4-5 表示。

表 4-5　"应付债券"账户结构

借方	应付债券	贷方
实际支付的债券本息(减少)		企业发行债券收到款项和提取应支付利息
		期末余额:尚未偿还的债券本息

4.1.2　实收资本

(一)实收资本的确定

1. 实收资本的含义

实收资本是指企业的投资者按照企业章程或合同、协议的约定,实际投入企业的资本金。实收资本代表着一个企业的实力,是创办企业的"本钱",也是一个企业维持正常的经营活动、以本求利、以本负亏的最基本条件和保障,是企业独立承担民事责任的资金保证。它反映了企业的不同所有者通过投资而投入企业的外部资金来源;这部分资金是企业进行经营活动的原动力,正是有了这部分资金的投入,才有了企业的存在和发展。

《中华人民共和国民法通则》规定,设立企业法人必须要有必要的财产,《企业法人登记管理条例》也规定,企业申请开业,必须具备符合国家规定并与其生产经营和服务规模相适应的资金数额,另外公司法也对不同类型的企业组织形式的最低资金数额作了限制。这些都是对企业实收资本所作出的具体规定。

2. 实收资本的分类

所有者向企业投入资本,即形成企业的资本金。企业的资本金按照投资主体的不同可以分为:国家资本金——企业接受国家投资而形成的资本金;法人资本金——企业接受其他企业单位的投资而形成的资本金;个人资本金——企业接受个人包括企业内部职工的投资而形成的资本金;外商资本金——企业接受外国及港、澳、台地区的投资而形成的资本金。企业的资本金按照投资者投入资本的不同物质形态又可以分为接受货币资金投资、接受实物投资、接受有价证券投资和接受无形资产投资等。我国目前实行的是注册资本制度,要求企业的实收资本应与注册资本相一致。企业接受各方投资者投入的资本金应遵守资本保全(或称资本维持)制度的要求,除法律、法规有规定者外,不得随意抽回。企业在经营过程中实现的收入,发生的费用,以及在财产清查中发现的盘盈、盘亏等都不得直接增减实收资本。

3. 实收资本入账价值的确定

企业收到各方投资者投入资本金的入账价值的确定是实收资本核算中的一个重要的问题。总体来说投入资本是按照实际收到的投资额入账,对于收到的是货币资金投资的,应以实际收到的货币资金额入账,对于收到的是实物等其他形式投资的,应以投资各方确认的价值入账,同时为了保护中小投资者的利益,避免公开发行股票公司的发起人虚增无形资产的价值而损害其他投资者的利益,在《企业会计准则——基本准则》中强调了"为首次发行股票而接受投资者投入的无形资产,应按该项无形资产在投资方的账面价值入账"。对于实际收到的货币资金额或投资各方确认的资产价值超过其在注册资本中所占的份额部分,作为超面额缴入资本,计入资本公积金。

4. 股份公司实收资本(股本)的核算

由于企业资本金的来源及其运用受企业组织形式和相关法律约束较多,所以,对实收资本的核算,不同的企业组织形式,要求不同。一般来说,企业的组织形式主要有独资、合伙和公司制三种类型。在我国,企业的组织形式又可以具体分为国有独资企业、有限责任公司、股份有限公司和合伙企业等。投资者投入企业的资本金在独资和合伙企业中,表现为业主资本的形式,在有限责任公司表现为实收资本,在股份有限公司则表现为股本。

股份公司与其他企业相比较,最显著的特点就是将公司的全部资本划分为等额股份,并通过发行股票的方式来筹集资本。股份量化的结果是公司的一项很重要的指标,具体表现为股票面值和超面值两部分。股票的面值与股份总数的乘积为股本,为了反映股本的形成及其以后的变化情况,在会计核算上股份公司应设置"股本"账户,"股本"账户的性质是所有者权益类,用来核算股东投入公司的股本变化过程及其结果,其贷方登记股东已认购股票的面值、资本公积和盈余公积转增的股本额以及由于分派股票股利而增加的股本,其借方登记股本的减少(发还的股本或回购股票的面值等)。公司应将核定的股本总额、股份总数、每股面值及已认购股本等,在股本备查账簿中做备查记录。为提供公司股份的构成情况,公司还应在"股本"账户下,按普通股和优先股及股东单位或姓名设置明细账户,进行明细核算。"股本"账户的结构如下:

表 4-6　"股本"账户结构

借方	股本	贷方
股本的减少额	股本的增加额	
	期末余额:股本的实有额	

股份公司发行股票筹集股本时,其发行价格一般应根据公司的预期获利能力和当时的资本市场利率等相关因素计算确定。从理论上说,股票的发行价格可能等于面值,可能低于面值,也可能高于面值,即可以是面值发行、折价发行或溢价发行。我国有关法规规定不允许折价发行股票,只能按面值或溢价发行股票,而实际上大多数股份公司特别是上市公司,通常都是溢价发行股票;当股份公司溢价发行股票时,实际收到的认股款中,高于股票面值的差额仍然属于公司的所有者权益,归属股东所有,但是,基于我国的注册资本制度的限制,在会计核算上,一般不将其直接记入"股本"账户,而是作为公司的资本公积金单独进行核算,反映在"资本公积"账户中。企业发行股票筹集资金,对于收到的全部款项借记"银行存款"账户,对于相当于股票面值的部分贷记"股本"账户,对于超过面值的部分,贷记"资本公积"账户。

(二)实收资本的核算举例

【例 4-1】企业收到国家投入的 200 000 元,款项存入银行。

分析:这项经济业务的发生,引起了资产和所有者权益两个要素发生变化。一方面使企业的银行存款增加了 200 000 元,另一方面国家对企业的投入资本也增加了 200 000 元。因此,这项经济业务涉及"银行存款"和"实收资本"两个账户。银行存款的增加是资产的增加,应记入"银行存款"账户的借方;国家对企业投资的增加是所有者权益的增加,应记入"实收资本"账户的贷方。会计分录如下:

　　借:银行存款　　　　　　　　　　　　　　　　　200 000
　　　　贷:实收资本　　　　　　　　　　　　　　　　　　　200 000

【例 4-2】企业收到五维公司作为投资投入的新设备一台,该设备的价值为 40 000 元。

分析:这项经济业务的发生,引起了资产和所有者权益两个要素发生变化。一方面企业的固定资产增加了 40 000 元,另一方面五维公司对企业的投资增加了 40 000 元。因此,这项业务涉及"固定资产"和"实收资本"两个账户。固定资产的增加是资产的增加,应记入"固定资产"账户的借方,五维公司对企业的投资的增加是所有者权益的增加,应记入"实收资本"账户的贷方。会计分录如下所示:

借:固定资产　　　　　　　　　　　　　　　　　40 000
　　贷:实收资本　　　　　　　　　　　　　　　　　　　40 000

若五维公司投入的固定资产是旧的,则应以现行市价和税金作为原价(35 000 元)借记"固定资产"账户,以双方认可的估价数额(假定 30 000 元)作为实际投资额入"实收资本"账户的贷方,以二者的差额 5 000 元(35000-30000)作为已提折旧额记入"累计折旧"账户的贷方。会计分录如下:

借:固定资产　　　　　　　　　　　　　　　　　35 000
　　贷:实收资本　　　　　　　　　　　　　　　　　　　30 000
　　　　累计折旧　　　　　　　　　　　　　　　　　　　5 000

【例 4-3】企业收到台商作为投资投入的材料一批,价值 400 000 元。

分析:这项经济业务的发生,引起了资产和所有者权益两个要素发生变化。一方面企业的材料增加了 400 000 元,另一方面台商对企业的投资增加了 400 000 元。因此,这项业务涉及"原材料"和"实收资本"两个账户。原材料的增加是资产的增加,应记入"原材料"账户的借方,台商对企业的投资的增加是所有者权益的增加,应记入"实收资本"账户的贷方。会计分录如下:

借:原材料　　　　　　　　　　　　　　　　　　400 000
　　贷:实收资本　　　　　　　　　　　　　　　　　　　400 000

【例 4-4】安和股份公司收到某公司投入设备一套入股,设备经双方确认其价值为 200 000 元。

分析:这项业务的发生,一方面使得公司的固定资产增加 200 000 元,另一方面使得公司的股本增加 200 000 元。涉及"固定资产"和"股本"两个账户。固定资产的增加是资产的增加,应记入"固定资产"账户的借方,股本的增加是所有者权益的增加,应记入"股本"账户的贷方。编制的会计分录如下:

借:固定资产　　　　　　　　　　　　　　　　　200 000
　　贷:股本　　　　　　　　　　　　　　　　　　　　200 000

【例 4-5】安和股份公司收到东方工厂投入专有技术一项,双方协议确认价值为 80 000 元。应编制会计分录如下：

借：无形资产　　　　　　　　　　　　　　　　　80 000

　　贷：股本　　　　　　　　　　　　　　　　　　　80 000

（三）资本公积业务的核算

1. 资本公积的含义

资本公积是投资者或者他人投入到企业、所有权归属投资者并且金额上超过法定资本部分的资本，是企业所有者权益的重要组成部分。资本公积从本质上讲属于投入资本的范畴，其形成的主要原因是由于我国采用注册资本制度，限于法律的规定而无法将资本公积直接以实收资本（或股本）的名义出现。所以，资本公积从其实质上看是一种准资本，它是资本的一种储备形式。但是，资本公积与股本又有一定的区别，股本是股东为谋求价值增值而对公司的一种原始投入，从法律上讲属于公司的法定资本，而资本公积可以来源于投资者的额外投入，也可以来源于直接计入所有者权益的利得和损失。可以说，股本无论是在来源上，还是在金额上，都有着比较严格的限制，而不同来源形成的资本公积却归所有投资者共同享有。

2. 资本公积的来源

对于股份公司来说，其资本公积的形成来源主要包括股本溢价和直接计入所有者权益的利得和损失。

股本溢价是指股东缴付的出资额大于注册资本而产生的差额，它是资本公积中最常见的项目。股本溢价的产生包括两种情况：一种是股份公司创办时发行股票，其发行价格超过股票面值的差额部分，与股本一起作为股东的资本投入公司，股票面值部分计入股本，超过股票面值的溢价收入计入资本公积，或者由于资产的不可分割性导致实际投入公司的资产价值超过按出资比例计算的出资额部分；另一种是公司创办后有新股东加入时，为了维护原股东的权益，新股东一般要付出大于原股东的出资额，才能获得与原股东相同的投资比例，新股东投入资本中按等于原股东投资比例的出资额部分，将其计入股本，大于部分则计入资本公积。

直接计入所有者权益的利得和损失是指不应计入当期损益、会导致所有者权益发生增减变动的、与所有者投入资本或者向所有者分配利润无关的利得或损失。

3. 资本公积的用途

股份公司在经营过程中出于种种考虑，诸如增加投资者持有的股份，从而增加公司股票的流通量，激活股价，提高股票的交易量和资本的流动性，改变公司投入资本的结构,体现公司稳健、持续发展的潜力等,对于形成的资本公积金可以按照规定的用途予以使用。资本公积的主要用途就在于转增资本,即在办理增资手续后用资本公积转增股本,按股东原有股份比例发给新股或增加每股面值。

4.资本公积的核算

股份公司的资本公积一般都有其特定的来源。不同来源形成的资本公积金,其核算的方法不同。

股份公司溢价发行股票,在收到款项时,按实际收到的金额借记"库存现金"、"银行存款"等账户,按股票面值与核定的股份总额的乘积计算的金额贷记"股本"账户,按扣除各种费用后的溢价额贷记"资本公积——股本溢价"账户。以下举例说明资本公积的核算过程:

【例 4 - 6】安和股份公司委托某证券公司代理发行普通股 6 000 000 股,每股面值 1 元,发行价格每股 6.5 元,本公司与证券公司约定,按发行收入的 2% 支付股票发行手续费。发行股款已全部收到存入银行。

应计入股本的股票面值为 6 000 000 元,发行手续费为 780 000(6000000×6.5×2%)元,溢价额为 32 220 000(6000000×5.5－780000)元。这项经济业务的发生,一方面使得公司的银行存款增加 38 220 000(6000000＋32220000)元,另一方面使得公司的股本增加 6 000 000 元和资本公积增加 32 220 000 元。该项业务涉及"银行存款"、"股本"和"资本公积"三个账户。银行存款的增加是资产的增加,应记入"银行存款"账户的借方,股本和资本公积的增加是所有者权益的增加,应分别记入"股本"、"资本公积"账户的贷方。这项业务所编制的会计分录如下:

借:银行存款　　　　　　　　　　　　　　　　38 220 000
　　贷:股本　　　　　　　　　　　　　　　　　6 000 000
　　　资本公积——股本溢价　　　　　　　　　32 220 000

除股份有限公司外的其他类型的企业,在企业创立时,投资者认缴的出资额与注册资本,一般不会产生资本溢价。但在企业重组或有新的投资者加入时,常常会出现资本溢价。因为在企业进行正常生产经营后,其资本利润率通常要高于企业初创阶段,另外,企业有内部积累,新投资者加入企业后,对这些积累也要分享,所以新加入的投资者往往要付出大于原投资者的出资额,才能取得与原投资者相同的出资比例。投资者多缴的部分就形成了资本溢价。

【例 4 - 7】昌贸有限责任公司注册资本 3 000 000 元,由甲、乙、丙三方各出资 1 000 000 元,两年后,为扩大经营规模,经批准,昌贸有限责任公司的注册资本增加到 4 000 000 元,并引入第四位投资者丁加入,按照投资协议,新投资者丁需缴入现金 1 200 000 元,同时享有该公司四分之一的份额。昌贸有限责任公司已收到该投资存入银行。假定不考虑其他因素。昌贸有限责任公司的会计分录为:

借:银行存款:　　　　　　　　　　　　　　　　1 200 000
　　贷:实收资本　　　　　　　　　　　　　　　　　1 000 000
　　　　资本公积——资本溢价　　　　　　　　　　　200 000

本例中,昌贸有限责任公司收到第四位投资者丁的投资 1 200 000 元中, 1 000 000 元属于第四位投资者丁在注册资本中所享有的份额,应记入"实收资本"科目,200 000 元属于资本溢价,应记入"资本公积——资本溢价"科目。

4.1.3　银行借款

由于企业在生产经营过程中,有时会出现资金不足的现象,为弥补周转资金的不足,还会向银行或其他金融机构借入归还期限长短不同的借款。企业借入的归还期在一年以下的借款为短期借款,短期借款属于企业的流动负债;期限在一年以上的借款为长期借款。企业借入的各种款项必须按照规定的用途使用,要按期限支付利息并保证到期偿还。

(一)短期借款

1. 短期借款利息的确认与计量

短期借款必须按期归还本金并按时支付利息。短期借款的利息支出属于企业在理财活动过程中为筹集资金而发生的一项耗费,在会计核算中,企业应将其作为期间费用(财务费用)加以确认。由于短期借款利息的支付方式和支付时间不同,会计处理的方法也有一定的区别:如果银行对企业的短期借款按月计收利息,或者虽在借款到期收回本金时一并收回利息,但利息数额不大,企业可以在收到银行的计息通知或在实际支付利息时,直接将发生的利息费用计入当期损益(财务费用);如果银行对企业的短期借款采取按季或半年等较长期间计收利息,或者是在借款到期收回本金时一并计收利息且利息数额较大的,为了正确地计算各期损益额,保持各个期间损益额的均衡性,则通常按权责发生制原则的要求,采取预提的方法按月预提借款利息,计入预提期间损益(财务费用),待季度或半年等结息期终了或到期支付利息时,再冲销预提费用这项负债。短期借款利息的计算公式为:

短期借款利息 = 借款本金 × 利率 × 时间

由于按照权责发生制原则的要求,应于每月末确认当月的利息费用,因而这里的"时间"是一个月,利率往往都是年利率,所以应将其转化为月利率,方可计算出一个月的利息额,年利率除以 12 即为月利率。如果在月内的某一天取得的借款,该日作为计息的起点时间,对于借款当月和还款月则应按实际经历天数计算(不足整月),在将月利率转化为日利率时,为简化起见,一个月一般按 30 天计算,一年按 360 天计算。

2. 短期借款的核算

【例 4-8】某企业 12 月 1 日,由于季节性储备材料需要,公司向银行借入50 000元,存入开户银行。借款期限为 3 个月。

这项经济业务的发生,一方面说明因需要购买材料而增加临时借款 50 000元,应记入"短期借款"的贷方;另一方面说明银行存款增加,应记入"银行存款"的借方。其会计分录为:

借:银行存款   50 000
　　贷:短期借款   50 000

【例 4-9】某企业 2006 年 3 月末向银行取得 120 000 元、年利率 6%、六个月后归还本金的借款(该企业采用每月末预提利息费用,季末付息的办法)。企业应编制如下会计分录:

(1)取得借款时

借:银行存款   120 000
　　贷:短期借款   120 000

(2)4 月末计提当月利息费用 600 元(120000×6%÷12)

借:财务费用   600
　　贷:预提费用   600

5、6 月末编制同样的分录。

(3)6 月末支付本季利息 1 800 元

借:预提费用   1 800
　　贷:银行存款   1 800

7、8、9 月各月月末的分录与 4 月末相同。

(4)9 月末将后三个月的利息和借款一次还清

借:财务费用   1 800
　　短期借款   120 000
　　贷:银行存款   121 800

(二)长期借款

1. 长期借款的确认预计量

长期借款是企业向银行或其他金融机构借入的期限在 1 年以上(不含 1 年)的各种借款。长期借款的会计处理要解决的一个问题是借款的利息支出和其他的相关费用是作为资本性支出还是收益性支出。按照《企业会计准则 17 号——借款费用》的规定,企业为建造固定资产而发生的借款利息支出和有关费用,作为资本性支出。在此之后发生的借款利息支出以及其他相关费用计入当期财务费用,作为收益性支出。

2. 长期借款的核算

【例 4 – 10】某企业 12 月 1 日,因购买生产用设备需要向银行借入 300 000 元,借款期限为两年。

这项经济业务的发生,一方面说明因购置生产设备而增加长期借款,应记入"长期借款"的贷方;另一方面说明生产设备增加,应记入"固定资产"账户的借方。其会计分录如下:

借:固定资产　　　　　　　　　　　　　　　　　300 000
　　贷:长期借款　　　　　　　　　　　　　　　　　　　300 000

【例 4 – 11】某企业向银行借入 3 年期、年利率 6%、到期一次还本付息的款项 500 000 元,已存入银行。该企业用借款建造厂房,以银行存款支付工程价款 495 000元。工程第二年末完工,达到可使用状态,到期日企业以银行存款归还本息。企业应编制如下会计分录:

(1)取得借款时

借:银行存款　　　　　　　　　　　　　　　　　500 000
　　贷:长期借款　　　　　　　　　　　　　　　　　　　500 000

(2)支付工程价款时

借:在建工程　　　　　　　　　　　　　　　　　495 000
　　贷:银行存款　　　　　　　　　　　　　　　　　　　495 000

(3)第一年末计算应计利息(每年末计息一次,单利计算)时

应计利息 = 500000 × 6% = 30000

借:在建工程　　　　　　　　　　　　　　　　　30 000
　　贷:银行存款　　　　　　　　　　　　　　　　　　　30 000

第二年末应计利息同第一年。

(4)工程完工,达到可使用状态时

借:固定资产　　　　　　　　　　　　　　　　　555 000
　　贷:在建工程　　　　　　　　　　　　　　　　　　　555 000

(5)第三年末计算应计利息

借:财务费用　　　　　　　　　　　　　　　　　30 000
　　贷:长期借款　　　　　　　　　　　　　　　　　　　30 000

(6)到期归还本息时

借:长期借款   590 000
    贷:银行存款   590 000

4.1.4　应付债券

(一)应付债券(长期债券)的含义

应付债券是企业筹集长期使用资金而发行的一种书面凭证,是企业筹集长期资金的主要方法之一。通过发行债券,企业将巨额债务分为若干等份,以公开募集的方式向社会举债,以吸收大量长期资金。债券的发行受同期市场利率的影响较大,如果债券票面利率等于市场利率,债券按面值发行;如果债券票面利率大于市场利率,债券按溢价发行;如果债券票面利率小于市场利率,债券按折价发行。

(二)应付债券的核算

【例 4 - 12】某企业某年 1 月 1 日按面值发行三年期、票面利率为 6%、用于增加流动资金的债券 100 000 元,到期一次还本付息。企业应作如下会计分录:

(1)债券发行,款项存入银行时

借:银行存款   100 000
    贷:应付债券——债券面值   100 000

(2)假设每年计提一次利息

每年应计提利息 = 100000 × 6% = 6000(元)

借:财务费用   6 000
    贷:应付债券——应计利息   6 000

(3)该项债券到期,按期支付本息

债券本金 = 100000(元)

债券利息 = 100000 × 6% × 3 = 18000(元)

借:应付债券——债券面值   100 000
            ——应计利息   18 000
    贷:银行存款   118 000

4.2　生产准备业务的核算

企业为了实现其经营目标,必须将筹集的资金投放于劳动资料和劳动对象上面,一方面为生产经营创造必要的条件,另一方面为生产做准备。生产准备业务包括固定资产的购入业务和材料采购业务。

4.2.1　生产准备业务应设置的账户

1. "材料采购"账户

"材料采购"账户是为了核算企业购入的各种材料物资的采购成本而设立的资产类账户。其借方登记购入材料物资的各项采购成本;贷方登记已经验收入库的材料物资的采购成本,当企业采购的材料物资在期末已经全部验收入库之后,"材料采购"账户没有期末余额;当企业采购的材料物资在期末没有完全验收入库时,就出现了"材料采购"账户的借方余额,这个余额揭示了企业期末的在途材料。由于企业外购材料物资的品种较多,因此,该账户需要按材料的品种设置明细分类账户。

2. "原材料"账户

"原材料"账户是用以核算企业库存的各种材料增减变动和结存情况的资产类账户。其借方登记已经验收入库的各种材料的实际成本,即材料的增加额;贷方登记发出材料的实际成本,即材料的减少额;期末余额在借方,揭示库存材料的实际成本。为了详尽地反映各种材料的收入、发出和结存,需要按照材料的品种、规格等标准设置明细账户,以进行明细分类核算。

3. "应付账款"账户

为核算延迟支付供应商的货款,应设置"应付账款"账户。"应付账款"账户是用来核算因采购物资、材料和接受劳务等应与供应单位发生的结算债务的增减变动情况的账户。该账户属于负债类账户,其贷方登记应付给供应商或提供劳务单位的款项;其借方登记应付款项的偿还数额,期末余额在贷方,表示尚未偿还的欠款金额。本账户应按供应单位设置明细账,进行明细分类核算。

4. "应付票据"账户

当企业购买材料是采用商业汇票(商业承兑汇票或银行承兑汇票)结算方式来结算供应单位货款时,应相应地开设"应付票据"账户,以反映和监督与供应单位计算债务的情况。企业开出承兑汇票时,贷记本账户,偿还应付票据时,借记本账户,期末如有余额在贷方,表示尚未到期的应付票据。企业应设置"应付票据备查簿",详细登记每一票据的种类、签发日期、票面金额、收款人、付款日期和金额等详细资料。应付票据到期付清时,应在备查簿内逐笔注销。

5. "预付账款"账户

为反映企业为将来购货而支付的货款,应设置"预付账款"账户。"预付账款"账户是用以核算因采购物资、材料等而与供应商之间发生的结算业务的增减变动情况的账户。该账户属于资产类账户,其借方登记预付给供应商的款项;贷方登记与供应商结算核销的预付款项;期末如有余额一般在借方,表示已经付款,尚未结算的预付款项。本账户应按供应商设置明细分类账户,进行明细分类核算。

6."应交税费"账户

为反映企业按照税法等规定计算应交纳的各种税费,应设置"应交税费"账户。该账户属于负债类账户,其贷方登记应交纳的各种税费;借方登记实际上交的各种税费;如期末余额在贷方,反映企业尚未交纳的税费,期末余额在借方,则表示多交纳或尚未抵扣的税费。本账户应按税费项目设置明细分类账户,进行明细分类核算。

7."固定资产"账户

为反映企业固定资产增减变动情况,应设置"固定资产"账户。借方登记企业固定资产增加的账面原值;贷方登记因出售、报废、毁损而减少的固定资产的账面原值;期末余额在借方,反映企业期末固定资产的账面原值。本账户应按固定资产类别设置明细分类账户,进行明细分类核算。

8."累计折旧"账户

用于核算企业固定资产累计损耗价值。贷方登记企业按月计提的固定资产折旧额;借方登记企业出售、报废或固定资产的已提折旧;期末贷方余额,反映企业提取的固定资产折旧累计数。

4.2.2　材料采购

(一)材料采购的确定

企业要进行正常的产品生产经营活动,就必须购买和储备一定品种和数量的原材料,原材料是产品制造企业生产产品不可缺少的物质要素,在生产过程中,材料经过加工而改变其原来的实物形态,构成产品实体的一部分,或者实物消失而有助于产品的生产。因此,产品制造企业要有计划地采购材料,既要保证及时、按质、按量地满足生产上的需要,同时又要避免储备过多,不必要地占用资金。

在材料采购过程中,一方面是企业从供应单位购进各种材料,要计算购进材料的采购成本,另一方面企业要按照经济合同和约定的结算办法支付材料的买价和各种采购费用,并与供应单位发生货款结算关系。在材料采购业务的核算过程中,还涉及增值税进项税额的计算与处理问题。为了完成材料采购业务的核算,其中一个非常重要的问题就是原材料成本的确定,包括取得原材料成本的确定和发出原材料成本的确定。

关于取得原材料成本的确定,不同方式取得的原材料,其成本的确定方法不

同,成本构成内容也不同。其中购入的原材料,其实际采购成本由以下几项内容组成:

(1)买价,是指购货发票所注明的货款金额。

(2)采购过程中发生的运输费、包装费、装卸费、保险费、仓储费等。

(3)材料在运输途中发生的合理损耗。

(4)材料入库之前发生的整理挑选费用。

(5)按规定应计入材料采购成本中的各种税金,如从国外进口材料支付的关税等。

(6)其他费用,如大宗物资的市内运杂费等,但这里需要注意的是市内零星运杂费、采购人员的差旅费以及采购机构的经费等不构成材料的采购成本,而是计入期间费用。

按照《企业会计准则——基本准则》的规定,企业的材料可以按照实际成本计价组织收发核算,也可以按照计划成本计价组织收发核算,具体采用哪一种方法,由企业根据具体情况自行决定。

(二)材料按实际成本计价的核算

当企业的经营规模较小,原材料的种类不是很多,而且原材料的收、发业务的发生也不是很频繁的情况下,可以按照实际成本计价方法组织原材料的收、发核算。原材料按照实际成本计价方法进行日常的收发核算,其特点是从材料的收、发凭证到材料明细分类账和总分类账全部按实际成本计价。

购入材料的实际成本:实际买价 + 采购费用

以下举例说明原材料按实际成本计价业务的总分类核算:

【例 4 - 13】安和股份公司从友谊工厂购入下列材料:甲材料 5 000 千克,单价 24 元;乙材料 2 000 千克,单价 19 元,增值税税率 17%,全部款项通过银行付清。

对于这项经济业务,首先要计算购入材料的买价和增值税进项税额。甲材料的买价为 120000(24 × 5000)元,乙材料的买价为 38000(19 × 2000)元,甲、乙两种材料的买价合计为 158 000 元,增值税进项税额为 26 860(158000 × 17%)元。这项经济业务的发生,一方面使得公司购入甲材料的买价增加 120 000 元,乙材料的买价增加 38 000 元,增值税进项税额增加 26 860 元;另一方面使得公司的银行存款减少 184 860(120000 + 38000 + 26860)元。涉及"材料采购"、"应交税费——应交增值税"、"银行存款"三个账户。材料买价的增加是资产的增加,应记入"材料采购"账户的借方,增值税进项税额的增加是负债的减少,应记入"应交税费——应交增值税"明细账户的借方,银行存款的减少是资产的减少,应记入"银行存款"账户的贷方。所以,这项业务应编制的会计分录如下:

借:材料采购——甲材料　　　　　　　　　　　　　　120 000

　　　　——乙材料　　　　　　　　　　　　　　　38 000

　应交税费——应交增值税(进项税额)　　　　　　26 860

　贷:银行存款　　　　　　　　　　　　　　　　　184 860

【例 4 - 14】安和股份公司用银行存款 7 000 元支付上述购入甲、乙材料的外地运杂费,按照材料的重量比例进行分配。

首先需要对甲、乙材料应共同负担的 7 000 元外地运杂费进行分配:

分配率 = 7000 ÷ (5000 + 2000) = 1

甲材料负担的采购费用:1 × 5000 = 5000(元)

乙材料负担的采购费用:1 × 2000 = 2000(元)

这项经济业务的发生,一方面使得公司的材料采购成本增加 7 000 元,其中甲材料采购成本增加 5 000 元,乙材料采购成本增加 2 000 元,另一方面使得公司的银行存款减少 7 000 元。涉及“材料采购”和“银行存款”两个账户。材料采购成本的增加是资产的增加,应记入“材料采购”账户的借方,银行存款的减少是资产的减少,应记入“银行存款”账户的贷方。所以,这项业务应编制的会计分录如下:

借:材料采购——甲材料　　　　　　　　　　　　　5 000

　　　　——乙材料　　　　　　　　　　　　　　　2 000

　贷:银行存款　　　　　　　　　　　　　　　　　　7 000

【例 4 - 15】安和股份公司从红星工厂购进丙材料 7 200 千克,发票注明的价款 216 000 元,增值税额 36 720(216000 × 17%)元,红星工厂代本公司垫付材料的运杂费 4 000 元。材料已运达企业,账单、发票已到,但材料价款、税金及运杂费尚未支付。

这项经济业务的发生,一方面使得公司的材料采购支出增加计 220 000 元,其中材料买价 216 000 元、运杂费 4 000 元,增值税进项税额增加 36 720 元;另一方面使得公司应付供应单位款项增加计 256 720(220000 + 36720)元。因此,这项经济业务涉及“材料采购”、“应交税费——应交增值税”和“应付账款”三个账户。材料采购支出的增加是资产的增加,应记入“材料采购”账户的借方,增值税进项税额的增加是负债的减少,应记入“应交税费——应交增值税”账户的借方,应付账款的增加是负债的增加,应记入“应付账款”账户的贷方。所以这项经济业务应编制的会计分录如下:

借:材料采购——丙材料　　　　　　　　　　　　　220 000

　应交税费——应交增值税(进项税额)　　　　　　36 720

　贷:应付账款——红星工厂　　　　　　　　　　　256 720

【例4－16】安和股份公司按照合同规定用银行存款预付给红星工厂订货款180 000元。

这项经济业务的发生,一方面使得公司预付的订货款增加180 000元;另一方面使得公司的银行存款减少180 000元。涉及"预付账款"和"银行存款"两个账户。预付订货款的增加是资产(债权)的增加,应记入"预付账款"账户的借方,银行存款的减少是资产的减少,应记入"银行存款"账户的贷方。所以,这项经济业务应编制的会计分录如下:

借:预付账款——红星工厂　　　　　　　　　　　　180 000
　　贷:银行存款　　　　　　　　　　　　　　　　　　　180 000

【例4－17】安和股份公司收到红星工厂发运来的、前已预付货款的丙材料,并验收入库。随货物附来的发票注明该批丙材料的价款420 000元,增值税进项税额71 400元,除冲销原预付款180 000元外,不足款项立即用银行存款支付。另发生运杂费5 000元,用库存现金支付。

这项经济业务的发生,一方面使得公司的材料采购支出(丙材料的买价和采购费用)增加计425 000(420000＋5000)元,增值税进项税额增加71 400元;另一方面使得公司的预付款减少180 000元,银行存款减少311 400(420000＋71400－180000)元,库存现金减少5 000元。涉及"材料采购"、"应交税费——应交增值税"、"预付账款"、"银行存款"和"库存现金"五个账户。材料采购支出的增加是资产的增加,应记入"材料采购"账户的借方,增值税进项税额的增加是负债的减少,应记入"应交税费——应交增值税"账户的借方,预付款的减少是资产的减少,应记入"预付账款"账户的贷方,银行存款的减少是资产的减少,应记入"银行存款"账户的贷方,库存现金的减少是资产的减少,应记入"库存现金"账户的贷方。所以这项经济业务应编制的会计分录如下:

借:材料采购——丙材料　　　　　　　　　　　　　425 000
　　应交税费——应交增值税(进项税额)　　　　　　71 400
　　贷:预付账款——红星工厂　　　　　　　　　　　　180 000
　　　银行存款　　　　　　　　　　　　　　　　　　311 400
　　　库存现金　　　　　　　　　　　　　　　　　　5 000

要注意:这项经济业务所编制的会计分录是多借多贷的会计分录,要结合经济业务内容理解所涉及的各个账户之间的对应关系。

【例4－18】12月3日,企业向甲公司购进B材料3 000千克,单价60元,计价款180 000,应付进项税额30 600元,全部款项开除期限3个月的商业承兑汇票。材料尚未到达。

这项经济业务的发生,一方面表明 B 材料的买价 180 000 元应记入"材料采购"账户的借方,应付进项税额 30 600 元应记入"应交税费"账户的借方;另一方面表明货款以商业承兑汇票支付,形成企业对供货单位的债务,应记入"应付票据"账户的贷方。

其会计分录为:

借:材料采购——B 材料   180 000
　　应交税费——应交增值税(进项税额)   30 600
　　　贷:应付票据   210 600

【例 4-19】12 月 3 日,企业向乙公司购进 A 材料 2 000 千克,单价 50 元,计价款 100 000 元,进项增值税 17 000 元,对方代垫运杂费 4 000 元,其款项以银行存款支付。材料尚未到达。

这项经济业务的发生,一方面说明企业购入 A 材料的买价和运杂费共计104 000 元构成采购成本的增加,应记入"材料采购"账户的借方,同时支付进项税额 17 000 元,应记入"应交税费——应交增值税(进项税额)"账户的借方;另一方面说明材料价款及税额已用银行存款付清,应记入"银行存款"账户的贷方。其会计分录为:

借:材料采购——A 材料   104 000
　　应交税费——应交增值税(进项税额)   17 000
　　　贷:银行存款   121 000

【例 4-20】12 月 4 日,上述购买的 A、B 两种材料同时到达,经验收入库,按实际采购成本转账。

这笔经济业务的发生,一方面反映库存材料的增加,应记入"原材料"账户借方,另一方面验收入库反映在途材料减少,应记入"材料采购"账户的贷方。其会计分录为:

借:原材料——A 材料   104 000
　　　　　——B 材料   180 000
　　　贷:材料采购——A 材料   104 000
　　　　　　　　——B 材料   180 000

4.2.3　购置固定资产

(一)固定资产的含义

固定资产是指使用期限超过 1 年的房屋、建筑物、机器设备、机械、运输工具以及其他与生产、经营有关的设备、工具、器具等;不属于生产、经营主要设备的物品,单位价值在 2 000 元以上,并且使用期限超过 2 年的,也应作为企业的固定资产。从固定资产的这个定义我们可以看出,对属于生产经营用的固定资产,《企业会计准则——基本准则》只规定了使用时间一个限制条件,而对不属于生产经营主要设备的物品,则同时规定了使用时间和单位价值标准两个条件。

(二)企业取得固定资产时入账价值的确定

固定资产取得时的实际成本是指企业单位购建固定资产达到预定可使用状态前所发生的一切合理、必要的支出。它反映的是固定资产处于可使用状态时的实际成本,对于所建造的固定资产已达到预定可使用状态,但尚未办理竣工决算的,《企业会计准则——基本准则》规定应自达到预定可使用状态之日起,根据工程决算、造价或工程实际成本等相关资料,按估计的价值转入固定资产,并计提折旧,这就意味着是否达到"预定可使用状态"是衡量可否作为固定资产进行核算和管理的标志,而不再拘泥于"竣工决算"这个标准,这也是实质重于形式原则的一个具体应用。企业的固定资产在达到预定可使用状态前发生的一切合理的、必要的支出中既有直接发生的,如支付的固定资产的买价、包装费、运杂费、安装费等,也有间接发生的,如固定资产建造过程中应予以资本化的借款利息等,这些直接的和间接的支出对形成固定资产的生产能力都有一定的作用,理应计入固定资产的价值。一般来说,构成固定资产取得时实际成本的具体内容包括买价、运输费、保险费、包装费、增值税、安装成本等。由于企业单位可以从各种渠道取得固定资产,不同的渠道形成的固定资产,其价值构成的具体内容可能不同,因而,固定资产取得时的入账价值应根据具体情况和涉及的具体内容分别确定。

(三)固定资产购置的核算

企业单位购买的固定资产,有的购买完成之后当即可以投入使用,因而可以立即形成固定资产;有的固定资产在购买之后,还需要经过安装过程,安装之后方可投入使用,而这两种情况在核算上是有区别的。对于其中需要安装的部分,在交付使用之前,由于没有形成其完整的取得成本(原始价值),因而必须通过"在建工程"账户进行核算。在购建过程中所发生的全部支出,都应归集在"在建工程"账户。待工程达到预定可使用状态形成固定资产之后,方可将该工程成本从"在建工程"账户转入"固定资产"账户。所以,我们在对固定资产进行核算时,一般将其区分为不需要安装固定资产和需要安装固定资产分别进行处理。

1. 购置不需安装固定资产

【例 4 - 21】安和股份公司用银行存款 500 000 元购入一台车床。

这项经济业务的发生,使企业的固定资产增加 500 000 元,同时使企业的银行存款减少 500 000 元,因此,这项经济业务应记入"固定资产"账户的借方和"银行存款"账户的贷方。其会计分录为：

借：固定资产 500 000

    贷：银行存款 500 000 元

【例 4 - 22】安和股份公司购入一台不需要安装的设备，该设备的买价 125 000 元，增值税 21 250 元，包装运杂费等 2 000 元，全部款项通过银行支付，设备当即投入使用。

这项经济业务的发生，一方面使得公司固定资产取得成本增加 148 250 元，另一方面使得公司的银行存款减少 148 250 元。涉及"固定资产"和"银行存款"两个账户。固定资产的增加是资产的增加，应记入"固定资产"账户的借方，银行存款的减少是资产的减少，应记入"银行存款"账户的贷方。因而这项经济业务会计分录如下：

借：固定资产 148 250

    贷：银行存款 148 250

2. 购置需安装固定资产

【例 4 - 23】安和股份公司用银行存款购入一台需要安装的设备，有关发票等凭证显示其买价 480 000 元，税金 81 600 元，包装运杂费等 5 000 元，设备投入安装。

由于这是一台需要安装的设备，因而购买过程中发生的各项支出构成购置固定资产安装工程成本，在设备达到预定可用状态前的这些支出应先在"在建工程"账户中进行归集。因而，这项经济业务的发生，一方面使得公司的在建工程支出增加计 566 600（480000 + 81600 + 5000）元，另一方面使得公司的银行存款减少 566 600元。涉及"在建工程"和"银行存款"两个账户。应记入"在建工程"账户的借方和"银行存款"账户的贷方。会计分录如下：

借：在建工程 566 600

    贷：银行存款 566 600

【例 4 - 24】承【例 4 - 23】，安和股份公司的上述设备在安装过程中发生的安装费如下：领用本公司的原材料 12 000 元，应付本公司安装工人的工资 20 000 元，提取的职工福利费 2 800 元。

设备在安装过程中发生的安装费也构成固定资产安装工程支出。对于其中消耗的原材料，为了简化核算，我们这里假设不考虑增值税。这项经济业务的发生，一方面使得公司固定资产安装工程支出（安装费）增加计 34 800（12000 + 20000 + 2800）元，另一方面使得公司的原材料成本减少 12 000 元，应付职工工资增加 20 000元，应付职工福利费增加 2 800 元。涉及"在建工程"、"原材料"、"应付职工

薪酬——应付工资"和"应付职工薪酬——应付福利费"四个账户。这项经济业务
应编制的会计分录如下:

借:在建工程　　　　　　　　　　　　　　　　　　　34 800
　　贷:原材料　　　　　　　　　　　　　　　　　　　12 000
　　　　应付职工薪酬——应付工资　　　　　　　　　20 000
　　　　　　　　——应付福利费　　　　　　　　　　2 800

【例4-25】承前两例,上述设备安装完毕,达到预定可使用状态,并经验收合
格办理竣工决算手续,现已交付使用,结转工程成本。

工程安装完毕,交付使用,意味着固定资产的取得成本已经形成,就可以将该
工程全部支出转入"固定资产"账户,其工程的全部成本为 601 400(566600+
34800)元。这项经济业务的发生,一方面使得公司固定资产取得成本增加601 400
元,另一方面使得公司的在建工程成本减少 601 400 元。涉及"固定资产"和"在建
工程"两个账户。这项经济业务会计分录如下:

借:固定资产　　　　　　　　　　　　　　　　　　601 400
　　贷:在建工程　　　　　　　　　　　　　　　　　601 400

4.3　产品生产业务的核算

4.3.1　产品生产业务核算应设置的账户

产品生产过程是工业企业资金循环的第二阶段。在生产过程中,工人借助于
劳动资料对劳动对象进行加工,制成劳动产品。因此,生产过程既是产品制造过程
又是物化劳动(劳动资料和劳动对象)和活劳动的消耗过程。

在生产过程发生的各种消耗,称为生产费用,主要包括生产产品所消耗的原材
料、辅助材料、燃料和动力,生产工人的工资及职工福利费、机器设备等固定资产的
折旧费,以及生产部门为管理和组织生产而发生的各种费用。这些费用要按一定
种类的产品进行归集和分配,以计算产品的生产成本。企业行政管理部门为组织
生产、管理生产和服务生产而发生的费用称为管理费用,它是为了维持一定生产经
营能力在某生产期间发生或支出的期间费用。

在生产过程中,发生的主要经济业务有:车间领用制造产品和一般消耗的原材
料;从银行提取现金发放工资;计算和分配职工工资;计提职工福利费;计提固定资
产折旧,分配制造费用,计算产品制造成本;产品完工,结转完工产品实际生产成本
等。

为了归集和分配生产费用,计算产品制造成本,应设置"生产成本"、"制造费用"、"管理费用"、应付职工薪酬——应付工资"、"应付职工薪酬——应付福利费"、"累计折旧"、"库存商品"等账户。

1. "生产成本"账户

"生产成本"账户是用来核算产品生产过程中所发生的各项费用,确定产品实际生产成本,并反映产品资金占用情况的账户。该账户属于成本类账户,其借方登记应记入产品生产成本的各项费用,包括直接记入产品生产成本的直接材料和直接工资,以及分配记入产品生产成本的制造费用;贷方登记完工入库产品的生产成本;期末余额在借方,表示尚未完工的各种在产品的实际成本。当企业生产多种产品时,需要按照产品品种设置明细账,进行明细分类核算。

2. "制造费用"账户

"制造费用"账户是用来归集和分配企业为生产产品和提供劳务而发生的各项间接费用的账户。该账户属于成本类账户,其借方登记企业为生产产品和提供劳务而发生的各项间接费用,包括车间辅助人员的工资和福利费、机器设备和车间厂房的折旧费与修理费、车间办公费、水电费、机物料消耗、劳动保护费,以及季节性、修理期间的停工损失等;贷方登记期末应转入"生产成本"账户的由各种产品负担的制造费用;该账户月末一般没有余额。该账户应按不同车间设置明细账,进行明细分类核算。

3. "应付职工薪酬"账户

该账户是用以核算企业根据有关规定应付给职工的各种薪酬。该账户属于负债类的账户,其贷方登记月末按照一定标准分配记入有关成本费用账户的应付薪酬;其借方登记企业实际支付给职工的薪酬。本账户可按"应付工资"、"职工福利"、"社会保险费"、"工会经费"、"职工教育经费"、"非货币福利"等进行明细核算。

4. "累计折旧"账户

"累计折旧"账户是用来核算企业固定资产折旧的账户。该账户是资产类中的资产减项账户,其贷方登记按月计提的固定资产折旧的数额,即折旧的增加;借方登记因出售、报废和毁损的固定资产而相应减少的折旧数额;期末贷方余额表示现有固定资产已提取的折旧累计数额。

5. "库存商品"账户

"库存商品"账户是用以核算企业各种产成品的生产成本以及产成品增减变动和结存情况的账户。该账户属于资产类账户,其借方登记验收入库产成品的生产成本;贷方登记发出产成品的生产成本;期末借方余额表示尚未销售的库存产成品的生产成本。为了分清各种产成品的收、发以及结存情况,需要企业按照产成品的品种以及不同规格设置产成品明细分类账户,开展产成品的明细分类核算。

6."管理费用"账户

用来核算和监督公司(企业)行政管理部门为组织生产和管理生产经营活动发生的各种费用。包括行政管理部门职工工资、职工福利费、折旧费、修理费、物料消耗、低值易耗品摊销、办公费、差旅费、工会经费、房产税、技术转让费、无形资产摊销、坏账损失、职工教育经费等。该账户借方登记发生的各项管理费用,贷方登记期末全部转入当期损益的管理费用数额,期末结转后本账户无余额。

生产业务的核算除了需要以上有关账户之外,还会涉及损益类账户中的"财务费用"等。"财务费用"账户是为了核算企业所发生的筹资费用(利息支出等)而设置的,其借方登记企业发生的各项财务费用;贷方登记企业发生的应当冲减财务费用的利息收入等;该账户的期末余额需要全部转入"本年利润"账户。结转后该账户无余额。

4.3.2　领用材料

产品制造企业通过供应过程采购的各种原材料,经过验收入库之后,就形成了生产产品的物资储备,生产产品及其他方面领用时,就形成了材料费用。完整意义上的材料费用包括消耗的原材料、主要材料和辅助材料等,在确定材料费用时,应根据领料凭证区分车间、部门和不同用途后,按照确定的结果将发出材料的成本分别记入"生产成本"、"制造费用"、"管理费用"等账户和产品生产成本明细账。对于直接用于某种产品生产的材料费用,应直接计入该产品生产成本明细账中的直接材料费项目,对于由几种产品共同耗用、应由这些产品共同负担的材料费用,应选择适当的标准在各种产品之间进行分配之后,计入各有关成本计算对象,对于为创造生产条件等需要而间接消耗的各种材料费用,应先在"制造费用"账户中进行归集,然后再同其他间接费用一起分配计入有关产品成本中。总而言之,材料是构成产品实体的一个重要组成部分,对材料费用的归集与分配是生产过程核算的非常重要的内容。

产品制造企业采购到的原材料,经验收入库,形成生产的物资储备。生产部门领用时,填制领料单,向仓库办理领料手续,领取所需材料。仓库发出材料后,要将领料凭证传递到会计部门。会计部门将领料单汇总,编制"发出材料汇总表",据以将本月发生的材料费用按其用途分配计入生产费用和其他有关费用。

以下举例说明材料费用归集与分配的总分类核算过程。

【例4-26】安和股份公司仓库发出材料,其用途见表4-7:

表4-7 发出材料汇总表

单位:元/千克

用途	甲材料		乙材料		材料耗用
	数量	金额	数量	金额	合计
制造产品领用					
A 产品耗用	8 000	200 000	6 000	120 000	320 000
B 产品耗用	10 000	250 000	4 000	80 000	330 000
小计	18 000	450 000	10 000	200 000	650 000
车间一般耗用	5 000	125 000	2 000	40 000	165 000
合计	23 000	575 000	12 000	240 000	815 000

从表4-7资料可以看出,该企业的材料费用可以分为两个部分。一部分为直接用于产品制造的直接材料费,A、B两种产品共耗用650 000元,其中A产品耗用320 000元,B产品耗用330 000元;另一部分为车间一般性消耗的材料费165 000元。这项经济业务的发生,一方面使得公司生产产品的直接材料费增加650 000元,间接材料费增加165 000元;另一方面使得公司的库存材料减少计815 000元。涉及"生产成本"、"制造费用"、"原材料"三个账户。生产产品的直接材料费和间接材料费的增加是费用的增加,应分别记入"生产成本"和"制造费用"账户的借方,库存材料的减少是资产的减少,应记入"原材料"账户的贷方。所以,这项经济业务的会计分录如下:

借:生产成本——A 产品　　　　　　　　　　320 000
　　　　　　——B 产品　　　　　　　　　　330 000
　　制造费用　　　　　　　　　　　　　　　165 000
　　贷:原材料——甲材料　　　　　　　　　　　　575 000
　　　　　　　——乙材料　　　　　　　　　　　　240 000

4.3.3 支付职工薪酬

产品制造企业根据国家规定,按照每个职工劳动的质量和数量,向职工支付工资。企业职工除取得工资外,还要享受各种福利待遇。工资和福利费是生产费用的组成部分。在福利费列为生产费用的同时,形成了一种称为"应付职工薪酬——职工福利"的流动负债。职工福利表明企业对职工在集体福利待遇方面所承担的一种支付责任。福利费的用途,包括支付职工医药费、置办集体福利设施、发放生活困难补助、支付医务福利人员工资等。

在对企业职工的工资及福利费进行核算时,应根据工资结算汇总表或按月编制的"工资及福利费分配表"的内容登记有关的总分类账户和明细分类账户,进行相关的账务处理。如果企业采用的是计件工资制,生产工人的计件工资和提取的福利费属于直接费用,应直接计入有关产品的成本。生产工人以外的其他生产管理人员的工资和提取的福利费则属于间接费用,应记入"制造费用"账户或"管理费用"账户。如果企业采用计时工资制,只生产一种产品的情况下,生产工人的工资及提取的福利费也是直接费用,可直接计入产品成本;如果生产多种产品,则需采用一定的分配标准(实际生产工时或定额生产工时)将生产工人的工资和福利费分配计入产品成本。

【例 4 - 27】安和股份公司开出现金支票,从银行提取现金 360 000 元,准备发放工资。

这项经济业务的发生,一方面使得公司的库存现金增加 360 000 元,另一方面使得公司的银行存款减少 360 000 元。涉及"库存现金"和"银行存款"两个账户。会计分录如下:

借:库存现金　　　　　　　　　　　　　　　　　360 000
　　贷:银行存款　　　　　　　　　　　　　　　　360 000

【例 4 - 28】安和股份公司用库存现金 360 000 元发放工资。

这项经济业务的发生,一方面使得公司的库存现金减少 360 000 元,另一方面使得公司的应付工资减少 360 000 元。涉及"库存现金"和"应付职工薪酬"两个账户。会计分录如下:

借:应付职工薪酬——应付工资　　　　　　　　　360 000
　　贷:库存现金　　　　　　　　　　　　　　　　360 000

【例 4 - 29】安和股份公司根据当月的考勤记录和产量记录等,计算确定本月职工的工资如下:

A 产品生产工人工资 100 000 元

B 产品生产工人工资 92 000 元

共同生产 A、B 产品的生产工人工资 115 000 元

(其中 A 产品生产工时 16 000,B 产品生产工时 12 750)

车间管理人员工资 32 000 元

厂部管理人员工资 21 000 元

根据上述资料,首先对 A、B 生产工人的共同工资进行分配,计算分配率:

工资费用分配率 = 115000 ÷ (160000 + 127500) = 4(元/工时)

其次,编制工资及福利费分配表,见表 4 - 8。

根据表 4-8 的记录,就可以确定各有关部门人员的工资费用额。

表 4-8　工资及福利费分配表

单位:元

分配对象		成本项目	直接计入	分配计入		工资费用合计	应付福利费
				生产工时	分配金额		
生产成本	A 产品	直接人工费	100 000	16 000	64 000	164 000	22 960
	B 产品	直接人工费	92 000	12 750	51 000	143 000	20 020
	小计		192 000	28 750	115 000	307 000	42 980
制造费用	车间	工资	32 000			32 000	4 480
管理费用		工资	21 000			21 000	2 940
合计			245 000		115 000	360 000	50 400

这项经济业务的发生,一方面使得公司应付职工工资增加了 360 000 元,另一方面使公司的生产费用和期间费用增加了 360 000 元。其中 A 产品生产工人的工资 164 000(100000+64000)元、B 产品生产工人工资 143 000(92000+51000)元、车间管理人员的工资 32 000 元、厂部行政管理人员的工资 21 000 元。车间生产工人和管理人员的工资作为一种生产费用应分别计入产品的生产成本和制造费用,厂部管理人员的工资应计入期间费用。因此,这项经济业务涉及"生产成本"、"制造费用"、"管理费用"和"应付职工薪酬——应付工资"四个账户。生产工人的工资作为直接生产费用应记入"生产成本"账户的借方,车间管理人员的工资作为间接生产费用应记入"制造费用"账户的借方,厂部管理人员的工资作为期间费用应记入"管理费用"账户的借方,上述工资尚未支付形成企业的负债,其增加应记入"应付职工薪酬——应付工资"账户的贷方。根据上述分析,应编制的会计分录如下:

```
借:生产成本——A 产品                               164 000
        ——B 产品                               143 000
   制造费用                                        32 000
   管理费用                                        21 000
   贷:应付职工薪酬——应付工资                               360 000
```

【例 4-30】安和股份公司根据工资及福利费用分配表(表 4-8)提取职工福利费。

根据企业相关历史经验数据等,本月需向职工食堂、职工医院、生活困难职工补助的金额为本月职工工资总额的 14%。提取职工福利费时,一方面使得公司当期的费用成本增加,另一方面使得公司的应付职工福利费增加。对于费用成本的增加应区分不同人员的工资提取的福利费,分别在不同的账户中列支。其中 A 产品生产工人工资提取的福利费为 22 960(164000×14%)元、B 产品生产工人工资提取的福利费为 20 020(143000×14%)元,属于产品生产成本的增加,应记入"生产成本"账户的借方,车间管理人员的工资提取的福利费为 4 480(32000×14%)元,属于生产产品所发生的间接费用的增加,应记入"制造费用"账户的借方,厂部管理人员的工资提取的福利费为 2 940(21000×14%)元属于期间费用的增加,应记入"管理费用"账户的借方,同时福利费提取之后并未当即发放给职工,因而形成企业负债的增加,应记入"应付职工薪酬——职工福利"账户的贷方。根据上述分析,这项业务应编制的会计分录如下:

借:生产成本——A 产品　　　　　　　　　　　22 960
　　　　　　——B 产品　　　　　　　　　　　20 020
　　制造费用　　　　　　　　　　　　　　　　 4 480
　　管理费用　　　　　　　　　　　　　　　　 2 940
　贷:应付职工薪酬——职工福利　　　　　　　　　50 400

4.3.4　计提固定资产折旧

固定资产属于物质资料生产过程中用来改变或影响劳动对象的劳动资料,它能连续在若干生产周期内发挥作用而不改变其原有的实物形态,其价值将随着使用磨损而逐渐减少,减少的价值转移到产品成本中,构成产品价值的组成部分。这减少的价值就称为固定资产折旧,固定资产折旧计算的方法很多,一般是根据企业使用中固定资产的原始价值和折旧率按月计提的。

企业计提固定资产折旧时,根据配比原则,应记入有关成本或费用账户。若是属于制造产品的机器设备的折旧应记入"制造费用"账户;若属于企业行政管理部门的房屋设备的折旧应记入"管理费用"账户。从价值形态来说,折旧是固定资产价值的损耗。计提折旧时,一方面增加制造费用或管理费用,另一方面减少固定资产价值。但是固定资产是一项有用的资料,通过它可以看出企业固定资产的规模,在账上予以保留。所以,固定资产的价值减少,通常不通过"固定资产"账户,而是另设一个"累计折旧"账户。

"累计折旧"账户是"固定资产"的调整账户,它表示固定资产价值的减少。在资产负债表中列示时,先列示"固定资产"项目,即反映固定资产原值,再反映"累计折旧"项目。

【例 4-31】安和股份公司根据计算,1 月份计提固定资产折旧 2 200 元,其中:生产部门为 1 800 元,企业管理部门为 400 元。月末编制会计分录如下:

借:制造费用   1 800

　　管理费用   400

贷:累计折旧   2 200

4.3.5　产品生产成本的计算

成本计算是会计核算的一种专门方法,是会计核算的主要内容之一。通过成本计算,对于考核分析各种生产经营过程或某项经济活动的费用发生情况,寻求节约支出、降低产品成本和提高经济效益的途径有着重要的作用。产品生产成本计算,就是将企业生产过程中为制造产品所发生的各种费用,按照所生产产品的品种(即成本计算对象)进行分配和归集,计算各种产品的总成本和单位成本。

(一)产品生产成本计算的一般程序

1. 确定成本计算对象

进行成本计算,首先要确定成本计算对象。所谓成本计算对象,就是指生产费用归属的对象。成本计算对象的确定,是设置产品明细账(或称成本计算单),归集生产费用,正确计算产品成本的前提。不同类型的企业由于生产特点和管理要求不同,成本计算对象也不一样,而不同的成本计算对象又决定了不同成本计算方法的特点。但是,不论采用哪种方法,最终都要按照产品品种算出产品成本,因而按照产品计算成本,是产品成本计算的最基本方法。

2. 确定成本计算期

成本计算期就是成本计算的间隔期,即多长时间计算一次成本。企业在生产经营过程中,各阶段发生的生产费用和成本形成是逐步积累的,产品生产成本计算期最好与产品周期保持一致。但两者能否保持一致,主要取决于企业生产组织的特点,以及成本管理和分期考核经营成果的要求。例如,在大量、大批生产的企业,连续不断生产同一种或几种产品,但是为了加强成本计划管理,计算考核每期经营成果,往往不按生产周期而按月计算产品成本。在单件、小批量生产的企业,只有产品生产完工后,才能计算产品成本,这种情况就可以按产品的生产周期作为成本计算期。

3. 确定成本项目

成本项目是指生产费用按其经济用途分类的项目。将计入成本的生产费用按经济用途划分为若干成本项目,按成本项目归集生产费用,计算产品成本。因此,为了科学地进行成本计算,企业应当正确确定成本项目。按照制造成本法的要求,产品成本一般可分为以下几个项目:

(1)直接材料:指构成产品实体,或有助于产品形成或便于进行生产而耗费的各种材料,包括原料及主要材料、辅助材料、外购半成品、燃料、动力等。

(2)直接人工:指从事产品制造的生产工人工资,包括生产工人的基本工资、工资性奖金、各种工资性津贴和补贴,以及按照规定提取的职工福利费等。

(3)制造费用:指企业内部生产单位为组织和管理生产所发生的各项费用,如折旧费、劳动保护费、办公费、机物料、管理人员的工资等。

4. 正确归集和分配生产费用

成本计算过程就是按一定成本计算对象归集和分配生产费用的过程,在确定应由本期产品成本负担的费用之后,还必须按成本计算对象归集和分配生产费用。在生产经营过程中,所发生的计入成本的各项生产费用,如果只是为某一种产品所消耗,应直接计入该产品成本,不存在各产品之间进行分配的问题,但如果是为几种产品所消耗,应按一定标准分配后计入产品成本。凡为生产某一种产品所发生的直接费用,可直接计入该产品成本;凡是为了生产几种产品所共同发生的间接费用,应采用适当标准分配后计入各种产品成本。在实际工作中分配间接费用的标准有:

(1)生产工人工时;

(2)生产工人工资;

(3)机器工时;

(4)有关消耗定额等。

企业在选用分配间接费用的标准时,应考虑分配标准与间接费用的多少有没有直接关系,以保证分配结果的准确性。正确区分直接费用和间接费用,合理选择间接费用的分配标准,有利于正确计算产品成本。

5. 将费用在完工产品和在产品之间进行分配

在计算产品生产成本时,如果成本计算期与生产周期一致时,则期末所有的产品都是完工产品,不存在完工产品与期末在产品的费用分配问题;如果成本计算期与生产周期不一致时,则期末既有完工产品又有在产品,此时要计算出完工产品的成本就必须将按照成本计算对象归集的生产费用,在各种产品内部的完工产品与在产品之间进行分配以确定完工产品成本。完工产品与期末在产品之间的关系如以下公式所示:

期初在产品成本 + 本期生产费用 = 本期完工产品成本 + 期末在产品成本

6. 设置和登记费用、成本明细账,编制成本计算表

成本计算所必须的数据资料,必须通过费用成本明细账进行登记。因此,必须按成本计算对象及规定的成本项目设置有关费用、成本明细账。根据有关会计凭证,将发生的应计入成本的各种费用,按成本项目在各明细分类账中进行归集和分配,借

以计算各成本计算对象的成本,然后根据费用、成本明细账中有关成本的资料按规定的成本项目编制成本计算表,以确定各成本计算对象的总成本和单位成本。

(二)成本计算举例

【例4-32】下面以安和股份公司 2006 年 12 月份的核算资料为例,说明产品成本计算的一般方法。

安和股份公司本月份生产 A、B 两种产品,其各项费用的发生情况见表 4-9。

表4-9   安和股份公司 12 月份 A、B 产品各项费用表

产品名称	投产数量	完成数量	直接材料	直接人工	制造费用	生产费用合计
A 产品	10 000	10 000	36 040	34 200		70 240
B 产品	4 000	4 000	29 840	22 800		52 640
合计	14 000	14 000	65 880	57 000	15 000	137 880

从上述资料可以看出,生产 A、B 两种产品所消耗的直接材料、直接人工均为直接计入费用,无须进行任何分配,可计入 A、B 两种产品的生产产品明细账中,而制造费用必须采用一定的标准进行分配以后才能计入生产产品明细账。

该公司制造费用选用生产工时为标准进行分配,其具体标准、分配方法和分配结果如下:

(1)分配标准:制造 A 产品的生产工时为 4 000 小时,制造 B 产品的生产工时为 3 500 小时。

$$制造费用分配率 = \frac{制造费用总额}{A、B 产品的生产工时之和} = \frac{15000}{4000+3500} = 2(元/工时)$$

(3)每种产品应分配的制造费用为:

A 产品应分配的制造费用 = 4000 × 2 = 8000

B 产品应分配的制造费用 = 3500 × 2 = 7000

在实际工作中,制造费用的分配是通过编制制造费用分配表进行的,编制方法如下表:

表4-10   A、B 产品制造费用分配表

产品名称	分配标准(工时)	分配率	分配额(元)
A 产品	4 000	2	8 000
B 产品	3 500		7 000
合计	7 500	—	15 000

通过以上归集、分配之后,为生产产品的所有耗费都可以计入有关产品的生产成本明细账和生产成本汇总表,其格式与填制方法见表 4-11、表 4-12、表

4 - 13 所示：

表 4 - 11　生产成本明细分类账

产品品种:A 产品　　　　　　　　　　　　　　　　　　　　　　　　单位:元

2006 年		凭证字号	摘　要	借方（成本项目）				贷方	借或贷	余额
月	日			直接材料	直接人工	制造费用	合计			
		略	期初余额						平	0
		略	生产耗用材料	36 040			36 040		借	36 040
		略	生产工人工资		30 000		30 000		借	66 040
		略	应付福利费		4 200		4 200		借	70 240
		略	分配制造费用			8 000	8 000		借	78 240
		略	结转完工产品成本					78 240	平	0
		略	本月合计	36 040	34 200	8 000	78 240	78 240	平	0

表 4 - 12　生产成本明细分类账

产品品种:B 产品　　　　　　　　　　　　　　　　　　　　　　　　单位:元

2006 年		凭证字号	摘　要	借方（成本项目）				贷方	借或贷	余额
月	日			直接材料	直接人工	制造费用	合计			
		略	期初余额						平	0
		略	生产耗用材料	29 840			29 840		借	29 840
		略	生产工人工资		20 000		20 000		借	49 840
		略	应付福利费		2 800		2 800		借	52 640
		略	分配制造费用			7 000	7 000		借	59 640
		略	结转完工产品成本					59 640	平	0
		略	本月合计	29 840	22 800	7 000	59 640	59 640	平	0

表 4 - 13　产品生产成本汇总表

编制单位:安和股份公司　　　　　　　　　　　　　　　　　　　　　单位:元

成本项目	A 产品		B 产品	
	总成本	单位成本	总成本	单位成本
直接材料	36 040	3.604	29 840	7.460
直接人工	34 200	3.420	22 800	5.700
制造费用	8 000	0.800	7 000	1.750
合计	78 240	7.824	59 640	14.91

根据以上资料编制如下会计分录：

（1）领用材料时：

借：生产成本——A 产品	36 040
——B 产品	29 840
贷：原材料	65 880

（2）月末，根据工资和考勤记录，计算出应付职工工资 62 000 元，其用途和数额如下：

生产工人工资

其中：制造 A 产品生产工人工资	30 000
制造 B 产品生产工人工资	20 000
车间技术、管理人员工资	4 000
厂部行政管理人员工资	8 000

编制会计分录如下：

借：生产成本——A 产品	30 000
——B 产品	20 000
制造费用	4 000
管理费用	8 000
贷：应付职工薪酬——应付工资	62 000

（3）月末，按本月工资总额 14% 提取职工福利费。

借：生产成本——A 产品	4 200
——B 产品	2 800
制造费用	560
管理费用	1 120
贷：应付职工薪酬——职工福利	8 680

（4）分配制造费用：

借：生产成本——A 产品	8 000
——B 产品	7 000
贷：制造费用	15 000

（5）完工入库产品成本结转：

借：库存商品	137 880
贷：生产成本——A 产品	78 240
——B 产品	59 640

4.4　产品销售业务的核算

企业经过了产品生产过程,生产出符合要求、可供对外销售的产品,形成了存货,接下来就要进入销售过程。通过销售过程,将生产出来的产品销售出去,实现它们的价值。销售过程是企业经营过程的最后一个阶段。产品制造企业在销售过程中,通过销售产品,按照销售价格收取产品价款,形成商品销售收入,在销售过程中结转的商品销售成本,以及发生的运输、包装、广告等销售费用,按照国家税法的规定计算缴纳的各种销售税金等都应该从销售收入中得到补偿,补偿之后的差额即为企业销售商品的业务成果即利润或亏损。企业在销售过程中除了发生销售商品、自制半成品以及提供工业性劳务等业务即主营业务外,还可能发生一些其他业务如销售材料、出租包装物、出租固定资产等,所以,我们在这一节中主要介绍企业主营业务收支和其他业务收支的核算内容。

4.4.1　产品销售业务核算应设置的账户

为了准确核算企业销售产品和提供劳务所发生的收入,以及货款结算、税金交纳等财务事项,企业应设置以下主要账户:

1.“主营业务收入”账户

“主营业务收入”账户是用以核算企业销售商品、产品、提供劳务和让渡资产使用权等日常活动中所产生的收入的账户。该账户属于损益类中的收入账户,其贷方登记确认实现的销售收入;借方登记发生销售退回和销售折让等原因所形成的销售收入的减少(销售退回也可以在贷方用红字登记);期末该账户不留余额,全部从借方转入“本年利润”账户。“主营业务收入”账户应按照产品的品种(或劳务)设置明细账,进行明细分类核算。

2.“主营业务成本”账户

“主营业务成本”账户是用以核算企业销售商品、产品、提供劳务或让渡资产使用权等日常活动所发生的成本的账户。该账户属于损益类中的成本费用账户,借方登记已销售产品的实际成本;贷方登记期末转入“本年利润”账户当期全部销售成本;该账户期末结转后没有余额。“主营业务成本”账户应按照产品的类别(或劳务)设置明细账,进行明细分类核算。

3.“销售费用”账户

“销售费用”账户是用以核算企业在商品、产品销售过程中所发生的各种费用

（如运输费、装卸费、包装费、广告费、保险费、展览费和为销售本企业产品而专设的销售机构的职工工资及福利费等）的账户。该账户属于损益类中的成本费用账户，其借方登记销售产品而发生的各种销售费用；贷方登记期末转入"本年利润"账户的数额；该账户期末结转后没有余额。

4."营业税金及附加"账户

"营业税金及附加"账户是用以核算企业日常活动应负担的税金及附加（如营业税、消费税、资源税、城市维护建设税、土地增值税和教育费附加等）的账户。该账户属于损益类中的成本费用账户，其借方登记企业本期按规定税率应当缴纳的营业税金及附加；贷方登记期末转入"本年利润"账户的数额；该账户期末结转后没有余额。

5."应收账款"账户

"应收账款"账户是用以核算企业因销售产品或提供劳务，应向购货单位或接受劳务单位收取的款项。该账户属于资产类账户，其借方登记企业在销售过程中发生的应收款项；贷方登记已收回的应收款项和已确认为坏账的应收款项；期末余额在借方，表示尚未收回的应收款项。本账户应按照不同的收款单位设置明细分类账，进行明细分类核算。

6."应收票据"账户

企业销售产品，如果购买单位是用商业承兑汇票或银行承兑汇票来结算时，企业应设置"应收票据"账户用以核算企业与购买单位开出的商业汇票的结算情况。该账户属于资产类账户，企业收到购买单位开出的票据，表明企业应收票据款的增加，应登记在"应收票据"的借方；汇票到期收回购买单位款，表明企业应收票据款的减少，应登记在"应收票据"的贷方；期末如有余额在借方，表示尚未到期的票据应收款项。

7."预收账款"账户

"预收账款"账户是用以核算企业预收货款的发生与偿付情况。该账户属于负债类账户，发生预收货款，意味着企业负债的增加，应贷"预收账款"账户；企业用产品或劳务抵偿预收货款时，意味着企业负债的减少，应借记"预收账款"账户；期末余额在贷方，表示尚未用产品或劳务偿付的预收账款。本账户应按照购买单位名称设置明细账，进行明细分类核算。

8."应交税费"

它是用来核算按照税法等规定计算应交纳的各种税费，包括增值税、消费税、营业税、所得税、资源税、土地增值税、城市维护建设税、房产税、土地使用税、车船使用税、教育费附加、矿产资源补偿费等。该账户贷方登记企业按规定计算出应缴纳的各种税费,借方登记实际缴纳的各种税费,期末贷方余额反映企业尚未交纳的税费;期末如为借方余额,反映企业多交或尚未抵扣的税费。该账户可按应交的税费项目设置明细分类账户,进行明细分类核算。企业交纳的印花税、耕地占用税等不需要预计应交数的税金,不通过"应交税费"账户核算。

4.4.2　营业收入

收入是指企业在日常活动中形成的、会导致所有者权益增加的与所有者投入资本无关的经济利益的总流入。收入按其性质,可以分为销售商品收入、提供劳务收入和让渡资产使用权取得的收入。按企业经营业务的主次分类,可分为主营业务收入和其他业务收入。在会计核算中,对经常性、主要业务所产生的收入应单独设置"主营业务收入"账户进行核算,对非经常性、兼营业务交易所产生的收入应单独设置"其他业务收入"账户进行核算。

(一)收入的确认

在收入的核算中,一个重要的问题就是收入的确认,实际是指收入何时入账问题。按照《企业会计准则第 14 号——收入》准则的要求,企业销售商品收入的确认,必须同时符合以下条件:

(1)企业已将商品所有权上的主要风险和报酬转移给买方;

(2)企业既没有保留通常与所有权相联系的继续管理权,也没有对已售出的商品实施控制;

(3)与交易相关的经济利益能够可靠地流入企业;

(4)收入的金额能够可靠地计量;

(5)相关的已发生或将发生的成本能够可靠地计量。

企业销售商品的收入按照上述的条件确认之后,就要对其金额进行计量。《企业会计准则第 14 号——收入》规定,销售商品收入的计量,应根据企业与购货方签订的合同或协议的金额确定,无合同或协议的,应按购销双方协商的价格确定。在计量销售商品的收入时,要注意在销售过程中发生的销售退回、销售折让和现金折扣的内容。

(1)商品销售退回,是指企业售出的商品,由于质量、品种等不符合要求而发生的退货。销售退回如果发生在收入确认之前,其处理非常简单,只需转回库存商品即可。如果发生在收入确认之后,应当在发生时冲减当期销售收入。

(2)销售折让是企业因销售商品的质量不合格等原因而在售价上给予购买方的减让,实际发生销售折让时应直接冲减当期的销售商品收入。

(3)现金折扣"是指债权人为鼓励债务人在规定的期限内付款,而向债务人提供的债务扣除"。《企业会计准则——基本准则》要求企业采用总额法对现金折扣进行处理,即在确定销售商品收入时,不考虑各种预计可能发生的现金折扣,而在实际发生现金折扣时,将其计入当期财务费用。

(二)销售商品业务的会计处理

1. 主营业务收入的核算

以下举例说明主营业务收入的实现及其有关款项结算的核算过程如下:

【例 4-33】安和股份公司向东方工厂销售 A 产品 50 台,每台售价 4 800 元,发票注明该批 A 产品的价款 240 000 元,增值税税额 40 800 元,全部款项收到一张已承兑的商业汇票。

这项经济业务的发生,一方面使得公司的应收票据款增加计 280 800(240000+40800)元,另一方面使得公司的主营业务收入增加 240 000 元、应交增值税销项税额增加 40 800 元。涉及"应收票据"、"主营业务收入"、"应交税费——应交增值税"三个账户。这项经济业务应编制的会计分录如下:

借:应收票据   280 800

    贷:主营业务收入   240 000

        应交税费——应交增值税(销项税额)   40 800

【例 4-34】安和股份公司按照合同规定预收正大工厂订购 B 产品的货款 500 000 元,存入银行。

这项经济业务的发生,一方面使得公司的银行存款增加 500 000 元,另一方面使得公司的预收款增加 500 000 元。涉及"银行存款"和"预收账款"两个账户。这项业务应编制的会计分录如下:

借:银行存款   500 000

    贷:预收账款——正大工厂   500 000

【例 4-35】安和股份公司按购销合同赊销给机车厂 A 产品 120 台,发票注明的价款 576 000 元,增值税税额 97 920 元。

这项经济业务的发生,一方面使得公司的应收款增加 673 920(576000+97920)元,另一方面使得公司的主营业务收入增加 576 000 元,增值税销项税额增加 97 920 元。涉及"应收账款"、"主营业务收入"和"应交税费——应交增值税"三个账户。编制的会计分录如下:

借:应收账款——机车厂   673 920

    贷:主营业务收入   576 000

        应交税费——应交增值税(销项税额)   97 920

【例 4-36】安和股份公司收到机车厂开出并承兑的商业汇票 673 920 元,用以抵偿其所欠本企业的货款。

这项经济业务的发生,一方面使得公司的应收票据款增加 673 920 元,另一方面使得公司的应收款减少 673 920 元。涉及"应收票据"和"应收账款"两个账户。编制的会计分录如下:

借:应收票据　　　　　　　　　　　　　　　　　　673 920
　　贷:应收账款——机车厂　　　　　　　　　　　　673 920

对于收到的机车厂的商业汇票,应在"应收票据备查簿"中进行备查登记。

2. 其他业务收入的核算

以下举例说明其他业务收入的核算:

【例 4 - 37】安和股份公司销售一批原材料,价款 28 000 元,增值税 4 760 元,款项收到存入银行。

按照企业会计准则的规定,销售材料的收入属于其他业务收入。这项经济业务的发生,一方面使得公司的银行存款增加 32 760(28000 + 4760)元,另一方面使得公司的其他业务收入增加 28 000 元,增值税销项税额增加 4 760 元。涉及"银行存款"、"其他业务收入"和"应交税费——应交增值税"三个账户。这项业务应编制的会计分录如下:

借:银行存款　　　　　　　　　　　　　　　　　　32 760
　　贷:其他业务收入　　　　　　　　　　　　　　　28 000
　　　　应交税费——应交增值税(销项税额)　　　　 4 760

【例 4 - 38】安和股份公司向某单位转让商标的使用权,获得收入 100 000 元,存入银行。

首先应明确,转让商标的使用权,实质上就是让渡资产的使用权,这与处置无形资产的收入的处理是不同的,因而其收入属于其他业务收入的范围。这项经济业务的发生,一方面使得公司的银行存款增加 100 000 元,另一方面使得公司的其他业务收入增加 100 000 元。涉及"银行存款"和"其他业务收入"两个账户。这项业务应编制的会计分录如下:

借:银行存款　　　　　　　　　　　　　　　　　　100 000
　　贷:其他业务收入　　　　　　　　　　　　　　　100 000

【例 4 - 39】安和股份公司出租一批包装物,收到租金 7 020 元存入银行。

出租包装物的租金收入同样属于让渡资产的使用权收入,应列入其他业务收入范围。由于租金中包括增值税税额,因此应进行分离,即不含税租金为 6 000[7020 ÷ (1 + 17%)]元,增值税税额为 1 020 元。这项经济业务的发生,一方面使得公司的其他业务收入增加 6 000 元,增值税销项税额增加 1 020 元,另一方面使得公司的银行存款增加7 020元。涉及"银行存款"、"其他业务收入"和"应交税费——应交增值税"三个账户。这项业务应编制的会计分录如下：

借:银行存款　　　　　　　　　　　　　　　　　　　　　　　7 020

　　贷:其他业务收入　　　　　　　　　　　　　　　　　　　　6 000

　　　应交税费——应交增值税(销项税额)　　　　　　　　　　1 020

4.4.3　营业成本

1. 主营业务成本的核算

企业在销售过程中通过销售商品等,一方面减少了库存的存货,另一方面作为取得主营业务收入而垫支的资金,表明企业发生了费用,我们把这项费用称为主营业务成本。将销售发出的商品成本转为主营业务成本,应遵循配比原则的要求,也就是说,不仅主营业务成本的结转应与主营业务收入在同一会计期间加以确认,而且应与主营业务收入在数量上保持一致。主营业务成本的计算确定公式如下:

本期应结转的主营业务成本 = 本期销售商品的数量×单位商品的生产成本

上式中单位商品生产成本的确定,应考虑期初库存的商品成本和本期入库的商品成本情况,可以分别采用先进先出法、加权平均法等方法来确定,方法一经确定,不得随意变动。关于这些发出商品的计价方法的具体内容,将在以后的课程内容中进行介绍。

以下举例说明主营业务成本的总分类核算:

【例4-40】安和股份公司在月末结转本月已销售的A、B产品的销售成本。其中A产品的单位成本为3 200元,B产品的单位成本为13 600元。本月销售A产品200台,B产品60台。

首先需要计算确定已销售的A、B产品的销售成本。由于本期销售A产品200台,其销售总成本为640 000元,本期销售B产品60台,其销售成本为816 000元。这项经济业务的发生,一方面使得公司的主营业务成本增加1 456 000(640000 + 816000)元,另一方面使得公司的库存商品产品成本减少1 456 000元。涉及"主营业务成本"和"库存商品"两个账户。主营业务成本的增加是费用成本的增加,应记入"主营业务成本"账户的借方,库存商品成本的减少是资产的减少,应记入"库存商品"账户的贷方。这项业务应编制的会计分录如下:

借:主营业务成本　　　　　　　　　　　　　　　　　　　1 456 000

　　贷:库存商品——A商品　　　　　　　　　　　　　　　　640 000

　　　　　——B商品　　　　　　　　　　　　　　　　　816 000

2. 其他业务成本的核算

企业在实现其他业务收入的同时,往往还要发生一些其他业务成本,包括与其他业务有关的成本、费用和税金等,如销售材料的成本支出,出租包装物应摊销的成本支出以及计算的营业税等。为了核算这些支出,需要设置"其他业务成本"账户,该账户的性质属于损益类,用来核算企业除主营业务以外的其他业务成本。

以下举例说明其他业务成本的总分类核算过程:

【例 4 - 41】安和股份公司月末结转本月销售材料的成本 16 000 元。

这项经济业务的发生,一方面使得公司的其他业务成本增加 16 000 元,另一方面使得公司的库存材料成本减少 16 000 元。涉及"其他业务成本"和"原材料"两个账户。其他业务成本的增加是费用成本的增加,应记入"其他业务成本"账户的借方,库存材料成本的减少是资产的减少,应记入"原材料"账户的贷方。所以这项业务应编制的会计分录如下:

借:其他业务成本　　　　　　　　　　　　　　　16 000

　　贷:原材料　　　　　　　　　　　　　　　　　　　　16 000

【例 4 - 42】安和股份公司结转本月出租包装物的成本 4 680 元。

企业出租包装物的成本属于其他业务成本的内容。这项经济业务的发生,一方面使得公司的其他业务成本增加 4 680 元,另一方面使得公司的库存包装物成本减少 4 680 元。涉及"其他业务成本"和"包装物"两个账户。包装物成本的摊销是费用支出的增加,应记入"其他业务成本"账户的借方,库存包装物成本的减少是资产的减少,应记入"包装物"账户的贷方。所以这项业务应编制的会计分录如下:

借:其他业务成本　　　　　　　　　　　　　　　4 680

　　贷:包装物　　　　　　　　　　　　　　　　　　　　4 680

【例 4 - 43】安和股份公司按 5% 的税率计算本月转让商标使用权收入应缴纳的营业税。

按照税法的规定,企业转让无形资产的使用权的收入应缴纳营业税,营业税属于企业的其他业务成本。这项经济业务的发生,一方面使得安和公司的其他业务成本增加 5000(100000 × 5%)元,另一方面,由于税金计算出来的当时并没有缴纳,因而使得公司的应交税费增加 5 000 元。涉及"其他业务成本"和"应交税费"两个账户。其他业务成本的增加是费用支出的增加,应记入"其他业务成本"账户的借方,应交税费的增加是负债的增加,应记入"应交税费"账户的贷方。这项业务应编制的会计分录如下:

借:其他业务成本　　　　　　　　　　　　　　　5 000

　　贷:应交税费——应交营业税　　　　　　　　　　　5 000

4.4.4　营业税金及附加

企业在销售商品产品过程中,实现了商品的销售额,就应该向国家税务机关缴纳各种销售税金及附加,包括消费税、营业税、城市维护建设税、资源税以及教育费附加等。这些税金及附加一般是根据当月销售额或税额,按照规定的税率计算,于下月初缴纳的。由于这些税金及附加是在当月计算而在下个月缴纳的,因而计算税金及附加时,一方面形成企业的一项负债,另一方面作为企业发生的一项费用支出。为了核算企业销售商品的税金及附加情况,需要设置"营业税金及附加"账户,该账户的性质是损益类。用来核算企业经营主要业务(包括销售商品、提供劳务等)而应由主营业务负担的各种税金及附加的计算及其结转情况的账户。

以下举例说明营业税金及附加业务的总分类核算:

【例 4 – 44】安和股份公司经计算,本月销售 A、B 产品应缴纳的城建税 14 000 元,教育费附加 6 000 元,另外 A 产品应缴纳的消费税为 35 000 元(假设 A 产品为应税消费品)。

这项经济业务的发生,一方面使得公司的营业税金及附加增加 55 000(14000 + 6000 + 35000)元,另一方面使得公司的应交税费增加 55 000 元。涉及"营业税金及附加"、"应交税费"两个账户。营业税金及附加的增加是费用支出的增加,应记入"营业税金及附加"账户的借方,应交税费的增加是负债的增加,应记入"应交税费"账户的贷方。这项业务应编制的会计分录如下:

借:营业税金及附加　　　　　　　　　　　　　　　　55 000
　贷:应交税费——应交消费税　　　　　　　　　　　　35 000
　　　　　　——应交城建税　　　　　　　　　　　　14 000
　　　　　　——应交教育费附加　　　　　　　　　　　6 000

4.4.5　销售费用

销售费用是企业在销售过程中以及在专设销售机构中发生的各种费用,如广告费、运输费、装卸搬运费、包装费以及销售人员的工资等。

【例 4 – 45】安和股份公司用银行存款支付产品宣传广告费 200 元。

这项经济业务的发生,一方面使企业的销售费用增加 200 元;另一方面使企业的银行存款减少 200 元,涉及"销售费用"、"银行存款"两个账户。这项经济业务编制会计分录如下:

借:销售费用　　　　　　　　　　　　　　　　　　　200
　贷:银行存款　　　　　　　　　　　　　　　　　　　200

4.5　经营成果的核算

4.5.1　经营成果的构成

(一)财务成果的含义

所谓财务成果是指企业在一定会计期间所实现的最终经营成果,也就是企业所实现的利润或亏损总额。利润是按照配比原则的要求,将一定时期内存在因果关系的收入与费用进行配比而产生的结果,收入大于费用支出的差额部分为利润,反之则为亏损。利润是综合反映企业在一定时期生产经营成果的重要指标。企业各方面的情况,诸如劳动生产率的高低、产品是否适销对路、产品成本和期间费用的节约与否,都会通过利润指标得到综合反映。

(二)经营成果的构成与计算

根据《企业会计准则——基本准则》的规定,企业利润包括营业利润、投资收益、补贴收入、营业外收入和支出、所得税费用等组成部分。其中,营业利润加上投资收益、补贴收入、营业外收入,减去营业外支出后的数额又称为利润总额;利润总额减去所得税费用后的数额即为企业的净利润。计算公式如下:

利润总额(或亏损总额) = 营业利润 + 投资收益(减投资损失) + 补贴收入 + 营业外收入 – 营业外支出

净利润(或净亏损) = 利润总额(或亏损总额) – 所得税费用

1. 营业利润

营业利润是指主营业务收入减去主营业务成本和营业税金及附加,加上其他业务利润,减去销售费用、管理费用和财务费用后的净额。其他业务利润是指其他业务收入减去其他业务成本后的净额。计算公式如下:

主营业务利润 = 主营业务收入 – 主营业务成本 – 营业税金及附加

其他业务利润 = 其他业务收入 – 其他业务成本

营业利润 = 主营业务利润 + 其他业务利润 – 销售费用 – 管理费用 – 财务费用

2. 投资收益

投资收益是指企业对外投资所取得的收益,减去发生的投资损失和计提的投资损失准备后的净额。

3. 补贴收入

补贴收入是指企业按规定事迹收到退还的增值税,或按销量或工作量等依据国家规定的补助定额计算并按期给予的定额补贴,以及属于国家财政扶持的领域而给予的其他形式的补贴。

4. 营业外收入和营业外支出

营业外收入和营业外支出,是指企业发生的与其生产经营活动无直接关系的各项收入和各项支出。其中,营业外收入包括固定资产盘盈、处置固定资产净收益、罚款净收入等。营业外支出包括固定资产盘亏、处置固定资产净损失、处置无形资产净损失、债务重组损失、计提的无形资产减值准备、计提的固定资产减值准备、罚款支出、捐款支出、非常损失等。

营业外收入和营业外支出应当分别核算,并在利润表中分别按项目反映。营业收入和营业收入支出还应当按照具体收入和支出设置明细项目,进行明细核算。

5. 所得税费用

所得税费用是指企业应计入当期损益的所得税费用。企业应选择采用应付税款法或者纳税影响会计法对所得税费用进行核算。

4.5.2 经营成果核算应设置的账户

为了核算和监督利润总额及其构成,应设置如下主要账户:

1. "投资收益"账户

"投资收益"账户是用以核算企业对外投资取得的投资收入或发生的投资损失的账户。该账户属于损益类账户,贷方登记对外投资所取得的收入;借方登记对外投资发生的损失;期末将余额(借方或贷方)分别转入"本年利润"账户的贷方(或借方),本账户结转后无余额。

2. "营业外收入"账户

"营业外收入"账户是用以核算发生的与企业生产经营活动没有直接关系的各项收入的账户。该账户属于损益类账户,贷方登记发生的各项营业外收入;借方登记期末转入"本年利润"账户的营业外收入,结转后该账户应无余额。该账户应按收入项目设置明细账,进行明细分类核算。

3. "营业外支出"账户

"营业外支出"账户是用以核算发生的与企业生产经营活动没有直接关系的各项支出的账户。该账户属于损益类账户,借方登记发生的各项营业外支出;贷方登记期末转入"本年利润"账户的营业外支出,结转后该账户应无余额。该账户应按费用项目设置明细账,进行明细分类核算。

4. "本年利润"账户

"本年利润"账户是用以核算和监督企业在本年内实现的利润(或亏损)总额的账户。该账户属于所有者权益类账户,贷方登记期末从"主营业务收入"、"其他业务收入"、"投资收益"、"营业外收入"等账户转入的各项收入;借方登记期末从"主营业务成本"、"其他业务成本"、"销售费用"、"管理费用"、"财务费用"、"营业税金及附加"、"营业外支出"、"所得税费用"账户中转入的各项费用与支出;"本年利润"账户余额可在借方,也可在贷方,借方余额反映本期发生的亏损,贷方余额反映本期实现的净利润额。无论亏损还是盈利,年末都必须将其余额转入"利润分配"账户,"本年利润"账户不保留年末余额。

4.5.3　经营成果形成的核算

(一)营业外收支的核算

企业的营业外收支是指与企业正常的生产经营业务没有直接关系的各项收入和支出,包括营业外收入和营业外支出:营业外收入是指与企业正常的生产经营活动没有直接关系的各种收入,这种收入不是由企业经营资金耗费所产生的,一般不需要企业付出代价,因而无法与有关的费用支出相配比。营业外收入包括:固定资产盘盈收入、处置固定资产净收益、处置无形资产净收益、罚款收入、教育费附加返还款等。营业外支出是指与企业正常的生产经营活动没有直接关系的各项支出。这种支出不属于企业的生产经营费用。营业外支出包括:固定资产盘亏支出、处置固定资产的净损失、处置无形资产的净损失、非常损失、罚款支出、债务重组损失、捐赠支出、计提的无形资产减值准备、计提的固定资产减值准备等。

营业外收支虽然与企业正常的生产经营活动没有直接关系,但从企业主体考虑,营业外收支同样能够增加或减少企业的利润,对利润或亏损总额以及净利润会产生一定的影响。在会计核算过程中,一般按照营业外收支具体项目发生的时间,按其实际数额在当期作为利润的加项或减项分别予以确认和计量:营业外收入减去营业外支出后的余额即为企业的营业外收支净额。净额如为正数,则增加当期的利润总额;如为负数,则减少当期的利润总额。

以下举例说明营业外收支的总分类核算:

【例 4 - 46】安和股份公司收到某单位的违约罚款收入 4 800 元,存入银行。

罚款收入属于企业的营业外收入。这项经济业务的发生,一方面使得公司的银行存款增加 4 800 元,另一方面使得公司的营业外收入增加 4 800 元。涉及"银行存款"和"营业外收入"两个账户。这项业务编制的会计分录如下:

借:银行存款　　　　　　　　　　　　　　　　　　　　4 800
　　贷:营业外收入　　　　　　　　　　　　　　　　　　　4 800

【例 4 - 47】安和股份公司用银行存款 20 000 元支付税收罚款滞纳金。

企业的税收罚款滞纳金属于营业外支出。这项经济业务的发生,一方面使得公司的银行存款减少 2 000 元,另一方面使得公司的营业外支出增加 2 000 元。涉及"银行存款"和"营业外支出"两个账户。这项业务编制的会计分录如下:

借:营业外支出   2 000
    贷:银行存款   2 000

根据上述业务内容可知,企业实现的营业外收入为 4 800 元,发生的营业外支出为 2 000,因而营业外收支净额为 2 800(4800 - 2000)元。

(二)利润总额的确定

利润总额是在企业经营过程中逐渐形成的,在形成过程中必须借助各种收入、费用类账户来加以反映。例如,主营业务利润是通过"主营业务收入"、"主营业务成本"、"营业税金及附加"等账户来反映的。其他业务利润是通过"其他业务收入"和"其他业务成本"账户来反映的,销售费用、管理费用、财务费用、投资收益、营业外收入和营业外支出也从各自的账户中得到反映。但这样的反映比较分散,为了汇总反映和确认企业的利润总额,到会计期末(月末、季末、年末)结账时,应将各种收入、费用类账户的余额结转到"本年利润"账户中去,通过"本年利润"账户来进行汇总反映和确认。以下举例说明经营成果的形成过程:

【例 4 - 48】安和股份公司 2006 年 6 月末结账时,各收入、费用类账户的余额资料如下(单位:元):

主营业务收入(贷方)   1 200 000
其他业务收入(贷方)   10 000
投资收益(贷方)   50 000
营业外收入(贷方)   20 000
主营业务成本(借方)   900 000
其他业务成本(借方)   9 000
营业税金及附加(借方)   60 000
销售费用(借方)   80 000
管理费用(借方)   70 000
财务费用(借方)   4 000
营业外支出(借方)   85 000

根据以上资料,计算确定 6 月份的营业利润和利润总额:

营业利润 = (1200000 + 10000) - (900000 + 9000) - 60000 - 80000 - 70000 - 4000 + 50000 = 137000

利润总额 = 137000 + 20000 - 85000 = 72000

期末结账时,必须编制结账分录,然后据以登记有关账户。

结转本期主营业务收入和有关的成本、费用,计算确定本月实现的主营业务利润。编制会计分录如下:

①借:主营业务收入 1 200 000

   贷:本年利润 1 200 000

②借:本年利润 900 000

   贷:主营业务成本 900 000

③借:本年利润 60 000

   贷:营业税金及附加 60 000

结转本期其他业务收入和其他业务成本。编制会计分录如下:

①借:其他业务收入 10 000

   贷:本年利润 10 000

②借:本年利润 9 000

    贷:其他业务成本 9 000

结转本期销售费用。编制会计分录如下:

借:本年利润 80 000

   贷:销售费用 80 000

结转本期管理费用。编制会计分录如下:

借:本年利润 70 000

   贷:管理费用 70 000

结转本期财务费用。编制会计分录如下:

借:本年利润 4 000

   贷:财务费用 4 000

结转本期投资收益。编制会计分录如下:

借:投资收益 50 000

   贷:本年利润 50 000

结转本期营业外收入。编制会计分录如下:

借:营业外收入 20 000

   贷:本年利润 20 000

结转本期营业外支出。编制会计分录如下:

借:本年利润 85 000

   贷:营业外支出 85 000

以上各笔结账分录入账以后,除所得税费用以外的各收入和费用账户全部结平,没有余额。在“本年利润”账户中,集中反映了本月全部收入和费用,据此可计算出本月利润总额和年初至本月末止的累计利润总额。

(三)税后利润的确定

企业在获得利润之后,还应按税法规定计算并缴纳所得税费用。缴纳所得税费用之后的利润称为税后利润。所得税费用以企业的利润为征税对象,盈利企业都要根据实现的利润,按规定的税率计算缴纳所得税。应纳所得税的计算公式如下:

应纳所得税额 = 应税所得额 × 所得税税率

企业应缴纳的所得税也是企业的一项费用支出,它是为获得利润必须支付的费用,也是本期实现利润的减项。从本期实现的利润中,减去应缴纳的所得税,其净额就是税后利润,税后利润才可供企业依法分配。

【例 4 - 49】承【例 4 - 48】,安和股份公司 6 月 15 日从银行存款中交纳 5 月份应缴纳的所得税 24 200 元。6 月末,根据本月份实现的利润总额 72 000 元,按规定税率 25% 计算应缴所得税。

6 月份应缴所得税 = 72000 × 25%

= 18000

根据上述资料,编制会计分录:

借:应交税费——应交所得税　　　　　　　　　　　24 200

　　贷:银行存款　　　　　　　　　　　　　　　　　　24 200

借:所得税费用　　　　　　　　　　　　　　　　　18 000

　　贷:应交税费——应交所得税　　　　　　　　　　18 000

借:本年利润　　　　　　　　　　　　　　　　　　18 000

　　贷:所得税费用　　　　　　　　　　　　　　　　18 000

4.6　资金退出企业的核算

4.6.1　利润分配的核算

(一)利润分配的顺序

企业取得的净利润,应当按规定进行分配。利润的分配过程和结果,不仅关系到所有者的合法权益是否得到保护,而且还关系到企业能否长期、稳定地发展。所以必须遵循兼顾投资人利益、企业利益以及企业职工利益的原则对净利润进行分配。根据《中华人民共和国公司法》等有关法规的规定,企业当年实现的净利润,首先应弥补以前年度尚未弥补的亏损,对于剩余部分,应按照下列顺序进行分配。

1. 提取法定盈余公积

法定盈余公积金应按本年实现净利润的 10% 的比例提取。企业提取的法定盈余公积金累计额超过注册资本 50% 以上的,可以不再提取。企业提取的法定盈余公积主要用于弥补亏损、转增资本。

2. 向投资者分配利润或股利

企业实现的净利润在扣除上述项目后,再加上年初未分配利润和其他转入数(公积金弥补的亏损等),形成可供投资者分配的利润。

可供投资者分配的利润,应按下列顺序进行分配:

(1)支付优先股股利,是指企业按照利润分配方案分配给优先股股东的现金股利,优先股股利是按照约定的股利率计算支付的。

(2)提取任意盈余公积,任意盈余公积一般按照股东大会决议提取。

(3)支付普通股股利,是指企业按照利润分配方案分配给普通股股东的现金股利,普通股股利一般按各股东持有股份的比例进行分配。如果是非股份制企业则为分配给投资人的利润。

(4)转作资本(或股本)的普通股股利,是指企业按照利润分配方案以分派股票股利的形式转作的资本(或股本),可供投资者分配的利润经过上述分配之后,为企业的未分配利润(或未弥补亏损)。企业的未分配利润(或未弥补亏损)应当在资产负债表的所有者权益项目中单独反映。

(二)利润分配业务的核算

为了核算企业利润分配的具体过程及结果,全面贯彻企业利润分配政策,以便于更好地进行利润分配业务的核算,需要设置以下几个账户。

1. "利润分配"账户

该账户的性质是所有者权益类,用来核算企业一定时期内净利润的分配或亏损的弥补以及历年结存的未分配利润(或未弥补亏损)情况的账户。其借方登记实际分配的利润额,包括提取的盈余公积金和分配给投资人的利润以及年末从"本年利润"账户转入的全年累计亏损额;贷方登记用盈余公积金弥补的亏损额等其他转入数以及年末从"本年利润"账户转入的全年实现的净利润额。年末余额如果在借方,表示未弥补的亏损额;期末余额如果在贷方,表示未分配利润额。"利润分配"账户一般应设置以下几个主要的明细科目:"其他转入"、"提取法定盈余公积"、"应付优先股股利"、"提取任意盈余公积"、"应付普通股股利"、"转作资本(或股本)的普通股股利"、"未分配利润"等。年末,应将"利润分配"账户下的其他明细科目的余额转入"未分配利润"明细科目,经过结转后,除"未分配利润"明细科目有余额外,其他各个明细科目均无余额。

2. "盈余公积"账户

该账户的性质是所有者权益类,用来核算企业从税后利润中提取的盈余公积金包括法定盈余公积、法定公益金和任意盈余公积的增减变动及其结余情况的账户。其贷方登记提取的盈余公积金即盈余公积金的增加,借方登记实际使用的盈余公积金即盈余公积金的减少。期末余额在贷方,表示结余的盈余公积金。"盈余公积"应设置下列明细科目:"法定盈余公积"、"法定公益金"、"任意盈余公积"。

3. "应付股利"账户

该账户的性质是负债类,用来核算企业按照董事会或股东大会决议分配给投资人股利(现金股利)或利润的增减变动及其结余情况的账户。其贷方登记应付给投资人股利(现金股利)或利润的增加,借方登记实际支付给投资人的股利(现金股利)或利润即应付股利的减少。期末余额在贷方,表示尚未支付的股利(现金股利)或利润。这里需要注意的是企业分配给投资人的股票股利不在本账户核算。

(三)举例说明利润分配业务的总分类核算

【例 4-50】安和股份公司本年实现的净利润为 335 000 元。按 10% 提取法定盈余公积金为 33 500 元。

公司提取盈余公积金业务的发生,一方面使得公司的已分配的利润额增加 33 500 元,另一方面使得公司的盈余公积金增加了 335 000 元。涉及"利润分配"和"盈余公积"两个账户。已分配利润额的增加是所有者权益的减少,应记入"利润分配"账户的借方,盈余公积金的增加是所有者权益的增加,应记入"盈余公积"账户的贷方。这项业务应编制的会计分录如下:

借:利润分配——提取法定盈余公积　　　　　　　　　　　33 500
　　贷:盈余公积——法定盈余公积　　　　　　　　　　　　　33 500

【例 4-51】安和股份公司按照董事会及股东大会决议,决定分配给股东现金股利 80 000 元。

对于现金股利的分配,一方面使得公司的已分配利润额增加 80 000 元,另一方面,现金股利虽然已决定分配给股东,但在分配的当时并不实际支付,所以形成公司的一项负债,使得公司的应付股利增加 80 000 元涉及"利润分配"和"应付股利"两个账户。已分配利润的增加是所有者权益的减少,应记入"利润分配"账户的借方,应付股利的增加是负债的增加,应记入"应付股利"账户的贷方。这项业务编制的会计分录如下:

借:利润分配——应付普通股股利　　　　　　　　　　　　80 000

　　　贷:应付股利　　　　　　　　　　　　　　　　　　　　　80 000

【例4-52】安和股份公司在期末结转本期实现的净利润。

　　安和股份公司本期实现的净利润为335 000元。结转净利润这项经济业务的发生,一方面使得公司记录在"本年利润"账户的累计净利润减少335 000元,另一方面使得公司可供分配的利润增加335 000元。涉及"本年利润"和"利润分配"两个账户。结转净利润时,应将净利润从"本年利润"账户的借方转入"利润分配"账户的贷方(如果结转亏损,则进行相反的处理),这项业务应编制的会计分录如下:

　　借:本年利润　　　　　　　　　　　　　　　　　　　335 000
　　　贷:利润分配——未分配利润　　　　　　　　　　　　　335 000

【例4-53】安和股份公司在会计期末结清利润分配账户所属的各有关明细科目。

　　通过前述有关的经济业务的处理,可以确定安和股份公司"利润分配"所属有关明细科目的记录分别为:"提取法定盈余公积"明细科目余额为33 500元,"提取法定公益金"明细科目的余额为16 750元,"应付普通股股利"明细科目的余额为80 000元。结清时,应将各个明细科目的余额从其相反方向分别转入"未分配利润"明细科目中。所以这项业务应编制的会计分录如下:

　　借:利润分配——未分配利润　　　　　　　　　　　　113 500
　　　贷:利润分配——提取法定盈余公积　　　　　　　　　　33 500
　　　　　　　　　　——应付普通股股利　　　　　　　　　　80 000

4.6.2　应交税费的核算

(一)应交税费的内容

　　"应交税费"账户是企业按照税法等规定计算应交纳的各种税费,包括增值税、消费税、所得税、资源税、土地增值税、城市维护建设税、房产税、土地使用税、教育费附加、矿产资源补偿费、企业代扣代交的个人所得税等。并按应交的税费项目进行明细核算。期末为贷方余额反映企业尚未交纳的税费;期末为借方余额反映企业多交或尚未抵扣的税费。

(二)应交税费的账务处理

1. 应交增值税的账务处理

　　企业采购物资时,应按记入采购成本的金额:

　　借:材料采购
　　　应交税费——应交增值税(进项税额)

　　贷:银行存款等

　　销售物资或提供应税劳务,按营业收入和应收取的增值税额:

　　借:应收账款等

　　　　贷:主营业务收入

　　　　　　应交税费——应交增值税(销项税额)

　　2.其他税金账务处理

　　企业按规定计算应交的消费税、所得税、资源税、土地增值税、城市维护建设税、教育费附加等:

　　借:营业税金及附加

　　　　贷:应交税费

　　企业按规定计算应交的房产税、土地使用税、车船使用税、矿产资源补偿费:

　　借:管理费用

　　　　贷:应交税费

　　实际交纳时

　　借:应交税费

　　　　贷:银行存款

本章小结

　　企业是一种具有不同规模的组织,这个组织的存在主要是通过对各种资源的组合和处理进而向其他单位或个人提供他们所需要的商品或服务。企业能够将最原始的投入转变为顾客所需要的商品或服务,这个转变不仅需要自然资源、人力资源,而且还需要资本。首先,企业要从各种渠道筹集生产经营所需要的资金,其筹资的渠道主要包括接受投资人的投资和向债权人借入各种款项,完成筹资任务即接受投资或形成负债,资金筹集业务的完成意味着资金投入企业,因而,企业就可以运用筹集到的资金开展正常的经营业务,进入供、产、销过程。

　　供应过程是企业产品生产的准备过程,在这个过程中,企业用货币资金购买机器设备等劳动资料形成固定资产,购买原材料等劳动对象形成储备资金,为生产产品做好物资上的准备,货币资金分别转化为固定资产形态和储备资金形态。由于固定资产一旦购买完成将长期供企业使用,因而供应过程的主要核算内容是用货币资金(或形成结算债务)购买原材料的业务,包括支付材料价款和税款、发生采购费用、计算采购成本、材料验收入库结转成本等,完成了供应过程的核算内容,为生产产品做好了各项准备,进入生产过程。

生产过程是制造业企业经营过程的中心环节。在生产过程中,劳动者借助劳动资料对劳动对象进行加工,生产出各种各样适销对路的产品,以满足社会的需要。生产过程既是产品的制造过程,又是物化劳动和活劳动的耗费过程,即费用、成本的发生过程。从消耗或加工对象的实物形态及其变化过程看,原材料等劳动对象通过加工形成在产品,随着生产过程的不断进行,在产品终究要转化为产成品;从价值形态来看,生产过程中发生的各种耗费,形成企业的生产费用,具体而言,为生产产品要耗费材料形成材料费用,耗费活劳动形成工资及福利等费用,使用厂房、机器设备等劳动资料形成折旧费用等,生产过程中发生的这些生产费用总和构成产品的生产成本(或称制造成本)。其资金形态从固定资产、储备资金和一部分货币资金形态转化为生产资金形态,随着生产过程的不断进行,产成品生产出来并验收入库之后,其资金形态又转化为成品资金形态。生产费用的发生、归集和分配,以及完工产品生产成本的计算等就构成了生产过程核算的基本内容。

销售过程是产品价值的实现过程。在销售过程中,企业通过销售产品,并按照销售价格与购买单位办理各种款项的结算,收回货款,从而使得成品资金形态转化为货币资金形态,回到了资金运动的起点状态,完成了一次资金的循环。另外,销售过程中还要发生各种诸如包装、广告等销售费用,计算并及时缴纳各种销售税金,结转销售成本,这些都属于销售过程的核算内容。

对于制造业企业而言,生产并销售产品是其主要的经营业务即主营业务,但还不是其全部业务,除主营业务之外,制造业企业还要发生一些其他诸如销售材料、出租固定资产等业务;在对外投资活动过程中还会产生投资损益,在非营业活动中产生营业外的收支净额等,这些业务内容综合在一起,形成制造业企业的全部会计核算内容。企业在生产经营过程中所获得的各项收入遵循配比原则抵偿了各项成本、费用之后的差额,形成企业的所得即利润,企业实现的利润,一部分要以所得税的形式上缴国家,形成国家的财政收入;另一部分即税后利润,要按照规定的程序在各有关方面进行合理的分配。如果是发生了亏损,还要按照规定的程序进行弥补。通过利润分配,一部分资金要退出企业,一部分资金要以公积金等形式继续参加企业的资金周转。综合上述内容,企业在经营过程中发生的主要经济业务内容包括:①资金筹集业务;②供应过程业务;③生产过程业务;④产品销售过程业务;⑤财务成果形成与分配业务。

思考与练习

一、思考题

1. 工业企业的经济业务主要包括哪些？为了反映和监督这些经济业务都设置了哪些账户？这些账户之间的联系是什么？

2. 简述工业企业的生产过程的核算。

3. 如何核算产品制造成本？

4. 怎样对销售成果进行核算？

5. 什么是财务成果？它是怎样构成的？

二、练习题

习题 1

▲目的：

掌握工业企业主要经济业务的核算。

▲资料：

飞翔公司只生产一种产品,2008 年 7 月发生以下有关业务：

(1)采购员王勇预支差旅费 1 000 元,以库存现金支付。

(2)当月生产领用原材料 20 000 元,车间一般消耗领用原材料 1 000 元。

(3)该公司当月分配工资费用 10 000 元,其中：生产工人 8 000 元,车间管理人员 1 000 元,企业行政管理人员 1 000 元。

(4)以银行存款支付产品广告费 2 500 元。

(5)公司按 10 000 元工资总额的 14% 提取职工福利费。

(6)公司当月计提折旧 800 元,其中制造费用承担 500 元,管理费用承担 300元。

(7)公司将全部制造费用转入生产成本。

(8)当月生产的产品全部完工入库,共计 20 件。

(9)20 件产品当月全部销售并通过银行收回全部货款和税款,每件售价 3 000元,共计 60 000 元,增值税率 17% ,并随时结转销售产品成本。

(10)结转有关损益类账户的余额,确定本年利润和所得税。

▲要求：

请做出每笔业务的会计分录,并用"T"型账表示出来。

习题 2

▲目的：

掌握工业企业主要经济业务的核算。

▲资料：

飞龙公司 2008 年 7 月发生以下有关业务：

(1)收到投资人投入货币资金 200 000 元,款项已存入银行。

(2)收到投资人投入乙材料 400 000 元。

(3)收到投资人投入不需要安装的设备一台,该设备原值为 70 000 元,已提折旧 26 000 元,双方协商作价为 45 000 元。

(4)收到捐赠的新机器一台,发票价为 35 000 元,运杂费 400 元,机器已交付使用。

(5)将资本公积 100 000 元转增资本。

(6)从银行借入流动资金借款 50 000 元归还前欠某工厂货款。

(7)购进丙材料 2 吨,单价 3 000 元,丁材料 3 吨,单价 1 500 元。丙、丁材料同车运回入库,运费 500 元,货款及运费已付讫。(运费按重量比例分摊)

(8)从红星公司购进甲材料 5 吨,单价 1 200 元,该公司代垫运费 300 元。材料价款及代垫运费暂欠。

(9)以库存现金支付上述甲材料检验费 47 元,材料入库。

(10)开出转账支票支付前欠红星公司货款 6 300 元。

(11)某单位送来面额为 16 000 元的转账支票一张,作为购买 A 产品 80 件的预付货款,当即送存银行。

(12)以银行存款 5 000 元预付供应单位乙材料款。

(13)购进甲材料 8 吨,单价 1 200 元,供货单位代垫运费 400 元,材料已到,开出本单位承兑的商业汇票一张。

(14)从供应单位购进乙材料 5 吨,单价 1 000 元,以原预付款抵付。

(15)购入设备配件 100 元,用库存现金支付,配件入库。

(16)根据仓库领料单汇总,本月上旬材料耗用情况如下：

甲材料 A 产品生产耗用 25 600 元,厂部管理部门耗用 400 元；

乙材料 B 产品生产耗用 7 820 元,车间耗用 1 180 元。

(17)分配本月工资,其中：

生产 A 产品的工人工资 30 000 元；

生产 B 产品的工人工资 15 000 元；

厂部管理人员工资 5 000 元,车间管理人员工资 7 000 元;
专设销售机构人员工资 8 000 元。

(18)按工资总额的 14% 计提职工福利费。

(19)车间领取劳保用品 500 元。

(20)从银行提取现金 66 000 元,发放职工工资 63 500 元。

(21)职工报销医药费 65 元,以库存现金支付。

(22)以银行存款支付商标注册费 1 200 元。

(23)以库存现金支付业务招待费 200 元。

(24)车间领用低值易耗品 1 500 元。

(25)本月应提固定资产折旧 18 400 元,其中厂部计提 6 400 元,车间计提 12 000。

(26)预提本月应负担的短期银行借款利息 150 元。

(27)摊销无形资产成本 320 元。

(28)以存款支付明年全年杂志订阅费 13 200 元。

(29)接银行通知,上季度应付流动资金借款利息 2 400 元,已从本企业存款账户中扣付。

(30)以银行存款支付 8 000 元水电费,其中 A 产品耗用 4 000 元,B 产品耗用 2 500 元,管理部门耗用 1 500 元。

(31)以银行存款归还长期借款本金 1 600 000 元。

(32)以银行存款支付发行债券手续费 4 300 元。

(33)接银行通知,本月银行存款利息 800 元已划入企业存款账户。

(34)企业持有到期商业汇票一张,面额为 3 800 元,兑现后存入银行。

(35)计提工会经费 14 000 元。

(36)以银行存款支付待业保险费 1 000 元。

(37)购入设备一台,价值 80 000 元,运杂费 800 元,安装费 1 200 元,设备价款、运费、安装费以银行存款支付。

(38)职工张某预借差旅费 2 000 元,开出现金支票一张。

(39)自制甲材料 1 000 公斤入库,单位实际成本 1.20 元。

(40)以库存现金 800 元购入办公用品一批。

(41)职工张某出差回来,报销差旅费 1 840 元,余款 160 元退回现金。

(42)将本月发生的制造费用总额 12 000 元转入生产成本,其中:A 产品 9 000 元,B 产品 3 000 元。

(43)本月 A 产品 200 件全部完工入库,实际成本 277 500 元。

(44)出售 A 产品 16 件,单价 2 500 元,计 40 000 元,购货单位送来面额为 35 000元的转账支票一张,余款暂欠。

(45)销售 B 产品 10 件,每件售价 1 300 元,收到面额为 10 000 元的商业汇票一张,其余销货款存入银行。

(46)收到购货单位前欠货款 5 000 元,送存银行。

(47)以银行存款支付广告费 450 元。

(48)销售 A 产品 10 件,单价 2 500 元,另以库存现金代垫运费 500 元,款未收。

(49)以银行存款支付销售 B 产品的运输费和包装费 1 500 元。

(50)结转本月产品销售成本,其中:A 产品 35 880 元,B 产品 9 450 元。

(51)计算本月应交销售税金 28 000 元。

(52)开出 28 000 元转账支票一张支付应交销售税金。

(53)出售积压材料一批,实际采购成本 9 400 元,收回现金 8 500 元。

(54)原欠某公司货款 3 500 元,因该公司破产解散无法偿还,经批准转销。

(55)收到包装物押金 500 元存入银行。

(56)出租包装物,收到租金 600 元存入银行。

(57)收到罚款收入 500 元存入银行。

(58)用库存现金支付罚款 100 元。

(59)没收包装物押金 500 元。

(60)将本月主营业务收入 78 000 元,其他业务收入 9 000 元,营业外收入 5 000 元,投资收益 8 000 元,主营业务成本 45 000 元,销售费用 800 元,营业税金及附加税金 2 500 元,管理费用 9 000 元,财务费用 2 000 元,其他业务成本 1 400 元,营业外支出 900 元结转本期损益。

(61)本年实现利润总额 400 万元,按 25% 的税率计算应交所得税。

(62)按税后利润的 10% 提取盈余公积金。

(63)给投资者分配利润 100 000 元。

(64)年末将上述(62)、(63)二项业务中利润分配明细账户的年末余额转入"未分配利润"明细账内。

(65)将本年实现的净利润以元为单位进行年终转账。

(66)企业用盈余公积 20 000 元转增资本。

(67)企业用盈余公积 100 000 元弥补亏损。

▲要求：

根据上述经济业务内容编制会计分录。

第 5 章 会 计 凭 证

学习目的与要求

1. 了解会计凭证的意义,掌握会计凭证的分类。
2. 掌握原始凭证的基本要素和分类。
3. 掌握原始凭证的审核要求。
4. 掌握记账凭证的分类。
5. 熟记记账凭证的填制要求,熟悉会计凭证的传递和保管的程序。

5.1 会计凭证的概念和种类

5.1.1 会计凭证的概念

会计凭证是记录经济业务,明确经济责任的书面证明,是登记账簿的依据。

企业单位每天都要发生很多经济业务,会计主体发生的每一项经济业务都要在有关的账户中进行反映,以便提供系统、完整、全面的会计信息。为了保证账户记录的正确性、真实性,并明确经济责任,会计人员在加工处理每一笔经济业务时,应有经济业务发生的书面证明,即由经办人将所经手的经济业务的内容和金额在凭证上记录,证明这项经济业务已经完成,并由经办人签章,以对经济业务的真实性负责;然后,由会计人员根据凭证来审核经济业务的合法性、合理性;必要时还应经有关负责人审批。只有审核无误的凭证才能据以登记入账。因此,填制和审核会计凭证,不仅是会计核算的专门方法,也是会计核算的起点和基础,依据会计凭证登记账簿,处理经济业务是会计核算工作的一项基本原则。

在实际工作中,购买物品时由供货单位开出的发票、支付款项时由收款单位开具的收据、财产收发时由经办人员开出的收货单和发货单等,都属于会计凭证。

5.1.2 会计凭证的作用

会计凭证是会计信息的载体之一,会计核算工作程序主要包括"凭证—账簿—报表"三个步骤,会计凭证则是其中的起点和基础。也就是说,填制、取得并审核会计凭证是会计循环全过程中的初始阶段和最基本的环节。如实地填制和审核会计凭证是会计核算的首要工作,对保证会计核算工作的质量,有效地进行会计监督,提供真实可靠的经济管理信息,发挥会计的监督和管理方面有重要的作用。具体来说,主要有以下几个方面。

(一)会计凭证是记载和传递信息的工具

会计信息是经济管理信息的重要组成部分。它一般是通过数据以凭证、账簿、报表等形式反映出来的。随着生产的发展,及时准确的会计信息在企业管理中的作用越来越重要。任何一项经济业务的发生,都要编制或取得会计凭证。会计凭证记录了经济业务发生时的原始信息,是反映企业经营活动的原始资料。通过进一步整理、汇总、分类以及会计处理,可以产生并传递更详实的会计信息,既协调了会计主体内部各部门、各单位之间的经济活动,保证了生产经营各个环节的正常运转,又为企业有效管理纷繁复杂的经济业务提供了基础资料。因此,会计凭证在记载和传递信息方面有着重要的意义。

(二)会计凭证是审核经济业务、监督经济活动的手段

会计凭证不仅可以记录有关经济活动的情况,而且可以检查经济业务发生时是否符合有关的政策、法律、法规或者企业自身的制度、计划、预算等规定,确保经济业务能够合法、合理。进而发现企业管理中存在的问题,以便采取有效措施,改善企业经营管理,促使企业各项经营活动符合国家的财经、财务制度,实现审核经济业务的目的。通过填制和审核会计凭证,还可以监督经济业务的具体实施细节,发挥会计的管理职能。因此,会计凭证在审核经济业务和监督经营活动方面也发挥着至关重要的作用。

(三)会计凭证是明确有关人员经济责任的依据

通过会计凭证的编制和审核,可以加强经营管理上的责任制。由于每项经济业务的发生,都要填制和取得会计凭证,在会计凭证中反映了经济业务的内容、单位名称、发生时间以及有关人员的签名盖章等,这样有利于明确有关单位及经办人员所承担的经济责任,促使有关单位及经办人员严格按照有关法规、政策、制度办事,同时,通过凭证审核,还可以及时发现经营管理上的问题和各项管理制度上的漏洞,从而便于采取措施,改进工作,加强管理上的责任制。会计凭证作为具有法律效力的重要经济档案,具有较强的可验证性,应长期保存,以促使各方面增强责任心。

(四)会计凭证是记账的依据

任何单位,每发生一项经济业务,如库存现金的收付、商品的进出以及往来款项的结算等,都必须通过填制会计凭证来如实记录经济业务的内容、数量和金额,记录经济业务的发生、完成情况。然后对会计凭证进行审核,没有经过审核的会计凭证不能作为登记账簿的依据,以防止弄虚作假、营私舞弊,确保会计记录的真实性和正确性。企业在登记会计账簿和编制会计报表的过程中,必须保证每一项经济业务都有真实、合法的会计凭证作为依据,以提高所记录的会计信息的可靠性。通过对会计凭证的填制、审核,按一定方法进行整理、分类、汇总,才能为会计记账提供真实可靠的根据。

5.1.3 会计凭证的种类

由于企业发生的经济业务多种多样,因而会计凭证在其作用、性质、格式、内容及填制程序等方面,都有各自的特征。会计凭证按其填制的程序和用途不同,可以分为原始凭证和记账凭证两种。原始凭证是记录经济业务已经发生、执行或完成,用于表明经济责任,作为记账依据最初的书面证明文件,如发货票、收料单、差旅费报销单等。记账凭证是本单位会计部门根据审核无误的原始凭证编制的载有反映经济业务会计分录及简要内容,据以登记入账的书面证明,如收款凭证、付款凭证、转账凭证。

5.2 原始凭证

5.2.1 原始凭证的概念

原始凭证,又称原始单据,是在经济业务发生或完成时,由经办人员直接取得或填制的,用以记录经济业务、明确经济责任,具有法律效力并作为记账原始依据的书面证明。

原始凭证是会计核算的原始资料和重要依据,一切经济业务发生都应由经办部门或人员向会计部门提供能够证明该项经济业务已经发生或已经完成的书面单据,以明确责任,并作为编制记账凭证的原始依据,原始凭证是进入会计信息系统的初始数据资料。一般而言,在会计核算过程中,凡能够证明某项经济业务已经发生或完成情况的书面单据都可以作为原始凭证,如有关的收据、发票、收料单、银行结算凭证等;凡不能证明某项经济业务已经发生或完成情况的书面单据就不可以作为原始凭证,如购销合同、生产计划、材料申请单等。原始凭证不仅是一切会计事项的入账依据,也是企业单位加强内部控制制度的手段之一。原始凭证的主要作用在于正确、完整、及时地反映经济业务的本来面貌,并根据检查经济业务的真实性、合理性、合法性。

5.2.2 原始凭证的基本内容

由于原始凭证记录的经济业务、事项的内容是多种多样的,所以各种原始凭证的名称、格式和内容的繁简程度也不一样。但是,无论哪一种原始凭证都应该说明有关经济业务、事项的执行和完成情况,都应该明确经办单位和人员的经济责任。因此,各种原始凭证又都具有共同的基本内容,这些基本内容包括以下基本要素(见图 5 - 1):

1)凭证的名称。

2)填制凭证的日期。

3)填制凭证单位名称或填制人姓名。

4)接受凭证单位名称。

5)经济业务、事项的内容,经济业务、事项的计量单位、数量、单价和金额。

6)填制单位、填制人员、经办人或验收人的签字或盖章。

7)凭证编号和联次。

8)凭证附件及其他。

表 5 - 1 某企业发货票

(企业名称)				
购货单位:		发 货 票		
结算方式:		年 月 日		编 号:
规格及品种	单位	数量	单价	金额
总计人民币(大写)				

会计(盖章):   复核(盖章):   制单(盖章):

在实际工作中,根据经营管理和特殊业务的需要,除上述基本内容外,可以增加一些补充的内容,如在原始凭证上注明与该笔经济业务有关的生产计划任务、预算项目以及经济合同号码等;对于不同单位经常发生的共同经济业务,有关部门可以制定统一的凭证格式,如人民银行统一制定的银行转账结算凭证,标明了结算单位名称、账号等内容。

5.2.3 原始凭证的种类

原始凭证是用来载明经济业务具体内容的,而经济业务的具体内容千差万别,因此原始凭证的形式也不同,在会计工作中一般对原始凭证进行如下分类:

(一)原始凭证的来源不同,可以分为外来原始凭证和自制原始凭证

外来原始凭证是企业同外部单位或个人发生经济业务往来关系时,从外部单位或个人直接取得的原始凭证。例如,购货单位从销货单位取得的发票,收款单位从付款单位取得的支票,付款单位从收款单位取得的收据,职工出差期间从交通部门取得的各类票据等。

自制原始凭证是指在经济业务发生或完成时由本单位内部具体经办业务的部门和人员自行填制的原始凭证。例如,收料单、产品入库单、领料单、工资结算单、差旅费报销单等。凡自制原始凭证需提供给外单位的一联也应加盖本单位公章。

(二)按填制手续和方法不同分为一次凭证、累计凭证、汇总原始凭证

一次凭证是反映一项经济业务或几项同类型的经济业务,在其发生时一次性填制完成的一种原始凭证。一次凭证是一次有效的凭证。外来凭证通常都是一次凭证,自制原始凭证中的大部分也是一次凭证。如增值税专用发票、收料单、领料单和销货发票(见表 5 - 2)等。

表 5 - 2　某企业发货票

（企业名称）				
购货单位： 结算方式：　　　　年　月　日		发　货　票		编　号：
规格及品种	单位	数量	单价	金额
总计人民币(大写)				

会计(盖章)：　　　　　　稽核(盖章)：　　　　　　　　制单(盖章)：

累计凭证是指对一定期间连续发生的同类经济业务进行逐项填制的凭证。它可以证明多笔经济业务的发生或完成情况的一种自制原始凭证,适用于一些经常重复发生的经济业务,能够有效地减少凭证张数,简化填制手续。同时,也可以随时计算累计发生数,以便同计划或定额数量进行比较,反映经济业务执行或完成情况,便于控制管理。

如许多工业企业使用的限额领料单(见表 5-3)可以在核定的限额内多次领用材料,并可多次记载有关的业务内容。

表 5-3 限额领料单

领料单位: 材料名

材料编号	材料名称	规格	计量单位	单价	领用限额	全月实用	
						数量	金额
领料日期	请领数量	实发数量	领料人签章		发料人签章	限额结余	
合 计							

供应部门负责人: 生产部门负责人: 仓库管理员:

名 称: 年 月 日 发料仓库:

计划产量: 单位消耗定额: 编 号:

汇总原始凭证,又称原始凭证汇总表或汇总凭证,它是指根据一定期间内反映同类经济业务的多张原始凭证,汇总编制而成的凭证。汇总原始凭证合并了同类型的经济业务,既可以大大简化记账工作,又可以提供经济管理所需的总量指标和信息。

汇总原始凭证只能将同类内容的经济业务汇总在一张汇总凭证上,不能汇总两类或两类以上的经济业务。

具体内容见(表 5-4)发料汇总表。

表 5-4 发料凭证汇总

单位名称: 年 月 日 单位:元

领料单位	领料用途	材料类别			合计
		原料及主要材料	辅助材料	燃料	
一车间	生产成本制造费用				
	小计				
二车间	生产成本制造费用				
	小计				
行政部门	管理费用				
	小计				

会计主管: 记账: 稽核: 制单:

(三)按格式的不同,可以分为通用原始凭证和专用原始凭证两种

通用原始凭证是指在一定范围内具有统一格式和使用方法的凭证。这里的一定范围,可以是全国范围,也可以是某省、某市或某系统。如全国统一使用的银行承兑汇票,统一使用的增值税专用发票(见表5-5)。

表5-5 增值税专用发票

开票日期: 年 月 日 发票联 NO.

购货单位	名　称				纳税人登记号			
	地址、电话				开户银行及账号			
商品或劳务名称	计量单位	数量	单价		金额		税率	税额
合计								
价税合计(大写)	拾 万 仟 佰 拾 元 角 分　¥:							
销货单位	名称				纳税人登记号			
	地址、电话				开户银行及账号			

收款人: 开票单位(未盖章无效): 结算方式:

需要说明的是:以上是按不同的标志对原始凭证进行的分类。它们之间是相互依存密切联系的。如销货发票对出具发票的单位来讲是自制原始凭证,而对接受发票的单位来讲则是外来原始凭证。

原始凭证的分类可归纳为如下图5-1所示。

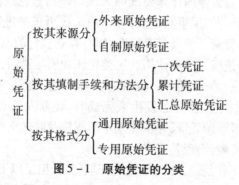

图5-1 原始凭证的分类

5.2.4 原始凭证的填制要求

原始凭证是具有法律效力的书面证明文件,是进行会计核算的重要原始资料和依据。不同的原始凭证,其填制方法也不相同。自制原始凭证一般是根据经济业务的执行情况或完成的实际情况直接填制的,如仓库根据实际收到的材料的名称和数量填制的"收料单"等,也有一部分自制原始凭证是根据有关账簿记录资料按照经济业务的要求加以归类、整理而重新编制的,如"制造费用分配表"等。外来原始凭证是由其他单位或个人填制的,其填制内容和方法与自制原始凭证基本相同,也要具备能证明经济业务完成情况和明确经济责任所需要的相关内容。

为了保证原始凭证能够真实、完整、及时地反映各项经济业务,确保账簿记录如实反映经济活动,必须按要求填制原始凭证,尽管原始凭证的具体格式、内容不同,产生的渠道也不同,因而填制或取得的具体要求也有一定的区别,但从总体上来看,按照《中华人民共和国会计法》和《会计基础工作规范》的规定,填制原始凭证必须符合以下要求:

(1)遵纪守法。经济业务的内容必须符合国家有关政策、法令、规章、制度的要求,凡不符合以上要求的不得列入原始凭证。

(2)记录真实。原始凭证记录的关于经济业务的日期、业务内容、数量、金额等基本要素必须与经济业务实际发生和完成的情况相一致。对于实物数量和质量必须经过有关部门和人员的检查验收,有关金额的数字计算要经过有关人员核对,不得弄虚作假、违反财经制度和法规。

(3)内容完整。原始凭证中规定的各项目,必须填写齐全,不能遗漏,需要填一式数联的原始凭证,必须用复写纸套写,各联的内容必须完全相同,联次也不得缺少;业务经办人员必须在原始凭证上签名盖章,对凭证的真实性和正确性负责。

(4)书写清楚、正确、规范。凭证中的文字说明和数字必须填写清楚、整齐、易于辨认。数量、单价、金额等的计算要准确无误。须用蓝色或黑色墨水书写,不得擅自涂改、刮擦或挖补。如果填写错误,可以用画线更正法进行更正,并有更正人员在更正处盖章以示负责。涉及库存现金、银行存款收付的原始凭证,如支票收据等,都印有连续编号,按编号顺序使用。这类凭证如填写错误,应作废重填,并在填错的凭证上加盖"作废"章,与存根一起保存,不得任意撕毁。

(5)编制及时。每笔经济业务发生或完成时,经办人员必须按照有关制度规定,及时地填制或取得原始凭证,并按照规定的程序及时送交会计部门审核、记账。防止时过境迁,记忆模糊,出现差错,难以查清。

我国《会计基础工作规范》中对原始凭证填制,做出了以下具体要求:

(1)凡填写大写和小写金额的原始凭证,大写和小写金额必须相符。购买实物的原始凭证,必须要有验收证明。支付款项的原始凭证,必须有收款单位和收款人的收款证明。阿拉伯数字应当一个一个地写,不得连笔写。阿拉伯数字金额前面应当书写货币币种或者货币名称简写或币种符号。币种符号与阿拉伯数字金额之间不得留有空白。凡阿拉伯数字前写有币种符号的,如"￥"、"＄"等,数字后面不再写货币单位。

(2)所有以"元"为单位的阿拉伯数字,除表示单价等情况外,一律填写到角分;无角分的,角位和分位可写"00",或者符号"－";有角无分的,分位应当写"0",不得用符号"－"代替。

(3)汉字大写金额数字,壹、贰、叁、肆、伍、陆、柒、捌、玖、拾、佰、仟、万、亿等,一律用正楷或者行书书写。大写数字到元或者角为止的,在"元"或者"角"字后应当填写"整"字或者"正"字。

(4)大写金额数字之前未印有货币名称的,应当加填货币名称,货币名称与数字金额之间不得留有空白。

(5)阿拉伯数字金额中间有"0"时,汉字大写金额要写"零"字,如￥105 432,汉字大写金额为"人民币壹拾万零伍仟肆佰叁拾贰元整";阿拉伯数字金额中间连续有几个"0"时,汉字大写金额可以只写一个"零"字,如￥200 042,汉字大写金额为"人民币贰拾万零肆拾贰元整"。阿拉伯数字金额元位是"0",或者数字中间连续有几个"0"、元位也是"0",但角位不是"0"时,汉字大写金额可以只写一个"零"字,也可以不写"零"字。

(6)一式几联的原始凭证,应当注明各联的用途,只能以一联作为报销凭证。一式几联的发票和收据,必须用双面复写纸套写,并连续编号。作废时应当加盖"作废"戳记,连同存根一起保存,不得撕毁。

(7)发生销货退回的,除填制退货发票外,还必须有退货验收证明;退款时,必须取得对方的收款收据或者汇款银行的凭证,不得以退货发票代替收据。

(8)职工出差的借款凭据,必须附在记账凭证之后。收回借款时,应当开具收据或者退还借据副本,不得退还原借款收据。

(9)经上级有关部门批准的经济业务,应当将批准文件作为原始凭证附件。如果批准文件需要单独归档,应当在凭证上注明批准机关名称、日期和文件字号。

(10)原始凭证不得涂改、挖补。发现原始凭证有错误的,应当由开出单位重开或者更正。更正处加盖单位公章。

5.2.5 原始凭证的审核

原始凭证载有的内容只是含有会计信息的原始数据,必须经过会计确认,才能进入会计信息系统进行加工处理。原始凭证在取得或填制的过程中,由于种种原因,难免会出现错误或疏漏。为了保证会计资料的真实、准确、完整及符合会计制度的规定,充分发挥会计监督的作用,必须指派专人对原始凭证进行严格审核,只有经审核无误的原始凭证,才能作为记账依据。审核原始凭证不仅是确保会计初始信息真实、可靠的一项重要措施,同时也是发挥会计监督作用的重要手段,还是会计机构、会计人员的重要职责。

《中华人民共和国会计法》第十四条规定:"会计机构、会计人员对不真实不合法的原始凭证,有权不予接受,并向单位负责人报告;对记载不准确、不完整的原始凭证予以退回,并要求按照国家统一的会计制度的规定更正、补充。"这条规定为会计人员审核原始凭证提供了法律依据。就是说,对原始凭证的审核,主要从审核原始凭证的真实性、合法性、准确性和完整性四个方面进行。

1. 真实性审核

原始凭证的真实性是指原始凭证所记载的经济业务是否与实际发生的经济业务情况相符合。其中包括与经济业务有关的当事单位和当事人是否真实;经济业务发生的时间、地点和填制凭证的日期是否准确;经济业务的内容及数量方面是否与实际情况相符等。

具有下列情况之一者不能作为正确的原始凭证:未写接收单位或名称不符;有污染、涂抹、刀刮和挖补等情况。

2. 合法性、合理性、合规性审核

根据有关的经济制度、法令、政策等,来审核凭证所记载的经济业务在内容上是否合法、合规。同时,审查凭证本身是否按照规定程序填制,是否符合企业内部的计划、预算和经济合同的规定,是否符合审批权限和手续以及开支,是否符合节约原则。

凡是有以下情况的,不能作为合法的会计凭证:多计或少计收入、支出、费用、成本;擅自扩大开支范围;不按国家规定的标准、比例提取费用;虚报冒领,违反规定出借公款公物;擅自动用公款、公物请客送礼等。

3. 正确性审核

正确性审核主要是指审核原始凭证的摘要是否填写清楚;日期是否真实;实物数量、单价及金额是否正确;小计、合计及数字大写和小写有无错误;审核凭证有无刮擦、挖补、涂改和伪造原始凭证等情况。

4. 完整性审核

完整性审核主要是指审核原始凭证填制的手续是否完备;项目是否填写齐全;有关经办人员是否都已经签名或盖章;是否经过主管人员审批同意等。如果发现内容不完整、签章手续不够齐备等情况,都要退回并更正,重新填写完整后,才能接收。

会计人员要从以上几个方面对原始凭证进行严格的审核,并对审核后的凭证

做出正确的处理。一般来说,单位会计机构、会计人员对经过审核的原始凭证要区别下列情况进行处理:

(1)对符合要求的原始凭证,应及时据以填制记账凭证,并作为记账凭证的附件。

(2)对不真实、不合法的原始凭证有权不予接受,并向单位负责人报告。

(3)对记载不准确、不完整的原始凭证予以退回,并要求按照国家统一的会计制度的规定进行更正、补充。

(4)对经涂改的原始凭证不予接受。

(5)对于有错误的原始凭证,若非凭证金额错误,可由出具单位进行更正并在更正处加盖出具单位公章,也可退回,由出具单位重开。

(6)对金额有错误的原始凭证,应退回原出具单位重开,不得在原始凭证上更正。

5.3　记账凭证

原始凭证来自各个不同方面,数量庞大,种类繁多,格式不一,虽然能证明经济业务已经发生或完成,但却不能表明经济业务应记入账户的名称、方向,不经过必要的归纳和整理,难以达到记账的要求,所以,为了便于登记账簿,会计人员必须根据审核无误的原始凭证填制记账凭证,将原始凭证中的零散内容转换为账簿所能接受的语言,明确应记账户的名称、方向及应记金额。这样不仅可以减少记账差错,而且便于对账和查账,从而提高记账工作的质量和会计核算的效率。

5.3.1　记账凭证的概念

记账凭证是由会计人员根据审核无误的原始凭证或原始凭证汇总表填制的,用以记载经济业务简要内容、明确会计分录,作为记账依据的会计凭证。

会计循环中的一个很重要的内容就是会计确认,包括两个步骤:一个是决定哪些原始数据应该记录和怎样记录,另一个步骤是决定已经记录并在账户中反映的信息应否在会计报表上列示和怎样列示。

会计确认的第一步是从原始凭证的审核开始的。通过对原始凭证的审核,需要确认原始凭证上的数据是否能够输入会计信息系统,经过确认,对于那些可以输入会计信息系统的数据需要采用复式记账系统来处理其中含有的会计信息,即编制会计分录,如此方能将原始凭证上零散的数据转化为所需要的会计信息。在实际工作中,会计分录首先是填写在记账凭证上,这一步的确认是会计循环过程的一个基本步骤,而这一步的核心就是记账凭证。在记账凭证上编制了会计分录,并据以登记有关账簿,标志着第一次会计确认的结束。

原始凭证和记账凭证之间存在着密切的联系,原始凭证是记账凭证的基础,记账凭证是根据原始凭证编制的;原始凭证附在记账凭证后面作为记账凭证的附件,记账凭证是对原始凭证内容的概括和说明;记账凭证与原始凭证的本质区别就在于原始凭证是对经济业务是否发生或完成起证明作用,而记账凭证仅是为了履行记账凭证手续而编制的会计分录凭证。

5.3.2　记账凭证的基本内容

记账凭证主要记录了经济业务的会计分录,它由会计人员根据与经济业务相关的原始凭证填写,并且是会计人员进行过账的依据。所以,记账凭证中必须具备以下基本内容(见表5-6通用记账凭证)。

1)记账凭证的名称。

2)填制单位的名称。

3)日期和凭证编号。

4)经济业务、事项内容摘要。

5)会计科目。

6)所附原始凭证的张数。

7)编制人员、复核人员、记账人员、会计主管人员等的签名或盖章。

表5-6　记账凭证

年　　月　　日　　　　　　编号_____

摘　　要	总账科目	明细科目	借方金额	贷方金额	过　账	
						附单据
						张
合　　计						

会计主管:　　　　　记账:　　　　　复核:　　　　　制单:

5.3.3　记账凭证的种类

由于原始凭证内容广泛,种类繁多,格式不一,不适用于作为直接登记账簿的依据,将原始凭证所反映的经济业务、事项加以归类和整理,编制记账凭证,再根据记账凭证登记账簿就成为会计分录的一个重要步骤。《会计基础工作规范》规定,会计机构、会计人员要根据审核无误后的原始凭证编制记账凭证。

1. 按经济内容不同可分为收款凭证、付款凭证、转账凭证

收款凭证与付款凭证是分别用来记录库存现金和银行存款收款业务与付出业务的记账凭证,它们是根据有关库存现金和银行存款收款业务的原始凭证填制的,其中收款凭证的借方、付款凭证的贷方只能是"库存现金"或"银行存款"科目,为了醒目起见,通常将收款凭证的借方科目和付款凭证的贷方放在凭证的左上角,其格式见表5－7和表5－8,值得注意的是,对于库存现金和银行存款之间的收付业务以及银行存款之间的划转业务,一般只编制有关的付款凭证,以避免重复记账。

表 5-7　收款凭证

应借科目:　　　　　　　　年　月　日　　　　　　　　编号:

摘　要	应贷科目		记　账	金　额
	一级科目	二级或明细科目		
合　计				

会计主管:　　　　记账:　　　　出纳:　　　　稽核:　　　　制单:

表 5-8　付款凭证

应贷科目:　　　　　　　　年　月　日　　　　　　　　编号:

摘　要	应借科目		记　账	金　额
	一级科目	二级或明细科目		
合　计				

会计主管:　　　　记账:　　　　出纳:　　　　稽核:　　　　制单:

转账凭证是会计人员根据审核无误的不涉及库存现金、银行存款收付业务的原始凭证而编制的记账凭证,它是登记总账和明细账的依据。其基本格式见表5－9。

表5－9 转账凭证

年   月   日   编号：

摘 要	一级科目	二级或明细科目	记账	借方金额	贷方金额
合 计					

会计主管：   记账：   出纳：   稽核：   制单：

2. 按编制的方式不同，可分为单式记账凭证和复式记账凭证两种

单式记账凭证是把一项经济业务上所涉及的每个会计科目，分别填制记账凭证，每张凭证只填列一个会计科目，这样每笔分录至少要填制两张单式记账凭证，用编号将它们联系起来，以便查对。设置单式记账凭证的目的有三：一是便于汇总，每张凭证只需要汇总一次，并且可以减少差错；二是为了贯彻会计部门内部的岗位责任制，每个岗位人员都应对与其有关的账户负责；三是利于贯彻内部控制制度，防止差错和舞弊。因凭证单式张数过多，不易保管，且填制凭证的工作量较大，因此，使用的单位较少。单式凭证的基本格式如表5－10及表5－11。

表5－10 （企业名称）

借项记账凭证

对应科目：主营业务收入   20×7年×月×日   编号2 $\frac{1}{3}$

摘 要	一级科目	二级或明细科目	金额	记账
销售收入存入银行	银行存款		45 000	√

会计主管：   记账：   稽核：   出纳：   制单：

表5－11 （企业名称）

贷项记账凭证

对应科目：银行存款   20×7年×月×日   编号2 $\frac{2}{3}$

摘 要	一级科目	二级或明细科目	金额	记账
销售收入存入银行	主营业务收入		45 000	√

会计主管：   记账：   稽核：   出纳：   制单：

3. 按是否汇总，可分为汇总记账凭证和非汇总记账凭证

汇总记账凭证是根据许多同类单一记账凭证定期加以汇总而重新编制的记账凭证，可以简化登记总分类账的手续。汇总记账凭证按照其汇总的方法和范围，还

可以分为分类汇总和全部汇总两类。分类汇总记账凭证主要是对收款凭证、付款凭证和转账凭证分别进行汇总形成汇总收款凭证、汇总付款凭证和汇总转账凭证；全部汇总记账凭证是按照各会计账户名称分别进行汇总形成科目汇总表。非汇总记账凭证是根据原始凭证编制的，只反映某项经济业务会计分录的记账凭证。上面介绍的收款凭证、付款凭证和转账凭证都是非汇总记账凭证。

4. 按照适用的经济业务不同，可分为专用记账凭证和通用记账凭证

专用记账凭证是专门用于某一种经济业务的记账凭证。收款凭证、付款凭证和转账凭证都是专用记账凭证。为了在实际工作中避免差错和提高工作效率，各种专用记账凭证通常采用不同的颜色印刷。例如，收款凭证用红色、付款凭证用蓝色、转账凭证用绿色。

通用记账凭证是用来反映所有经济业务的记账凭证。在实际工作中，小型核算单位由于业务量少，凭证不多，因此常常使用通用记账凭证，即各类经济业务都采用统一格式的记账凭证进行记账。

记账凭证的分类可归纳为下图 5－12 所示。

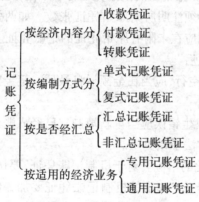

图 5－2　记账凭证的分类

5.3.4　记账凭证的填制要求

记账凭证的正确与否，直接关系到记账的真实性和正确性。所以记账凭证的填制除必须做到记录真实、内容完整、填制及时、书写规范外，还应符合以下要求：

（1）记账凭证的摘要栏要用简要的语言概括经济业务内容的要点，这样主要是为了便于查阅凭证和登记账簿。填写摘要栏的基本要求是：一方面行文要简明、扼要；另一方面内容要真实、准确、全面、清楚。例如，写物要有品名、数量和单价；写事要有过程；银行结算凭证要注明支票号码、去向；送存款项，要注明现金、支票

或汇票等方式。

（2）必须按会计制度统一规定的会计科目名称及核算内容，结合经济业务的性质确定应借应贷的会计科目，保持会计核算口径的一致，以便于综合汇总核算指标。

（3）会计分录的填制必须能够反映经济业务的来龙去脉，会计科目的对应关系要准确无误。不得将不同的经济业务合并填制在一张记账凭证上，防止账户对应关系不清。

（4）记账凭证必须连续编号，以便查考，避免凭证散失。在进行编号时，一般以一个结账期为号码的起讫期，如果企业每月结账一次则每月应分别从 1 号编起。当一笔经济业务需要填制多张记账凭证时，可采用"分数编号法"。例如，一笔经济业务需填制 3 张记账凭证，顺序号为 20 号，则可编为"转字第 20 $\frac{1}{3}$ 号、20 $\frac{2}{3}$ 号、20 $\frac{3}{3}$ 号"。每月末最后一张记账凭证的编号旁应加注"全"字。

（5）除调账、结账和更正错误的记账凭证可以不附原始凭证外，其他记账凭证必须附有原始凭证，并必须注明所附原始凭证张数。如两张或两张以上的记账凭证依据同一原始凭证，则应在未附有原始凭证的记账凭证上按时注明："原始凭证×张，附于第×号凭证之后"。

（6）填制完毕，如有空行，应当在金额栏自最后一笔金额字下的空行处至合计数上的空行处画线注销。

（7）填制记账凭证发生错误应当重新填制。已经入账的记账凭证在当年内发现错误时，应用规定的方法予以更正。

（8）实行会计电算化的单位。对于机制记账凭证，要认真审核，做到会计科目使用正确，数字准确无误。打印出的机制记账凭证要加盖制单人员、审核人员、记账人员及会计机构负责人、会计主管人员印章或者签字。

以下介绍几种常用记账凭证的编制方法：

（1）收款凭证和付款凭证。收款凭证和付款凭证是根据收、付款的原始凭证编制的。左上角所列示"借方科目"应填列"库存现金"或"银行存款"科目；"贷方科目"栏，应填列与库存现金、银行存款相对应的一级科目及其明细科目；"账页"栏注明记入总账、明细账或日记账的页次、账户编号或用"√"表示已经登记入账；"金额"栏合计数表示借贷双方的记账金额。付款凭证左上角所列"贷方科目"，应填列"库存现金"或"银行存款"科目；"借方科目"栏，应填列与库存现金、银行存款相对应的一级科目及其明细科目。在采用收款、付款和转账三种复式记账凭证的企业,对于银行存款与库存现金之间变化的经济业务,为了避免重复记账,在填制记账凭证时,一般只填列一张付款凭证。如将库存现金存入银行,只填制一张库存现金付款凭证;从银行提取现金,只填制一张银行存款付款凭证。

收款凭证和付款凭证是登记库存现金、银行存款日记账和总分类账的依据,一般也是出纳人员收付款项的依据。出纳人员必须根据会计人员或指定人员审核批准的收款凭证和付款凭证收付款项。出纳人员对于已经收讫的收款凭证、已经付讫的付款凭证及其所附的各种原始凭证,都要加盖"收讫"和"付讫"的戳记,以免重收或重付。出纳人员和有关记账人员都应该根据盖有"收讫"和"付讫"的收、付款凭证登记有关账簿。

(2)转账凭证。转账凭证是用来记录与货币资金收付无关的经济业务而编制的记账凭证,它是根据不涉及库存现金和银行存款收付的有关转账业务的原始凭证填制的。在借贷记账法下,转账凭证将经济业务所涉及的会计科目全部填列在凭证内。"会计科目"栏应分别填写应借、应贷的一级科目和二级明细科目,借方科目在先,贷方科目在后。相应的金额栏内填列应借科目的"借方金额"和应贷科目的"贷方金额"。"借方金额"合计数和"贷方金额"合计数相等。其他有关项目的填列方法与收、付款凭证基本相同。

(3)单式记账凭证。以上所述的收款凭证、付款凭证和转账凭证都是复式记账凭证,每发生一笔业务填制一张记账凭证。而单式记账凭证是把一笔经济业务所涉及的借方会计科目和金额、贷方会计科目和金额,分别填制记账凭证。单式记账凭证按照单独反映每项经济业务所涉及的会计科目及对应关系,可分为"借项记账凭证"和"贷项记账凭证"。

上述单式记账凭证中的编号为"分数编号法",一般使用于单式记账凭证。而复式记账凭证一般用顺序编号法,例如,"收字第×号"、"付字第×号"、"转字第×号"等,这里的"×"字一般表示企业该会计期间发生的这类凭证中的第几张。在单式记账凭证的"分数编号法"前面的整数表示业务的顺序号,分数中的分母表示这笔业务总共有几张记账凭证,分子表示这是第几张凭证。如上述凭证中的编号"$12\frac{2}{3}$","12"表示这是本会计期间的第 12 笔转账业务,"3"表示这笔业务总共有三张凭证,"2"表示这张凭证是这笔业务的第 2 张凭证。

(4)汇总记账凭证。记账凭证是登记各种账簿的依据,在大中型企业中,由于经济业务、事项繁多复杂,为了简化登记总分类账的手续,可以根据企业业务量的大小及企业核算和管理要求,在月末一次或月中定期(如 5 天、10 天、15 天)分数次把记账凭证进行汇总,编制总账凭证或记账凭证汇总表,然后据以登记总分类账。

汇总收款凭证是按照借方科目,即"库存现金"或"银行存款"科目来设置,凭证内按"库存现金"或"银行存款"所对应的贷方科目来汇总,然后根据汇总后的金额登记总账。登记总分类账时,应根据汇总收款凭证上的合计数,记入"库存现金"或"银行存款"总分类账户的借方,根据汇总收款凭证内各贷方科目的合计数分别记入有关总分类账户的贷方。

汇总付款凭证是将库存现金或银行存款的付款凭证,按贷方科目设置,分别按借方科目归类,定期汇总后的金额登记总账。登记总分类账时,应根据汇总付款凭证上的合计数,记入"库存现金"或"银行存款"总分类账户的贷方,根据汇总收款凭证内各借方科目的合计数分别记入有关总分类账户的借方。

汇总转账凭证是按照贷方科目,如"原材料"、"库存商品"等来设置,按其对应的借方科目来汇总,然后根据汇总后的金额入账。为了便于汇总,对转账凭证的对应关系,要求保持一借一贷或一贷多借,而不宜用一借多贷。转账凭证在编制时,最好复写两联,一联作为借方账户的转账凭证,另一联作为贷方账户的转账凭证,也可以采用单式记账凭证,即分别将借方和贷方账户各编制一张转账凭证。

为了便于编制记账凭证汇总表,所有记账凭证的账户对应关系最好保持一借一贷。转账凭证在编制时,最好复写两联,一联作为借方账户的转账凭证,另一联作为贷方账户的转账凭证,也可采用单式记账凭证,即分别将借方和贷方账户各编制一张转账凭证。这样,既可以简化汇总的手续,也可以减少差错。

上述各种汇总记账凭证,在经济业务较少、各类记账凭证不多的情况下,可将记账凭证按总账账户的金额直接相加,编制汇总记账凭证;当经济业务较多、各类记账凭证很多的情况下,为方便汇总、避免汇总过程的差错,可以采用汇总底表或"T"字账方式,先将各张凭证按总分类账户记入到汇总底表或"T"字账内,加总金额,经试算确定借方发生额和贷方发生额相等后,再编制汇总凭证。汇总底表的格式如表 5 - 12 所示。

表 5 - 12　汇总底表

会计科目类别:资产

年		库存现金		银行存款		应收账款		(略)		合计	
月	日	借	贷	借	贷	借	贷	借	贷	借	贷

【例 5 - 1】以"T"字账为例,说明汇总记账凭证的填制方法。

大华公司 2007 年 6 月 1 日至 10 日发生以下经济业务:

(1)收到原材料一批,成本 50 000 元,材料验收入库,货款已于上月支付。

(2)购入原材料一批,增值税专用发票上注明的价款为 100 000 元,进项税额为 17 000 元,款项已通过银行转账支付,材料未验收入库。

(3)接到银行通知,以银行存款支付到期的商业承兑汇票 80 000 元。

(4)以银行汇票支付采购材料价款,公司收到开户银行转来银行汇票多余款收账通知,金额为 800 元。购入材料及运费 81 600 元,支付的进项税额为 13 600 元,原材料已验收入库。

(5)销售产品一批,增值税专用发票上注明的销售价款 120 000 元,销项税额 20 400 元,货款尚未收到。该批产品实际成本 70 000 元,产品已发出。

(6)销售产品一批,增值税专用发票上注明的销售价款为 100 000 元,销项税额 17 000 元,款项已存入银行。销售产品的实际成本 60 000 元。

(7)偿还长期借款 300 000 元。

(8)以银行存款支付产品展览费 6 000 元。

(9)以银行存款支付广告费 10 000 元。

(10)销售产品一批,增值税专用发票上注明的销售价款为 180 000 元,销项税额为 30 600 元,收到 210 600 元的商业承兑汇票一张。产品实际成本为 110 000 元。

(11)归还短期借款本金 100 000 元,利息 1 200 元,已预提。

要求:编制相关的会计分录,并编制全部汇总记账凭证。

(1)借:原材料　　　　　　　　　　　　　　　50 000

　　　贷:在途物资　　　　　　　　　　　　　　　　　50 000

(2)借:在途物资　　　　　　　　　　　　　100 000

　　　应交税费——应交增值税(进项税额)　　　17 000

　　　贷:银行存款　　　　　　　　　　　　　　　　117 000

(3)借:应付票据　　　　　　　　　　　　　　80 000

　　　贷:银行存款　　　　　　　　　　　　　　　　80 000

(4)借:银行存款　　　　　　　　　　　　　　　　800

　　　贷:其他货币资金　　　　　　　　　　　　　　　　800

　　借:原材料　　　　　　　　　　　　　　　81 600

　　　应交税费——应交增值税(进项税额)　　　13 600

　　　贷:其他货币资金　　　　　　　　　　　　　　　95 200

(5)借:应收账款　　　　　　　　　　　　　140 400

```
        贷:主营业务收入                                      120 000
            应交税费——应交增值税(销项税额)                   20 400
    借:主营业务成本                                          70 000
        贷:库存商品                                          70 000
(6)借:银行存款                                             117 000
        贷:主营业务收入                                     100 000
            应交税费——应交增值税(销项税额)                   17 000
    借:主营业务成本                                          60 000
        贷:库存商品                                          60 000
(7)借:长期借款                                             300 000
        贷:银行存款                                         300 000
(8)借:销售费用                                               6 000
        贷:银行存款                                           6 000
(9)借:销售费用                                              10 000
        贷:银行存款                                          10 000
(10)借:应收票据                                            210 600
        贷:主营业务收入                                     180 000
            应交税费——应交增值税(销项税额)                   30 600
    借:主营业务成本                                         110 000
        贷:库存商品                                         110 000
(11)借:短期借款                                            100 000
        预提费用                                             1 200
        贷:银行存款                                         101 200
```

以"银行存款"账户为例,说明使用"T"字账编制汇总记账凭证的方法,如表 5-13 所示。该账户借方发生额为 117 800 元,贷方发生额为 614 200 元。其他账户的本期发生额列示在记账凭证汇总表中,如表 5-13 所示。

表 5-13   银行存款

800.00	117 000.00
117 000.00	80 000.00
	300 000.00
	6 000.00
	10 000.00
	101 200.00
117 800.00	614 200.00

表 5 – 14　记账凭证汇总表
2007 年 6 月 10 日

会计科目	总账页次	本期发生额	
		借　方	贷　方
银行存款		117 800.00	614 200.00
其他货币资金			96 000.00
应收票据		210 600.00	
原材料		131 600.00	
在途物资		100 000.00	50 000.00
库存商品			240 000.00
短期借款		100 000.00	
应付票据		80 000.00	
应交税费		30 600.00	68 000.00
预提费用		1 200.00	
长期借款		300 000.00	
主营业务收入			400 000.00
主营业务成本		240 000.00	
营业费用		16 000.00	
应收账款		140 400.00	
合　计		1 468 200.00	1 468 200.00

会计主管：　　　　　记账：　　　　　稽核：　　　　　制单(盖章)：

5.3.5　记账凭证的审核

为了正确登记账簿和监督经济业务,除了编制记账凭证人员应当认真负责、正确填制后,在据以入账之前,必须由会计主管人员或其他指定人员对记账凭证进行严格审核。审核的主要内容有:

(1)是否附有原始凭证,附件张数填列是否正确;记账凭证的内容与所附原始凭证记录的经济业务内容是否相符,二者金额合计是否相等。

(2)记账凭证上记载的会计分录是否正确,二级或明细科目是否齐全;科目对应关系是否清楚。

(3)记账凭证中的借、贷方金额合计是否相等,一级科目金额是否与其所属明细科目金额合计数相等。

（4）记账凭证中的摘要填写是否清楚,是否正确归纳了经济业务的实际内容。记账凭证有关项目是否填列齐全,有关手续是否完备,有关人员是否签字或盖章。

在审核过程中,如果发现记账凭证填制有错误,则需要有填制人员重新填制或按规定的方法进行更正;对于手续不全、内容不完整的记账凭证应进行补办、补填。只有经过审核无误的记账凭证,才可据以登记入账。

5.4　会计凭证的传递和保管

5.4.1　会计凭证的传递

企业会计凭证的传递,是指从凭证取得或填制时起到归档保管时止,在单位内部有关部门和人员之间的传递过程。合理组织会计凭证的传递工作,对于及时处理和登记经济业务、加强对会计凭证的管理、明确岗位经济责任、提高工作效率、进一步加强经济管理有重要的意义。

（一）会计凭证的传递作用

1. 有利于及时进行会计处理

正确合理地组织会计凭证的传递,可以把反映在会计凭证上的有关经济业务完成情况的资料,传递到企业的各个相关环节,最后集中到会计部门来,可以及时、真实地反映和监督各项经济业务的完成情况。

2. 有利于完善经济责任制度

经济业务的发生、完成和记录,是由若干负责人共同负责、分工完成的。企业可以通过会计凭证的传递,进一步完善经济责任制度,实行会计监督,提高会计工作的质量和效率。

例如,购买实物的原始凭证,必须有验收证明。实物购入以后,要按照规定办理验收手续,这有利于明确经济责任,保证账实相符,避免物资短缺和流失。实物验收工作由有关人员负责办理,会计人员通过有关的原始凭证进行监督检查。需要入库的实物,必须填写入库验收单,由仓库保管人员按照采购计划或供货合同验证后,在入库验收单上如实填写实收金额,并签名或盖章。不需要验收入库的实物,由经办人员在凭证上签名或盖章以后,必须交由实物保管人员或使用人员进行验收,并由实物保管人员或使用人员在凭证上签名或盖章。经过购买人以外的第三者查证核实后,会计人员才可以据以报销付款并进一步进行会计处理。

3. 有利于正确组织经济活动,发挥会计监督的作用

任何单位所发生的各项经济业务,以及本单位与各方面的经济联系,都要借助于凭证加以记录和证明。因此,按规定的程序和时间组织凭证的传递,就能把本单位各有关部门和个人的活动紧密联系起来,协调各方面的经济关系,搞好分工协作,使正常的经济活动得以顺利进行。同时凭证的传递实际上还起着一种互相牵制、互相监督的作用。它可以督促经办业务的有关部门和个人,及时地、正确地完成各项经济业务,并按规定办理好凭证手续,以利于加强岗位责任制,加强会计监督,改善经营管理。

因此,为了充分发挥会计工作的作用,必须合理组织会计凭证的传递,这是会计制度的重要方面,也是经济管理的有机组成部分。

(二)会计凭证的传递步骤

由于各项经济业务、事项的内容不同,经办各项业务的部门和人员以及办理凭证手续程序和完成程序各个步骤的时间也不一样。明确规定凭证的程序和时间,就是规范各种会计凭证如何传递及何时传递,从而及时地反映和监督经济业务的发生或完成情况,促使经办业务的部门和人员及时、正确地完成经济业务和办理凭证手续,加强经营管理的岗位责任制。会计凭证的传递要能够满足内部控制制度的要求,使传递程序合理有效,同时尽量节约时间,减少传递的工作量。一般来说,正确、合理地组织会计凭证的传递工作应从以下三个方面着手。

1. 确定传递路线

要根据经济业务的特点、经营管理的需要以及企业内部机构的设置和人员分工情况,合理确定各种会计凭证的联数和所流经的必要环节。既要做到使有关部门和人员能利用凭证了解经济业务的发生和完成情况,确保对凭证按规定手续进行处理和审核,又要避免凭证传递经过不必要的环节,影响传递速度,降低工作效率。

2. 规定传递时间

根据各个环节办理经济业务的各项手续的需要,明确规定凭证在各个环节的停留时间和传递时间。既要防止不必要的延误,又要避免时间定的过紧,影响业务手续的完成。

3. 建立凭证交接的签收制度

为了保证会计凭证的安全、完整,在各个环节中,都应指定专人办理交接手续,做到责任明确、手续完备且简便易行。

会计凭证的传递办法是经营管理的一项规章制度,会计部门应会同有关部门在调查研究的基础上共同制订,报经本单位领导批准后,有关部门或人员必须遵照

执行。同时,可以把若干主要业务汇成流程图或流程表,供有关人员使用。

5.4.2 会计凭证的装订

会计部门应于每月记账之后,对各种会计凭证进行分类整理,将各种记账凭证连同所附的原始凭证或原始凭证汇总表,按照编号顺序,折叠整齐,按期装订成册,并加具封面,在封面上注明单位名称、年度、月份、起讫日期、记账凭证种类、起讫号数和总计册数等,由装订人员在装订线封签处签名或盖章,并在封签处加盖会计主管人员的印章(其基本格式见表 5 – 15)。一般每月装订一次,装订好的凭证按年分月妥善保管归档。

表 5 – 15　会计凭证封面

年	(企业名称)		
月	年　　月份　共　　册　第　　册		
份	收　款		
	付　款　凭证　第　　号至第　　号共　　张		
第	转账		
	附:原始凭证共　　张		
册	会计主管(盖章)　　　　　　　　　　　　　保管(盖章)		

对一些性质相同、数量很多或各种随时需要查阅的原始凭证,可以单独装订保管,在封面上写明记账凭证的日期、编号、种类,同时在记账凭证上注明"附件另订"。各种经济合同和重要的涉外文件等凭证,应另编目录,单独登记保管,并在有关原始凭证和记账凭证上注明。

会计凭证装订前的准备工作主要有:①分类整理,按顺序排列,检查日数、编号是否齐全。②按凭证汇总日期归集(按上、中、下旬汇总归集)确定装订成册的本数。③摘除凭证内的金属物(如订书针、回形针、大头针),对大的张页或附件要折叠成同记账凭证大小,且要避开装订线,以便翻阅时保持数字完整。④整理检查凭证顺序号,如有颠倒要重新排列,发现缺号要查明原因。再检查附件有否缺漏,领料单、入库单、工资、奖金发放单是否随附齐全。⑤记账凭证上有关人员(如财务主管、稽核、记账、制单等)的印章是否齐全。

5.4.3 会计凭证的保管

会计凭证的保管是指会计凭证登记入账后的整理、装订和归档存查。会计凭证是经济业务发生和完成情况的书面证明,是登记账簿的依据,也是事后查账的重要依据,是重要的经济档案和历史资料。所以,对会计凭证必须认真整理、妥善保管,不得丢失或任意销毁。

《会计基础工作规范》第五十五条对此做出了明确规定,具体可归纳为以下几点要求:

(1)会计凭证应定期装订成册,防止散失。从外单位取得的原始凭证遗失时,应取得原签发单位盖有公章的证明,并注明原始凭证的号码、金额、内容等,由经办单位会计机构负责人、会计主管人员和单位负责人批准后,才能代作原始凭证。若确实无法取得证明的,如车票丢失,应由当事人写明详细情况,由经办单位机构负责人、会计主管人员和单位负责人批准后,可以代作原始凭证。

(2)会计凭证应加贴封条,防止抽换凭证。原始凭证不得外借,其他单位如有特殊原因确实需要使用时,经本单位会计机构负责人、会计主管人员批准,可以复制。向外单位提供的原始凭证复制件,应在专设的登记簿上登记,并由提供人员和收取人员共同签名、盖章。

(3)成册的会计凭证,应由指定的专人保管。年度终了,应移交财会档案室登记归档。需要查阅归档的会计凭证时,必须经会计主管人员同意,方可查阅。

(4)期限和销毁手续,必须严格执行会计制度的有关规定。各种档案的保管期限,根据其特点,分为永久、定期两类。定期保管期限分为 3 年、5 年、10 年、15年、25 年五种。各种会计档案的保管期限从会计年度终了后的第一天算起。对一般会计凭证分别规定期限,如:一般原始凭证、记账凭证和汇总凭证的保管期限为15 年,银行存款余额调节表保管期限为 3 年。对重要会计凭证,如涉及外事、合资经营的业务资料和有关会计凭证按规定长期保存,未到保管期限的会计凭证,任何人不能随意销毁。对保管期满需要销毁的会计凭证,必须由本单位档案机构会同会计机构提出销毁意见,编制销毁清册,列明销毁凭证的名称、卷号、册数、起止年度和档案编号、应保管期限、已保管期限、销毁时间等内容,经本单位负责人审核并在销毁清册上签署意见,由有关部门或单位派人监销,任何人不得自行销毁会计凭证。

本章小结

会计凭证是会计工作中记录经济业务、明确经济责任的书面证明,是登记账簿的依据。如实地填制和审核会计凭证是会计核算的重要内容,对于发挥会计在经济管理中的作用有着重要的意义。会计凭证按照不同的标志有不同的分类,按其填制程序和用途不同,可以分为原始凭证和记账凭证。不论是哪一类的原始凭证,都必须按其所设计的内容如实填写,不得遗漏,以反映经济业务的真实全貌。而记账凭证则根据原始凭证,确定会计分录,正确填写。会计凭证需要经过严格的审核,以确保会计凭证的合法性、合理性、准确性、真实性和完整性。企业应在正确填制各种记账凭证并认真进行审核的基础上,合理组织会计凭证的传递、装订和保管,建立健全传递过程中的衔接手续,以保证单位重要经济档案的安全和完整。

思考与练习

一、思考题

1. 什么是会计凭证? 其作用有哪些?

2. 什么是原始凭证? 原始凭证如何分类? 原始凭证包含哪些内容? 原始凭证的填制应遵循哪些要求?

3. 什么是记账凭证? 记账凭证包含哪些内容? 记账凭证的种类有哪些?

4. 记账凭证的填写遵循哪些要求?

5. 什么是会计凭证的传递? 如何做好会计凭证的传递工作?

6. 会计凭证的保管主要有哪些具体要求?

二、练习题

习题 1

▲目的:练习记账凭证的编制。

▲资料:某企业 2007 年 5 月份发生下列经济业务:

(1)2 日,收到 A 公司归还前欠货款 50 000 元,存入银行。

(2)8 日,向 B 公司购进一批材料,进价 200 000 元,货款尚未支付,材料已验收入库。

(3)10 日,从银行提取现金 80 000 元,准备发放工资。

(4)13 日,从银行取得期限为 6 个月的借款 100 000 元,存入银行。

(5)15 日,管理人员党某出差回来,报销差旅费 5 000 元,交回现金 1 000 元。

(6)18 日,销售甲产品一批,售价 50 000 元,存入银行,成本 30 000 元。

(7)22 日,以银行存款支付生产用电费 3 000 元,管理部门用电费 1 000 元。

(8)26 日,接受投资人的投资 400 000 元,其中一台全新设备 200 000 元投入使用,一项专利权作价 120 000 元,其余部分通过银行划转。

▲要求:根据以上经济业务,确定应编制的记账凭证的种类,并编制记账凭证;假设该企业使用收款凭证、付款凭证、转账凭证。

习题 2

▲目的:练习记账凭证的编制。

▲资料:某单位 2007 年 6 月份发生下列经济业务:

(1)2 日,向 A 公司购入甲材料 3 吨,每吨 2 000 元,购入乙材料 4 吨,每吨 3 000 元,货已验收入库,暂未付款。

(2)4 日,采购员马某出差,借现金 6 000 元。

(3)6 日,车间领用甲材料 1 吨,乙材料 2 吨,用于车间一般性消耗。

(4)8 日,以库存现金支付材料运杂费 1 000 元。

(5)10 日,销售产品一批,售价 60 000 元,增值税 10 200 元,价税合计 70 200 元。

(6)12 日,偿还银行短期借款 20 000 元,支付利息 1 200 元。

(7)15 日,开出一张转账支票,支付下一年度第一季度的企业管理部门房租 6 000元。

(8)20 日,预提本月应负担的利息 3 000 元。

(9)22 日,摊销应有管理部门负担的本月报纸杂志费用 850 元。

(10)25 日,经企业董事会批准,将资本公积转增资本。

(11)27 日,企业取得一笔罚款收入 5 000 元,存入银行。

(12)28 日,经计算本月应交纳所得税 7 200 元。

(13)29 日,经计算本月提取的盈余公积 10 000 元,应分给投资人利润 10 000 元。

(14)30 日,计提固定资产折旧,其中产品负担 4 000 元,管理部门负担 1 500 元。

▲要求:

根据以上经济业务,编制记账凭证;假设该企业使用通用记账凭证。

第6章 会计账簿

学习目的与要求

1. 领会设置和登记账簿的作用。
2. 掌握账簿的种类及其格式。
3. 掌握总账、明细账、日记账等各种账簿的登记依据、基本要求、方法及期末结账的方法。
4. 领会登记账簿的启用和登记规则及更正错账方法。

6.1 会计账簿概述

6.1.1 会计账簿的概念

会计账簿是由具有一定格式并互相联系的账页组成的,用来依据会计凭证序时地、分类地记录和反映各项经济业务的簿籍。设置和登记账簿是会计核算的一种专门方法,也是会计核算的中心环节。

任何一个单位发生经济业务后,首先要取得或填制会计凭证,这是会计核算工作的起点和基础。但会计凭证对经济业务的反映是零散的、片面的,每一张会计凭证只能记录一笔或性质相同的若干笔经济业务,不能把一个单位在某一时期内发生的全部经济业务完整地反映出来。因此,为了全面、系统、连续地反映企事业单位的经济活动和财务收支情况,需要把会计凭证中所记载的大量分散的资料加以分类、整理,这就需要在会计凭证的基础上设置和登记账簿。通过登记账簿,既能对经济活动进行序时核算,又能进行分类核算;既能提供各项总括的核算资料,又能提供明细核算资料。

6.1.2　会计账簿的作用

合理地设置和登记账簿,系统地记录和提供企业经济活动的各种数据,是会计工作的重要环节,这对加强经济核算、改善和提高经营管理都具有重要的作用,会计账簿的作用主要体现在:

（一）会计账簿可以全面、连续、系统地反映经济活动

在会计核算中,通过会计凭证的取得或填制,并对其进行审核,可以反映和监督经济业务的发生或完成情况,但由于会计凭证种类多、数量大,对经济业务的反映是零散的、片面的,因此,不能全面、连续、系统地反映经济活动的变化情况和结果。通过设置账簿可以将会计凭证所提供的大量分散的核算资料,加以归类整理,按照一定的规定登记到账簿中去,可以全面、连续、系统地反映经济活动。

（二）会计账簿是编制会计报表的依据

通过设置和登记账簿,可以将分散的会计凭证归类汇总,这就既能够提供各类经济业务的总括核算资料,又能够提供某类经济业务的明细核算资料;既能够提供动态的核算资料,又能够提供静态的核算资料。这样,就可以全面而系统地反映各项资产、负债、所有者权益的增减变动情况,收入、费用的发生以及利润的实现和分配情况。会计人员对这些核算资料按照一定的方法加工整理后,就可以编制会计报表。账簿作为编制会计报表的主要依据,它记录的会计资料是否正确、完整,将直接影响会计报表的质量。

（三）会计账簿可以为经济监督提供依据

企业各类经济业务的发生和完成情况都被记录在账簿中,账簿是会计档案的主要资料,也是经济档案的重要组成部分。会计资料储存在账簿中,有利于有关部门和人员日后查考和使用,这样,就可以使会计监督部门和审计监督部门等有关经济监督部门能通过对账簿记录的检查和监督,了解企业的经济活动是否合法,会计核算是否正确、完整,从而对企业的经济活动及会计管理的水平和质量做出评价和分析。有关反映财产物资的账簿,可以提供各种财产物资的账存数,账存数和实地盘点获取的实存数相核对,可以反映账实是否相符,财产物资保管是否妥善,这样,就可以加强对财产物资的管理,保护财产物资的安全、完整。

6.1.3　会计账簿的分类

会计核算中用到的账簿很多,为了正确地设置和运用会计账簿,有必要对账簿进行分类。常见的分类方法有以下几种:

（一）按会计账簿的用途分类

账簿按其用途不同,一般可分为序时账簿、分类账簿和备查账簿三种。

1. 序时账簿

序时账簿又称日记账,是指根据经济业务发生的先后顺序逐日逐笔进行连续登记的账簿。按其记录的经济业务内容不同,序时账簿又分为普通日记账和特种日记账两种。

（1）普通日记账。普通日记账是指用来登记全部经济业务发生情况的日记账。通常是把会计分录按照经济业务发生的先后顺序记入账簿中,作为连续登记分类账的依据,实际工作中已很少应用。

（2）特种日记账。特种日记账是指用来登记特定经济业务的日记账。通常是把某一类比较重要的经济业务,按照发生的先后顺序记入账簿中。在会计实务中,为了简化记账手续,除了库存现金和银行存款收付要记入库存现金日记账和银行存款日记账外,其他各项目一般不再设置特种日记账进行登记。

2. 分类账簿

分类账簿,简称分类账,是指对经济业务按照账户的分类进行登记的账簿。分类账按照其反映指标的详细程度,又可分为总分类账簿和明细分类账簿。

（1）总分类账簿,简称总账,是指根据总分类科目设置,用来提供总括核算资料的分类账簿。

（2）明细分类账簿,简称明细账,是指根据总分类科目所属二级或明细科目设置,用来提供比较详细核算指标的分类账簿。明细分类账是对总账的补充和具体化,并受总分类账的控制和统驭。

在实际工作中,序时账簿还可与分类账簿结合起来,即在一本账簿中既进行序时登记,又进行分类登记,称之为联合账簿。日记总账是典型的联合账簿。

3. 备查账簿

备查账簿,又称辅助账簿,简称备查账,是指对某些在序时账簿和分类账簿中未能记载或记载不全的经济业务进行补充登记的账簿。如租入固定资产备查账簿、委托加工物资备查账簿、应收票据备查账簿等。各单位可以根据实际需要设置备查账簿。

（二）按会计账簿的外表形式分类

账簿按其外表形式不同,可以分为订本式账簿、活页式账簿和卡片式账簿三种。

1. 订本式账簿

订本式账簿又称订本账,是指在账簿启用前,将一定数量的印有专门格式的账页按顺序号固定装订成册的账簿。这种账簿的优点是,可以避免账页散失,防止任意抽换账页。它的缺点是,由于账页固定,不能根据需要增减账页,所以在使用时,必须为每一账户预留账页,这样就容易出现预留账页过多或不足,造成浪费和影响账户连续登记的情况,而且,在同一时间里,只能由一人负责登记,不便于分工记账。通常,一些重要的账簿,如库存现金日记账、银行存款日记账、总账等都采用订本式账簿。

2. 活页式账簿

活页式账簿又称活页账,是指把一定数量的零散的账页放置在活动账夹中形成的账簿。这种账簿平时将账页装置在账夹中,年终结账后装订成册。它的优点是,账页不固定装订在一起,可以根据需要,任意增减空白账页,不会造成账页浪费,使用起来灵活,而且便于分工记账,有利于提高工作效率。它的缺点是,由于账页是散开的,容易散失或被抽换。因此,账页在使用时应连续编号,并在账页上加盖记账人员和会计主管印章,以防止舞弊行为。活页式账簿主要适用于各种明细账。

3. 卡片式账簿

卡片式账簿又称卡片账,是指由若干张分散的、具有专门格式的存放在卡片箱中的硬纸卡片组成的账簿。卡片式账簿平时将账页放在卡片箱中,由专人负责保管。可以随时抽出账页,予以记录,并随时放回。这种账簿的优缺点及防范措施与活页式账簿相同。通常主要用于记载内容比较复杂的财产明细账,如固定资产明细账、低值易耗品明细账等。

(三)会计账簿按账页格式分类

会计账簿按账页格式不同可分为三栏式账簿、多栏式账簿和数量金额式账簿三种。

1. 三栏式账簿

三栏式账簿,是由设置借方、贷方、余额(或收、付、余)三个金额栏的账页组成的账簿。主要适用于总分类账、日记账,也可用于只进行金额核算而不需要数量核算的债权债务结算类账户的明细分类账。

2. 多栏式账簿

多栏式账簿是指在账页上设置多个专栏的账簿。"制造费用"明细账是典型的多栏式账。

3. 数量金额式账簿

数量金额式账簿是指由在借、贷、余(或收、付、余)三大栏下再设数量、单价、金额等小栏目的账页所组成的账簿。这类账簿可以全面反映经济业务的数量和金额,主要适用于既要进行金额核算,又要进行数量核算的各种财产物资账簿。

6.2 会计账簿的设置和登记

为了科学地记录和反映经济活动的内容,任何单位都应当根据本单位经营业务的特点和经营管理的需要,设置一定种类和数量的账簿。账簿的设置主要包括确定账簿的种类和数量,各类账簿中账页的格式以及账簿的登记方法等。设置账簿一般应遵循以下原则:

1. 全面系统原则

全面系统原则要求单位设置账簿必须根据国家有关会计制度规定的基本要求,结合各单位的经营规模和业务特点,全面、连续、系统地反映和监督经济活动的情况,满足经营管理的需要。也就是说各单位设置账簿要在符合统一规定的前提下,如实反映各单位经济活动的全貌及经济活动某一方面的具体情况和结果。

2. 科学适用原则

科学适用原则对单位设置账簿提出了三个方面的要求:一方面要根据实际需要,尽量节约人力和物力,不重复设账和因人设账;一方面要注意各种账簿结合使用,各有分工,互相配合,既不脱节,也不重复;另一方面,账簿的格式应按所记录的经济业务的内容和需要提供的会计信息进行设计,尽量简明实用,以有利于提高核算的效率和质量,有利于账簿的使用者看账及用账,使账簿最大效率地发挥作用。

6.2.1 日记账的设置和登记方法

(一)普通日记账的设置和登记方法

1. 普通日记账的设置

普通日记账是根据日常发生的经济业务逐日逐笔地进行登记的账簿。它是把每笔经济业务所涉及的借、贷方科目都列入日记账内,故又称为分录簿。其设置一般分为"借方金额"和"贷方金额"两栏,这种账簿不结余额。具体格式见表 6-1所示。

2. 普通日记账的登记方法

(1)日期栏,按照经济业务发生的时间先后顺序逐项登记,年度登在日期栏的上方,月、日记入会计分录的第一行。

(2)在摘要栏内简要说明经济业务的内容。

(3)将应借账户记入"账户名称"栏第一行,并将金额登入"借方金额"栏,将应贷账户记入"账户名称"栏第二行(缩进一格),并将金额登入"贷方金额"。

表 6 - 1　普通日记账

第　　页

2002 年		摘　要	账户名称	借方金额	贷方金额	过账
月	日					
6	1	从银行提取现金	库存现金	1 500		
			银行存款		1 500	
	3	归还前欠货款	应付账款	18 600		
			银行存款		18 600	
	8	赊销商品	应收账款	20 000		
			主营业务收入		20 000	

（4）根据日记账登记总账后，在该账户对应行内"过账"栏打"√"，或注明总账账户所在页数，以表示已过总账。

普通日记账的优点是可以全面反映经济业务的发生情况，其缺点是整个记录不分主次，显得过于庞杂，不能按类别反映经济业务的发生或完成情况，并且将全部经济业务记入一本日记账，不利于分工协作，且根据日记账逐日逐笔登记总账工作量较大。目前已很少被采用。

（二）特种日记账的设置和登记方法

1. **库存现金日记账的设置和登记方法**

库存现金日记账是记录和反映库存现金收付业务的一种特种日记账，一般采用订本式账簿。它按账页格式不同可分为三栏式库存现金日记账和多栏式库存现金日记账。

（1）三栏式库存现金日记账的设置和登记方法。三栏式库存现金日记账是指在同一账页内设置库存现金的收入、付出和结余三个金额栏，且相应的对方科目不设专栏反映的库存现金日记账。其账页格式如表 6 - 2 所示。

表 6 - 2　三栏式库存现金日记账

第　　页

2008 年		凭证号数	摘　要	对方科目	收入	付出	结余
月	日						
5	1		期初余额				1 300
	3	现付 1	预付职工差旅费	其他应收款		500	800
		现付 2	支付办公费	管理费用		400	400
		现收 1	出售材料物资收入	其他业务收入	200		600
		银付 1	从银行提取现金	银行存款	800		1 400
		现收 2	收到李洋退回出差余款	其他应收款	120		1 520
5	3		本日合计		1 120	900	1 520

　　三栏式库存现金日记账的登记方法是：由出纳人员根据审核无误的库存现金收款凭证和付款凭证逐日逐笔顺序登记。登记时应填明日期、凭证号数、摘要、对方科目、收入金额和付出金额。对于从银行提取现金的业务，由于只填制银行存款付款凭证，而不填制库存现金收款凭证，所以库存现金的收入数应根据银行存款付款凭证登记。每日收付款项登记完毕，应分别计算收入金额和付出金额的合计数，并结出每日余额（通常每笔库存现金收入或支出后，都要随时计算出一个余额），再将每日账面余额与库存现金数额相核对，以保证账实相符。

　　（2）多栏式库存现金日记账的设置和登记方法。多栏式库存现金日记账是指在账页的库存现金收入金额栏和付出金额栏分别按对方科目设置专栏反映的库存现金日记账。通过多栏式库存现金日记账收入各专栏的金额，可以反映库存现金收入的来源，通过多栏式库存现金日记账付出各专栏的金额，可以反映库存现金的用途。根据表 6 - 2 的资料登记多栏式库存现金日记账如表 6 - 3 所示。

表 6 - 3　　多栏式库存现金日记账

第　　页

2008 年		凭证号数	摘　要	收入金额				付出金额			结余
				应贷对方科目				应借对方科目			
月	日			其他业务收入	银行存款	其他应收款	合计	其他应收款	管理费用	合计	
5	1		期初余额								1 300
	3	现付 1	预付职工差旅费					500		500	800
		现付 2	支付办公费						400	400	400
		现收 1	出售材料收入	200			200				600
		银付 1	从银行提取现金		800		800				1 400
		现收 2	退回出差余款			120	120				1 520
5	3		本日合计	200	800	120	1 120	500	400	900	1 520

　　多栏式库存现金日记账的登记方法是：由出纳人员根据审核无误的库存现金收款凭证和付款凭证逐日逐笔顺序登记库存现金收入金额和库存现金支出金额。将其对应科目的金额，登入"应贷对方科目"栏或"应借对方科目"栏。每日收付款项登记完毕，应分别计算收入金额和付出金额的合计数，并结出每日余额。月终结出多栏式库存现金日记账的对应账户栏以及库存现金收入和付出总额（银行存款专栏的合计数除外），作为登记各有关总账的依据。由于提取现金或存入现金要在多栏式银行存款日记账的"支出合计数"和"收入合计数"两个栏目反映，因此，根据多栏式库存现金日记账登记总账时，银行存款专栏（借方或贷方）不作为登记银行存款的依据，以避免重复登账。

在实际工作中,采用多栏式库存现金日记账往往会涉及较多的对应科目,需要设置较多的专栏,会使库存现金日记账表格太大,因此,可以将库存现金的收入和付出分别反映在两本账簿中,即"库存现金收入日记账"和"库存现金付出日记账",并按库存现金收入和付出的对应科目设置专栏进行登记。

2. 银行存款日记账的设置和登记方法

银行存款日记账是记录和反映银行存款收付业务的一种特种日记账。一般采用订本式账簿。按其账页格式不同有三栏式和多栏式两种。

(1)三栏式银行存款日记账的设置和登记方法。三栏式银行存款日记账格式与三栏式库存现金日记账格式基本相同。不同之处在于,银行存款的收付必须依据银行规定的结算凭证办理,由于发生银行存款收付业务的结算方式不同,使用的凭证也就不同,编号也不同,因此,三栏式银行存款日记账增设了"结算凭证"一栏,分别注明结算凭证的种类及编号。其中,"种类"栏登记结算凭证的种类,如"现金支票"、"转账支票"、"普通支票"等;"编号"栏登记结算凭证的号码,这样便于和银行对账。三栏式银行存款日记账格式如表6-4所示。

表6-4 三栏式银行存款日记账

第　　页

2008 年		凭证号数	摘　要	结算凭证		对方科目	收入	付出	结存
月	日			种类	编号				
6	1		期初余额						28 000
	5	银付1	支付材料费	转支	010	材料采购		2 500	25 500
		现付1	将现金存入银行			现金	1 500		27 000
		银收1	销售产品收入	托收	024	主营业务收入	20 000		47 000
		银付2	购入固定资产	转支	015	固定资产		7 000	40 000
6	5		本日合计				21 500	9 500	40 000

三栏式银行存款日记账的登记方法与三栏式库存现金日记账登记方法基本相同。由出纳员根据审核无误的银行收、付款凭证,以及有关库存现金付款凭证,逐日逐笔按顺序登记。每日登记完毕后,应分别结算出银行存款收入、支出和本日结余,以便定期与银行送来的对账单逐笔核对。

(2)多栏式银行存款日记账的设置和登记方法。多栏式银行存款日记账是把银行存款收入栏和支出栏分别按照对应科目设置若干专栏,收入栏按贷方科目设置专栏,支出栏按借方科目设置专栏,其格式同多栏式库存现金日记账相似,不再列示。多栏式银行存款日记账也可以采用两本账,分别反映银行存款收入和银行存款支出,即多栏式银行存款收入日记账和多栏式银行存款支出日记账。

多栏式银行存款日记账的登记方法与多栏式库存现金日记账的登记方法相

似,在此不再赘述。

6.2.2 分类账的设置和登记方法

（一）总分类账簿的设置和登记方法

总分类账簿是按照总分类科目设置的账簿,一般采用订本式账簿。每个账户应视其经济内容的多少预留出若干空白账页,以登记一定时期内涉及该账户的所有经济业务及其发生的增减变动。由于总分类账簿能够全面地、系统地反映全部经济活动情况,并为编制会计报表提供资料,所以每个单位都要设置总分类账簿。

总分类账簿的格式一般采用三栏式,即在账页中设置借方、贷方和余额三个金额栏。其格式如表6－5所示。三栏式总分类账的登记,可以根据各种记账凭证逐笔登记,也可根据汇总记账凭证或科目汇总表汇总登记,还可以根据多栏式库存现金日记账、银行存款日记账逐笔或定期登记,这主要取决于每个单位所采用的会计账务处理程序。各种总分类账的具体登记方法将在第十章会计账务处理程序中讲述。

表6－5 应收账款总分类账（三栏式）

第　　页

20××年		凭证号数	摘　要	借方	贷方	借或贷	余额
月	日						
4	1		期初余额			借	21 300
	2	转字 1	赊销产品	4 600		借	25 900
	10	银收字 2	收回前欠货款		5 000	借	20 900
	21	转字 7	赊销产品	2 000		借	22 900
	22	转字 12	发生坏账损失		3 500	借	19 400
4	31		本月发生额及月末余额	6 600	8 500	借	19 400

总分类账也可以设成多栏式的,多栏式总分类账是指将全部账户集中在一张账页中登记的总分类账。通常是根据记账凭证汇总后的数字定期进行登记。采用多栏式总账,可以清晰地反映经济业务的来龙去脉,可以进行全部会计科目的试算平衡。但如果一个单位使用的会计科目较多,栏目也会相应增多,使得账簿篇幅较大,不便于使用和保管。因此,它主要适用于经济业务较少、规模不大的单位。

（二）明细分类账簿的设置和登记方法

明细分类账簿是按照二级或明细科目设置的账簿,一般采用活页式账簿。各单位应结合自己的经济业务特点和经营管理要求,在总分类账的基础上设置若干明细分类账,作为总分类账的必要补充。明细分类账按账页格式不同,主要有三栏式、数量金额式、多栏式三种。

1. 三栏式明细分类账簿

三栏式明细分类账簿的账页格式与三栏式总分类账簿的账页格式相同,即只设有借方、贷方和余额三个金额栏,不设数量栏。它适用于仅需进行金额明细分类核算,如应收账款、应付账款、其他应收款、待摊费用、预提费用等科目的明细分类核算。三栏式明细分类账簿的账页格式如表 6 - 6 所示。

表6-6　应付账款明细账(三栏式)

明细科目:××单位　　　　　20××年4月　　　　　　　　　　　　　　　第　　页

20××年		凭证号数	摘　要	借方	贷方	借或贷	余额
月	日						
4	1		期初余额			贷	2 300
	2	转字1	购买材料欠款		4 600	贷	6 900
	10	银付2	偿还前欠货款	2 000		贷	4 900
4	31		本月发生额及月末余额	2 000	4 600	贷	4 900

2. 数量金额式明细账簿

数量金额式明细账簿是在借方(收入)、贷方(发出)和余额(结存)栏下再设数量、单价和金额三个小栏,用来登记既要进行金额核算,又要进行实物数量核算的各种财产物资科目,如"原材料"、"库存商品"等明细账。其格式见表 6 - 7 所示。

表6-7　原材料明细分类账

材料编号:　　　　　　存放地点:　　　　　名称和规格:
材料类别:　　　　　　计量单位:　　　　　储备定额:　　　　　　　第　　页

年		凭证号数	摘要	收入			发出			结存		
月	日			数量	单价	金额	数量	单价	金额	数量	单价	金额

3. 多栏式明细账簿

多栏式明细账簿是根据经济业务的特点和经营管理的需要,在一张账页上按明细项目分设若干专栏,用来登记明细项目多、借贷方向单一且无需数量核算的收入、费用、利润等业务,如"生产成本"、"制造费用"、"管理费用"、"主营业务收入"、"本年利润"等明细账。

多栏式明细账一般都是单方向登记,即平时只在借方或贷方登记。如成本、费用类明细分类账,平时只在借方登记,而收入类明细分类账,平时只在贷方登记,当发生冲减成本费用、冲减收入及月末结转分配业务时,可以用红字进行登记,予以冲减。多栏式明细账也可以双向登记,如本年利润、利润分配明细账等,要按利润构成项目分借、贷方设专栏进行登记。常见的主要是多栏式的成本费用明细账。具体格式如表 6 – 8 所示。

表 6 – 8 生产成本明细账(多栏式)

第　　页

年		凭证号数	摘要	借方			
月	日			直接材料	直接人工	制造费用	合计

各种明细分类账的登记方法,应根据各个单位业务量的大小和经营管理上的需要,以及记录的经济业务内容而定,可以直接根据原始凭证、记账凭证逐笔登记,也可以根据汇总原始凭证逐日、定期汇总登记。一般说,固定资产、债权债务等明细账应当逐笔登记;商品、材料物资明细账,如业务发生不是很多,可以逐笔登记,如业务发生较多,为了简化记账工作,也可以逐日汇总登记;收入、费用等明细账,可以逐笔登记,也可以逐日或定期汇总登记。各种明细账每次登记完毕后,都应结算出余额,以便进行核对和加强日常管理。

(三)总分类账与明细分类账的关系及其平行登记

1. 总分类账与明细分类账的关系

总分类账与明细分类账是既有内在联系,又有区别的两类账户。

二者之间的内在联系主要表现在以下两方面:

(1)所反映的经济业务内容相同。如"原材料"总分类账与其所属的"甲材料"、"乙材料"、"丙材料"等明细分类账户都是用来反映原材料的收发结存业务的。

(2)登记账簿的原始依据相同。登记总分类账户与登记其所属明细分类账户的记账凭证和原始凭证是相同的。

二者之间的区别主要表现在以下两方面:

(1)反映经济内容的详细程度不同。总分类账反映资产、负债、所有者权益等增减变动的总括情况,提供某一方面的详细核算资料,有些明细分类账还可以提供实物量指标和劳动量指标。

（2）作用不同。总分类账提供的经济指标，是明细分类账资料的综合，对所属明细分类账起着统驭和控制作用；明细分类账是对有关总账的补充，起着辅助和补充说明作用。综上所述，二者关系密切，在设置明细分类账时，一定要考虑二者之间这种既有联系又有区别的特征。

2. 平行登记

（1）平行登记的规则。采用总分类账和明细账的平行登记方法，应注意以下几个方面的基本规则：

①对于需要提供详细指标的每一项经济业务，应根据审核无误后的记账凭证，一方面记入有关总分类账户，另一方面记入相关的同期总分类账所属的明细分类账户。

在这里，我们所说的同期，是指同一个会计计算期，而并非是必须同时，因为明细分类账一般总是根据记账凭证及所附的原始凭证在平时登记，而总分类账因会计核算组织程序不同，可能平时进行登记，也可能定期登记，总之对于总分类账和明细分类账的登记必须在同一个会计计算期内完成。

②总分类账和所属明细分类账登记的方向应该相同。这里所指的登记方向，是指所体现的经济活动的变动方向，而并不仅是相同的记账方向。

一般情况下，总分类账及其所属的明细分类账都按借方、贷方和余额设栏登记，这时，在总分类账及其所属明细分类账中的记账方向是相同的，一般债权、债务账户即属于此类情形。但是，有些明细账户不按借方、贷方和余额设栏登记，而是运用比较直观、易于理解的收入、发出、结存等增减符号设栏登记。企业的原材料通常都按收入、发出和结存设置数量金额式明细账；另外还有一些明细分类账则按所组成的项目设置多栏式明细账，采用多栏格式进行登记。在这种情况下，对于某项需要冲减有关组成项目金额的事项，只能以红字记入其相反的记账方向，以红字在相反的记账方向登记来表示总分类账中的相同方向的记录。例如管理费用（制造费用）就按其组成项目设置借方多栏式明细账，在发生需要冲减管理费用的某项收入时，总分类账中记入贷方，而明细分类账中则以红字记入管理费用某项目的借方，以其净发生额反映某项管理费用的净支出。此时，就不可能在总分类账和明细分类账中按相同的记账符号，以相同的记账方向进行登记，而只能以相同的变动方向进行登记。

③总分类账的登记金额应该和所属明细分类账的各相关账户之和的金额相等。总分类账户提供总括核算指标，而明细分类账户提供总分类账户所记内容的具体指标，所以，记入总分类账户的金额与记入其所属各明细分类账户的金额相等。当然，这里仅只是表明数量关系，而不是借方发生额相等和贷方发生额相等的关系。

综上所述,总分类账户及其所属明细分类账,按平行登记规则进行登记。

(2)平行登记的数量关系。根据总分类账与其所属明细分类账平行登记规则记账后,总分类账与明细分类账的平行登记,可以概括为:依据相同,方向一致,金额相等,总分类账与明细分类账之间产生了下列数量关系:

①总分类账相关账户的本期发生额与其所属各明细分类账户本期发生额的合计数之和必然相等。公式表示为:总分类账本期发生额 = 明细分类账本期发生额之和。

②总分类账有关账户期末余额与其所属各明细分类账户期末余额之和必然相等。公式表示为:总分类账期末余额 = 明细账期末余额之和。

在会计核算工作中,我们可以运用上述关系检查账簿记录的正确性。检查时,根据总分类账与明细分类账之间的数量关系,编制明细分类账的本期发生额和余额明细表,同其相应的总分类账户本期发生额及余额相互核对,以检查总分类账及其所属明细分类账记录的正确性。明细分类账本期发生额和余额明细表根据不同的业务内容,可以采用不同的格式。

【例6-1】8月初"应收账款"账户借方余额及其应收 A 公司、B 公司款项余额见表6-9、表6-10、表6-11所示。

表6-9　总分类账

会计科目:应收账款 　　　　　　　　　　　　　　　　　　　　　　　　　　　　　　第　　页

年		凭证		摘要	借方	贷方	借或贷	余额
月	日	种类	号数					
8	1			月初余额			借	8 000
	12			销售产品	5 000		借	13 000
	29			收回欠款		6 200	借	6 800
	31			本期发生额及余额	5 000	6 200	借	6 800

表6-10　应收账款明细分类账

户名:A 公司 　　　　　　　　　　　　　　　　　　　　　　　　　　　　　　　　第　　页

年		凭证		摘要	借方	贷方	借或贷	余额
月	日	种类	号数					
8	1			月初余额			借	3 000
	12			销售产品	5 000		借	8 000
	29			收回欠款		4 200	借	3 800
	31			本期发生额及余额	5 000	4 200	借	3 800

【例 6 - 2】12 日向 A 公司销售产品,货款 5 000 元尚未收到。根据这一经济业务,编制如下会计分录:

借:应收账款——A 公司   5 000

   贷:主营业务收入   5 000

【例 6 - 3】29 日收到 A 公司偿还货款 4 200 元,收到 B 公司偿还货款 2 000 元,款项已存入银行。根据这一经济业务,编制如下会计分录:

借:银行存款   6 200

   贷:应收账款——A 公司   4 200

          ——B 公司   2 000

表 6 - 11 应收账款明细分类账

户名:B 公司   第   页

年		凭证		摘要	借方	贷方	借或贷	余额
月	日	种类	号数					
8	1			月初余额			借	5 000
	29			收回欠款		2 000	借	3 000
	31			本期发生额及余额		2 000	借	3 000

根据上述资料及会计分录对"应收账款"总账及 A 公司、B 公司明细账进行登记如表 6 - 9、表 6 - 10 和表 6 - 11。

从表 6 - 9、表 6 - 10 和表 6 - 11 中可看出,明细账期初余额之和、本期发生额之和及期末余额之和与总账相应的指标是相等的。即:

期初余额:5000 + 3000 = 8000

本期借方发生额:5000 = 5000

本期贷方发生额:4200 + 2000 = 6200

期末余额:3800 + 3000 = 6800

对总分类账和明细分类账平行登记的结果,应当进行相互核对,一般在期末通过编制"总分类账户与明细分类账户发生额及余额对照表"进行,以便发现错误并及时地更正,保证账簿记录准确无误。对照表的格式和内容见表 6 - 12。

表 6 - 12 总分类账户与明细分类账户发生额及余额对照表

20 × ×年 8 月   单位:元

账户名称	月初余额		本期发生额		月末余额	
	借方	贷方	借方	贷方	借方	贷方
A 公司明细账	3 000		5 000	4 200	3 800	
B 公司明细账	5 000			2 000	3 000	
总分类账	8 000		5 000	6 200	6 800	

　　企业单位除设置上述序时账、分类账外,还可以设置各类备查账簿,备查簿可以为某些经济业务的内容提供必要的补充资料,它没有统一格式报告。如"租入固定资产登记簿"。

6.3　会计账簿的启用和记账规则

6.3.1　会计账簿的基本内容

　　会计账簿的格式多种多样,但其基本构成包括封面、扉页和账页三个部分。

(一)封面

　　封面主要用来标明会计账簿的名称,如:总分类账、库存现金日记账、银行存款日记账、应收账款明细账等。

(二)扉页

　　扉页主要用来填列会计账簿的使用信息,其主要内容包括:

　　①单位名称;②账簿名称;③起止页次;④启用日期;⑤单位负责人、会计主管人员姓名;⑥经管人员及交接日期。

(三)账页

　　账页是会计账簿的主体,会计账簿由若干账页组成,每一账页应包括以下内容:

　　①账户名称(即会计科目);②登记账簿的日期栏;③作为记账依据的记账凭证的种类和号数栏;④摘要栏;⑤借方(或收入)、贷方(或支出)和余额(或结存)栏;⑥总页次和分页次。

6.3.2　会计账簿的启用

　　会计账簿是储存会计信息的重要会计档案,为了确保账簿记录的合法性和账簿资料的完整性,明确记账责任,必须按照一定的规则启用账簿。在启用新的会计账簿时,会计人员应在账簿封面上写明单位名称和账簿名称;在账簿扉页上填写"账簿使用登记表"或"账簿启用表",其内容主要有:单位名称、账簿名称及编号、启用日期、记账人员和会计主管人员姓名及盖章、单位公章等;记账人员或会计主管人员调动工作或因故离职时,应办理账簿交接手续,在交接记录栏内填明交接日期、交接人员和监交人员的姓名,并由交接双方人员签名或盖章。账簿使用登记表的格式和内容如表 6 – 13 所示。

表6-13 账簿使用登记表

使用者名称					印鉴
账簿名称					
账簿编号					
账簿页数		本账簿共计 页			
启用日期		年 月 日			
责任者		主管	会计	记账	审核
经管人姓名及交接日期		接管 年 月 日			
		交出 年 月 日			
		接管 年 月 日			
		交出 年 月 日			
		接管 年 月 日			
		交出 年 月 日			
		接管 年 月 日			
		交出 年 月 日			
备注					

启用订本式账簿,应从第一页起顺序编号,不得跳页、缺号。启用活页式账簿,应在使用账页时按顺序编定分页数,并定期装订成册。装订后再按实际使用的账页顺序编定总页数,并标明目录、账户名称和页次。

6.3.3 会计账簿的记账规则

账簿是形成和储存会计信息的主要工具,登记账簿是会计的基础工作,为了保证记账的准确、完整,并便于查阅和长期保存,登记账簿应遵循下列规则:

(1)登记账簿必须以经过审核无误的记账凭证及所附的原始凭证为依据。

记账时,应将记账凭证上的日期、凭证种类和编号、摘要和金额逐项记入账内,记账后要在记账凭证上签章,注明所记账簿的页次或画"√"号,以防重记或漏记。

(2)为了使账簿记录清晰整洁,耐久保存,登记账簿必须使用蓝色或黑色墨水钢笔书写,不得使用铅笔和圆珠笔。

但在下列情况下,可以使用红色墨水书写:①在单向登记的多栏式账页中,登记减少数;②用红字更正法更正错账;③结账画线;④会计制度中规定用红字登记的其他记录。

（3）账簿中文字和数字的书写必须规范、整洁、清晰，应紧贴底线，在上面留有适当的空距，一般应占格长的 1/2～2/3，以便留有改错的空间。

（4）各种账簿应按页次顺序连续登记，不得跳行、隔页。如果发生跳行、隔页，应将空行空页用红线对角画掉或注明"此行空白"或"此页空白"字样，并由记账人员签章确认。

（5）凡需要结出余额的账户，应定期结出余额，并在"借或贷"栏内填写"借"或"贷"字样，以表示余额的方向；没有余额的账户，应在"借或贷"栏内填写"平"字，并在"余额"栏用"0"表示。

（6）每一账页登记完毕结转下页时，应在账页的最末一行结出本页发生额合计数和余额，并在摘要栏中注明"过次页"，在次页第一行记入上页的合计数和余额，并在摘要栏中注明"承前页"，以保持账页之间登记的连续性。

（7）账簿记录发生错误后，应根据错误的性质和发现时间的不同，按规定的办法进行更正，严禁涂改、刮擦、挖补、用药水更改字迹或撕毁账页等。

6.4　对账和结账

6.4.1　对账

对账是指对账簿记录所进行的核对工作。它是会计核算的一项重要内容，也是审计常用的一种查账方法。通过对账，可以及时发现和纠正记账及计算的差错，做到账证相符、账账相符、账实相符，保证记录的完整和正确，为编制会计报表提供真实可靠的数据资料。对账的时间通常是在月末、季末、年末结出各账户的期末余额之后，结账之前进行。

对账的主要内容包括账证核对、账账核对和账实核对。

（一）账证核对

账证核对是指将账簿记录同会计凭证之间进行相互核对，包括总账、明细账以及库存现金和银行存款日记账等与有关的记账凭证及其所附的原始凭证相核对。账簿与记账凭证核对，主要是检查记账工作是否正确，即账簿记录是否按照记账凭证确定的账户、方向和金额进行登记；账簿与原始凭证核对，主要是对账簿记录的经济业务的真实性、合法性进行检查。这种核对主要是在平时编制记账凭证和记账过程中进行的。

（二）账账核对

账账核对是指将各种账簿之间的有关数字进行相互核对。主要包括：

（1）总分类账户之间的核对。检查全部总分类账户本期借方发生额合计是否等于本期贷方发生额合计，期末所有账户借方余额合计是否等于贷方余额合计。此项核对一般通过编制"总分类账户期末余额试算表"进行。

（2）总分类账户与所属各明细分类账户之间的核对。检查总分类账户本期借、贷方发生额合计及期末余额与所属各明细分类账户相对应数字的合计是否相等，一般通过编制"总分类账户与明细分类账户对照表"进行核对。

（3）总分类账户与库存现金、银行存款日记账之间的核对。检查总分类账户中"库存现金"、"银行存款"账户本期借、贷方发生额及期末余额与日记账中相对应数字是否相等。

（4）会计部门的财产物资明细账与财产物资保管、使用部门的明细账的核对，检查各方期末结存数是否相等。

（三）账实核对

账实核对是指将各种账簿的记录与有关的财产物资的实有数额进行相互核对。主要内容包括：

（1）库存现金日记账的账面余额与库存现金实有数之间的核对。此项核对应每日进行，并且还应进行不定期的抽查。

（2）银行存款日记账的账面余额与各开户银行对账单之间的核对。一般每月核对一次，主要通过编制"银行存款余额调节表"进行。

（3）财产物资明细账的结存数与清查盘点后的实有数之间的核对。此项核对应定期或不定期进行。

（4）各种应收、应付、应缴款明细分类账户的账面余额与有关债权、债务单位或个人及有关部门之间的核对。此项核对应定期或不定期进行。

6.4.2 错账的查找及更正方法

（一）错账的查找

错账，往往是过账和结算账户时发生的错误，如漏记账、记重账、记反账、记账串户、记错金额等。为了迅速、准确地更正错账，首先必须采用比较合理的方法查找错账。

结账时，如果试算不平衡，就可以肯定记账发生了错误，应该迅速查找，不得拖延，更不允许伪造平衡，造成错上加错。查找错账可以试用下列方法进行。

1. 逆查法

逆查法是沿着"试算→结账→过账→制证"的逆账务处理程序，从尾到头进行的普遍检查。其检查步骤如下：

（1）检查试算表本身，复核试算表内各栏金额合计数是否平衡；检查表内各账户的期初余额加减本期发生额是否等于期末余额；核对表内该账户的各栏金额是否抄错。

（2）检查各账户的发生额及余额的计算是否正确。

（3）将记账凭证、原始凭证与账簿记录逐笔核对，检查过账有无错误。

（4）检查记账凭证的填制是否正确。

2. 顺查法

顺查法是沿着"制证→过账→结账→试算"的顺账务处理程序，从头到尾进行的普遍检查。其检查步骤如下：

（1）将记账凭证与原始凭证核对，检查有无制证错误。

（2）将记账凭证及所有附原始凭证与账簿记录逐笔勾对，检查有无记账错误。

（3）结算各账户的发生额及期末余额，检查有无计算错误。

（4）检查试算表上有无抄写和计算错误。

3. 重点抽查法

重点抽查法是在已初步掌握情况的基础上，根据查账经验与判断，有重点地抽取部分账簿记录进行局部检查的方法。例如，差数是元位数时，只找元、角、分位数，其他数字则不必逐一检查。采用这种检查方法的目的是为了缩小查找范围，比较省力有效。

4. 偶合法

偶合法是根据账簿记录错误中最常见的规律，推测错账的类型及与错账有关的记录进行查账的方法。常用的方法有以下几种：

（1）差额检查法。这是直接从账账之间的差额数字来查找错误的方法。例如，银行存款日记账余额为 32 500 元，总账中该账户的余额为 33 000 元，相差 500 元。可直接根据账面数（银行存款日记账余额）与核对数（总账中该账户的余额）的差额来查找。记重账时，可从账簿记录中查找，如果发现同一账户记录中，有两个数相同并与这个差数（500 元）相等，其中一个数可能是重记的数字。漏记账时，可从记账凭证中直接查找 500 元的经济业务，看是否漏登。

（2）差额除二法。这是将账账之间的差额数字除以 2，按商数来查找错误的方法。这种方法适用于查找记反账的错误。例如，原有库存商品 5 000 元，又入库 1 000 元，应在"库存商品"账户借方登记 1 000 元，期末余额应是 6 000 元，结果误在"库存商品"账户贷方登记 1 000 元，致使期末余额只有 4 000 元，相差 2 000 元。用这个差额数字 2 000 除以 2，商数为 1 000，便是错记数。查找时应着重注意有无 1 000 元的业务记反了账。

（3）差额除九法。这是把账账之间的差额数字除以 9，根据商数分析，判断查找错误的方法。这种方法适用于查找数字错位和邻数倒置所引起的错误。数字错位是指在过账时，记错了数字的位数，如将十位数记为百位数（小变大）；或将百位数记为十位数（大变小），这就会使正确的数字缩小 0.9 倍或扩大 9 倍。数字错位所造成的差额总是 9 的倍数。如果由大变小，正确数与错误数的差额是一个正数，这个差额数除以 9 所得的商数，便是记错的数字，将商数乘以 10 就是正确的数字。例如，将 480 错写成 48，差额 432 除以 9，商数为 48，便是错写的数字，48 乘以 10 得 480 即正确的数字。如果是小变大，正确数与错误数的差额是一个负数。这个差额数除以 9 所得的商数的绝对值就是正确数，商数乘以 10 所得到的数的绝对值便是错写的数字。例如，将 85 错写成 850，差额数 –765 除以 9，商数为 – 85，其绝对值 85 就是正确的数字，– 85 乘以 10 得 – 850，其绝对值便是错写的数字。所以，我们可以根据这个道理来寻找错误可能发生在什么地方。

邻数倒置是指在过账时，把相邻的两个数互换了位置。例如，将 48 错记成 84，或将 84 错记成 48。两个数字颠倒后，个位数变成了十位数，十位数变成了个位数，这就造成差额为 9 的倍数：如果前大后小颠倒为前小后大，正确数与错误数的差额就是一个正数。这个差额数除以 9 所得的商数的有效数字便是相邻颠倒两数的差值。例如，将 84 错写成 48，差额数 36 除以 9 商数为 4，这就是相邻颠倒两数的差值（8 – 4）。如果前小后大颠倒为前大后小，正确数与错误数的差额则是一个负数。这个差额数除以 9 所得商数的有效数字就是相邻颠倒两数的差值。例如：将 46 错记成 64，差额数 – 18 除以 9，商数为 – 2，这就是相邻颠倒两数的差值（4 – 6）。我们可以在差值相同的两个相邻数范围内去查找。

（4）尾数法。对于发生的角、分的差错可以只查找小数部分，以提高查错的效率。

（二）错账的更正

会计人员发现账簿记录错误时，应根据具体情况采用正确的方法进行更正，常用的错账更正方法有划线更正法、补充登记法和红字更正法三种。

1. 划线更正法

划线更正法，是指对账簿记录中的错误文字和数字，采用划红线注销，并进行更正的一种方法。它主要适用于结账以前发现账簿记录有错误，而其所依据的记账凭证没有错误，即纯属记账时文字或数字的笔误的情况。更正的方法是：先在错误的文字和数字上划一条红色横线，表示注销，但必须使原有字迹仍可辨认，以备查考；然后在划线上方用蓝色字迹写上正确的文字和数字，作出更正记录，并在划线处加盖更正人图章，以明确责任。需要注意的是：当数字发生错误时，必须将整笔数字全部划去,不能只划去其中的几个错误数字。例如,将 8 920 元误记为9 820元,更正时必须将 9 820 全部用红线划去,在上方用蓝字改为 8 920 元,不能只划掉 98 两个数字。

2. 补充登记法

补充登记法是指用蓝字编制一张补充凭证,补足账户中少记金额的方法。它主要适用于记账以后发现记账凭证中会计科目正确,而所记金额小于应记金额的情况。更正的方法是:用蓝字填制一张种类和科目与原错误的记账凭证相同的,但金额为少记部分的记账凭证,据以登记入账,以补足原来少记的金额。

【例 6-4】企业以银行存款 4 000 元偿还所欠购货款。在填制记账凭证时,误记金额为 400 元,少记 3 600 元,而所记会计科目无误,并已入账。

其错误分录为:

借:应付账款   400

    贷:银行存款   400

更正时,用蓝字填制一张金额为 3 600 元的记账凭证:

借:应付账款   3 600

    贷:银行存款   3 600

根据更正错误的记账凭证以蓝字或黑字记账后,即可反应其正确的金额为 4 000元。

3. 红字更正法

红字更正法,是指用红字冲销或冲减原有的错误记录,以更正或调整记账错误的方法。它主要适用于下列两种情况:

(1)记账后发现原编制的记账凭证中应借、应贷会计科目或记账方向有误,应采用红字更正法更正。更正时,先用红字金额填制一张与错误记账凭证内容完全相同的记账凭证,在其摘要栏内写明"冲销某月某日某号凭证",并据以用红字登记入账,冲销原有错误的账簿记录;再用蓝字重新填制一张正确的记账凭证,在其摘要栏内写明"更正某月某日某号凭证",据以用蓝字登记入账。

【例 6-5】企业接受投资人投入款项 10 000 元,已存入银行存款户。在填制记账凭证时,误记入资本公积账户,并据以登记入账。

其错误分录为:

借:银行存款   10 000

    贷:资本公积   10 000

用红字金额填制一张与错误记账凭证完全相同的记账凭证,并据以登记入账。入账后,表明已全部冲销原有错误记录。

借:银行存款 　　　　　　　　　　　　　　　　　 10 000

　　贷:资本公积 　　　　　　　　　　　　　　　　　 10 000

用蓝字填制一张正确的记账凭证,并据以登记入账。

借:银行存款 　　　　　　　　　　　　　　　　　 10 000

　　贷:实收资本 　　　　　　　　　　　　　　　　　 10 000

(2)记账后发现原编制的记账凭证中应借、应贷会计科目和记账方向并无错误,但所记金额大于应记金额,应采用红字更正法更正。更正时,可将多记的金额用红字填制一张与原错误记账凭证相同的记账凭证,在其摘要栏内写明"冲销某月某日某号凭证多记金额",并据以用红字登记入账,以冲销多记的金额。

【例 6-6】生产车间计提 8 月份固定资产折旧费用 8 200 元,在填制记账凭证时,误记金额为 8 800 元,而所记会计科目无误,并已入账。

其错误分录为:

借:制造费用 　　　　　　　　　　　　　　　　　 8 800

　　贷:累计折旧 　　　　　　　　　　　　　　　　　 8 800

将多记的 600 元用红字填制一张与错误分录相同的记账凭证,并用红字入账,以冲销多记的金额。

借:制造费用 　　　　　　　　　　　　　　　　　 600

　　贷:累计折旧 　　　　　　　　　　　　　　　　　 600

6.4.3　结账

结账是指在将本期发生的经济业务全部登记入账的基础上,结算出每个账户的本期发生额和期末余额,并将期末余额结转至下期的一种方法。通过结账,能够全面、系统地反映一定时期内发生的经济活动所引起的资产、负债及所有者权益等方面的增减变动情况及其结果;可以合理确定各期间的经营成果,并且有利于企业定期编制会计报表。

(一)结账的内容

(1)结账前,必须将本期内发生的经济业务全部登记入账,对漏记的账项应及时补记,不能将本期发生的经济业务延至下期入账。只有这样,才能保证结账的正确性。

(2)按权责发生制的原则进行期末账项调整。为了真实地反映各会计期间的收入和费用,以便合理地确定各会计期间的财务成果,就需要调整那些收支期与归属期不一致的收入和费用。如预收收入的分配,预付费用的摊销,应计收入和应计费用的反映以及期末其他账项的调整。

（3）期末分配结转有关成本费用。按照配比原则对有关费用进行分配，并结转损益。如期末将"制造费用"账户分配记入"生产成本"账户，将"辅助生产成本"账户分配记入"基本生产成本"、"制造费用"和"管理费用"账户，将各损益类账户转入"本年利润"账户等。

（4）计算各账户本期发生额和期末余额。在本期全部经济业务已登记入账的基础上，分别计算出库存现金日记账、银行存款日记账、总账和明细账的本期发生额和期末余额，并通过试算平衡核对相符，将期末余额结转下期。

（二）结账的方法

结账工作一般在会计期末进行，主要采用画线法，即期末结出每个账户的本期发生额和期末余额后，加画线标记，并将期末余额结转下期。按照结算时期的不同，可以有月结、季结和年结，具体方法如下：

1. 月结

每月结账时，在各账户本月份最后一笔记录下面画一条通栏红线，表示本月结束；然后，在红线下结算出本月借、贷方发生额和月末余额，如果没有余额，在余额栏内注明"平"字或"0"符号。同时，在摘要栏内注明"本月合计"或"×月份发生额和月末余额"字样；最后，再在下面画一条通栏红线，表示完成月结工作。

2. 季结

季末的结账方法与月结基本相同。季结时，在各账户本季度最后一个月的月结下面（需按月结出累计发生额的，应在"本季累计"下面）画一条通栏红线，表示本季结束；然后，在红线下结算出本季借、贷方发生额和季末余额，同时，在摘要栏内注明"本季合计"或"×季度发生额及余额"字样；最后，再在下面画一条通栏红线，表示完成季结工作。

3. 年结

办理年结时，首先在 12 月份月结下面（办理季结的，应在第四季度的季结下面）画一条通栏红线，表示年度终了；然后，在红线下结算出全年 12 个月份的月结发生额合计或 4 个季度季结发生额合计和年末余额，如果没有余额，在余额栏内注明"平"字或"0"符号。同时，在摘要栏内注明"本年合计"或"×年度发生额及余额"字样，为使借贷双方合计数平衡，应将上年结转过来的年初借（贷）方余额抄至"年度发生额"或"本年合计"下一行的借（贷）方栏内，并在摘要栏内注明"年初余额"字样，再将年末借（贷）方余额抄至下一行的贷（借）方栏内，并在摘要栏内注明"结转下年"字样；最后计算出借贷双方合计数（应该相等），并在摘要栏内注明"合计"字样，再在合计数下面画通栏双红线，表示封账，完成年结工作。结账方法如

表6-14所示。

表6-14 应收账款总分类账

第 页

2002 年		凭证号数	摘 要	借方	贷方	借或贷	余额
月	日						
1	1	略	年初余额			借	1 600 000
	5				50 000	借	1 550 000
	10				40 000	借	1 510 000
	20			100 000		借	1 610 000
1	31		1月份发生额及余额	100 000	90 000	借	1 610 000
2	1		月初余额			借	1 610 000
	5			200 000		借	1 810 000
	10			50 000		借	1 860 000
	25				100 000	借	1 760 000
2	28		2月份发生额及余额	250 000	100 000	借	1 760 000
3	1		月初余额			借	1 760 000
	31		略	略	略		略
			略	略	略		略
3	31		3月份发生额及余额	290 000	50 000	借	2 000 000
3	31		第一季度发生额及余额	640 000	240 000	借	2 000 000
	略		略	略	略	借	略
12	31		略	略	略	借	略
12	31		第四季度发生额及余额	略	略	借	略
12	31		年度发生额及余额	1 900 000	800 000	借	2 700 000
12	31		年初余额	1 600 000			
			结转下年		2 700 000		
			合计	3 500 000	3 500 000		

注：⋯⋯⋯ 表示单红线　　　——— 表示双红线

本章小结

　　设置账簿是会计核算的重要环节。本章讲述了为什么设置账簿,应设置哪些账簿,重点说明总账、明细账、日记账等账簿的设置和登记方法及登记账簿的原则。

为了保证账簿记录的正确、真实、可靠,在结账之前,需要对账,对账的内容有账证核对、账账核对、账实核对。为了编制会计报表,在一定时期结束时(如月末、季末或年末),需要进行结账,即结出本期发生额和期末余额。本期还介绍了错账的查找方法和更正的三种方法。

思考与练习

一、思考题

1. 为什么登记账簿是会计核算中的主要环节?账簿设置的基本原则是什么?账簿有哪几种?

2. 什么是总账与明细账的平行登记?平行登记的要点是什么?如何对总账与明细账进行核对?

3. 明细分类账有哪几种?其各自的适用范围是什么?

4. 错账的更正方法有哪几种?其适用范围是什么?举例说明各种错账更正方法的运用。

二、填空题

1. 账簿按用途分为＿＿＿＿＿＿、＿＿＿＿＿＿、＿＿＿＿＿＿。

2. 账簿按其外形分为＿＿＿＿＿＿、＿＿＿＿＿＿、＿＿＿＿＿＿。

3. 明细账的主要格式有＿＿＿＿＿＿、＿＿＿＿＿＿、＿＿＿＿＿＿。

4. 对账就是要做到＿＿＿＿＿＿、＿＿＿＿＿＿、＿＿＿＿＿＿。

5. 错账更正方法有＿＿＿＿＿＿、＿＿＿＿＿＿、＿＿＿＿＿＿。

三、名词解释

1. 账簿   2. 日记账

四、判断题

1. 银行日记账属于总分类账。   ( )

2. 记账以后,发现所记金额小于应记金额,但记账凭证正确,应采用红字更正法进行更正。   ( )

3. 由于记账凭证错误而造成的账簿记录错误,应采用画线更正法进行更正。

                                                  ( )

五、选择题

1. 登记账簿的依据是＿＿＿＿＿＿。

     A. 经济合同   B. 记账凭证   C. 会计分录   D. 有关文件

2. 租入固定资产登记簿属于＿＿＿＿＿＿＿＿。

　A. 日记账　　　　B. 明细账　　　　C. 总账　　　　D. 备查簿

六、练习题

习题 1

▲目的：

练习记账凭证的填制方法与库存现金日记账、银行存款日记账的登记方法。

▲资料：

兴达公司 2008 年 5 月 31 日库存现金日记账余额为 5 000 元,银行存款日记账余额为 78 000 元;6 月份该厂发生下列库存现金、银行存款的收付业务:

(1)1 日收到银行转来付款通知,支付上月应交税费 2 000 元。

(2)2 日投资者投入资本金 300 000 元,已存入银行。

(3)3 日购买材料一批付款 9 000 元,以银行存款付讫。

(4)5 日职工李明预借差旅费 1 500 元,以现金付讫。

(5)5 日开出现金支票 2 000 元,从银行提取现金以备零星开支使用。

(6)6 日行政管理部门职工赵斌报销市内交通费 80 元,以现金付讫。

(7)7 日职工张兰交现金 200 元,偿还上月欠交赔偿款。

(8)9 日职工王楠报销差旅费 800 元,余款 200 元退回现金。

(9)10 日以银行存款 12 000 元偿付购材料的货款。

(10)11 日以银行存款支付业务招待费 1 800 元。

(11)12 日向银行取得短期借款 200 000 元,存入银行。

(12)12 日以银行存款偿还前欠前进工厂货款 7 000 元。

(13)14 日接银行收款通知,远大工厂前欠货款 30 000 元已收存银行。

(14)15 日开出现金支票 160 000 元,从银行提取现金,以备发放工资。

(15)15 日以库存现金支付本月职工工资 160 000 元。

(16)17 日以银行存款支付本月份生产车间照明及动力用电费 25 000 元。

(17)20 日接银行付通知,支付生产车间管理耗用水费 1 200 元。

(18)21 日管理部门李明报销差旅费 1 700 元,不足部分以库存现金补付。

(19)24 日销售甲产品一批,售价 32 500 元,货款已存入银行。

(20)28 日以银行存款上交所得税 33 000 元。

▲要求：

1. 开设库存现金日记账与银行存款日记账(采用正规的三栏式账页);

2. 编制记账凭证,并据以登记库存现金日记账与银行存款日记账;

3. 月末结出库存现金日记账与银行存款日记账的本期发生额和期末余额。

习题 2

▲目的：

练习总分类账户和明细分类账户的平行登记。

▲资料：

大兴公司 2008 年 9 月初"原材料"总分类账户的借方余额为 40 000 元。其中,甲材料 36 000 千克,每千克 0.50 元,计 18 000 元;乙材料 40 000 千克,每千克 0.55 元,计 22 000 元。"应付账款"总分类账户的贷方余额为 12 000 元。其中:京都工厂 8 000 元(贷方),滨江工厂 4 000 元(贷方)。该公司 9 月份发生材料收发和结算业务如下：

(1)9 月 3 日,生产领用甲材料 20 000 千克,每千克 0.50 元,计 10 000 元;乙材料 32 000 千克,每千克 0.55 元,计 17 600 元,共计 27 600 元。

(2)9 月 10 日,向京都工厂购进甲材料 24 000 千克,每千克 0.50 元,计 12 000 元,货款暂欠(假设不考虑增值税)。

(3)9 月 13 日,向滨江工厂购进甲材料 4 000 千克,每千克 0.50 元,计 2 000 元;乙材料 16 000 千克,每千克 0.55 元,计 8 800 元。共计 10 800 元,货款暂欠(假设不考虑增值税)。

(4)9 月 15 日,以银行存款偿还京都工厂货款 16 000 元,滨江工厂货款 12 000 元,共计 28 000 元。

▲要求：

1. 将月初余额分别记入"原材料"、"应付账款"两个总分类账户及其明细分类账户;

2. 根据上列有关经济业务,采用借贷记账法编制记账凭证;

3. 根据所编制的记账凭证登记"原材料"、"应付账款"总分类账户及其所属明细分类账户,并分别计算出每个账户的本期发生额和期末余额(采用真实的账页格式);

4. 编制"原材料"、"应付账款"总分类账户与明细分类账户发生额及余额对照表。

习题 3

▲目的：

练习错账的更正方法。

▲资料：

某工厂 2008 年 10 月底在对账过程中,发现在以下经济业务往来中记账出现了错误:

(1)从银行取得借款 54 000 元,借款期限 8 个月,已存入银行。

(2)生产车间为生产甲产品领用原材料 25 000 元。

(3)以库存现金 500 元,支付了行政管理部门的办公用品费。

(4)某集团公司向本企业投资新机器一台,价值 24 600 元。

(5)经计算本月份应交所得税 4 000 元。

根据上述经济业务编制会计分录如下:

(1)借:银行存款   45 000

    贷:短期借款   45 000

(2)借:制造费用   25 000

    贷:原材料   25 000

(3)借:管理费用   500

    贷:库存现金   500

(4)借:固定资产   26 600

    贷:股本   26 600

(5)借:应交税费   4 000

    贷:银行存款   4 000

据上述分录登记账簿如下:

表 6 - 15   分录登记账簿

库存现金

借方		贷方
期初余额	800	
(3)500		

银行存款

借方		贷方
期初余额	10 000	
	(1)45 000	(5)4 000

原材料

借方		贷方
期初余额	40 000	
		(2)25 000

固定资产

借方		贷方
期初余额	15 000	
		(4)26 600

续表

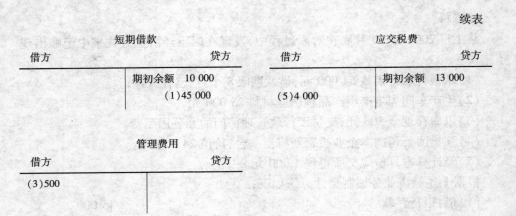

短期借款	
借方	贷方
	期初余额 10 000
	(1)45 000

应交税费	
借方	贷方
(5)4 000	期初余额 13 000

管理费用	
借方	贷方
(3)500	

▲要求：

用文字说明每题的改错方法,错误处用正确的方法予以改正,并据更正后的会计分录登账。

第 7 章 财产清查

学习目的与要求

1. 通过本章的学习,使学生明确财产清查对于保证会计核算质量的重要作用。

2. 了解财产清查的含义及种类。

3. 熟练掌握在实地盘存制和永续盘存制下确定期末存货量、期末存货成本的基本方法,以及财产清查结果的账务处理方法等内容。

7.1 财产清查的意义和种类

7.1.1 财产清查的意义

财产清查是指通过对各项财产物资和库存现金的实地盘点,以及对银行存款和债权债务的询证核对,来查明各项财产物资、货币资金和债权债务的实有数和账面数是否相一致的一种会计方法。

(一)财产清查的原因

企业的会计工作,都要通过会计凭证填制的审核,然后及时地在账簿中进行连续登记。应该说,这一过程能保证账簿记录的正确性,也能真实地反映企业各项财产的实有数,各项财产的账实应该是相一致的。但是,在实际工作中,由于种种原因,账簿记录会发生差错,各项财产的实际结存数也会发生差错。概括起来主要有以下两方面原因:

1. 由于客观的原因所引起的

这是指由于财产物资本身的物理、化学性质和技术原因等引起的账实不符。

例如:

(1)气候影响。有些财产物资在保管过程中受气候的干湿冷热影响,会发生自然损耗或升溢,如汽油的自然挥发、油漆的干耗等原因造成的数量短缺。

(2)技术原因。有些财产物资在加工时,由于机械操作、切割等工艺技术原因,会造成一些数量短缺。

2. 由于主观的原因所引起的

这是指由于财产物资的经管人员和会计人员工作中的失误,或由于不法分子的贪污盗窃等原因引起的账实不符。例如:

(1)收发差错。企业各项财产物资在收发过程中,由于计量和检验不细致,造成财产物资在数量、品种或质量上发生差错。这种情况一般发生在材料的收发过程中。如散装材料的收发由于计量上发生磅差造成短缺或溢余,又如同类材料在收发中规格搞错,应发放甲类 A 规格材料却发放了甲类 B 规格材料等。

(2)保管不善。有些财产物资由于保管时间过久或保管条件不善或保管人员失职等引起残损、霉变、短缺、过时、价值降低等。

(3)记账错误。这是指对于有些财产物资,由于手续不全、凭证不全,或登账时漏登账、重复登账或登错账等引起的差错。

(4)贪污盗窃。由于不法分子的贪污盗窃、营私舞弊等直接侵占企业财产物资所发生的损失。

(二)财产清查的意义

企业在财产清查过程中,如发现账存数和实存数不相符合,除查明账实不符的原因以外,还应进一步采取措施,改进和加强财产管理。一般说来,财产清查具有以下几方面作用:

1. 保证账实相符,使会计资料真实可靠

通过财产清查可以确定各项财产物资的实际结存数,将账面结存数和实际结存数进行核对,可以揭示各项财产物资的损益情况,从而及时地调整账面结存数,保证账簿记录真实、可靠。

2. 改进保管工作,保护财产安全

通过财产清查可以及时发现各项财产物资是否安全和完整,有无短缺、毁损、霉变、变质,有无贪污盗窃等情况。对发现的情况应找出原因,及时进行处理,并制定各项措施,防止类似情况重复发生。对于管理制度不完善所造成的问题,应及时修订和完善管理制度,改进管理工作;对于贪污盗窃等不法行为,应给予法律制裁。这样,可以在制度上、管理上切实保证各项财产物资的安全和完整。

3. 挖掘财产潜力,加速资金周转

通过财产清查可以及时查明各种财产物资的结存和利用情况。如发现企业有闲置不用的财产物资应及时加以处理,以充分发挥他们的效能;如发现企业有呆滞积压的财产物资,也应及时加以处理,并分析原因,采取措施,改善经营管理。这样,可以使财产物资得到充分合理的利用,加速资金周转,提高企业的经济效益。

7.1.2　财产清查的种类

财产清查的种类可按清查的范围标准、清查时间标准和清查执行单位的标准进行分类。

(一)财产清查按照清查的范围不同,可分为全部清查和局部清查

1. 全部清查

全部清查是指对全部财产进行盘点和核对。就工业企业清查对象来说,一般包括:货币资金、存货、固定资产、债权债务及对外投资等。全部清查的范围广,时间长,工作量大,参加的人员也多,有时还会影响企业生产经营的正常进行,所以一般在以下几种情况下实施全部清查:

(1)年终决算之前,为确保年终决算会计信息的真实和准确,需要进行一次全部清查;

(2)企业关停并转或改变其隶属关系,需要进行全部清查;

(3)中外合资、国内联营,需要进行全部清查;

(4)开展清产核资,需要进行全部清查;

(5)单位主要负责人调离工作,需要进行全部清查。

2. 局部清查

局部清查是指根据需要对企业的一部分财产进行的清查。如对库存现金应每日盘点一次;对银行存款至少每月同银行核对一次;对各种材料、在产品和产成品除年度清查外,应有计划地每月重点抽查,尤其对贵重的财产物资应至少每月清查一次;对债权债务,应在会计年度内至少核对一两次。

(二)按照财产清查的时间不同,可分为定期清查和不定期清查

1. 定期清查

定期清查是指根据预先计划安排的时间对财产所进行的清查。这种清查一般在财务管理制度中予以规定,通常在年末、季末或月末结账前进行。

2. 不定期清查

不定期清查是指根据需要所进行的临时清查。不定期清查通常在以下几种情况下进行:

(1)更换财产物资保管员和现金出纳员时；

(2)发生非常损失时；

(3)有关单位对本企业进行审计查账,等等。

(三)按照财产清查的执行单位的不同,可分为内部清查和外部清查

1.内部清查

内部清查是指由本企业的有关人员对本企业的财产所进行的清查。这种清查也称为自查。

2.外部清查

外部清查是指由企业外部的有关部门或人员根据国家法律或制度的规定对企业所进行的财产清查。

7.1.3 财产清查前的准备工作

(一)组织上的准备

为了保证财产清查能够有效地进行,保证财产清查的工作质量,财产清查时必须成立专门领导小组,即在主管厂长和总会计师的领导下,成立由财会、设备、技术、生产及行政等有关部门组成的财产清查领导小组。该领导小组的主要任务是:

(1)制定清查工作计划,明确清查范围,安排财产清查工作的详细步骤,配备有能力的财产清查人员。

(2)检查和督促清查工作,及时解决清查工作中出现的问题。

(3)在清查工作结束后,总结清查工作的经验和教训,写出清查工作的总结报告,并提出财产清查结果的处理意见。

(二)业务上的准备

业务准备是进行财产清查的关键前提条件。所以各有关部门必须做好如下准备工作:

(1)会计部门要在财产清查之前将所有的经济业务登记入账并结出余额。做到账账相符、账证相符,为财产清查提供可靠依据。

(2)财产物资保管部门要在财产清查前将各项财产物资的出入办好凭证手续,全部登记入账,结出各账户余额,并与会计部门的有关财产物资核对相符。同时将各种财产物资排列整齐,挂上标签,标明品种、规格及结存数量,以便进行实物盘点。

(3)财产清查人员在清查业务上也要进行必要的准备,如准备好计量器具,准备好各种必要的表格等。

7.2　财产清查方法

由于财产的种类较多,各有其特点,为了达到财产清查工作的目的,确定各项财产清查的方法是很有必要的。

7.2.1　财产物资实物的清查

实物财产包括具有实物形态的各种财产,如原材料、半成品、在产品、产成品、低值易耗品、包装物和固定资产等。

(一)确定实物财产账面结存的盘存制度

财产清查的重要环节是盘点财产的实存数量,为使盘点工作顺利进行,应建立一定的盘存制度。财产物资的盘存制度一般有两种:永续盘存制和实地盘存制。

1. 永续盘存制

(1)永续盘存制的概念。永续盘存制又称账面盘存制。这种盘存制度要求,财产的收入和发出都要有严密的手续,对财产的收入和发出都要在有关账簿中进行连续地登记,且随时结出账面结存数。采用这种盘存制度时,仍需定期或不定期地、全部或局部地对财产进行实地盘点,且至少每年实地盘点一次,以验证账实是否相符。永续盘存制的存货明细账按品种规格进行设置,其明细账的格式一般为数量金额式。

(2)永续盘存制下的账簿组织。在永续盘存制下,各企业存货核算的账簿组织不尽相同。如果企业经营商品的品种较多,通常除品种外还要按大类核算。其一般账簿组织如下:

会计部门设"库存商品"总分类账,其下按商品大类设置二级账户,进行金额核算;在二级账户下,按每种商品设置明细分类账,进行金额、数量双重计量。

仓储部门按各种商品分户设置保管账和保管卡,保管账由记账员根据收、发货单登记收、发数量,进行数量控制。商品卡挂在每种商品的堆垛存放处,由保管员根据收、发货单逐笔登记数量,以控制实存商品。

核算这种总账、二级账、明细账的设置时,可以进行逐级控制,相互核对,起到随时反映库存情况和保护存货安全完整的作用。在这种账簿组织下,一旦库存实物中发生差错,也很容易即时发现,从而便于加强对存货的日常管理。

(3)期末存货的计价和本期销货或耗用成本的计算。在永续盘存制下,存货明细分类账能随时反映商品的结存数量和销售数量,其计算公式是:

存货账面期末余额 = 存货账面期初余额 + 本期存货增加数 − 本期存货减少数

存货本期销售或耗用成本计价方法,则包括先进先出法、加权平均法、个别计价法等。先进先出法是一种存货流转假设,是假定先购进的存货先售出,因此,最先发出的存货应按最先购入的存货单价计算。

加权平均法是指本月销售或耗用的存货,平时只登记数量,不登记单价和金额,月末按一次计算的加权平均单价,计算期末存货成本和本期销售成本。

2. 实地盘存制

(1)实地盘存制的概念。实地盘存制是指平时只根据会计凭证在账簿中登记各种财产的增加数,不登记减少数,在期末时通过盘点实物,来确定各种财产的数量,并据以计算出各项财产的减少数的一种盘存制度。实地盘存制的程序如下:

①每期期末实地盘点存货,确定存货的实际结存数量。

②某种存货成本等于盘点该项存货的数量乘以适当的单位成本,将各种存货成本相加,即为存货总成本。

③本期销售或耗用成本,等于可供销售或耗用存货成本减期末存货成本。其计算公式为:

本期减少数 = 账面期初余额 + 本期存货增加数 − 期末实际结存数

(2)存货数量的确定。在实地盘存制下,期末存货数量的确定,一般包括以下两个步骤:

①进行实地盘点,确定盘存数。盘点方法因存货性质而定。盘点时间通常在本期营业或生产活动结束,下期营业或生产活动开始以前进行。盘存结果应填写在存货盘存表中。

②将临近会计期末的购销单据或收发凭证进行整理,调整盘存数量。在商品流通企业中,对于企业已经付款但尚未收到的商品(即在途商品)、已经出库但尚未销售的商品,以及已销售但尚未提走的商品,都要进行调整,以计算出实际库存数量。

实际库存数量 = 盘点数量 + 在途商品数量 + 已提未销数量 − 已销未提数量

(3)期末存货的计价和本期销售或耗用成本的计算。由于商品流通企业进货费用作为销售费用处理,并不计入商品采购成本,所以,计算期末存货成本时所采用的单价即为进货原价。这样,若商品购进价格保持不变,期末存货的计价是十分简单的。然而,在实际工作中,同一商品的购进价格在会计期间内往往不同,期末存货势必存在一个按什么价格计算的问题。现举例说明如下:

【例 7 - 1】A 商品的期初库存和本期购进情况如下：

6 月 1 日	期初库存	50 件	单价 80 元	计 4 000 元
6 月 15 日	购进	100 件	单价 81 元	计 8 100 元
6 月 28 日	购进	200 件	单价 82 元	计 16 400 元
	合计			28 500 元

该商品期末实地盘存数量为 120 件。

①按先进先出法计算期末存货成本和本期销售成本如下：

本期销售数量 $= 50 + 100 + 200 - 120 = 230$（件）

期末存货成本 $= 120 \times 82 = 9840$（元）

本期销售成本 $= 4000 + 8100 + 16400 - 9840 = 18660$（元）

②按加权平均法计算期末存货成本和本期销售成本如下：

加权平均单价 $= (4000 + 8100 + 16400)/(50 + 300) = 81.42857$（元/件）

期末存货成本 $= 120 \times 81.42857 = 9771.43$（元）

本期销售成本 $= 4000 + 8100 + 16400 - 9771.43 = 18728.57$（元）

3. 永续盘存制与实地盘存制的比较与选择

从以上阐述可以看出，实地盘存制虽然工作简单，工作量小，但各项财产的减少数没有严密的手续，倒轧出的各项财产的减少数中成分复杂，除了正常耗用外，可能存在很多非正常因素，因而不便于实行会计监督。所以它的适用范围很小，例如商业企业的品种多、价值低、交易频繁的商品，数量不稳定、损耗大且难以控制的鲜活商品等，工业企业的财产中，很少采用这种盘存制度。

永续盘存制存货的明细账中，可以随时反映出每种存货的收入、发出和结存情况，并能进行数量和金额的双重控制。如发生库存短缺或溢余，均可查明原因，及时纠正，并采取相应的对策。这种盘存制度的最大优点是能够加强库存财产的管理，便于随时掌握各项财产的占用情况及其动态，有利于施行会计监督。但是，这种盘存制在存货的明细分类核算工作中的工作量大，需要花费更多的人力、物力和财力。

永续盘存制与实地盘存制相比，其在控制和保护财产物资安全完整方面具有明显的优势，所以除少数特殊情况外一般都采用永续盘存制。

（二）清查实物财产的方法

1. 实物财产的清查方法

不同品种的实物财产，由于其实物形态、体积重量、堆放方式等方面不同，因而它们所采用的清查方法也有所不同。常用的实物财产的清查方法包括以下几种：

（1）实地盘点法。实地盘点法是指通过点数、过磅、量尺等方法来确定财产的实有数额。这种方法一般适用于机器设备、包装好的原材料、产成品和库存商品等的清查。

（2）技术推算法。技术推算法是指利用技术方法对财产的实存数进行推算的一种方法。这种方法一般适用于散装的、大量成堆的化肥和饲料等物资的清查。

（3）抽样盘存法。抽样盘存法是指对于数量多、重量均匀的实物财产，可以采用抽样盘点的方法，确定财产的实有数额。

（4）函证核对法。函证核对法是指对于委托外单位加工或保管的物资，可以采用向对方单位发函调查，并与本单位的账存数相核对的方法。

2. 实物财产清查使用的凭证

为了明确经济责任，进行财产清查时，有关实物财产的保管人员必须在场，并参加盘点工作。对各项财产的盘点结果，根据需要一般可填制以下几种凭证：

（1）盘存单。盘存单是用来记录和反映各种财产物资在盘点日实有数量和质量的原始凭证。是财产盘点结果的书面证明。对盘点结果应如实准确地登记在"盘存单"上，并由有关参加盘点人员同时签章生效。"盘存单"的一般格式见表7-1。

表7-1 盘存单

单位名称：　　　　　盘点时间：　　　　　编号：
财产类别：　　　　　存放地点：

序号	名称	规格型号	计量单位	实存数量	单价	金额	备注

盘点人签章：　　　　　保管人签章

（2）账存实存对比表。账存实存对比表是用来记录和反映各种财产物资的账存数和实存数及其差异数的原始凭证。为了进一步查明盘点结果与账面记录是否一致，会计部门应将"盘存单"中所记录的实存数与账面结存数额相核对，如发现实物盘点结果与账面结存结果不相符时，应根据"盘存单"和有关账簿记录，填制"账存实存对比表"，该表是调整账面记录的原始凭证，也是分析盈亏的原因，明确经济责任的重要依据。账存实存对比表的格式见表7-2。

表7-2 账存实存对比表

　　　　　　　　　　　　　　　　　　　　年　　　月　　　日

编号	名称规格	计量单位	单价	实存		账存		盘盈		盘亏		备注
				数量	金额	数量	金额	数量	金额	数量	金额	

（3）积压变质报告单。积压变质报告单是用来记录和反映清查过程中发现的积压呆滞、残损变质的各种财产物资的原始凭证。在清查过程中，发现积压变质物资时，应另行堆放，并填制积压变质报告单，说明情况，提出处理意见，报请审批后作出账务处理。积压变质报告单的格式见表7－3。

表7－3 积压变质报告单

财产类别：   年   月   日

编号	名称	规格	计量单位	进货单价	实存数量	金额	情况说明	处理意见

审批意见：

盘点人：   实物负责人：

7.2.2 货币资金的清查

货币资金的清查包括对库存现金、银行存款和其他货币资金的清查。

（一）库存现金清查

库存现金清查的基本方法是实地盘点法。它是通过对库存现金的盘点实有数与库存现金日记账的余额进行核对的方法，来查明账实是否相符。库存现金的清查可以分为以下两种情况：

（1）在日常的工作中，现金出纳员每日清点库存现金实有数额，并及时与库存现金日记账的余额相核对。这种清查方法实际上是现金出纳员的分内职责。

（2）在由专门清查人员进行的清查工作中，为了明确经济责任，出纳人员必须在场。清查人员要认真审核收付凭证和账簿记录，检查经济业务的合理和合法性。此外，清查人员还检查企业是否以"白条"或"借据"抵充库存现金。库存现金盘点结束后，应根据盘点的结果，填制"库存现金盘点报告表"。它是重要的原始凭证，它具有实物财产清查"盘存单"的作用，又有"实存账存对比表"的作用。"库存现金盘点报告表"填制完毕，应由盘点人和出纳员共同签章方能生效。"库存现金盘点报告表"的格式见表7－4：

表7－4 库存现金盘点报告表

实存金额	账存金额	实存与账存对比		备注
		盘盈	盘亏	

单位名称：   年   月   日

盘点人签章：   出纳人员签章：

(二)银行存款的清查

银行存款清查的基本方法是采用银行存款日记账与开户银行的"对账单"相核对,核对前,首先把清查日止所有银行存款的收、付业务登记入账,对发生的错账、漏账应及时查清更正。然后再与银行的对账单逐笔核对。发现两者余额相符,一般说明无错误。发现两者不相符,可能存在着未达账项。

所谓未达账项是指在企业和银行之间,由于凭证的传递时间不同,而导致了记账时间不一致,即一方已接到有关结算凭证已经登记入账,而另一方由于尚未接到有关结算凭证尚未入账的款项;一是企业已经入账而银行尚未入账的款项,二是银行已经入账而企业尚未入账的款项。具体来讲有以下四种情况:

(1)企业已收款入账,银行未收款入账的款项;

(2)企业已付款入账,银行未付款入账的款项;

(3)银行已收款入账,企业未收款入账的款项;

(4)银行已付款入账,企业未付款入账的款项。

上述任何一种未达账项存在,都会使企业银行存款日记账余额与银行转来的对账单的余额不符。在银行对账时,应首先查明有无未达账项,如果存在未达账项,可编制银行存款余额调节表。银行存款余额调节表的编制应在企业银行存款日记账余额和银行对账单余额的基础上,分别加减未达账项,调整后双方余额应该相符,并且是企业当时实际可以动用的款项。现举例说明"银行存款余额调节表"的具体编制方法。

【例 7 - 2】某企业 2008 年 8 月 31 日银行存款日记账的余额为 168 000 元,银行对账单的余额为 228 000 元,经核对发现以下未达账项:

(1)企业收销货款 6 000 元,已记企业银行存款增加,银行尚未记增加;

(2)企业付购料款 60 000 元,已记企业银行存款减少,银行尚未记减少;

(3)接到大连甲工厂汇来购货款 40 000 元,银行已登记增加,企业尚未记增加;

(4)银行代企业支付购料款 34 000 元,银行已登记减少,企业尚未记减少。银行存款余额调节表的编制方法见表 7 - 5:

值得注意的是,"银行存款余额调节表"的编制只是银行存款清查的方法,它只起到对账的作用,不能作为调节账面余额的原始凭证。银行存款日记账的登记,还应待收到有关原始凭证后再进行。

上述银行存款的清查方法也适用于其他货币清查。

表 7 - 5　银行存款余额调节表

2008 年 8 月 31 日　　　　　　　　　　　　　　　　单位:元

项目	金额	项目	金额
企业银行存款日记账余额	168 000	银行对账单余额	228 000
加:银行已收		加:企业已收	
企业未收	40 000	银行未收	6 000
减:银行已付		减:企业已付	
企业未付	34 000	银行未付	60 000
调节后的存款余额	174 000	调节后的存款余额	174 000

(三)应收、应付款的清查

对各种应收、应付款的清查,应采取"询证核对法",即通过与对方核对账目的方法。清查单位应在其各种往来款项记录准确的基础上,编制"往来款项核对账单",寄发或派人送交对方单位进行核对。"往来款项核对账单"的格式和内容如下:

往来款项核对单

_____单位:

贵单位 2008 年 8 月 25 日购入我单位 A 产品 500 件,已付货款 8 000,尚有22 000元货款未付,请核对后将回联单寄回。

清查单位:(盖章)

2008 年 12 月 18 日

沿此虚线裁开,将下一回联单寄回!

···

往来账款对账单(回联)

_____清查单位:

你单位寄来的"往来款项对账单"已经收到,经核对相符无误。

单位(盖章)

2008 年 12 月 22 日

7.3　财产清查结果的账务处理

7.3.1　财产清查的结果

企业对财产清查的结果,应当按照国家有关准则、制度的规定进行认真处理。

财产清查中发现的盘盈和盘亏等问题,首先要核准金额,然后按规定的程序报经上级部门批准后,才能进行会计处理。其主要步骤如下:

(1)核准金额,查明各种差异的性质和原因,确定处理方法,提出处理意见。根据清查情况,核准货币资金、财产物资和债权债务的盈亏金额,应分析造成账实不符的原因,明确经济责任,据实提出处理意见。

(2)调整账簿,做到账实相符。为了做到账实相符,保证会计信息真实正确,对财产清查中发现的盘盈或盘亏,应及时调整账簿记录。

(3)根据差异的性质和原因报经有关部门批准后,编制记账凭证,登记入账,予以核销。

7.3.2　财产清查结果的账务处理

为了反映和监督各单位在财产清查过程中查明的各种财产的盈亏或毁损及其报经批准后的转销数额应设置"待处理财产损溢"账户。该账户属于双重性质账户。并设置"待处理流动资产损溢"和"待处理固定资产损溢"两个明细分类账户,进行明细分类核算。其借方登记各项财产的盘亏或毁损数额和各项盘盈财产报经批准后的转销数;贷方登记各项财产的盘盈数额和各项盘亏或毁损财产报经批准后的转销数。期末一般无余额。

(一)财产物资盘盈的核算

在各项财产物资、货币资金的保管过程中,由于管理制度不健全、计量不准确等原因发生实物数额大于账面余额的情况为盘盈。现举例说明财产物资盘盈结果的会计处理:

【例 7-3】某企业 2008 年 3 月份进行库存现金清查中发现长款 150 元。其会计处理如下:

(1)发现时,编制如下会计分录:

借:库存现金　　　　　　　　　　　　　　　　　　　　　　150
　　贷:待处理财产损溢——待处理流动资产损溢　　　　　　　　150

(2)经反复核查,未查明原因,报经批准转作营业外收入处理:

借:待处理财产损溢——待处理流动资产损溢　　　　　　　150
　　贷:营业外收入　　　　　　　　　　　　　　　　　　　　150

【例 7-4】某企业 2008 年 12 月份在财产清查过程中盘盈设备一台,重置价值60 000 元,八成新;盘盈材料一批,估计价值为 8 000 元。

(1)在批准前,根据"账存实存对比表"所确定的固定资产盘盈数字,编制如下会计分录:

借:固定资产   60 000

  贷:累计折旧   12 000

    待处理财产损溢——待处理固定资产损溢   48 000

在批准前,根据"账存实存对比表"所确定的材料盘盈数字,编制如下会计分录:

借:原材料   8 000

  贷:待处理财产损溢——待处理流动资产损溢   8 000

(2)上述盘盈的固定资产和材料,经查明原因报批转账。

固定资产盘盈的净值作为营业外收入,记入"营业外收入"账户的贷方,流动资产盘盈的数额冲减管理费用,记入"管理费用"账户的贷方。

借:待处理财产损溢——待处理固定资产损溢   48 000

  贷:营业外收入   48 000

借:待处理财产损溢——待处理流动资产损溢   8 000

  贷:管理费用   8 000

(二)财产物资盘亏或损失的核算

在财产清查过程中发现,各项财产物资由于管理不善、非常损失等原因造成的盘亏和毁损。

现举例说明财产物资盘亏及损失结果的账务处理:

【例 7 - 5】某企业 2008 年 5 月在库存现金清查中发现短款 300 元。

(1)借:待处理财产损溢——待处理流动资产损溢   300

    贷:库存现金   300

经查,该短款属于出纳员的责任,应由出纳员赔偿

(2)借:其他应收款   300

    贷:待处理财产损溢——待处理流动资产损溢   300

【例 7 - 6】某企业 2008 年 12 月在财产清查过程中发现盘亏机器一台,账面原值 50 000 元,已提折旧 10 000 元。盘亏材料 2 000 元,盘亏库存商品 6 000 元(这里的存货不考虑增值税问题)。

(1)在批准前,根据"账存实存对比表"所确定的机器盘亏数字,编制如下会计分录:

借:待处理财产损溢——待处理固定资产损溢   40 000

  累计折旧   10 000

  贷:固定资产   50 000

在批准前,根据"账存实存对比表"所确定的材料和产成品盘亏数额,编制如

下会计分录:

借:待处理财产损溢——待处理流动资产损溢	8 000	
贷:原材料		2 000
库存商品		6 000

(2)上述盘亏的固定资产、材料和产成品经批准作如下会计处理:

盘亏固定资产的净值 40 000 元作为营业外支出,记入"营业外支出"账户的借方。

对批准后的存货的盘亏,分别以以下情况进行会计处理:

①属于自然损耗产生的定额内的合理损耗,经批准后即可转作"管理费用"账户。本例中属于定额内的合理损耗有 2 000 元。

②属于自然灾害造成的非常损失有 5 000 元,经批准后即可转作"营业外支出"账户处理。

③属于责任者个人赔偿的有 1 000 元,经批准后即可转作记入"其他应收款"账户处理。

根据以上情况,编制如下会计分录:

借:营业外支出	40 000	
贷:待处理财产损溢——待处理固定资产损溢		40 000
借:营业外支出	5 000	
其他应收款	1 000	
管理费用	2 000	
贷:待处理财产损溢——待处理流动资产损溢		8 000

(三)应收、应付款清查结果的会计处理

1. 应收账款清查结果的处理

在财产清查过程中,如发现长期应收而收不回的款项,即坏账损失,经批准予以转销。坏账损失的转销在批准前不作会计处理,即不需通过"待处理财产损溢"账户进行核算。当企业按备抵法核算坏账损失时,应按规定的程序批准后,借记"坏账准备"账户,贷记"应收账款"账户。现举例如下:

【例 7 - 7】A 企业应收某公司货款 20 000 元,经清查,确属无法收回的款项,经批准转作坏账损失。

企业采用备抵法,其会计处理如下:

借:坏账准备	20 000	
贷:应收账款		20 000

2. 应付账款清查结果的处理

由于债权单位撤销或不存在等原因造成的长期应付而无法支付的款项,经批准予以转销。无法支付的款项在批准前不作账务处理,即不需通过"待处理财产损益"账户进行核算,按规定的程序批准后,将应付款项转作"营业外收入"账户。兹举例如下:

【例7-8】在财产清查中,企业将无法支付的应付账款50 000元经批准予以转销。

借:应付账款　　　　　　　　　　　　　　　　　　　50 000
　　贷:营业外收入
　　　　　　　　　　　　　　　　　　　　　　　　　　50 000

本章小结

为了保证账簿记录的正确性,必须对财产物资进行定期或不定期地清点和审查工作。财产清查是指通过对各项财产物资和库存现金的实地盘点,以及对银行存款和债权债务的询证核对,来查明各项财产物资、货币资金和债权债务的实有数和账面数是否相一致的一种会计方法。

财产清查主要包括货币资金清查、实物财产的清查和应收应付款的清查。对在银行存款清查时出现的未达账项,可编制银行存款余额调节表来调整,但该表只起到对账作用,不能作为调节账面余额的原始凭证。

企业对财产清查的结果,应当按照国家有关准则、制度的规定进行认真处理。财产清查中发现的盘盈和盘亏等问题,首先要核准金额,然后按规定的程序报经上级部门批准后,才能进行会计处理。

思考与练习

一、思考题

1. 财产清查如何分类?
2. 财产清查的内容有哪些?
3. 永续盘存制与实地盘存制有什么区别?
4. 试述在哪些条件下适宜采用实地盘存制? 哪些条件下适宜采用永续盘存制?

5. 为什么要清查库存现金和银行存款？清查中可能会出现什么问题？如何解决？

6. 账实不符的可能结果有几种？

7. 盘盈、盘亏的资产如何处理？

8. 什么是未达账项？一般有哪几种情况？

9. 试述财产清查结果的账务处理。

二、练习题

习题 1

▲目的：

练习银行存款对账方法

▲资料：

☆四达公司 20××年 7 月 31 日银行存款的账面余额为 535 000 元,开户银行送来对账单,其银行存款余额为 508 000 元。经查对,发现有以下几笔未达账项：

(1)7 月 30 日,委托银行收款 50 000 元,银行已收入企业银行存款户,收款通知尚未送达。

(2)7 月 30 日,企业开出现金支票一张,计 1 600 元,企业已减少银行存款,银行尚未记账。

(3)7 月 31 日,银行为企业支付电费 1 000 元,银行已入账,减少企业存款,企业尚未记账。

(4)7 月 31 日,企业收到外单位转账支票一张,计 64 000 元,企业已收账,银行尚未记账。

☆永鼎公司 20××年 8 月 25~30 日银行存款账面记录：

(1)25 日开出支票#1246,支付购入材料运费 300 元。

(2)25 日开出支票#1248,支付购入材料价款 39 360 元包括增值税,下同。

(3)27 日存入销货款转账支票 40 000 元。

(4)28 日开出支票#1249,支付委托外单位加工费 16 800 元。

(5)30 日存入销货款转账支票 28 000 元。

(6)30 日开出支票#1252,支付机器修理费 376 元。

(7)30 日银行存款账面结存余额 42 594 元。

银行对账单记录：

(1)27 日支票#1248 付出   39 360 元

(2)28 日转账收入   40 000 元

(3)28 日代交电费 　　　　　　　　　　　　　　　　　3 120 元
(4)28 日支票#1246 付出 　　　　　　　　　　　　　　300 元
(5)29 日存款利息收入 　　　　　　　　　　　　　　　488 元
(6)29 日代收浙江丰华公司货款 　　　　　　　　　11 820 元
(7)30 日支票#1249 付出 　　　　　　　　　　　　16 800 元
(8)30 日结存余额 　　　　　　　　　　　　　　　24 158 元

▲要求：

1. 根据上述资料,编制银行存款余额调节表,确立企业月末实际可用的银行存款余额;

2. 假定银行对账单所列存款无误,未达账项已由双方查明无误,在编制调节表时所发现的错误数额是多少? 企业银行存款的账面余额应是多少?

3. 根据资料查明银行存款记录与银行对账单不符的原因,编制银行存款余额调节表。

习题 2

▲目的：

练习财产清查结果的会计处理。

▲资料:长东公司年终进行财产清查,在清查中发现下列事项:

(1)盘亏水泵一台,原价 5 200 元,账面已提折旧 1 400 元。

(2)甲材料账面余额 455 千克,价值 19 110 元,盘点实际存量为 450 千克,经查明其中 3 千克为定额损耗,2 千克为日常收发计量差错。

(3)乙材料账面余额 166 千克,价值 5 321 元,盘点实际存量为 161 千克,缺少数为保管人员失职造成的散失。

(4)丙材料盘盈 25 千克,每千克 30 元,经查明其中 20 千克为代长兴公司加工剩余材料,该公司未及时提走,其余属于日常收发计量差错。

以上甲、乙、丙材料购入时的进项税率均为 17%。

(5)经检查其他应收款项目,有迅达公司欠款 250 元,属于委托该公司运输材料,由于装卸工疏忽大意造成的损失。已确定由该公司赔偿,但该公司已撤销,无法收回。以上各项盘盈、盘亏和损失,经查原因属实,作如下处理:

①盘亏水泵系因自然灾害遭致毁损,作非常损失处理。

②材料定额内损耗及材料收发计量错误,均列入管理费用处理。

③保管人员失职造成材料短缺损失,责成过失人赔偿。

④无法收回的应收账款,作坏账损失处理。

▲要求：

1. 根据上列财产清查结果，编制审批前的会计分录。

2. 根据报请批准处理的结果，编制会计分录。

3. 列出"待处理财产损溢"账户的具体内容。

第8章 财务会计报告

学习目的与要求

1. 理解财务会计报告的概念、意义、种类及编制目的和要求。
2. 掌握财务报告的体系与内容。
3. 理解和掌握资产负债表的概念、意义、结构及编制方法。
4. 理解和掌握利润表的概念、意义结构及编制方法。
5. 理解和掌握现金流量表的概念、意义及编制方法。
6. 了解所有者权益变动表的编制程序和编制方法。

8.1 财务会计报告概述

8.1.1 财务会计报告及种类

财务报告,是指企业对外提供的反映企业某一特定日期的财务状况和某一会计期间的经营成果、现金流量等会计信息的文件。财务报告包括财务报表和其他应当在财务报告中披露的相关信息和资料。

财务报表是财务报告的主体部分,财务报表是对企业财务状况、经营成果和现金流量的结构性表述。为了达到财务报表有关决策有用和评价企业管理层受托责任的目标,一套完整的财务报表至少应当包括"四表一注",即资产负债表、利润表、现金流量表、所有者权益变动表以及附注。

财务报表根据需要,可以按照不同的标准进行如下分类:

(一)按财务报表间的主从关系不同,这种分类方法可将财务会计报告分为主要报表和附表

主要报表是反映企业经营活动及其成果的主要情况的报表,如资产负债表、利润表、现金流量表、所有者权益变动表及其附注。

附表是对企业主要报表中某一项目或某些项目的经济内容进行具体补充说明的报表,如主营业务收支明细表、营业外收支明细表、管理费用明细表和制造费用明细表、应交增值税明细表。

会计报表附注是为便于会计报表使用者理解会计报表的内容而对会计报表的编制基础、编制依据、编制原则和方法及主要项目等所作的解释,另外还包括未能在这些报表中列示项目的说明等。附注是财务报表不可或缺的组成部分,相对于报表而言,同样具有重要性。报表使用者了解企业的财务状况、经营成果和现金流量,应当全面阅读附注。附注应当按照一定的结构进行系统合理的排列和分类,有顺序地披露信息。资产减值准备明细表、分部报表、现金流量表补充资料在附注中单独披露,不作为报表附表。财务报表中的数字是经过分类与汇总后的结果,是对企业发生的经济业务的高度简化和浓缩的数字,如果没有形成的数字所使用的会计政策、理解这些数字所必需的披露,财务报表就不可能充分发挥作用。因此,附注与资产负债表、利润表、现金流量表、所有者权益变动表等报表具有同等的重要性,是财务报表的重要组成部分。报表使用者了解企业的财务状况、经营成果和现金流量,应当全面阅读附注。

企业的财务情况说明书至少应当对下列情况作出说明;企业生产经营的基本情况;利润实现和分配情况;资金增减和周转情况;对企业财务状况、经营成果和现金流量有重大影响的其他事项。

(二)按财务报告编报期间的不同,可以分为中期财务报告和年度财务报告

中期财务报告是以短于一个完整会计年度的报告期间为基础编制的财务报告,包括月报、季报和半年报等。

(1)月度财务会计报告是反映企业本月经营成果及月末财务状况的报告,每月终了时编报一次。

(2)季度财务报告是反映企业一个季度的经营成果与季末财务状况的报告,每季度终了编报一次。

(3)年度财务会计报告是全面反映企业全年的经营成果、年末的财务状况以及年内现金流量的报告,是年度经济活动的总结性报告,每年年度终了编报一次。

年度、半年度的财务会计报告一般包括财务报表及报表附注和其他披露的相关信息和资料,季度和月度财务会计报告至少应当包括资产负债及利润表。

（三）按财务报表编报主体的不同，可以分为个别财务报表和合并财务报表

个别财务报表是由企业在自身的会计核算基础上对账簿记录进行加工而编制的财务报表，它主要用以反映企业自身的财务状况、经营成果和现金流量的情况。合并财务报表是以母公司和子公司组成的企业集团为会计主体，根据母公司和所属子公司的财务报表，由母公司编制的综合反映集团财务状况、经营成果及现金流量的财务报表。

8.1.2　财务会计报告编制的目的

在日常核算工作中，企业把发生的各项经济业务都按照一定的会计程序，分类登记在会计账簿中，使之条理化、系统化。但是这些账簿记录比较分散，不能集中地、概括地反映企业的财务状况及经营成果，不便于信息使用者使用。为此，就必须将日常会计核算资料进行分类、调整、汇总，集中地、概括地反映经营活动及财务支出的全貌，为有关方面提供更易理解、更加有用和可比的信息。

财务会计报告编制的目的主要表现在以下几方面：

（一）为企业投资者、债权人进行决策提供财务会计信息

企业的投资者包括现有的投资者和潜在的投资者。企业现有的投资者通过财务会计报告，了解企业对其投资的使用情况和企业的盈利能力，为其是否追加投资或转让投资提供依据。投资者还可以利用财务会计报告，对企业经济活动进行监督，保护自身的合法权益。企业潜在的投资者，可以利用财务会计报告，了解企业的现状，预测企业的前景，从而决定是否进行投资。

（二）为企业加强和改善经营管理，提高经济效益提供财务会计信息

企业内部的经营管理者，可以利用定期编制的财务会计报告，全面、系统地了解企业生产经营活动的情况、财务情况和经营成果，检查预算的执行情况，分析差异的原因，找出经营活动中存在的问题，及时采取切实有效的措施，加强和改善经营活动，提高经济效益。另外，还可以利用财务会计报告对企业的经济活动进行分析，为预测和决策提供有关信息。

（三）为政府宏观经济管理部门进行宏观调控和管理提供财务会计信息

各企业的报告经过逐级上报汇总，可以使政府宏观经济管理部门了解国有资产的使用状况和保值、增值状况，了解各行业、各地区的经济发展情况，分析和考核国民经济总体的运行情况以及存在的问题，以便采取相应的措施，制定科学合理的经济政策，搞好综合平衡，促进国民经济基础的健康发展。

（四）为财政、税务部门对企业管理提供财务会计信息

财务、税务部门可以利用企业报送的财务会计报告，掌握企业利润、税金的计

算提取和解缴情况,以及资金的使用情况和财务管理状况,为确保税款及时定额入库和全面贯彻财经方针、政策提供依据。

8.1.3 财务会计报告的编制要求

财务会计报告的编制要求主要包括会计报表的编制要求和附注的编制要求。

（一）会计报表编制的基本要求

为了充分发挥财务会计报告作用,使会计信息的使用者全面地了解企业的财务状况、经营成果和现金流量,进行可靠的经济判断和决策,并尽可能准确地预测企业未来发展趋势。会计报表的编制应遵循以下基本要求：

1. 内容完整

企业应按各会计报表规定的编制基础、依据、原则和方法等要求,对会计报表中各项会计要素进行合理的确认和计量,将企业已发生的经济活动与报告对象决策有关的各种信息尽可能充分地提供,按规定填列的报表各项目都应该填写完整,企业会计报表应全面地披露企业的财务状况、经营成果和现金流量情况,完整地反映企业财务活动的过程和结果。各种会计报表必须按统一规定的格式和内容填列,报表中所列表内项目和补充资料必须填写齐全,不得遗漏；汇总报表必须全部汇齐,不得漏汇,以提供完整的数据资料。

2. 数字真实

企业在日常会计核算中的会计凭证的编制和账簿的记录必须以实际发生的经济业务为依据,将其全部登记入账,并按规定核对账目、清查资产、调整账项,做到账证相符、账账相符、账实相符。同时要按照法律、行政法规规定的时间结账,不得提前和延迟。只有在上述会计资料真实、准确和可靠的基础上,才可使编制的会计报表既达到账表相符,又能保证数字真实。

3. 计算准确

企业在编制会计报表的过程中,必须严格按照会计制度规定的报表编制说明进行操作,正确把握各项指标的口径,准确计算、填列各项指标的金额。

4. 编报及时

会计信息的价值在于帮助所有者或其他方面作出经济决策,如果会计信息不能及时提供,经济环境发生了变化,时过境迁,这些信息也就失去了所有的价值,无助于经济决策。所以,企业的会计核算应当及时进行,不得提前或延后。

企业应按规定的时间编报会计报表,及时逐级汇总,以便使用者及时、有效地利用会计报表资料。根据规定：月度中期报告应于月份终了后 6 天对外提供；季度中期报告应于终了后 15 天内对外提供；半年度中期报告应于年度中期结束后 60

天内对外提供;年度财务报告应于年度终了后 4 个月内对外提供。为此,企业应该选择适合本企业具体情况的会计核算组织程序,认真做好日常会计核算工作,以保证会计报表及时传递的实效性。

5. 相关可比

企业会计报表所提供的财务会计信息必须与报表使用者的决策需要相关,并且便于报表使用者在不同企业之间及同一企业前后各期之间进行比较。只有提供相关可比的信息,才能使报表使用者分析企业在整个社会特别是同行业中的地位,了解、判断企业过去、现在的情况,预测企业未来的发展趋势,进而为报表使用者的决策服务。

6. 便于理解

企业对外提供的会计报表是为广大会计报表使用者提供企业过去、现在和未来的有关资料,为企业目前或潜在的投资者和债权人提供决策所需要的会计信息,因此,编制的会计报表应清晰明了,便于使用者阅读和理解。

7. 报告形式符合要求

企业对外提供的会计报表应当依次编订页数,加具封皮,装订成册,加盖公章。封皮上应当注明:企业名称、企业统一代码、组织形式、地址、报表所属年度或者月份、报出日期,并由企业负责人和主管会计工作的负责人、会计机构负责人签名并盖章;设置总会计师的企业,还应当由总会计师签名并盖章。

企业在编制会计报表时,应当按照国家统一会计制度规定的会计报表格式和内容,根据登记完整、核对无误的会计账簿记录和其他相关资料编制会计报表,做到内容完整、数字真实、计算准确、编报及时、相关可比、便于理解。不得漏报或者任意取舍;会计报表之间、会计报表各项目之间,凡有对应关系的数字,应当一致;会计报表中本期与上期的有关数字应当相互衔接。

(二) 附注的要求

(1) 附注披露的信息应是定量、定性信息的结合,从而能从量和质两个角度对企业经济事项完整地进行反映,也才能满足信息使用者的决策需求。

(2) 附注应当按照一定的结构进行系统合理的排列和分类,有顺序地披露信息。由于附注的内容繁多,因此更应按逻辑顺序排列,分类披露,条理清晰,具有一定的组织结构,以便于使用者理解和掌握,更好地实现财务报表的可比性。

(3) 附注相关信息应当与资产负债表、利润表、现金流量表和所有者权益变动表等报表中列示的项目相互参照,以有助于使用者联系相关的信息,并由此从整体上更好地理解财务报表。

（4）会计报表附注一般应该按照下列顺序披露：

①财务报表的编制基础。

②遵循企业会计准则的声明。

③重要会计估计的说明，包括财务报表项目的计量基础和会计政策的确定依据等。

④重要会计估计的说明，包括下一会计期间内很可能导致资产和负债账面价值重大调整的会计估计的确定依据。

⑤会计政策和会计估计变更以及差错更正的说明。

⑥对已在资产负债表、利润表、所有者权益变动表和现金流量表中列示的重要项目的进一步说明，包括终止经营税后利润的金额及其构成情况等。

⑦或有承诺事项、资产负债表日后非调整事项、关联方关系及其交易等需要说明的事项。

还应包括有助于理解和分析会计报表需要说明的其他事项。

8.2　资产负债表

8.2.1　资产负债表的概念和意义

（一）资产负债表的概念

资产负债表是指反映企业在某一特定日期财务状况的会计报表，主要提供有关企业财务状况方面的信息。它反映企业在某一特定日期所拥有或控制的经济资源、所承担的现实义务和所有者对净资产的要求权。

资产负债表的建立以"资产 = 负债 + 所有者权益"会计等式为基础。首先，资产负债的信息指标取决于资产、负债和所有者权益要素的内容，资产负债表项目是资产、负债、所有者权益要素内容的具体表现；其次，资产负债表所揭示的资产信息与其对应的负债和所有者权益信息，在内容上应当体现资产与其产权之间的辩证关系，二者相互印证；最后，在同一报表日，资产信息所显示的企业资产总额与负债、所有者权益信息所显示的产权总额应当存在等量关系。

（二）资产负债表的意义

通过资产负债表，可以提供某一日期资产的总额及其结构，表明企业拥有或控制的资源及其分布状况，使用者可以一目了然地从资产负债表上了解企业在某一特定日期所拥有的资产总量及其结构；可以提供某一日期的负债总额及其结构，表明企业未来需要用多少资产或劳务清偿债务以及清偿时间；可以反映所有者所拥有的权益,据以判断资本保值、增值的情况以及对负债的保障程度。此外,资产负债表还可以提供进行财务分析的基本资料,如将流动资产与流动负债进行比较,计算出流动比率;将流动资产与流动负债进行比较,计算出流动比率等,可以表明企业的变现能力、偿债能力和资金周转能力,从而有助于报表使用者做出经济决策。

(三)资产负债表结构

资产负债表的结构包括两层含义:一是资产负债表如何体现资产、负债、所有者权益三者之间的关系,二是资产负债表如何揭示各个会计要素具体内容的逻辑与结构关系。前者决定资产负债表的基本结构,而后者决定各会计要素具体项目的排列顺序。

资产负债表的基本结构分为"账户式"和"报告式"两种。账户式资产负债表将资产要素与负债和所有者权益要素分为左右两方对应列示,体现"资产 = 负债 + 所有者权益"会计等式的基本关系。因其类似于账户结构的"左借右贷",故而得名。报告式资产负债表将资产、负债、所有者权益要素依自上而下的次序加以列示,体现"资产 - 负债 = 所有者权益"会计等式的基本关系。

无论在何种结构的资产负债表中,资产要素的具体项目按其流动性强弱顺序依次排列。资产项目的流动性是指资产变现的时间或期限长短,能够快速变现的资产(如货币资产、应收账款等)被视为流动性强的资产,而变现时间或期限较长的资产(如固定资产)被视为流动性弱的资产。在确定资产负债表的具体项目的次序时,应先流动资产而后长期资产,是先现金资产,后存货资产。对于负债要素,由于企业主要关心其需要偿还债务的时间,因此,负债具体项目的次序依照负债的偿还期长短确定,企业必须在短期内偿还的负债(短期负债)优先列示,而长期负债居后。

8.2.2 资产负债表的编制方法

根据规定,年度、半年度会计报表至少应当反映两个年度或者相关两个期间的比较数据。也就是说,企业需要提供比较资产负债表,所以,资产负债表各项目需要分为"年初数"和"年末数"两栏分别填列。

(一)年初余额栏的填列方法

资产负债表"年初余额"栏内各项数字,应根据上年末资产负债表"期末余额"栏内所列数字填列。如果上年度资产负债表规定的各个项目的名称和内容同本年度不相一致,应对上年年末资产负债表各项目的名称和数字按照本年度规定进行调整,填入表中"年初余额"栏内。

(二)期末余额栏的填列方法

资产负债表"期末余额"栏内各项数字,一般应根据资产、负债和所有者权益类科目的期末余额填列。主要包括以下方式：

（1）根据总账科目余额填列。资产负债表中的有些项目，可直接根据有关总账科目的余额填列，如"交易性金融资产"、"短期借款"、"应付票据"、"应付职工薪酬"等项目；有些项目则需根据几个总账科目的期末余额计算填列，如"货币资金"项目，需根据"库存现金"、"银行存款"、"其他货币资金"三个总账科目的期末余额的合计数填列。

（2）根据明细账科目余额计算填列。如"应付账款"项目，需要根据"应付账款"和"预付账款"两个科目所属的相关明细科目的期末贷方余额计算填列；"应收账款"项目，需要根据"应收账款"和"预收账款"两个科目所属的相关明细科目的期末借方余额计算填列。

（3）根据总账科目和明细账科目余额分析计算填列。如"长期借款"项目需要根据"长期借款"总账科目余额扣除"长期借款"科目所属的明细科目中将在一年内到期、且企业不能自主地将清偿义务的长期借款后的金额计算填列。

（4）根据有关科目余额减去其备抵科目余额后的净额填列。如资产负债表中的"应收账款"项目，应当根据"应收账款"科目的期末余额减去"坏账准备"科目余额后的净额填列。"固定资产"项目，应当根据"固定资产"科目的期末余额减去"累计折旧"、"固定资产减值准备"备抵科目余额后的净额填列等。

（5）综合运用上述填列方法分析填列。如资产负债表中的"存货"项目，需要根据"原材料"、"库存商品"、"委托加工物资"、"周转材料"、"材料采购"、"在途物资"、"发出商品"、"材料成本差异"、"生产成本"、"制造费用"等总账科目期末余额的分析汇总数，再减去"存货跌价准备"科目余额后的净额填列。

（三）资产负债表中具体项目的列报

1. 资产项目的列报

符合下列条件之一的资产，应当归类为流动资产：①预计在企业正常营业周期中变现、出售或耗用的。②主要为交易目的而持有的。③预计在自资产负债表日起1年内变现的。④自资产负债表日起1年内，用于交换其他资产或清偿负债的能力不受限制的现金或现金等价物。

（1）货币资金：企业在生产经营过程中处于货币形态的经营概念，包括库存现金、银行存款和其他货币资金；是企业资产中流动性较强的一种资产。

（2）应收及预付账款：其中应收账款项是指企业因销售商品、提供劳务等，应向购货单位和接受劳务单位收取的款项或其他事项的应收款项，会计账户包括应收账款、应收票据、其他应收款等。预付款项是指按照购货合同规定预付给供应单位的款项，会计账户包括预付账款。

（3）短期投资：本项目列报企业购入随时能变现并且持有时间不准备超过 1 年（含 1 年）的投资，包括各种股票、债券、基金等。企业购入不能随时变现或不准备随时变现的投资不在本项目核算。

（4）存货：本项目列报企业在正常经营生产过程中持有已被出售的产成品，或者为了出售仍然处于生产过程中的在产品，或者将在生产过程或提供劳务过程耗用的材料、物料等。具体来讲，存货包括各类原材料、在产品、半成品、产成品、商品以及包装物、低值易耗品、委托代销商品等。

（5）长期投资：本项目列报打算长期持有的投资，具体包括偿还长期股权投资、长期债券投资。

（6）投资性房地产：根据投资性房地产相关准则，本项目列报：企业以投资为目的而拥有的土地使用权及房屋建筑物以及房地产开发企业出租的开发产品。下列房地产不属于投资性房地产：①自用房地产，即为生产商品、提供劳务或者经营管理而持有的房地产。②房地产开发企业在正常经营过程中销售的存货（即开发产品，下同）。③企业为客户代建的房地产。

（7）固定资产：本项目列报符合下列条件的有形资产：①为生产商品、提供劳务、出租或经营管理而持有的。②使用年限超过 1 年。③单位减值较高。由于企业的经营内容、经营规模等各不相同，固定资产的标准也不可能要求一致，各企业应根据制度中的规定结合企业的具体情况，制订适合本企业的实际情况的固定资产目录、分类方法、每类或每项固定资产的折旧年限、折旧方法。

（8）递延所得税资产：该项目是指在债务法核算下，时间性差异的预计纳税影响作为代表预付未来税款的资产。

（9）无形资产：本项目列报为用于商品或劳务的生产或供应、出租给其他单位、或管理目的而持有的、没有实物形态的、可辨认非货币资产。合并商誉并不包括在无形资产之内。可辨认无形资产包括专利权、非专利技术、商标权、著作权、土地使用权、特许权等。

资产负债表中的资产类应当包括流动资产、长期投资、固定资产、无形资产及其他资产等主要类别的合计项目。

2. 负债项目的列报

资产负债表中的负债类应当包括流动负债和非流动负债等主要类别的合计项目。符合下列条件之一的负债，应当归类为流动负债：①预计在企业正常营业周期中清偿的。②在自资产负债表日起 1 年内到期应予以清偿的。③企业无权自主地将清偿推迟至资产负债表日后 1 年以上的。

非流动负债应当按其性质分类列报。

（1）短期借款：本项目列报企业向银行或其他金融机构等借入的期限在 1 年以下的各种借款。

（2）应付款项：本项目列报企业购买商品、接受服务等企业日常经营活动尚未支付的款项和与以上项目除外的尚未支付的款项，具体包括应付账款、应付票据、应付职工薪酬、应付股利、其他应付款等。

（3）应交税费：本项目列报由于生产经营活动需要向国家交纳的各种税金在上交之前暂时停留在企业的款项。

（4）预计负债：本项目列表本期所发生或上期发生的或有事项，该义务是企业承担的现实义务，并很可能导致经济利益流出企业，该经济业务可以计量。

（5）长期负债：本项目列报银行或其他金融机构借入偿还在 1 年以上的债务。长期借款按借款用途可分为基建借款、生产经营借款、技术改造借款等；按有无抵押担保，可分为抵押借款和无抵押借款；按偿还方式，可分为定期偿还借款和分期偿还借款。

（6）应付债券：本项目列报发行企业发行的超过 1 年期以上债券的实际发行价以及偿还的利息。

（7）递延所得税负债：该项目是指在债务法核算下，时间性差异的预计纳税影响作为将来应付税款的负债。

3. 所有者权益的列报要求

资产负债表中的所有者权益类一般应单独列报以下项目：

（1）实收资本（或股本，下同）：本项目列报投资者作为资本投入企业的各种财产，是企业注册登记的法定资本总额的来源，它表明所有者对企业的基本权益。我国企业法人登记管理规定，除国家另有规定外，企业的实收资本应当与注册资本一致。对于股份公司而言，股本核算的是发行股票的面值总额。

（2）资本公积：本项目列报有投资者或其他人（或单位）投入，所有权归属于投资者但不构成实收资本的那部分资本或资产。这里有必要讲解实收资本与资本公积的区别，资本公积与实收资本虽然都属于投入资本范畴，但两者又有区别。实收资本一般是投资者投入的、为谋求价值增值的原始投资，而且属于法定资本，与企业的注册资本相一致。因此，实收资本无论是在来源上，还是金额上，都有比较严格的限制；资本公积有特定来源，其主要来源是资本（或股本）溢价，是企业投入资本（实缴资本超过股票面值或设定价值的部分），只是由于法律的规定而无法直接以实本的名义出现。某些来源形成的资本公积，并不需要由原投资者投入，也并不一定需要谋求投资回报，如接受其他人（或单位）捐赠形成的资本公积。不同来源形成的资本公积由所有投资者共同享有。投资者投入的资本通常被视为企业的永久性资本,通常不得任意支付给股东。一般只有在企业清算时,在清偿所有的负债后才可将剩余部分返还给投资者。

(3)盈余公积:本项目列报企业按照规定从税后利润中提取的积累资金。盈余公积按其用途,分为法定盈余公积和公益金。法定盈余公积在其累计提取额未达到注册资本的 50% 时,均应按税后利润(扣除被没收的财产损失、支付各项税收的滞纳金和罚款、弥补企业以前年度亏损)的 10% 提取,公益金按 10% 提取。在股份有限公司,除了按规定提取法定盈余公积和公益金外,还要在支付优先股股利后,根据公司章程或者股东大会决议,提取盈余公积。

(4)未分配利润:本项目列报企业留待以后年度分配的结存利润。相对于所有者权益的其他部分来说,企业对于未分配利润的使用和分配有较大的自主权。从数量上来说,未分配利润是期初未分配利润加上本期实现的税后利润,减去提取的各种盈余公积和分配利润后的余额。未分配利润有两层含义:一是留待以后年度处理的利润;二是未指定特定用途的利润。

在合并资产负债表中,企业应当单独列报少数股东权益。资产负债表中的所有者权益类应包括所有者权益的合计项目。

资产负债表应当列报资产总计项目、负债和所有者权益总计项目。

资产负债表编制方法示例:

【例 8-1】××股份有限公司 20×6 年 12 月 31 日的资产负债表(年初余额略)及 20×7 年 12 月 31 日的科目余额表分别见表 8-1 和表 8-2。假设××股份有限公司 20×7 年度除计提固定资产减值准备导致固定资产账面价值与其计税基础存在可抵扣暂时性差异外,其他资产和负债项目的账面价值均等于其计税基础。假定××公司未来很可能获得足够的应纳税所得额用来抵扣暂时性差异,适用的所得税税率为 33% 。

表 8-1　资产负债表

会企 01 表

编制单位:××股份有限公司　　　20×6 年 12 月 31 日　　　　单位:元

资　产	期末余额	年初余额	负债和股东权益	期末余额	年初余额
流动资产:			流动负债:		
货币资金	1406 300		短期借款	300 000	
交易性金融资产	15 000		交易性金融负债	0	
应收票据	246 000		应付票据	200 000	
应收账款	299 100		应付账款	953 800	

续表

资 产	期末余额	年初余额	负债和股东权益	期末余额	年初余额
预付款项	100 000		预收款项	0	
应收利息	0		应付职工薪酬	110 000	
应收股利	0		应交税费	36 600	
其他应收款	5 000		应付利息	1 000	
存货	2 580 000		应付股利	0	
一年内到期的非流动资产	0		其他应付款	50 000	
其他流动资产	100 000		一年内到期的非流动负债	1 000 000	
流动资产合计	4 751 400		其他流动负债	0	
非流动资产:			流动负债合计	2 651 400	
可供出售金融资产	0		非流动负债:		
持有至到期投资	0		长期借款	600 000	
长期应收款	0		应付债券	0	
长期股权投资	250 000		长期应付款	0	
投资性房地产	0		专项应付款	0	
固定资产	1 100 000		预计负债	0	
在建工程	1 500 000		递延所得税负债	0	
工程物资	0		其他非流动负债	0	
固定资产清理	0		非流动负债合计	600 000	
生产性生物资产	0		负债合计	3 251 400	
油气资产	0		股东权益		
无形资产	600 000		实收资本(或股本)	5 000 000	
开发支出	0		资本公积	0	
商誉	0		减:库存股	0	
长期待摊费用	0		盈余公积	100 000	
递延所得税资产	0		未分配利润	50 000	
其他非流动资产	200 000		股东权益合计	5 150 000	
非流动资产合计	3 650 000				
资产总计	8 401 400		负债和股东权益总计	8 401 400	

表8-2 科目余额表

单位:元

科目名称	借方余额	科目名称	贷方余额
库存现金	2 000	短期借款	50 000
银行存款	776 135	应付票据	100 000
其他货币资金	7 300	应付账款	953 800
交易性金融资产	0	其他应付款	50 000
应收票据	66 000	应付职工薪酬	180 000
应收账款	600 000	应交税费	226 731
坏账准备	-1 800	应付利息	0
预付账款	100 000	应付股利	32 215.85
其他应收款	5 000	一年内到期的长期负债	0
材料采购	275 000	长期借款	1 160 000
原材料	45 000	股本	5 000 000
周转材料	38 050	盈余公积	124 770.4
库存商品	2 122 400	利润分配(未分配利润)	190 717.75
材料成本差异	4 250		
其他流动资产	100 000		
长期股权投资	250 000		
固定资产	2 401 000		
累计折旧	-170 000		
固定资产减值准备	-30 000		
工程物资	300 000		
在建工程	428 000		
无形资产	600 000		
累计摊销	-60 000		
递延所得税资产	9 900		
其他长期资产	200 000		
合计	8 068 235	合计	8 068 235

根据上述资料,编制××有限公司20×7年12月31日的资产负债表,见表8-3。

表 8 - 3 **资产负债表**

会企 01 表

编制单位:××股份有限公司   20×7 年 12 月 31 日

单位:元

资　产	期末余额	年初余额	负债和所有者权益 （或股东权益）	期末余额	年初余额
流动资产:			流动负债:		
货币资金	785 435	1 406 300	短期借款	50 000	300 000
交易性金融资产	0	15 000	交易性金融负债	0	0
应收票据	66 000	246 000	应付票据	100 000	200 000
应收账款	598 200	299 100	应付账款	953 800	953 800
预付款项	100 000	100 000	预收款项	0	0
应收利息	0	0	应付职工薪酬	180 000	110 000
应收股利	0	0	应交税费	226 731	36 600
其他应收款	5 000	5 000	应付利息	0	1 000
存货	2 484 700	2 580 000	应付股利	32 215.85	0
一年内到期的非流动资产	0	0	其他应付款	50 000	50 000
其他流动资产	100 000	100 000	一年内到期的非流动负债	0	1 000 000
流动资产合计	4 139 335	4 751 400	其他流动负债	0	0
非流动资产:			流动负债合计	1 592 746.85	2 651 400
可供出售金融资产	0	0	非流动负债:		
持有至到期投资	0	0	长期借款	1 160 000	600 000
长期应收款	0	0	应付债券	0	0
长期股权投资	250 000	250 000	长期应付款	0	0
投资性房地产	0	0	专项应付款	0	0
固定资产	2 201 000	1 100 000	预计负债	0	0
在建工程	428 000	1 500 000	递延所得税负债	0	0
工程物资	300 000	0	其他非流动负债	0	0
固定资产清理	0	0	非流动负债合计	1 160 000	600 000

续表

资　　产	期末余额	年初余额	负债和所有者权益 （或股东权益）	期末余额	年初余额
生产性生物资产	0	0	负债合计	2 752 746.85	3 251 400
油气资产	0	0	所有者权益（或股东权益）		
无形资产	540 000	600 000	实收资本（或股本）	5 000 000	5 000 000
开发支出	0	0	资本公积	0	0
商誉	0	0	减:库存股	0	0
长期待摊费用	0	0	盈余公积	124 770.4	100 000
递延所得税资产	9 900	0	未分配利润	190 717.75	50 000
其他非流动资产	200 000	200 000	所有者权益（或股东权益）合计	5 315 488.15	5 150 000
非流动资产合计	3 928 900	3 650 000			
资产总计	8 068 235	8 401 400	负债和所有者权益（或股东权益）总计	8 068 235	8 401 400

8.3　利　润　表

8.3.1　利润表的概念和意义

（一）利润表的概念

利润表属于动态报表,也称为"经营成果报表",是反映企业在一定会计期间的经营成果的会计报表,主要提供有关企业经营成果方面的信息。通过利润表,可以提供企业在某一特定日期资产的总额及其结构,表明企业拥有或控制的资源及其分布情况;可以提供企业在某一特定日期的负债总额及其结构,表明企业未来需要用多少资产或劳务清偿债务以及清偿时间;可以反映企业所有者在某一特定日期所拥有的权益,据以判断资本保值、增值的情况以及对负债的保障程度。

（二）利润表的意义

利润表的列报必须充分反映企业经营业绩的主要来源和构成,有助于使用者预测净利润的持续性,从而作出正确的决策。利润表可以反映一定会计期间的收入情况、费用耗费情况和生产经营的成果。将利润表中的信息与资产负债表中的信息相结合,还可以提供进行财务分析的基本资料,如将赊销收入净额与应收账款平均余额进行比较,计算出应收账款周转率;将销货成本与存货平均余额进行比较,计算出存货周转率;将净利润与资产总额进行比较,计算出资产收益率等,可以表现企业资金周转情况以及企业的盈利能力和水平,便于报表使用者判断企业未来的发展趋势,作出经济决策。

(三)利润表的结构

常见的利润表结构主要有单步式和多步式两种。单步式利润表中,将全部收入与全部费用分别合计,然后计算两者的差额求出企业当期的净利润额。尽管单步式利润表编制简洁,但是多步式利润表能够提供更多更有用的会计信息。多步式利润表列出了不同层次的利润指标内容,如营业毛利、营业利润、利润总额等,同时表明了它们之间的关系。报表使用者从中可以分析利润的不同来源以及企业获利能力的持久性。例如,当利润总额(即税前利润)低于营业利润时,可能是由于存在投资损失或其他营业外活动净损失。可见,企业当期的经营成果大部分来自主要的经营活动,如果该企业近几年的利润表都是这种情况,可以说明企业的获利能力较强并且具有持久性。相反,如果企业当期的经营成果大部分来自于投资收益,或是依靠投资收益才略有盈利,就说明企业的持续获利能力是值得质疑的。

在我国,企业利润表采用的基本上是多步式结构,即通过对当期的收入、费用、支出项目按性质加以归类,按利润表形成的主要环节列示一些中间性指标,分步计算当期净损益。

利润表主要反映以下几方面的内容:①营业收入,由主营业务收入和其他业务收入组成。②营业利润,营业收入减去营业成本(主营业务成本、其他业务成本)、营业税金及附加、销售费用、管理费用、财务费用、资产减值损失,加上公允价值变动收益、投资收益,即为营业利润。③利润总额,营业利润加上营业外收入,减去营业外支出,即为利润总额。④净利润,利润总额减去所得税费用,即为净利润。⑤每股收益,普通股或潜在普通股已公开交易的企业,以及正处于公开发行普通股过程中的企业,还应当在利润表中列示每股收益信息,包括基本每股收益和稀释每股收益两项指标。

此外,为了使报表使用者通过比较不同期间利润的实现情况,判断企业经营成果的未来发展趋势,企业需要提供比较利润表,利润表还可以就各项目再分为“本期金额”和“上期金额”两栏分别填报。

8.3.2　利润表的编制方法

（一）利润表的填制格式

1. 多步式的利润表列报格式

利润表正表的格式一般有两种：单步式利润表和多步式利润表。单步式利润表是将当期所有的收入列在一起，然后将所有的费用列在一起，两者相减得出当期净损益。多步式利润表是通过对当期的收入、费用、支出项目按性质加以归类，按利润形成的主要环节列示一些中间性利润指标，分步计算当期净损益。

财务报表列报准则规定，企业应当采用多步式列报利润表，将不同性质的收入和费用类别进行对比，从而可以得出一些中间性的利润数据，便于使用者理解企业经营成果的不同来源。企业可以分为如下三个步骤编制利润表：

第一步，以营业收入为基础，减去营业成本、营业税金及附加、销售费用、管理费用、财务费用、资产减值损失，加上公允价值变动收益（减去公允价值变动损失）和投资收益（减去投资损失），计算出营业利润。

第二步，以营业利润为基础，加上营业外收入，减去营业外支出，计算出利润额。

第三步，以利润总额为基础，减去所得税费用，计算出净利润（或净亏损）。

普通股或潜在普通股已公开交易的企业，以及正处于公开发行普通股或潜在普通过程中的企业，还应当在利润表中列示每股收益信息。

2. 列示利润表的比较信息

根据财务报表列报准则的规定，企业需要提供比较利润表，以使报表使用者通过比较不同期间利润的实现情况，判断企业经营成果的未来发展趋势。所以，利润表还就各项目再分为"本期金额"和"上期金额"两栏分别填列。

（二）利润表各项目填制说明

（1）"营业收入"项目，反映企业经营主要业务和其他业务所确认的收入总额。本项目应根据"主营业务收入"和"其他业务收入"科目的发生额分析填列。

（2）"营业成本"项目，反映企业经营主要业务和其他业务所确认的成本总额。本项目应根据"主营业务成本"和"其他业务成本"科目的发生额分析填列。

（3）"营业税金及附加"项目，反映企业经营业务应负担的消费税、营业税、城市建设税、资源税、土地增值税和教育附加税等。本项目应根据"营业税金及附加"科目的发生额分析填列。

（4）"销售费用"项目，反映企业在销售商品过程中发生的包装费、广告费等费用和为销售本企业商品而专设的销售机构的职工薪酬、业务费等经营费用。本项目应根据"销售费用"科目的发生额分析填列。

（5）"管理费用"项目，反映企业行政管理部门为组织和管理生产经营活动而发生的各项费用，管理费用包括有纳税人统一负担的总部经费、研究开发费、社会保障性缴款、劳动保护费、业务招待费、工会经费、职工教育经费、股东大会或董事会费、开办费摊销、无形资产摊销（含土地使用费、土地损失补偿费）、矿产资源补偿费、印花税等税金、消防费、排污费、绿化费、外事费和法律、财务、资料处理及会计事物处理方面的成本（咨询费、诉讼费、聘请中介机构费、商标注册费等），以及向总机构支付的与本身营利活动有关的合理的管理费等，应根据"管理费用"的发生额分析填报。

（6）"财务费用"项目，反映企业筹集生产经营所需要资金等而发生的筹集费用。本项目应根据"财务费用"科目的发生额分析填列。

（7）"资产减值损失"项目，反映企业各项资产发生的减值损失。本项目应根据"资产减值损失"科目的发生额分析填列。

（8）"公允价值变动损益"项目，反映企业应计入当期损益的资产或负债公允价值变动收益。本项目应根据"公允价值变动损益"科目的发生额分析填列，如为净损失，本项目以"－"号填列。

（9）"投资收益"项目，反映企业以各种方式对外投资所取得的收益。本项目应根据"投资收益"科目的发生额分析填列。如为投资损失，本项目以"－"号填列。

（10）"营业利润"项目，反映企业实现的营业利润。如为亏损，本项目以"－"号填列。

（11）"营业外收入"项目，反映企业发生的与经营业务无直接关系的各项收入。本项目应根据"营业外收入"科目的发生额分析填列。

（12）"营业外支出"项目反映企业实现的与经营业务无直接关系的各项支出。本项目应根据"营业外支出"科目的发生额分析填列。

（13）"利润总额"项目，反映企业实现的利润。如为亏损，本项目以"－"号填列。

（14）"所得税费用"项目，反映企业应从当期利润总额中扣除的所得税费用。本项目应根据"所得税费用"科目的发生额分析填列。

（15）"净利润"项目，反映企业实现的净利润。如为亏损，本项目以"－"号填列。

（16）商业银行利润表的填列方法：（除以下项目外的其他项目，比照一般企业利润表的填列方法处理）

①"营业收入"项目,反映"利息净收入"、"手续费及佣金净收入"、"投资收益"、"公允价值变动"、"汇兑损益"、"其他业务收入"等项目的金额合计。

②"利息净收入"项目,应根据"利息收入"项目金额,减去"利息支出"项目金额后的余额填列。

"利息收入"、"利息支出"项目,反映企业经营存货业务等确认的利息收入和发生的利息支出,应根据"利息收入"、"利息支出"等科目的发生额分析填列。企业债券投资的利息收入、发行债券的利息支出,也可以在该项目中反映。

③"手续费及佣金净收入"项目,反映"手续费及佣金收入"项目余额减去"手续费及佣金支出"项目金额后的金额。"手续费及佣金收入"、"手续费及佣金支出"等项目,反映企业确认的包括办理结算业务等在内的手续费、佣金收入和发生的手续费、佣金支出,应根据"手续费及佣金收入"、"手续费及佣金支出"等科目的发生额分析填列。

④"汇兑损益"项目,反映企业外币货币性项目因汇率变动形成的净收益,应根据"汇兑损益"科目的发生额分析填列。如为净损失,以"–"号列示。

⑤"营业支出"项目,反映"营业税金及附加"、"业务及管理费"、"资产减值损失"、"其他业务成本"科目的金额合计。

⑥"业务及管理费"项目,反映企业在业务经营和管理过程中发生的电子设备运转费、安全防范费、物业管理费等费用,应根据"业务及管理费"科目的发生额分析填列。

(17)保险公司利润表的填列方法:(除以下项目外的其他项目,比照商业银行利润表的填列方法处理)

①"营业收入"项目,反映"已赚保费"、"投资收益"、"公允价值变动"、"汇兑损益"、"其他业务收入"等项目的合计金额。定期存款、保户质押贷款、买入返售金融资产形成的利息收入,也在"投资收益"项目中反映。

②"已赚保费"项目,反映"保险业务收入"项目金额减去"分出保费"、"提取未到期责任准备金"项目金额后的余额。

"保险业务收入"项目,反映企业从事保险业务确认的原保费收入和分保费收入,应根据"保费收入"科目的发生额分析填列。

"分出保费"项目,反映企业从事再保险业务分出的保费,应根据"分出保费"科目的发生额分析填列。

"提取未到期责任准备金"项目,反映企业提取的未到期责任准备金,应根据"提取未到期责任准备金"科目的发生额分析填列。

③"营业支出"项目,反映"退保金"、"赔付支出"、"提取未到期责任准备金"、

"保单红利支出"、"分保费用"、"营业税金及附加"、"手续费及佣金支出"、"业务及管理费"、"其他业务成本"、"资产减值损失"等项目金额的合计,减去"摊回赔付支出"、"摊回保险责任准备金"、"摊回分保费用"等项目金额后的余额。

"退保金"项目,反映企业寿险原保险合同提前解除时按照约定退还保人的保金价值,应根据"退保金"科目的发生额分析填列。

"赔付支出"项目,反映企业因保险业务发生的赔付支出,包括原保险合同赔付支出和再保险合同赔付支出,应根据"赔付支出"科目的发生额分析填列。

"提取保险责任准备金"项目,反映企业提取的保险责任准备金,包括未决赔款准备金、寿险责任准备金、长期健康险责任准备金,应根据"提取保险责任准备金"科目的发生额分析填列。

"保单红利支出"项目,反映企业按原保险合同约定支付给投保人的红利,应根据"保单红利支出"科目的发生额分析填列。

"分保费用"项目,反映企业从事再保险业务支付的分保费用,应根据"分保费用"科目的发生额分析填列。

"摊回赔付支出"、"摊回保险责任准备金"、"摊回分保费用"等项目,反映企业从事再保险业务向再保险接受人摊回的赔付支出、保险责任准备金、分保费用,应根据"摊回赔付支出"、"摊回保险责任准备金"、"摊回分保费用"等科目的发生额分析填列。

(三)利润表填制示例

【例8-2】甲股份有限公司2007年度有关损益类科目本年累计发生净额见表8-4。

表8-4 损益类科目2007年度累计发生净额

单位:元

科目名称	借方发生额	贷方发生额
主营业务收入		1 250 000
主营业务成本	750 000	
营业税金及附加	2 000	
销售费用	20 000	
管理费用	157 100	
财务费用	41 500	
资产减值损失	30 900	
投资收益		31 500

续表

科目名称	借方发生额	贷方发生额
营业外收入		50 000
营业外支出	19 700	
所得税费用	112 596	

根据上述资料,编制甲股份有限公司 2007 年度利润表,见表 8 - 5。

表 8 - 5 利润表

会企 02 表

编制单位:甲股份有限公司 2007 年 单位:元

项目	本期金额	上期金额(略)
一、营业收入	1 250 000	
减:营业成本	750 000	
营业税金及附加	2 000	
销售费用	20 000	
管理费用	157 100	
财务费用	41 500	
资产减值损失	30 900	
加:公允价值变动收益(损失以"-"号填列)	0	
投资收益(损失以"-"号填列)	31 500	
其中:对联营企业和合营企业的投资收益	0	
二、营业利润(亏损以"-"号填列)	280 000	
加:营业外收入	50 000	
减:营业外支出	19 700	
其中:非流动资产处置损失	(略)	
三、利润总额(亏损总额以"-"号填列)	310 300	
减:所得税费用	112 596	
四、净利润(亏损以"-"号填列)	197 704	
五、每股收益	(略)	
(一)基本每股收益		
(二)稀释每股收益		

8.4　现金流量表

8.4.1　现金流量表的概念和意义

在市场经济条件下,企业的现金流转情况在很大程度上影响着企业的生存和发展。企业现金充裕,就可以及时购入必要的材料和固定资产,及时支付工资、偿还债务、支付股利和利息;反之,轻则影响企业的正常生产经营,重则危及企业的生存。现金管理已经成为企业财务管理的一个重要方面,受到企业管理人员、投资者、债权人以及政府监管部门的关注。

(一)现金流量表的概念

现金流量表,是指反映企业在一定会计期间现金和现金等价物流入和流出的报表。它是分别反映企业的经营活动、投资活动和筹资活动对现金及等价物所产生影响的财务报表,用来揭示企业的经营活动、投资活动和筹资活动所引起的各种现金流入、现金流出及现金净流量情况。

1.关于"现金"、"现金等价物"、"现金流量"的概念

(1)现金。现金流量表中的"现金"有其特定含义,是指现金和现金等价物。这里的"现金"包括企业库存现金以及存入金融企业、随时可以用于支付的存款。应注意的是,银行存款和其他货币资金中有些不能随时用于支付的存款,如不能随时支取的定期存款等,不应作为现金,而应列作投资。

(2)现金等价物。现金等价物是指企业持有的期限短、流动性强、易于转换为已知金额的现金、价值变动很小的投资。现金等价物虽然不是现金,但其支付能力与现金的差别不大,可视为现金,将现金等价物,视同现金加以报告,主要是考虑到,当企业进行期限短、流动性强、易于转换为已知金额的现金、价值变动很小的投资时,主要目的不是取得投资收益,而是将本来用于日常支付的现金暂时用于投资,待需要支付时,随时变现,其安全性和变现能力与普通存款差不多,但比普通存款更合算。

(3)现金流量。现金流量是某一段时期内企业现金流入和流出的数量。例如,企业销售商品、提供劳务、出售固定资产、向银行借款等取得现金,形成企业的现金流入;购买原材料、接受劳务、购建固定资产、对外投资、偿还债务等而支付现金等,形成企业的现金流出。现金流量信息能够表明企业经营状况是否良好,资金是否紧缺,企业偿付能力大小,从而为投资者、债权人、企业管理者提供非常有用的信息。

应注意的是,企业现金形式的转换不会产生现金的流入和流出,如企业从银行提取现金,是企业现金存放形式的转换,并未流出企业,不构成现金流量;同样,现金与现金等价物之间的转换也不属于现金流量,如企业用现金购买将于 3 个月到期的国库券。

2. 关于"经营活动"、"投资活动"和"筹资活动"的界定

企业是以盈利为目的的经济组织,其业务活动复杂多样,错综复杂的经济业务可主要归结为以下三类,即"经营活动"、"投资活动"和"筹资活动"。准确把握三类活动的内涵是保证现金流量表质量的前提。

(1)经营活动。经营活动是指企业投资活动和筹资活动以外的所有交易和事项。对于工商企业来说,经营活动是其全部经济活动的主要内容。从对企业净利润的影响来看,经营活动也是影响企业净利润的主要因素,经营活动的范围很广,就工商企业而言,主要包括:销售商品、提供劳务、经营租赁、购买商品、接受劳务、广告宣传、推销产品、交纳税款,等等。各类企业由于行业特点不同,对经营活动的认定存在一定差异,在编制现金流量表时,应根据企业的实际情况,对现金流量进行合理的归类。对于商业银行而言,经营活动主要包括吸收存款、发放贷款、同业存放、同业拆借等。对于保险公司而言,经营活动主要包括原保险业务和再保险业务等。对于证券公司而言,经营活动主要包括自营证券、代理承销证券、代理兑付证券、代理买卖证券等。

(2)投资活动。投资活动,是指企业长期资产的购建和不包括在现金等价物范围内的投资及其处置活动。理解"投资活动"关键是对长期资产应有正确的认识。投资活动中所说的"长期资产"是指固定资产、在建工程、无形资产、其他资产等持有期限在 1 年或一个营业周期以上的资产。因"现金等价物"已视同现金包括在广义的现金中,故将其排除在外,不包括在投资活动中。投资活动主要包括:取得和收回投资,购建和处置固定资产、无形资产和其他长期资产等。这里的投资活动,既包括实物资产投资,也包括金融资产投资。这里之所以将"包括在现金等价物范围内的投资"排除在外,是因为已经包括在现金等价物范围内的投资视同现金。不同企业由于行业特点不同,对投资活动的认定也存在差异。例如,交易性金融资产所产生的现金流量对于商业企业而言,属于投资活动现金流量,而对于证券公司而言,属于经营活动现金流量。

(3)筹资活动。筹资活动,是指导致企业资本及债务规模和构成发生变化的活动。其中资本包括实收资本(股本)、资本溢价(股本溢价)。与资本有关的现金流入和流出项目,包括吸收投资、发行股票、分配利润等。而"债务"是指企业对外举债所借入的款项,如发行债券、向金融企业借入款项以及偿还债务等。通常情况

下,应付账款、应付票据等属于经营活动,不属于筹资活动。

对于企业日常活动之外特殊的、不经常发生的特殊项目,如自然灾害损失、保险赔款、捐赠等,应当归并到相关类别中,并单独反映。比如,对于自然灾害损失和保险赔款,如果能够确指,属于流动资产损失,应当列入经营活动产生的现金流量;属于固定资产损失,应当列入投资活动产生的现金流量。如果不能确指,则可以列入经营活动产生现金流量。捐赠收入和支出,可以列入经营活动。如果特殊项目的现金流量金额不大,则可以列入现金流量类别下的"其他"项目,不单列项目。

(二)现金流量表的意义

从编制原则上看,现今流量表按照收付实现制原则编制,将权责发生制下的盈利信息调整为收付实现制下的现金流量信息,便于信息使用者了解企业净利润的质量。从内容上看,现金流量表被划分为经营活动、投资活动和筹资活动三个部分,每类活动又分为各具体项目,这些项目从不同角度反映企业业务活动的现金流入和流出,弥补了资产负债表和利润表提供信息的不足。现金流量表的意义在于:一是有助于评价企业支付能力、偿债能力和周转能力;二是有助于预测企业未来现金流量;三是有助于分析企业收益质量及影响现金净流量的因素,掌握企业经营活动、投资活动和筹资活动的现金流量,可以从现金流量的角度了解净利润的质量,为分析和判断企业的财务前景提供信息。

8.4.2 现金流量表的编制

(一)现金流量表的编制基础

现金流量表以企业库存现金等价物为基础编制,划分为经营活动、投资活动,按照收付实现制的原则编制,将权责发生制下的盈利信息调整为收付实现制下的现金流量信息。

1. 现金

现金,是指企业库存现金以及可以随时用于支付的存款。不能随时用于支付的存款不属于现金。现金主要包括:

(1)库存现金。库存现金是指企业持有可能随时用于支付的现金,与"库存现金"科目的核算内容一致。

(2)银行存款。银行存款是企业存入金融机构、可以随时用于支取的存款,与"银行存款"科目核算内容基本一致,但不包括不能随时用于支付的存款。例如,不能随时支取的定期存款等不应作为现金;提前通知金融机构便可支取的定期存款则应包括在现金范围内。

(3)其他货币资金。其他货币资金是指存放在金融机构的外埠存款、银行汇票存款、银行本票存款、信用卡存款、信用证保证金存款和存出投资款等,与"其他货币资金"科目核算内容一致。

2. 现金等价物

现金等价物,是指企业持有的期限短、流动性强、易于转换为已知金额现金、价值变动风险很小的投资。其中"期限短"一般是指从购买日起 3 个月内到期。例如可在证券市场上流通的 3 个月内到期的短期债券等。

现金等价物虽然不是现金,但其支付能力与现金的差别不大,可视为现金。例如,企业为保证支付能力,手持必要的现金,为了不使现金闲置,可以购买短期债券,在需要现金时,随时可以变现。

现金等价物的定义本身,包含了判断一项投资是否属于现金等价物的四个条件,即:①期限短;②流动性强;③易于转换为已知金额的现金;④价值变动风险很小。其中,期限短、流动性强,强调了变现能力,而易于转换为已知金额的现金、价值变动风险很小,则强调了支付能力的大小。现金等价物通常包括 3 个月内到期的短期债券投资。权益性投资变现的金额通常不确定,因而不属于现金等价物。

3. 现金及现金等价物范围的确定和变更

不同企业现金及现金等价物的范围可能不同。企业应当根据经营特点等具体情况,确定现金及现金等价物的范围。商业银行与一般工商企业的现金及现金等价物的范围可能不同,例如,某商业银行的现金及现金等价物包括库存现金、存放中央银行可随时支取的备付金、存放同业款项、同业间买入返售证券、短期国债投资等。

根据现金流量表准则及其指南的规定,企业应当根据具体情况,确定现金及现金等价物的范围,一经确定不得随意变更。如果发生变更,应当按照会计政策变更处理。

(二)现金流量表的编制方法

1. 直接法和间接法

编制现金流量表时,列报经营活动现金流量的方法有两种:一是直接法,一是间接法。这两种方法通常也称为编制现金流量表的方法。

所谓直接法,是指按现金收入和现金支出的主要类别直接反映企业经营活动产生的现金流量,如销售商品、提供劳务收到的现金;购买商品、接受劳务支付的现金等就是按现金收入和支出的类别直接反映的。在直接法下,一般是以利润表中的营业收入为起算点,调节与经营活动有关的项目的增减变动,然后计算出经营活动产生的现金流量。

所谓间接法,是指以净利润为起算点,调整不涉及现金的收入、费用、营业外收支等有关项目,剔除投资活动、筹资活动对现金流量的影响,据此计算出经营活动产生的现金流量。由于净利润是按照权责发生制原则确定的,且包括了与投资活动和筹资活动相关的收益和费用,将净利润调节为经营活动现金流量,实际上就是将按权责发生制原则确定的净利润调整为现金净流入,并剔除投资活动和筹资活动对现金流量的影响。

采用直接法编报的现金流量表,便于分析企业经营活动产生的现金流量的来源和用途,预测企业现金流量的未来前景;采用间接法编报现金流量表,便于将净利润与经营活动产生的现金流量净额进行比较,了解净利润与经营活动产生的现金流量差异的原因,从现金流量的角度分析净利润的质量。所以,现金流量表准则规定企业应当采用直接法编报现金流量表,同时要求在附注中提供以净利润为基础调节到经营活动现金流量的信息。

2. 工作底稿法和 T 形账户法以及分析填列法

在具体编制现金流量表时,企业可根据业务量的大小及复杂程度,采用工作底稿法、T 形账户法,或直接根据有关科目的记录分析填列。

(1)工作底稿法。工作底稿法是以工作底稿为手段,以利润表和资产负债表数据为基础,结合有关科目的记录,对现金流量表的每一项目进行分析并编制调整分录,从而编制出现金流量表的一种方法。

采用工作底稿法编制现金流量表的具体步骤是:

第一步,将资产负债表的年初余额和期末余额过入工作底稿的年初余额栏和年末余额栏。

第二步,对当期业务进行分析并编制调整分录。调整分录大体有这样几类:第一类涉及利润表中的收入、成本和费用项目以及资产负债表中的资产、负债及所有者权益项目,通过调整,将权责发生制下的收入、费用转换为现金基础;第二类是涉及资产负债表和现金流量表中的投资、筹资项目,反映投资和筹资活动的现金流量;第三类是涉及利润表和现金流量表中的投资和筹资项目,目的是将利润表中有关投资和筹资方面的收入和费用列入到现金流量表投资、筹资现金流量中去。此外,还有一些调整分录并不涉及现金支出,只是为了核对资产负债表项目的期末年初变动。

在调整分录中,有关现金和现金等价物的事项,并不直接借记或贷记现金,而是分别记入"经营活动产生的现金流量"、"投资活动产生的现金流量"、"筹资活动产生的现金流量"有关项目,借记表明现金流入,贷记表明现金流出。

第三步,将调整分录过入工作底稿中的相应部分。

第四步,核对调整分录,借贷合计应当相等,资产负债表项目年初余额加减调整分录中的借贷金额以后,应当等于期末余额。

第五步,根据工作底稿中的现金流量表项目部分编制正式的现金流量表。

(2)T 形账户法。T 形账户是以利润表和资产负债表为基础,结合有关科目的记录,对现金流量表的每一项目进行分析并编制调整分录,通过"T 形账户"编制出现金流量表的一种方法。

采用 T 形账户法编制现金流量表的具体步骤是:

第一步,为所有的非现金项目(包括资产负债表项目和利润表项目)分别开设 T 形账户,并将各自的期末年初变动数过入各该账户。

第二步,开设一个大的"现金及现金等价物"T 形账户,每边分为经营活动、投资活动和筹资活动三个部分,左边记现金流入,右边记现金流出。

第三步,以利润表项目为基础,结合资产负债表分析每一个非现金项目的增减变动,并据此编制调整分录。

第四步,将调整分录过入各 T 形账户,并进行核对,该账户借贷相抵后的余额与原先过入的期末年初变动数应当一致。

第五步,根据大的"现金及现金等价物"T 形账户编制正式的现金流量表。

(3)分析填列法。分析填列法是直接根据资产负债表、利润表和有关会计科目明细账的记录,分析计算出现金流量表各项目的金额,并据以编制现金流量表的一种方法。

(三)现金流量表的编制示例

【例 8-3】沿用【例 8-1】和【例 8-2】的资料,××股份有限公司其他相关资料如下:

1.20×6 年度利润表有关项目的明细资料如下:

(1)管理费用的组成:职工薪酬 17 100 元,无形资产摊销 60 000 元,折旧费 20 000元,支付其他费用 60 000 元。

(2)财务费用组成:计提借款利息 11 500 元,支付应收票据(银行承兑汇票)贴现利息 30 000 元。

(3)资产减值损失的组成:计提坏账准备 900 元,计提固定资产减值准备 30 000元。上年年末坏账准备余额为 900 元。

(4)投资收益的组成:收到股息收入 30 000 元,与本金一起收回的交易性股票投资收益 500 元,自公允价值变动损益结转投资收益 1 000 元。

(5)营业外收入的组成:处置固定资产净收益 50 000 元(其所处置固定资产原价为 400 000 元,累计折旧为 150 000 元,收到处置收入 300 000 元)。假定不考虑与固定资产处置有关的税费。

（6）营业外支出的组成：报废固定资产净损失 19 700 元（其所报废固定资产原价为 200 000 元，累计折旧为 180 000 元，支付清理费用 500 元，收到残值收入 800元）。

（7）所得税费用的组成：当期所得税费用 122 496 元，递延所得税收益 9 900元。

除上述项目外利润表中的销售费用 20 000 元至期末已经支付。

2. 资产负债表有关项目的明细资料如下：

（1）本期收回交易性股票投资本金 15 000 元、公允价值变动 1 000 元，同时实现投资收益 500 元。

（2）存货中生产成本、制造费用的组成：职工薪酬 324 900 元，折旧费 80 000元。

（3）应交税费组成：本期增值税进项税额 42 466 元，增值税销项税额 212 500元，已交增值税 100 000 元；应交所得税期末余额 20 097 元，应交所得税期初余额为 0；应交税费期末数中应由在建工程负担部分为 100 000 元。

（4）应付职工薪酬的期初数无应付在建工程人员的部分，本期支付在建工程人员职工薪酬 200 000 元。应付职工薪酬的期末数中应付在建工程人员的部分为28 000 元。

（5）应付利息均为短期借款利息，其中本期计提利息 11 500 元，支付利息12 500元。

（6）本期用现金购买固定资产 101 000 元，购买工程物资 300 000 元。

（7）本期用现金偿还短期借款 250 000 元，偿还一年内到期的长期借款1 000 000元；借入长期借款 560 000 元。

根据以上资料，采用分析填列的方法，编制××股份有限公司 2007 年度的现金流量表。

1. ××股份有限公司 2007 年度现金流量表各项目金额，分析确定如下

（1）销售商品、提供劳务收到的现金 = 主营业务收入 + 应交税费（应交增值税——销项税额）+（应收账款年初余额 - 应收账款期末余额）+（应收票据年初余额 - 应收票据期末余额）- 当期计提的坏账准备 - 票据贴现的利息

= 1250000 + 212500 +（299100 - 598200）+（246000 - 66000）- 900 - 30000

= 1312500（元）

（2）购买商品、接受劳务支付的现金 = 主营业务成本 + 应交税费（应交增值税——进项税额）-（存货年初余额 - 存货期末余额）+（应付账款年初余额 - 应付账款期末余额）+（预付票据年初余额 - 预付票据期末余额）- 当期列入生产成

本、制造费用的职工薪酬 − 当期列入生产成本、制造费用的折旧费和固定资产修理费 = 750000 + 42466 − (2580000 − 2484700) + (953800 − 953800) + (200000 − 100000) + (100000 − 100000) − 324900 − 80000 = 392266(元)

(3)支付给职工以及为职工支付的现金 = 生产成本、制造费用、管理费用中职工薪酬 + (应付职工薪酬年初余额 − 应付职工薪酬期末余额) − [应付职工薪酬(在建工程)年初余额 − 应付职工薪酬(在建工程)期末余额] = 324900 + 17100 + (110000 − 180000) − (0 − 28000) = 300000(元)

(4)支付的各项税费 = 当期所得税费用 + 营业税金及附加 + 应交税费(应交增值税——已交税金) − (应交所得税期末余额 − 应交所得税期初余额)

= 122496 + 2000 + 100000 − (20097 − 0) = 204399(元)

(5)支付其他与经营活动有关的现金 = 其他管理费用 + 销售费用

= 60000 + 20000 = 80000(元)

(6)收回投资收到的现金

= 交易性金融资产贷方发生额 + 与交易性金融资产一起收回的投资收益

= 16000 + 500

= 16500(元)

(7)取得投资收益所收到的现金

= 收到的股息收入

= 30000(元)

(8)处置固定资产收回的现金净额

= 300000 + (800 − 500)

= 300300(元)

(9)购建固定资产支付的现金

= 用现金购买的固定资产、工程物资 + 支付给在建工程人员的薪酬

= 101000 + 300000 + 200000

= 601000(元)

(10)取得借款所收到的现金 = 560000(元)

(11)偿还债务支付的现金

= 250000 + 1000000

= 1250000(元)

(12)偿还利息支付的现金 = 12500(元)

2.将净利润调节为经营活动现金流量各项目计算分析如下

(1)资产减值准备 = 900 + 30000 = 30900(元)

(2) 固定资产折旧 = 20000 + 80000 = 100000(元)

(3) 无形资产摊销 = 60000(元)

(4) 处置固定资产、无形资产和其他

长期资产的损失(减:收益) = -50000(元)

(5) 固定资产报废损失 = 19700(元)

(6) 财务费用 = 11500(元)

(7) 投资损失(减:收益) = -31500(元)

(8) 递延所得税资产减少 = 0 - 9900 = -9900(元)

(9) 存货的减少 = 2580000 - 2484700 = 95300(元)

(10) 经营性应收项目的减少

= (246000 - 66000) + (299100 + 900 - 598200 - 1800)

= -120000(元)

(11) 经营性应付项目的增加

= (100000 - 200000) + (100000 - 100000) + [(180000 - 28000)

- 110000] + [(226731 - 100000) - 36600]

= 32131(元)

3. 根据上述数据,编制现金流量表(见表 8 - 6)及其补充资料(见表 8 - 7)

表 8 - 6 现金流量表

会企 03 表

编制单位:××股份有限公司   20×7年   单位:元

项目	本期金额	上期金额
		略
一、经营活动产生的现金流量		
销售商品、提供劳务收到的现金	1 312 500	
收到的税费返还	0	
收到其他与经营活动有关的现金	0	
经营活动现金流入小计	1 312 500	
购买商品、接受劳务支付的现金	392 266	
支付给职工以及为职工支付的现金	300 000	
支付的各项费用	204 399	
支付其他与经营活动有关的现金	80 000	
经营活动现金流出小计	976 665	
经营活动产生的现金流量净额	335 835	

续表

项目	本期金额	上期金额
二、投资活动产生的现金流量		
收回投资收到的现金	16 500	
取得投资收益收到的现金	30 000	
处置固定资产、无形资产和其他长期资产收回的现金净额	300 300	
处置子公司及其他营业单位收到的现金净额	0	
收到其他与投资活动有关的现金	0	
投资活动现金流入小计	346 800	
购建固定资产、无形资产和其他长期资产支付的现金	601 000	
投资支付的现金	0	
取得子公司及其他营业单位支付的现金净额	0	
支付其他与投资活动有关的现金	0	
投资活动现金流出小计	601 000	
投资活动产生的现金流量净额	− 254 200	
三、筹资活动产生的现金流量		
吸收投资收到的现金	0	
取得借款收到的现金	560 000	
收到其他与筹资活动有关的现金	0	
筹资活动现金流入小计	560 000	
偿还债务支付的现金	1 250 000	
分配股利、利润或偿付利息支付的现金	12 500	
支付其他与筹资活动有关的现金	0	
筹资活动现金流出小计	1 262 500	
筹资活动产生的现金流量净额	− 702 500	
四、汇率变动对现金及现金等价物的影响	0	
五、现金及现金等价物净增加额	− 620 865	
加：期初现金及现金等价物余额	1 406 300	
六、期末现金及现金等价物余额	785 435	

表 8 - 7　现金流量表补充资料

补充资料	本期金额	上期金额
1. 将净利润调节为经营活动现金流量:		略
净利润	197 704	
加:资产减值准备	30 900	
固定资产折旧、油气资源折耗、生产性生物资产折旧	100 000	
无形资产摊销	60 000	
长期待摊费用摊销	0	
处置固定资产、无形资产和其他长期资产的损失(收益以"-"号填列)	- 50 000	
固定资产报废损失(收益以"-"号填列)	19 700	
公允价值变动损失(收益以"-"号填列)	0	
财务费用(收益以"-"号填列)	11 500	
投资损失(收益以"-"号填列)	- 31 500	
递延所得税资产减少(增加以"-"号填列)	- 9 900	
递延所得税负债增加(减少以"-"号填列)	0	
存货的减少(增加以"-"号填列)	95 300	
经营性应收项目的减少(增加以"-"号填列)	- 120 000	
经营性应付项目的增加(减少以"-"号填列)	32 131	
其他	0	
经营活动产生的现金流量净额	335 835	
2. 不涉及现金收支的重大投资和筹资活动:		
债务转为资本	0	
一年内到期的可转换公司债券	0	
融资租入固定资产	0	
3. 现金及现金等价物变动情况:		
现金的期末余额	785 435	
减:现金的期初余额	1 406 300	
加:现金等价物的期末余额	0	
减:现金等价物的期初余额	0	
现金及现金等价物净增加额	- 620 865	

8.5 所有者权益变动表

8.5.1 所有者权益变动表的内容及结构

所有者权益变动表,是指反映构成所有者权益各组成部分当期增减变动情况的报表。当期损益、直接计入所有者权益的利得和损失,以及与所有者(或股东,下同)的资本交易导致的所有者权益的变动,应当分别列示。

股东权益增减变动表包括在年度会计报表中,是资产负债表的附表。

所有者权益变动表至少应当单独列示反映下列信息的项目:

(1)净利润;(2)直接计入所有者权益的利得和损失项目及其总额;(3)会计政策变更和差错更正的累积影响金额;(4)所有者投入资本和向所有者分配利润等;(5)按照规定提取的盈余公积;(6)实收资本(或股本)、资本公积、盈余公积、未分配利润的期初和期末余额及其调节情况。

所有者权益变动表的格式见表8—8。

表8-8 所有者权益(股东权益)变动表

会企04表

编制单位:　　　　　　　　　　　　　年　　　　　　　　　　　　单位:元

项目	行次	本年金额							上年金额					
		实收资本(或股本)	资本公积	减:库存股	盈余公积	未分配利润	所有者权益合计	实收资本(或股本)	资本公积	减:库存股	盈余公积	未分配利润	所有者权益合计
一、上年年末余额													
加:会计政策变更													
前期差错更正													
二、本年年初余额													
三、本年增减变动金额(减少以"-"号填列)													
(一)净利润													
(二)直接计入所有者权益的利得和损失													
1.可供出售金融资产公允价值变动净额													

续表

项目	行次	本年金额						上年金额					
		实收资本(或股本)	资本公积	减:库存股	盈余公积	未分配利润	所有者权益合计	实收资本(或股本)	资本公积	减:库存股	盈余公积	未分配利润	所有者权益合计
2. 权益法下被投资单位其他所有者权益变动的影响													
3. 与计入所有者权益项目相关的所得税影响													
4. 其他													
上述(一)和(二)小计													
(三)所有者投入和减少资本													
1. 所有者投入资本													
2. 股份支付计入所有者权益的金额													
3. 其他													
(四)利润分配													
1. 提取盈余公积													
2. 对所有者(或股东)的分配													
3. 其他													
(五)所有者权益内部结转													
1. 资本公积转增资本(或股本)													
2. 盈余公积转增资本(或股本)													
3. 盈余公积弥补亏损													
4. 其他													
四、本年年末余额													

8.5.2　所有者权益变动表的填列方法

（一）"上年年末余额"项目，反映企业上年资产负债表中实收资本（或股本）、资本公积、库存股、盈余公积、未分配利润的年末余额。

（二）"会计政策变更"、"前期差错更正"项目，分别反映企业采用追溯调整法处理的会计政策变更的累积影响金额和采用追溯重述法处理的会计差错更正的累积影响金额。

（三）"本年增减变动额"项目：

1．"净利润"项目，反映企业当年实现的净利润（或净亏损）金额。

2．"直接计入所有者权益的利得和损失"项目，反映企业当年直接计入所有者权益的利得和损失金额。

（1）"可供出售金融资产公允价值变动净额"项目，反映企业持有的可供出售金融资产当年公允价值变动的金额。

（2）"权益法下被投资单位其他所有者权益变动的影响"项目，反映企业对按照权益法核算的长期股权投资，在被投资单位除当年实现的净损益以外其他所有者权益当年变动中应享有的份额。

（3）"与计入所有者权益项目相关的所得税影响"项目，反映企业根据《企业会计准则第 18 号——所得税》规定应计入所有者权益项目的当年所得税影响金额。

3．"所有者投入和减少资本"项目，反映企业当年所有者投入的资本和减少的资本。

（1）"所有者投入资本"项目，反映企业接受投资者投入形成的实收资本（或股本）和资本溢价或股本溢价。

（2）"股份支付计入所有者权益的金额"项目，反映企业处于等待期中的权益结算的股份支付当年计入资本公积的金额。

4．"利润分配"项目，反映企业当年的利润分配金额。

（1）"提取盈余公积"项目，反映企业按照规定提取的盈余公积。

（2）"对所有者（或股东）的分配"项目，反映对所有者（或股东）分配的利润（或股利）金额。

5．"所有者权益内部结转"项目，反映企业构成所有者权益的组成部分之间的增减变动情况。

（1）"资本公积转增资本（或股本）"项目，反映企业以资本公积转增资本或股本的金额。

（2）"盈余公积转增资本（或股本）"项目，反映企业以盈余公积转增资本或股本的金额。

（3）"盈余公积弥补亏损"项目，反映企业以盈余公积弥补亏损的金额。

本章小结

财务会计报告由会计报表、会计报表附注及其相关资料构成，其中会计报表是构成财务会计报告的主要内容，会计报表的编制要做到全面完整、真实可靠、相关可比、编报及时和便于理解。

所有者权益变动表，是指反映构成所有者权益各组成部分当期增减变动情况的报表。

资产负债表是反映企业在一定时点财务状况的静态会计报表，编制的依据是"资产 ＝ 负债 ＋ 所有者权益"的会计等式，采用账户式格式。资产负债表中各项目主要是根据资产类账户和权益类账户的期末余额填列。

利润表是反映企业一定时期内经营成果的动态报表，利润表采用多步式格式，主要是根据损益类账户的发生额分析填列。

利润分配表是反映企业在一定期间利润的分配或亏损的弥补情况和年末未分配利润的结余情况的会计报表，是利润表的附表。利润分配表采用多步式结构，主要是按照"利润分配"科目所属的各明细科目的发生额填列。

现金流量表是以收付实现制原则为基础编制的，综合反映企业在一定期间现金和现金等价物的流入和流出情况的会计报表，按照现金流量的性质，将其分为经营活动产生的现金流量，投资活动产生的现金流量和筹资活动产生的现金流量三类。经营活动产生的现金流量通常可以采用直接法和间接法两种不同的方法编制。

由于会计核算受会计准则的约束，使会计报表提供的信息受到一定的限制，因此，还需要编制会计报表附注进行相关披露，对会计报表项目进行补充说明。

思考与练习

一、思考题

1. 什么是财务报告？财务报告由哪些内容组成？

2. 会计报表的编制要求有哪些？

3. 我国的利润表的结构和内容是如何规定的？

4. 我国的利润表具有什么样的结构和内容？

5. 什么是所有者权益变动表？

6. 资产负债表的作用是什么？其结构和内容如何？

7. 资产负债表项目的填列方法有哪几种？举例说明。

8. 什么是现金流量表？有哪些作用？

9. 现金流量表由哪几部分组成？其格式如何？

10. 现金流量表的编制基础是什么？

11. 会计报表附注主要披露哪些内容？

二、练习题

习题 1

▲目的：

练习资产负债表和利润表的编制。

▲ 资料：

某公司×××年 12 月 31 日有关账户发生额和余额如下：

表 8-9　损益类账户发生额

会企 03 表

×××年度

单位:元

会计科目	1 月~11 月		12 月	
	借方发生额	贷方发生额	借方发生额	贷方发生额
主营业务收入		780 000		90 000
其他业务收入		9 000		3 000
营业外收入		6 000		1 000
主营业务成本	300 000		20 000	
其他业务成本	3 000		1 500	
营业税金及附加	5 000		600	
销售费用	35 000		3 000	
管理费用	26 000		2 500	
财务费用	6 000		500	
营业外支出	4 200		300	
所得税费用	103 950		16 400	

表 8 – 10   总分类账户余额

×××年 12 月 31 日   单位:元

会计科目	借方余额	贷方余额
库存现金	3 000	
银行存款	153 000	
应收票据	4 000	
应收账款	67 000	
预付账款	11 000	
原材料	90 000	
库存商品	180 000	
固定资产	325 000	
累计折旧		36 000
应付票据		29 000
应付账款		70 000
应付职工薪酬		2 000
应交税费		1 500
应付股利		2 600
长期借款		40 000
应付债券		30 000
实收资本		450 000
资本公积		30 000
盈余公积		50 000
利润分配		91 900
合 计	833 000	833 000

▲ 要求:

根据上述资料,编制资产负债表和利润表(年初余额和上期金额不填)。

表8-11 资产负债表

编制单位:某公司

×××年12月31日

会企01表
单位:元

资产	期末余额	年初余额	负债和所有者权益 (或股东权益)	期末余额	年初余额(略)
流动资产:			流动负债:		
货币资金			短期借款		
交易性金融资产			交易性金融负债		
应收票据			应付票据		
应收账款			应付账款		
预付款项			预收款项		
应收利息			应付职工薪酬		
应收股利			应交税费		
其他应收款			应付利息		
存货			应付股利		
一年内到期的非流动资产			其他应付款		
其他流动资产			一年内到期的非流动负债		
流动资产合计			其他流动负债		
非流动资产:			流动负债合计		
可供出售金融资产			非流动负债:		
持有到期投资			长期借款		
长期应收款			应付债券		
长期股权投资			长期应付款		
投资性房地产			专项应付款		
固定资产			预计负债		
在建工程			递延所得税负债		
工程物资			其他非流动负债		
固定资产清理			非流动负债合计		
生产性生物资产			负债合计		
油气资产			所有者权益(或股东权益)		
无形资产			实收资本(或股本)		
开发支出			资本公积		

续表

资产	期末余额	年初余额	负债和所有者权益 （或股东权益）	期末余额	年初余额（略）
商誉			减：库存股		
长期待摊费用			盈余公积		
递延所得税资产			未分配利润		
其他非流动资产			所有者权益（或股东权益）合计		
非流动资产合计					
资产总计			负债和所有者权益（或股东权益）总计		

表 8 – 12　利润表

会企 02 表

编制单位：某公司　　　　　　××××年　　　　　　单位：元

项目	本期金额	上期金额（略）
一、营业收入		
减：营业成本		
营业税金及附加		
销售费用		
管理费用		
财务费用		
资产减值损失		
加：公允价值变动收益（损失以"－"号填列）		
投资收益（损失以"－"号填列）		
其中：对联营企业和合营企业的投资收益		
二、营业利润（亏损以"－"号填列）		
加：营业外收入		
减：营业外支出		
其中：非流动资产处置损失	（略）	
三、利润总额（亏损总额以"－"号填列）		
减：所得税费用		

项目	本期金额	上期金额（略）
四、净利润（亏损以"－"号填列）		
五、每股收益：	（略）	
（一）基本每股收益		
（二）稀释每股收益		

习题 2

▲目的：

练习现金流量表编制。

▲资料：

某企业 200×年有关用于编制现金流量表的数据资料如下：

（1）营业收入 738 000 元。应收账款净额的期初余额和期末余额分别为 54 000 元和 39 000 元。

（2）营业成本 360 000 元。存货的期初余额和期末余额分别为 80 000 元和 165 000 元，应付账款的期初余额分别为 49 500 元和 93 000 元。

（3）折旧费用 21 500 元。固定资产的期初余额和期末余额分别为 250 000 元和 507 000 元，累计折旧的期初余额和期末余额分别为 15 000 元和 31 500 元，当期购入设备，价值 31 700 元，货款已经支付；清理一台设备，原值 60 000 元，累计折旧 5 000 元，回收现金 58 000 元。

（4）出售交易性证券，收到现金 18 000 元，成本 15 000 元。

（5）偿付应付债券 70 000 元，新发行债券 215 000 元，已收到现金。

（6）以现金形式分配利润 20 000 元，应付股利的期初余额和期末余额分别为 1 000 元和 3 000 元。

（7）融资租入固定资产 100 000 元。

▲要求：

计算并说明上述各种情况对现金流量的影响，以及如何填写现金流量表。

第 9 章 账务处理程序

学习目的与要求

1. 通过本章的学习,应了解账务处理程序的基本模式和几种常见的账务处理程序。

2. 掌握不同账务处理程序在企业中的具体应用。

3. 迅速查阅,又保证各种账簿的安全和完整。

4. 各种账簿的保管年限和销毁的审批程序,应按会计制度的规定严格执行。

9.1 账务处理程序概述

9.1.1 账务处理程序的概念和意义

账务处理程序是指记账和产生会计信息的步骤和方法。其基本内容包括填制会计凭证,根据会计凭证登记各种账簿,根据账簿记录提供会计信息这一整个过程的步骤和方法。在会计工作中,不仅要了解会计凭证的填制、账簿的设置和登记以及会计报表的编制,还必须明确规定各种会计凭证、各种账簿和会计报表之间的关系,把它们科学地组织起来,使之构成一个有机的整体。而凭证、账簿和报表之间的一定的组织形式,就形成了不同的账务处理程序。在实际工作中,由于各单位的业务性质不一样,组织规模大小各异,经济业务又有繁简之别,它们需要设置的凭证、账簿的格式和种类也会有不同的要求。为了确保会计工作有条不紊地进行,提高会计工作的质量和效率,确保账簿记录能产生管理所需的信息,各单位应根据自身的实际情况和具体条件,选用合适的凭证、账簿和会计报表,确定它们的格式、填制和登记的步骤和方法,设计并实施适合本单位经济业务特点的账务处理程序。

9.1.2 账务处理程序的设计要求

账务处理程序是做好会计工作的一个重要前提。合理、科学的账务处理程序，不但可以提高会计工作的效率，也能保证会计工作的质量。但不论账务处理程序如何设计，都应符合以下三个要求：

（1）要适合本单位所属行业的特点，即设计账务处理程序时，要考虑组织规模的大小。经济业务的性质和繁简程度，使之有利于会计工作的分工协作和内部控制。

（2）要能够正确、及时和完整地提供本单位的各方面会计信息，以满足各部门和人员的信息需求以及国家宏观管理的需求。

（3）在保证正确、及时和完整地提供会计信息的前提下，尽可能地提高会计工作的效率，节约账务处理的时间及费用。

9.1.3 账务处理程序的种类

账务处理程序有多种形式，并可根据情况进行适当调整。目前我国常用的主要的账务处理程序有：记账凭证账务处理程序、汇总记账凭证账务处理程序、科目汇总表账务处理程序、多栏式日记账账务处理程序和日记总账账务处理程序。

9.2 记账凭证账务处理程序

9.2.1 记账凭证账务处理程序的基本内容

记账凭证账务处理程序是最基本账务处理程序，其他各种账务处理程序基本上都是在它的基础上发展形成的，其特点是直接根据各种记账凭证逐笔登记总分类账。在记账凭证账务处理程序下，库存现金日记账和银行存款日记账只被用来序时地登记各笔收付款业务，并不作为登记总分类账的依据。

采用记账凭证账务处理程序时，一般设置库存现金日记账、银行日记账、总分类账和各种明细分类账。日记账和总分类账一般采用三栏式。明细分类账可以根据需要采用三栏式、数量金额式和多栏式。记账凭证可采用收款凭证、付款凭证和转账凭证三种格式，也可以采用一种通用的记账凭证格式。

9.2.2 记账凭证账务处理程序的基本步骤

结合图9－1，记账凭证账务处理程序的基本步骤如下：

(1)根据原始凭证或原始凭证汇总表,填制收款凭证、付款凭证和转账凭证或通用的记账凭证。

(2)根据收款凭证、付款凭证及所附原始凭证或通用的记账凭证,逐笔顺序登记库存现金日记账和银行存款日记账。

(3)根据各种记账凭证和原始凭证或原始凭证汇总表逐笔登记明细分类账。

(4)根据收款凭证、付款凭证和转账凭证或通用的记账凭证逐笔登记总分类账。

(5)按照对账的要求,定期将总分类账与日记账、明细分类账相核对。

(6)期末,根据总分类账和明细分类账编制会计报表。

采用记账凭证账务处理程序,总分类账能详细地反映经济业务的发生情况、账户的对应关系和经济业务的来龙去脉,清晰明了,便于查账和用账;但如果企业规模的对应关系和经济业务数量较多,登记总账的工作量也会很大。因此,这种账务处理程序一般适用于规模较小、经济业务较小的企事业单位。

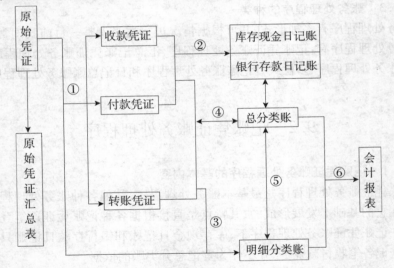

图 9-1　记账凭证账务处理程序

9.2.3　记账凭证账务处理程序的优缺点和适用范围

由于记账凭证账务处理程序是根据各种记账凭证逐笔直接登记总分类账,省去了对记账凭证汇总的手续,因此具有以下优点:①程序简单明了、手续简便,便于理解和掌握;②总分类账能够比较详细、具体地反映经济业务的发生情况;③账户之间的对应关系比较清晰,便于账目之间的核对、审查和分析;④对于不经常发生经济业务的账户,可以不设置明细账,只需在总分类账的摘要栏中,对经济业务加以说明即可。其缺点是,当经济业务量较大时,逐笔登记总分类账的工作量较大。这种账务处理程序适用于一些规模小、业务量较少且比较简单的单位。

9.2.4　记账凭证账务处理程序示例

(一)资料

1. 东方工厂 200×年 5 月初各类总账账户余额如表 9–1 所示。

表 9–1　东方工厂总账账户余额表

账户名称	金　额	账户名称	金　额
银行存款	21 000	累计折旧	8 500
库存现金	400	短期借款	25 000
原材料	5 000	长期借款	70 000
库存商品	3 000	应付账款	8 200
生产成本	1 200	应交税金	900
待摊费用	600	预提费用	800
应收账款	1 000	本年利润	6 300
其他应收款	1 200		
固定资产	80 000		
利润分配	6 300		
合计	119 700	合计	119 700

2. 5 月初"原材料"明细账余额如下

甲材料　500 千克　　　　每千克 4.02 元　　　　金额 2 010 元

乙材料　1 000 千克　　　每千克 2.02 元　　　　金额 2 020 元

丙材料　100 千克　　　　每千克 9.70 元　　　　金额 970 元

3. 该厂 5 月份发生下列经济业务:

(1)1 日,购入甲材料 2 000 千克、每千克 4 元;乙材料 3 000 千克、每千克 2 元,供方代垫运杂费 100 元,增值税额 2 380 元,货款及运费以银行存款支付(运费以材料重量为标准分配)。

(2)2 日,上述甲、乙两种材料运到本厂,验收入库,并按实际采购成本入账。

(3)4 日,生产 A 产品,领用甲材料 1 000 千克,每千克 4.02 元,乙材料 1 500 千克,每千克 2.02 元。

(4)6 日,向上海工厂销售 A 产品 200 件,每件售价 100 元,货款 20 000 元,应交增值税 3 400 元,货款已收到并存入银行。

(5)9 日,以银行存款支付 A 产品广告费 200 元。

(6)10 日,自银行提取现金 20 000 元,准备发放职工工资。

(7)11 日,以库存现金 20 000 元发放本月职工工资。

(8)31 日,结转本月应付职工工资 20 000 元,其中 A 产品生产工人工资 10 000 元,车间管理人员工资 6 000 元,厂部管理人员工资 4 000 元。

(9)31 日,按职工工资总额的 14% 提取职工福利费。

(10)31 日,提取本月固定资产折旧 3 000 元,其中:生产车间固定资产折旧 2 000 元,行政管理部门固定资产折旧 1 000 元。

(11)31 日,结转本月产品负担的制造费用。

(12)31 日,本月 A 产品全部完工,结转完工产品成本。

(13)31 日,结转已售产品成本(单位成本 93 元)。

(14)31 日,将本月"管理费用"、"销售费用"、"主营业务成本"结转至"本年利润"账户。

(15)31 日,将"主营业务收入"结转至"本年利润"账户。

(二)根据资料,按时间顺序填制记账凭证,详见表 9-2

表 9-2　记账凭证

200×年 月	200×年 日	凭证号数	摘　要	一级科目	明细科目	借方金额	贷方金额
5	1	银付 1	购材料付款	材料采购	甲材料	8 040	
					乙材料	6 060	
				应交税费	应交增值税	2 380	
				银行存款			16 480
5	2	转 1	材料验收入库	原材料	甲材料	8 040	
					乙材料	6 060	
				材料采购	甲材料		8 040
					乙材料		6 060
5	4	转 2	生产产品领用材料	生产成本	A 产品	7 050	
				原材料	甲材料		4 020
					乙材料		3 030
5	6	银收 1	销售产品款项	银行存款		23 400	

续表

200×年		凭证号数	摘　要	一级科目	明细科目	借方金额	贷方金额
月	日						
			存入银行	主营业务收入	A 产品		20 000
				应交税费	应交增值税		3 400
5	9	银付 2	支付广告费	销售费用		200	
				银行存款			200
5	10	银付 3	提取现金	库存现金		20 000	
				银行存款			20 000
5	11	现付 1	发放职工工资	应付职工薪酬		20 000	
				库存现金			20 000
5	31	转 3	结转本月职工工资	生产成本	A 产品	10 000	
				制造费用		6 000	
				管理费用		4 000	
				应付职工薪酬			20 000
5	31	转 4	提取本月职工福利费	生产成本	A 产品	1 400	
				制造费用		840	
				管理费用		560	
				应付职工薪酬			2 800
5	31	转 5	提取本月折旧费	制造费用		2 000	
				管理费用		1 000	
				累计折旧			3 000
5	31	转 6	结转制造费用	生产成本	A 产品	8 840	
				制造费用			8 840
5	31	转 7	结转完工产品成本	库存商品	A 产品	28 490	
				生产成本	A 产品		28 490
5	31	转 8	结转已售产品成本	主营业务成本	A 产品	18 600	
				库存商品	A 产品		18 600
5	31	转 9	结转费用、成本	本年利润		24 360	
				管理费用			5 560
				销售费用			200
				主营业务成本	A 产品		18 600
5	31	转 10	结转主营业务收入	主营业务收入	A 产品	20 000	
				本年利润			20 000

(三)根据收款凭证、付款凭证登记日记账

以银行存款日记账为例,见表9-3。

表9-3 银行存款日记账

200×年		凭证号数	摘 要	对方账户	收入	支出	结余
月	日						
5	1		期初余额				21 000
	1	银付1	购材料付款	材料采购		14 100	
				应交税费		2 380	4 520
	6	银收1	销售产品收款	主营业务收入	20 000		

(四)登记明细分类账

以原材料明细账为例,见表9-4。

表9-4 原材料明细表

类别:甲材料   计量单位:千克

年		凭证号数	摘要	收入			发出			结存		
月	日			数量	单价	金额	数量	单价	金额	数量	单价	金额
5	1		期初余额							500	4.02	2 010
	2	转1	材料入库	2 000	4.02	8 040				2 500	4.02	10 050
	4	转2	生产产品领料				1 000	4.02	4 020	1 500	4.02	6 030
			本月合计	2 000		8 040	1 000		4 020	1 500		6 030

(五)登记总分类账

以生产成本、银行存款总账为例,见表9-5和表9-6。

表9-5 生产成本(总账)

单位:元

200×年		凭证号数	摘 要	借方	贷方	借或贷	余额
月	日						
5	1		期初余额			借	1 200
	4	转2	生产产品领料	7 050		借	8 250
	31	转3	结转本月职工工资	10 000		借	18 250
	31	转4	提取本月职工福利费	1 400		借	19 650
	31	转6	结转"制造费用"	8 840		借	28 490
	31	转7	结转本月完工产品成本		28 490	平	0
			本月合计	27 290	28 490	平	0

表 9 – 6 银行存款(总账)

单位:元

200×年 月	日	凭证号数	摘 要	借方	贷方	借或贷	余额
5	1	期初余额				借	21 000
	1	银付1	购材料付款		14 100		
					2 380	借	4 520
	6	银收1	销售产品收款	20 000			
				3 400		借	27 920
	9	银付2	支付广告费		200	借	27 720
	10	银付3	提现		20 000	借	7 720
			本月合计	23 400	36 680	借	7 720

(六)将总账与日记账核对、总账与所属明细账核对(略)

(七)编制试算平衡表(见表 9 – 7)

表 9 – 7 试算平衡表

账户名称	期初余额 借方	期初余额 贷方	本期发生额 借方	本期发生额 贷方	期末余额 借方	期末余额 贷方
银行存款	21 000		23 400	36 680	7 720	
库存现金	400		20 000	20 000	400	
材料采购			14 100	14 100		
原材料	5 000		14 100	7 050	12 050	
库存商品	3 000		28 490	18 600	12 890	
生产成本	1 200		27 290	28 490		
待摊费用	600				600	
应收账款	1 000				1 000	
其他应收款	1 200				1 200	
固定资产	80 000				80 000	
利润分配	6 300				6 300	
累计折旧		8 500		3 000		11 500
短期借款		25 000				25 000
长期借款		70 000				70 000

续表

账户名称	期初余额		本期发生额		期末余额	
	借方	贷方	借方	贷方	借方	贷方
应付账款		8 200				8 200
应交税费		900	2 380	3 400		1 920
预提费用		800				800
应付职工薪酬			20 000	22 800		2 800
制造费用			8 840	8 840		
本年利润		6 300	24 360	20 000		1 940
销售费用			200	200		
主营业务成本			18 600	18 600		
管理费用			5 560	5 560		
主营业务收入			20 000	20 000		
合 计	119 700	119 700	227 320	227 320	122 160	122 160

(八)编制会计报表(略)

9.3 科目汇总表账务处理程序

9.3.1 科目汇总表账务处理程序的基本内容

科目汇总表账务处理程序的特点是根据记账凭证定期编制科目汇总表,然后根据科目汇总表登记总分类账。

采用科目汇总表账务处理程序时,其账簿设置、各种账簿的格式以及记账凭证的格式与记账凭证账务处理程序基本相同,另外增设科目汇总表。

科目汇总表又称记账凭证汇总表,是根据收款凭证、付款凭证和转账凭证或通用的记账凭证,按照相同的账户归类,定期汇总计算每一账户的借方发生额和贷方发生额,并将发生额填入科目汇总表的相应栏目内,对于库存现金账户和银行存款账户的借方发生额和贷方发生额,也可以直接根据库存现金日记账和银行存款日记账的收支合计数填列,而不再根据收款凭证和付款凭证归类汇总填列。科目汇总表的一般格式如表 9 − 8 所示。

科目汇总表的作用与汇总记账凭证的作用相同,都可以简化总分类账的登记工作,但它们的填制方法不同,产生的结果也不同,科目汇总表是定期汇总计算每一账户的借方发生额和贷方发生额,并不考虑账户的对应关系,全部账户的借方、贷方发生额可以汇总在一张表内。其结果是科目汇总表和据此登记的总分类账都不能反映各账户之间的对应关系,所以也不便于了解经济业务的具体内容。汇总记账凭证是定期以每一账户的贷方(或借方),分别按与其对应的借方(或贷方)账户汇总发生额。其结果是汇总记账凭证和据此登记的总分类账户间的对应关系,所以也便于了解经济业务的具体内容。

9.3.2 科目汇总表账务处理程序的基本步骤

结合图 9-2,科目汇总表账务处理程序的基本步骤如下:

(1)根据原始凭证或原始凭证汇总表,填制收款凭证、付款凭证和转账凭证或通用的记账凭证。

(2)根据收款凭证、付款凭证及所附原始凭证逐笔顺序登记库存现金日记账和银行存款日记账。

(3)根据记账凭证和原始凭证或原始凭证汇总表,逐笔登记明细分类账。

(4)根据各种记账凭证,定期编制科目汇总表。

(5)根据科目汇总表登记总分类账。

(6)按照对账要求,定期将总分类账与日记账、明细分类账相核对。

(7)期末根据总分类账和明细分类账编制会计报表。

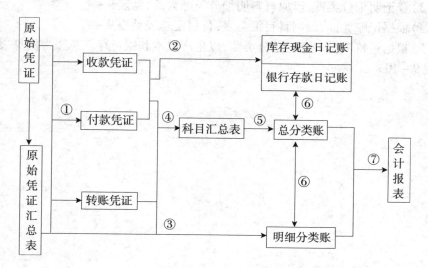

图 9-2 科目汇总表账务处理程序

采用科目汇总表账务处理程序,利用科目汇总表登记总分类账,可以简化总账的登记工作;另外,通过编制科目汇总表,可以进行试算平衡,便于及时发现差错,从而保证会计工作的质量,但是,由于这种账务处理程序在科目汇总表和总分类账中不能反映各账户的对应关系,因而不利于对经济业务进行分析和检查。科目汇总表账务处理程序一般适用于规模较大,经济业务较多的企事业单位。

9.3.3 科目汇总表账务处理程序的优缺点和适用范围

该程序是根据记账凭证汇总编制科目汇总表,再根据科目汇总表登记总账,因此其具有以下优点:①减少了登记总账的工作量;②有利于进行入账前的试算平衡;③汇总方法比较简便,易于掌握。其缺点是:按照相同科目归类编制的科目汇总表,只能汇总反映各账户的本期借方发生额和本期贷方发生额,无法反映账户的对应关系,不能较为具体地反映经济业务的内容和来龙去脉,不便于分析、检查经济活动情况和核对账目。这种账务处理程序一般适用于规模较大、经济业务较多的单位。实际工作中,该种程序使用普遍。

9.3.4 科目汇总表账务处理程序举例(资料见第二节)

(1)按时间顺序填制记账凭证,见表 9-2。

(2)根据收款凭证、付款凭证登记日记账,以银行存款日记账为例,见表 7-3。

(3)登记明细分类账,以原材料明细分类账为例,见表 9-4。

(4)根据记账凭证,编制科目汇总表,科目汇总表见表 9-8。

(5)根据科目汇总表登记总分类账,以生产成本和银行存款总账为例见表 9-9 和表 9-10。

表 9－8　科目汇总表

编号:200×年5月1日至200×年5月31日　　　　　　　　　　　　单位:元

会计科目	账目页数	本期发生额		记账凭证起讫号数
		借方	贷方	
银行存款		23 400	36 680	
库存现金		20 000	20 000	
物资采购		14 100	14 100	
原材料		14 100	7 050	
库存商品		28 490	18 600	
生产成本		27 290	28 490	
累计折旧			3 000	银行收款凭证 1
应交税金		2 380	3 400	银行付款凭证 1－3
本年利润		24 360	20 000	现金付款凭证 1
应付福利费			2 800	转账凭证 1－10
应付工资		20 000	20 000	
制造费用		8 840	8 840	
主营业务成本		18 600	18 600	
管理费用		5 560	5 560	
营业费用		200	200	
主营业务收入		20 000	20 000	
合计		227 320	227 320	

表 9－9　生产成本(总账)

200×年		凭证号数	摘　要	借方	贷方	借或贷	余额
月	日						
5	1	科汇	期初余额			借	1 200
	31		1～31 日汇总表过入	27 290	28 490	平	0
5	31		本月合计	27 290	28 490	平	0

表 9－10　银行存款(总账)

200×年		凭证号数	摘　要	借方	贷方	借或贷	余额
月	日						
5	1	科汇	期初余额			借	21 000
	31		1～31 日汇总表过入	23 400	36 680	借	7 720
5	31		本月合计	23 400	36 680	借	7 720

（6）按照对账要求,定期将总分类账与日记账、明细分类账相核对。

（7）根据总分类账和明细分类账编制会计报表（略）。

9.4 汇总记账凭证账务处理程序

9.4.1 汇总记账凭证账务处理程序的基本内容

汇总记账凭证账务处理程序的特点是根据记账凭证定期编制汇总记账凭证,然后根据汇总记账凭证登记总分类账采用汇总记账凭证账务处理程序时,其账簿设置、各种账簿的格式以及记账凭证的格式与记账凭证账务处理程序基本相同,另外增设汇总记账凭证。

汇总记账凭证也是一种记账凭证,它是根据收款凭证、付款凭证和转账凭证定期（一般为每隔 5 天或 10 天）汇总编制而成,其种类可分为汇总收款凭证、汇总付款凭证和汇总转账凭证。

（一）汇总收款凭证

汇总收款凭证是根据库存现金和银行存款收款凭证汇总编制而成的。编制时,汇总收款凭证应按库存现金账户、银行存款账户的借方设置,并按其对应的贷方账户归类汇总。月终时,结计出汇总收款凭证的合计数,分别记入库存现金、银行存款总分类账户的借方以及各对应账户的贷方。

（二）汇总付款凭证

汇总付款凭证是根据库存现金和银行存款付款凭证汇总编制而成的。编制时,汇总付款凭证应按库存现金账户、银行存款账户的贷方设置,并按其对应的借方账户归类汇总。月终时,结计出汇总付款凭证的合计数,分别记入库存现金、银行存款总分类账户的贷方以及各对应账户的借方。

在填制时,应注意库存现金和银行存款之间的相互划转业务,如果同时填制收款凭证和付款凭证,汇总时应以付款凭证为依据,收款凭证就不再汇总。

（三）汇总转账凭证

汇总转账凭证是根据转账凭证汇总编制而成的。编制时,汇总转账凭证应按库存现金账户、银行存款账户的贷方设置,并按其相对应的借方账户归类汇总。月终时,结计出汇总转账凭证的合计数,分别记入该汇总转账凭证所开设的应贷账户的贷方和各个对应账户的借方。

为了便于汇总转账凭证的编制,在平时编制转账凭证时,应使账户的对应关系保持一个贷方账户与一个或几个借方账户相对应,尽量避免一个借方账户或几个借方账户与几个贷方账户相对应。即编制的会计分录应为一借一贷或一贷多借和各个对应账户的借方。尽量避免一借多贷或多借多贷,否则会给汇总转账凭证的编制带来不便。

9.4.2 汇总记账凭证账务处理程序的基本步骤

结合图 9 - 3,汇总记账凭证账务处理程序的基本步骤如下:

(1)根据原始凭证或原始凭证汇总表编制收款凭证、付款凭证和转账凭证。

(2)根据收款凭证、付款凭证及所附原始凭证逐笔顺序登记库存现金日记账和银行存款日记账。

(3)根据各种记账凭证和原始凭证及原始凭证汇总表登记明细分类账。

(4)根据各种记账凭证编制各种汇总记账凭证。

(5)根据各种汇总记账凭证登记总分类账。

(6)按对账要求,定期将总分类账与日记账、明细分类账相核对。

(7)期末根据总分类账和明细分类账编制会计报表。

在汇总记账凭证账务处理程序下,利用汇总记账凭证,将许多记账凭证的资料汇总起来,月终一次记入总分类账,可以简化总分类账的登记工作,且账户的对应关系清晰明了,明确地反映出了经济业务的来龙去脉,便于查账和用账。但是,由于这种账务处理程序的汇总转账凭证,是按每一账户的贷方而不是按业务的性质设置归类汇总的,因而不利于会计工作的合理分工;而且,要增加一道填制汇总记账凭证的手续,工作量较大。因此,汇总记账凭证账务处理程序一般适用于经营规模较大、经济业务较多的企事业单位。

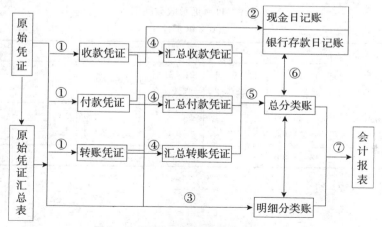

图 9 - 3 汇总记账凭证账务处理程序

9.4.3 汇总记账凭证账务处理程序的优缺点和适用范围

在该程序下,收款凭证以借方科目为主,按对应的贷方科目加以汇总,付款凭证和转账凭证以贷方科目为主,按对应的借方科目进行汇总,这就简化了凭证的整理工作。而且,可以将日常发生的大量记账凭证分散在平时整理,按照科目对应关系归类汇总,利用汇总记账凭证的数据,月末一次登入总分类账。因此,其优点主要表现在:①减少了登记总账的工作量;②能明确反映账户的对应关系,能反映经济业务的内容、来龙去脉,便于分析检查经济活动的发生情况。但是,由于汇总记账凭证按某一科目归类汇总,其缺点是不利于入账前进行试算平衡,也不利于会计核算工作的分工,并且转账凭证较多时,编制汇总转账凭证的工作量较大。该程序一般适用于规模大,业务较多的单位。

9.4.4 汇总记账凭证账务处理程序示例(资料见第二节)

(1)按时间顺序填制记账凭证,见表9-2。

(2)根据收款凭证、付款凭证登记日记账,以银行存款日记账为例,见表7-3。

(3)登记明细分类账,以原材料明细账为例,见表9-4。

(4)根据记账凭证编制汇总记账凭证。

以银行存款汇总收款凭证、银行存款汇总付款凭证、生产成本汇总转账凭证为例,详见表9-11、表9-12和表9-13,其余略。

(5)根据各种汇总记账凭证登记总分类账。

(6)将总分类账与日记账、明细分类账相核对。

(7)根据总分类账和明细分类账编制会计报表(略)。

表9-11 汇总收款凭证

借方账户:银行存款　　　　　　　　　　200×年5月　　　　　　　　　　汇收字:××号

贷方账户	金　额				总账页数	
	1~10日收款凭证	11~20日收款凭证	21~31日收款凭证	合　计	借　方	贷　方
主营业务收入 应交税金	20 000 3 400			20 000 3 400	略	略
合　计	23 400			23 400		

表9－12   汇总付款凭证

贷方账户：银行存款　　　　　　　　　　　200×年5月　　　　　　　　　　　汇付字：××号

借方账户	金　额				总账页数	
	1～10日付款凭证	11～20日付款凭证	21～31日付款凭证	合　计	借　方	贷　方
物资采购	14 100			14 100		
应交税金	2 380			2 380		
营业费用	200			200	略	略
现金		20 000		20 000		
合　计	16 680	20 000		36 680		

表9－13   汇总转账凭证

贷方账户：生产成本　　　　　　　　　　　200×年5月　　　　　　　　　　　汇转字：××号

借方账户	金　额				总账页数	
	1～10日转账凭证	11～20日转账凭证	21～31日转账凭证	合　计	借　方	贷　方
库存商品			28 490	28 490	略	略
合　计			28 490	28 490		

本章小结

　　账务处理程序是指填制会计凭证,根据凭证登记各种账簿,根据账簿记录编制会计报表,提供会计信息这一整个过程的步骤和方法。

　　账务处理程序的种类主要有:记账凭证账务处理程序、科目汇总表账务处理程序、汇总记账凭证账务处理程序等。

　　记账凭证账务处理程序的主要特点是根据记账凭证逐笔登记总分类账。科目汇总表账务处理程序的主要特点是根据记账凭证定期编制科目汇总表,然后根据科目汇总表登记总分类账。汇总记账凭证账务处理程序的主要特点是根据记账凭证编制汇总记账凭证,然后根据汇总记账凭证登记总分类账。

思考与练习

一、思考题

1. 合理组织账务处理程序的意义是什么？
2. 建立科学的会计账务处理程序应符合哪些要求？
3. 如何编制汇总的收款凭证、付款凭证和转账凭证？
4. 简述记账凭证账务处理程序。
5. 简述科目汇总表账务处理程序。
6. 说明各种账务处理程序的特点、优缺点及适用范围。

二、练习题

习题 1

▲目的：

练习记账凭证核算形式。

▲资料：

（一）某股份有限公司某年 11 月 30 日各资产、负债、所有者权益类账户余额如下表 9－14 所示。

表 9－14 资产、负债、所有者权益类账户余额表

单位:元

账户名称	借方余额	账户名称	贷方余额
库存现金	3 000	短期借款	306 000
银行存款	4 862 250	应付票据	80 000
交易性金融资产	320 000	应付账款	85 100
应收票据	120 000	预收账款	100 000
应收账款	180 000	应交税费	45 000
其他应收款	5 000	长期借款	2 000 000
在途物资	61 000	股本	10 000 000
原材料	720 000	资本公积	100 000
库存商品	2 300 000	盈余公积	144 000
固定资产	8 589 000	本年利润	2 308 150
无形资产	300 000	利润分配	80 000
		累计折旧	2 212 000
合计	17 460 250	合计	17 460 250

（二）有关明细账户余额如下：

应收票据： D 单位 120 000

应收账款： E 单位 120 000

F 单位 60 000

其他应收款： 张明 3 000

赵亮 2 000

在途物资： A 单位 61 000

原材料：甲材料 10 000 千克，每千克 15 元，计 150 000 元；

乙材料 6 000 千克，每千克 60 元，计 360 000 元；

丙材料 8 000 千克，每千克 20 元，计 160 000 元；

丁材料 1 000 千克，每千克 50 元，计 50 000 元。

库存商品：M 商品 10 000 件，每件 110 元，计 1 100 000 元；

N 商品 8 000 件，每件 150 元，计 1 200 000 元。

应付票据： C 单位 80 000

应付账款： B 单位 85 100

预收账款： D 单位 100 000

应交税费： 应交所得税 35 000

应交城市维护建设税 4 900

应交车船使用税 1 000

应交房产税 2 000

应交教育附加 2 100

利润分配： 未分配利润 80 000（贷方）

（三）1~11 月各损益类账户发生额如下表 9-15 所示。

表 9-15 损益类账户发生额

账户名称	借方余额	账户名称	贷方余额
主营业务成本	15 000 000	主营业务收入	21 000 000
营业税金及附加	90 000	其他业务收入	1 800 000
其他业务成本	1 200 000	投资收益	800 000
管理费用	1 800 000	营业外收入	5 000
销售费用	1 750 000		
财务费用	200 000		
营业外支出	120 000		
所得税费用	1 136 850		
合计	21 296 850	合计	21 296 850

(四)12 月发生经济业务如下:

(1)1 日,签发转账支票(60349#)购买办公用品 1 500 元,交付使用。车间领用 200 元,管理部门领用 1 000 元,独立销售部门领用 300 元。

(2)1 日,仓库送来收货单,上月从 A 单位购进的乙材料 1 000 千克,每千克 61 元,计 61 000 元(上月已付款),今日到货,验收入库。

(3)2 日,上月委托银行向 E 单位收取的货款 120 000 元,银行已收妥入账,收到收账通知;同日,F 单位交来转账支票一张,归还前欠货款 60 000 元,当即填制进账单送存银行。

(4)2 日,管理人员张明出差归来,报销差旅费 2 800 元,余款 200 元交回现金。

(5)2 日,向 D 企业销售 M 产品 3 000 件,单价 160 元,计 480 000 元,增值税 81 600 元,扣除 100 000 元预收款,其余款项收到转账支票,当即填制进账单送存银行。

(6)3 日,签发转账支票,支付管理部门资料费 1 700 元。

(7)3 日,签发转账支票(88660#)偿还前欠 B 单位货款 85 100 元。

(8)5 日,出售股票(交易性金融资产)收入 300 000 元,存入银行,其账面成本 220 000 元。

(9)6 日,向 A 单位购买甲材料 3 000 千克,单价 15 元,计 45 000 元,增值税 7 650 元,货款及运费 3 000 元(不考虑增值税)通过银行汇出,材料入库。

(10)7 日,以转账支票(88661#)上交上月各项税金和教育费附加共 45 000 元。

(11)8 日,汇给省电视台广告费 120 000 元。

(12)8 日,签发转账支票(88662#)预付 C 单位货款 100 000 元。

(13)9 日,向 E 单位销售 M 产品 1 000 件,单价 150 元,计 150 000 元,N 产品 2 000 件,单价 200 元,计 400 000 元。增值税共计 93 500 元。以库存现金为对方垫付运杂费 300 元,已办妥委托银行收款手续。

(14)9 日,车间技术人员赵亮出差归来,报销差旅费 3 000 元(原借 2 000 元),出纳员付给赵亮库存现金 1 000 元。

(15)10 日,签发转账支票(88663#)支付电费 16 200 元,其中车间耗用 12 000 元,厂部 3 000 元,独立销售部门 1 200 元。

(16)12 日,从 C 单位购买乙材料 2 000 千克,单价 61 元,计 122 000 元,增值税 20 740 元。扣除预付的货款 100 000 元,差额以转账支票支付(88664#),材料入库。

(17)12 日,经批准增发新股 500 万股,每股面值 1 元,售价 1.8 元,款项 9 000 000 元收妥入账。

(18)12 日,9 日委托银行向 E 单位收取的款项已划回入账,收到收账通知。

(19)12 日,向 B 企业购进丙材料 3 000 千克,单价 18 元,计 54 000 元;丁材料 1 000 千克,单价 50 元,计 50 000 元。增值税共计 17 680 元。款项签发转账支票 (88665#)付讫,材料入库。

(20)12 日,签发转账支票(88666#)向灾区捐款 100 000 元。

(21)15 日,签发现金支票(32773#),从银行提取现金 2 000 元备用。

(22)15 日,转让专利权一项,收入 200 000 元,存入银行。其账面成本 100 000 元(该项专利权未计提"累计摊销"和"无形资产减值准备",不考虑相关税费,收入 与账面成本的差额记入"营业外收入——处置非流动资产利得"科目)。

(23)16 日,发放本月工资 69 000 元(通过银行转入职工个人储蓄账户)。

(24)17 日,向 D 企业销售 M 产品 3 500 件,单价 160 元,计 560 000 元;N 产品 1 000 件,单价 200 元,计 200 000 元。增值税共计 129 200 元。收到付货款支票一 张,送存银行。

(25)18 日,以银行存款偿还到期的短期借款 100 000 元。

(26)18 日,签发转账支票(88667#)支付电话费 15 000 元,其中车间 3 000 元, 厂部 5 000 元,独立销售部门 7 000 元。

(27)18 日,销售人员王华出差,借支差旅费 3 000 元,付给其库存现金。

(28)19 日,从 A 企业购买甲材料 3 000 千克,单价 14 元,计 42 000 元;乙材料 3 000 千克,单价 58 元,计 174 000 元。增值税共计 36 720 元,对方代垫运费 5 000 元(按重量比例分摊,不考虑运费中应扣除的增值税)。材料入库,款项暂欠。

(29)20 日,从银行汇出款项 257 720 元,偿还欠 A 单位货款。

(30)21 日,从 A 单位购进丙材料 5 000 千克,单价 21 元,计 105 000 元;丁材 料 2 000 千克,单价 48 元,计 96 000 元。增值税共计 34 170 元。对方代垫运费 4 200 元(按重量比例分摊,不考虑运费中应扣除的增值税)。款项承付,材料同日 到达,验收无误,入库。

(31)21 日,向 E 企业销售 N 产品 1 000 件,单价 200 元,计 200 000 元,增值税 34 000 元。收到商业汇票一张,期限两个月。

(32)22 日,购进卡车一辆,价款 120 000 元,增值税 20 400 元,款项签发转账 支票支付(88668#)(不考虑其他税款)。

(33)23 日,分配本月工资。生产 M 产品工人工资 20 000 元,N 产品工人工资 18 000 元,车间管理人员工资 4 000 元,厂部管理人员工资 15 000 元,销售人员工资 12 000 元。

(34)25 日,计提固定资产折旧 300 000 元,其中车间 160 000 元,厂部 110 000 元,独立销售部门 30 000 元。

(35)26 日,仓库送来发出材料汇总表如下,据以结转材料费用。

表 9 - 16　发出材料汇总表　　　　　　　　　　单位:元

用　途 / 材料名称	甲材料	乙材料	丙材料	丁材料	合　计
生产 M 产品	150 000	180 000	40 000		370 000
生产 N 产品		300 000	180 000	137 200	617 200
车间耗用			10 000	8 820	18 820
厂部耗用			6 000	980	6 980
销售部门耗用			4 000		4 000
合　计	150 000	480 000	240 000	147 000	1 017 000

(36)28 日,按生产工人工资比例计算分配制造费用,将其计入 M、N 产品成本。

(37)29 日,按上月末单价计算结转本月产品销售成本。

(38)30 日,本月 M 产品投产 4 000 件,N 产品投产 5 000 件,月末全部完工。计算 M、N 产品的总成本和单位成本,并作出产品入库的账务处理。

(39)30 日,经计算,本月应交城市维护建设税 15 400 元,教育费附加 6 600 元。

(40)31 日,将损益类账户本月发生额结转"本年利润"账户。

(41)31 日,按本月利润总额的 25% 计算应交所得税(本月无调整事项),并将"所得税费用"账户本月发生额转入"本年利润"账户。

(42)31 日,按本年净利润的 10% 计提法定盈余公积。

(43)31 日,决定向投资者分配现金股利 1 520 000 元。

(44)31 日,将"本年利润"年末余额转入"利润分配——未分配利润"账户贷方。

(45)31 日,将"利润分配"其他各明细账户余额转入"利润分配——未分配利润"账户借方。

▲要求:

1. 根据资料(一)开设总分类账户并过入期初余额。

2. 根据资料(二)开设有关明细分类账户,并过入期初余额。

3. 根据资料(四)运用记账凭证核算形式进行日常账务处理。

4. 根据有关总账和明细账户余额编制资产负债表(年初数不填)。

5. 根据资料(三)和有关账户发生额编制本年利润表。

习题 2

▲目的：

练习科目汇总表核算形式。

▲资料：

同习题 1。

▲要求：

1、2、4、5 同习题 1。

根据资料(四)运用科目汇总表核算形式进行日常账务处理。

习题 3

▲目的：

练习汇总记账凭证核算形式。

▲资料：

同习题 1。

▲要求：

1、2、4、5 同习题 1。

根据资料(四)运用汇总凭证核算形式进行日常账务处理。

第 10 章　会计工作的管理

学习目的与要求

1. 通过本章的学习,要了解会计工作的管理体制。
2. 熟悉会计机构的设置和从业资格的内容。
3. 掌握会计职业道德的内容和会计档案的基本内容。

10.1　会计工作的管理体制

10.1.1　会计工作的主管部门

根据《会计法》的规定,国务院财政部门主管全国的会计工作,县级以上地方各级人民政府财政部门管理本行政区域内的会计工作。这就明确了由财政部门主管会计工作的管理体制,并要管理体制遵循"统一领导,分级管理"的原则。

(一)为什么规定由财政部门主管会计工作

从国家机构的设置和权责归属的划分看,新中国一成立就在财政部设立专门管理会计工作的机构。几十年来,会计工作一直由财政部门管理,财政部门在管理会计工作方面积累了一定经验;从会计工作与经济管理职能相关的密切程度看,财务会计工作同国家财税工作的关系十分密切,它是确定税基、规范财政收支的重要基础。财政部门主管会计工作,有利于财税工作和会计工作相互结合、相互促进,更好地为财税工作和其他经济工作服务。因此,《会计法》充分肯定了财政部门主管会计工作的作用和经验,并以法律形式予以明确。

(二)财政部门主管会计工作是一种责任

财政部门的主要任务是组织财政收入,安排财政支出,实行宏观经济调控。但财政部门不能因为主要任务是抓财政收支而放松对会计工作的管理。财政部门把会计这项基础工作抓好,是维护财经纪律,抓好增收节支,强化财政管理职能的重要措施。会计秩序混乱,财政制度得不到贯彻执行,必然会造成财政收入流失和支出失控,最终给财政工作带来不利影响。因此,绝不能把抓好会计工作视作与财政收支无关或关系不大的额外任务,而应当自觉地把抓好会计工作的管理放在重要位置。《会计法》规定财政部门主管会计工作,这是国家法律赋予财政部门的重要责任,如果财政部门放松对会计工作的管理,造成会计秩序混乱,则不仅是工作上的失误,而且是一种违法行为并应承担法律责任。

(三)财政部门主管会计工作应遵循"统一领导,分级管理"的原则

"统一领导,分级管理"是划分会计工作管理权责的重要原则,也体现了管理的效率原则。财政部门主管会计工作,主要是在统一规划、统一领导的前提下,实行分级负责、分级管理,充分调动地区、部门、单位管理会计工作的积极性和创造性,无论是在国家财政部门与地方财政部门的关系上,还是在财政部门与有关业务主管部门及企事业单位的关系上,都要适当分工并搞好协调配合,上级对下级、财政部门对各业务主管部门都不能事无巨细一概包揽。具体做法是:国务院财政部门在统一规划、统一领导会计工作的前提下,发挥各级人民政府财政部门和中央各部门管理会计工作的积极性,各级人民政府财政部门和中央各业务主管部门应积极配合国务院财政部门管理好本地区、本部门的会计工作;各级人民政府财政部门根据上级财政部门的规划和要求,结合本地区的实际情况,管理本地区的会计工作,并取得同级其他管理部门的支持和配合。

(四)发挥业务主管部门和其他政府管理部门在监管会计工作中的作用

对会计工作的监管,除了发挥财政部门的作用外,还要发挥业务主管部门、政府其他管理部门的作用。会计工作是一项社会经济管理活动,会计资料是一种社会性资源。政府管理部门在履行管理职能时,会涉及有关单位的会计事务和会计资料,有关法律赋予了政府有关管理部门监督检查相关会计事务、会计资料的职责。

10.1.2 会计制度的制定权限

会计制度,是指政府管理部门对处理会计事务所制定的规章、准则、办法等规范性文件的总称,包括对会计工作、会计核算、会计监督、会计人员、会计档案等方面所作出的规范性文件。根据《会计法》的规定,我国实行国家统一的会计制度。国家统一的会计制度,是指国务院财政部门根据《会计法》制定的关于会计核算、会计监督、会计机构和会计人员以及会计工作管理的制度。国家实行统一的会计制度,是规范会计行为的重要保证。我国的会计制度,既是规范各单位会计行为的标准,是各单位组织会计管理工作和产生相互可比、口径一致的会计资料的依据,也是国家财政经济政策在会计工作中的具体体现,更是维护社会经济秩序的重要保证。根据规定,制定会计制度的权限主要体现在以下几个方面:

(一)国家统一的会计制度由国务院财政部门统一制定并公布

这是一个授权性的条款,也就是说,只有国务院财政部门责权根据管理会计工作的需要,按照《会计法》所确立的基本原则和要求,制定国家统一的会计制度并予以公布。但并不排除国务院财政部门会同其他有关部门联合制定国家统一的会计制度中的有关制度。修订后的《会计法》,增加了对国务院财政部门制定的国家统一的会计制度予以"公布"的内容,其主要考虑:一是国家统一的会计制度是规范各单位会计行为、生成会计资料的主要依据,具有政策性强、技术要求高、涉及面广等特点,各单位办理会计事务必须及时了解和认真掌握国家统一的会计制度的内容;二是国务院财政部门有责任和义务及时公布国家统一的会计制度,公布的方式可以是在专门的或者指定的报刊上登载,广为宣传,便于各单位知晓;三是会计工作相关人员应当注意从有关报刊上了解国家统一的会计制度方面的情况、信息,不能再沿用传统的看"红头文件"的做法,不能认为没有见到"红头文件"就不执行国家统一的会计制度,会计工作相关人员因应知而未知国家统一的会计制度而造成会计行为违法,同样要承担法律责任。

(二)有特殊要求的行业、系统可以制定实施国家统一的会计制度的具体办法或者补充规定,但应按规定报批或备案

即国务院有关部门可以依照《会计法》和国家统一的会计制度制定对会计核算和会计监督有特殊要求的行业实施国家统一的会计制度的具体办法或者补充规定,报国务院财政部门审核批准;中国人民解放军总后勤部可以依照本法和国家统一的会计制度制定军队实施国家统一的会计制度的具体办法,报国务院财政部门备案。这一规定,体现了"国家实行统一的会计制度"的要求,以保证会计制度的统一、规范。"有特殊要求的行业"体现了三层含义:一,该行业对会计核算和会计监督的特殊要求是其他行业所没有的;二,该行业对会计核算和会计监督特殊要求的内容,在国家统一的会计制度中只有原则规定而没有具体规定的;三,并不是所有国务院业务主管部门都可以制定实施国家统一的会计制度的具体办法或者补充规定。

10.1.3 会计人员的管理

会计人员是会计工作的直接承担者,他们的职权、地位、素质和工作状况直接影响着会计工作和会计资料的质量。自新中国建立以来,我国政府一直重视对会计人员的培养和管理,并初步形成了一套会计人才评价、选拔和培养机制。修订后的《会计法》在总结我国会计人员管理经验和社会主义市场经济发展要求的基础上,从四个方面进一步明确了会计人员管理的内容。

(一)保护会计人员的合法权益

会计人员由于承担着从会计角度处理各种利益关系的重要任务,在依法行使职权时往往会受到各方面的阻挠、干扰,甚至被打击报复。为了保护会计人员的合法权益,鼓励会计人员坚持原则、依法做好本职工作,《会计法》对会计人员采取了特别的法律保护措施。

一是规定单位负责人为本单位会计行为的责任主体,切实对会计工作和会计资料的真实性、完整性负责。单位负责人对会计行为承担主要责任,使单位负责人的工作目标与会计人员的工作目标一致起来,可以大大缓解以往存在的单位负责人与会计人员之间的矛盾,从而为会计人员创造一个良好的工作环境,保护会计人员更好地开展工作。

二是规定单位负责人要保证会计人员依法履行职责,即应当保证会计机构、会计人员依法履行职责,不得授意、指使、强令会计机构、会计人员违法办理会计事项。这是单位负责人的法定职责。如果单位负责人违反法律规定,应当承担法律责任。

三是规定任何单位和个人不得对会计人员打击报复,打击报复坚持原则的会计人员是一种违法行为,要受到法律的制裁。

四是规定对做出显著成绩的会计人员进行表彰、奖励,即对认真执行本法,忠于职守,做出显著成绩的会计人员,给予精神的或者物质的奖励。这是对会计人员依法做好会计工作所规定的奖励性保护措施。

(二)实行会计从业资格管理制度

1990 年,我国就开始了会计从业资格管理,实行了会计管理制度,经过几年的努力,已形成较为成熟的管理模式和管理方法。这对促进会计人员努力钻研业务和依法做好本职工作、加强会计队伍的管理等都起到了积极的推动作用。修订后的《会计法》从加强会计队伍管理和会计发展需要出发,将会计从业资格管理予以法定化,并进一步完善了这项制度,具体体现在:

1. 从事会计工作的人员必须取得会计从业资格证书

会计人员是市场经济活动中特殊的从业人员,不仅要有良好的业务素质,还应有较强的政策观念和较高的职业道德,其行为应当受法规制度和职业纪律的约束。实行会计从业资格管理,正是加强会计队伍管理、提高会计人员整体素质的重要措施,也是规范会计工作的重要途径。会计从业资格证书,是证明能够从事会计工作的合法凭证。凡是从事会计工作的人员,必须取得会计从业资格证书,才能从事会计工作。根据这一规定,不具备条件的人员,不能从事会计工作,有关单位也不能聘用;不依法履行职责的会计人员,不应当允许其继续从事会计工作。

2. 不符合条件的人员不得从事会计工作

根据《会计法》规定,犯有提供虚假财务会计报告、做假账、隐匿或者故意销毁会计资料、贪污、挪用公款、职务侵占等与会计职务有关的违法行为被依法追究刑事责任的人员,不得取得或者重新取得会计从业资格证书,不得从事会计工作。这是对从事会计工作的人员作出的禁入规定,有利于严格会计从业资格管理,纯正会计队伍,提高整体素质,保证会计工作和会计资料质量。

3. 会计从业资格实行吊证制度

即因违法违纪行为被吊销会计从业资格证书人员,自被吊销之日起五年内,不得重新取得会计从业资格证书。会计从业资格证书由县级以上人民政府财政部门吊销。根据《会计法》的规定,会计人员有下列情形之一,并情节严重的,将被依法吊销会计从业资格证书:一是不依法设置或私设会计账簿的;二是未按规定填制、取得原始凭证或者填制、取得的原始凭证不符合规定的;三是已经审核的会计凭证为依据登记会计账簿或者登记会计账簿不符合规定的;四是随意变更会计处理方法的;五是向不同的会计资料使用者提供的财务会计报告编制依据不一致的;六是未按规定保管会计资料致使会计资料毁损的;七是未按照规定使用会计记录文字或者记账本位币的;八是拒绝外界依法实施监督或者隐匿、谎报有关情况的;九是伪造、变造会计凭证、会计账簿,编制虚假财务会计报告的;十是隐匿或者故意销毁依法应当保存的会计凭证、会计账簿、财务会计报告的;十一是不按规定参加会计人员继续教育的;等等。

(三)突出总会计师、会计机构负责人(会计主管人员)的法律地位

总会计师、会计机构负责人(会计主管人员)都是单位中层以上主管人员,并直接在单位负责人的领导下具体负责单位的财务会计管理工作,在单位经济管理和财务会计管理中发挥着重要作用。对此,修订后的《会计法》进一步突出了他们的法律地位和作用,主要体现在:

1. 国有的和国有资产占控股地位或者主导地位的大、中型企业必须设置总会计师

这是对国有大中型企业设置总会计师的强制性法律规定。如果国有大中型企业没有设置总会计师,就是违法。总会计师,是在单位负责人领导下主管经济核算和财务会计工作的负责人,在单位资产管理和财务会计管理等方面起着重要的作

用。建立健全总会计师制度,对完善法人治理结构、发挥会计职能作用、保护所有者权益都有十分重要的意义。随着我国社会主义市场经济的发展和国有企业改革的深化,国有企业尤其是国有大、中型企业组织形式不断发展变化,有的成了国有独资公司,有的成了国有控股公司,国有企业的组织结构日趋完善,在我国国民经济中的控制力、影响力日益增强。国家作为国有企业的投资者,为了有效行使所有者的权利,必须依法加强对国有企业资产管理、财务管理和主要负责人员的监管。作为主管企业经济核算和财务会计工作的单位领导成员的总会计师,《会计法》明确赋予了他们应有的法律地位。根据《会计法》的规定,总会计师的任职资格、任免程序、职责权限等由国务院另行规定,即按照《总会计师条例》的规定执行。

2. 会计机构负责人必须具备一定的任职资格

即担任单位会计机构负责人(会计主管人员)的,除取得会计从业资格证书外,还应当具备会计师以上专业技术资格或者从事会计工作三年以上经历。会计机构负责人(会计主管人员),是具体负责单位会计工作的中层领导人员,对本单位会计工作负有组织、管理的职责,其工作水平的高低,素质的好坏,直接关系到整个单位会计工作的水平和质量。可以说,会计机构负责人(会计主管人员)任用是否得当,对一个单位会计工作的好坏关系重大,对能否保证国家的财经政策在一个单位得到正确贯彻执行关系重大,对能否有效地维护广大投资者、债权人等的合法权益关系重大。基于以上认识,在充分考虑我国经济组织的性质、规模差异的基础上,修订后的《会计法》从会计从业资格、会计专业技术资格和工作经历等方面对会计机构负责人(会计主管人员)的任职资格作出了规定。

(四)实行会计继续教育制度

会计继续教育,是对会计人员不断进行知识、技能更新和补充,以拓宽和提高其创造、创新能力和专业技术水平,完善其知识结构的教育,是对会计人员进行的终身教育。在我国目前会计学历教育还不十分发达、会计人员业务素质普遍较低、法制观念不强的情况下,加强会计人员的继续教育尤为重要和迫切。因此,修订后的《会计法》规定:"会计人员应当遵守职业道德,提高业务素质。对会计人员的教育和培训工作应当加强。"这一规定体现了两层含义:

一是会计人员必须遵守职业道德,提高业务素质。会计人员作为负有特殊职责的从业人员,应当具备良好的业务素质和较强的政策观念和职业道德水平,敬业爱岗,热爱本职工作,熟悉财经法规,依法客观公正地从事会计工作;同时,要根据经济和会计发展的要求,不断更新知识,增强业务技能,提高为单位生产经营管理服务的能力,更大地发挥会计的职能作用。

二是各级财政部门、主管部门、单位负责人应当重视会计人员的教育和培训,为他们提供良好的接受继续教育的条件和环境。财政部门要加强对会计人员继续教育工作的规划和管理,充分调动社会办学力量的积极性,规范会计培训工作,为广大会计人员更新会计知识提供良好的学习环境;主管部门、单位负责人应当支持会计人员参加会计继续教育活动,督促他们更新知识,提高能力,发挥作用,为保证单位会计资料的真实、完整打好人员素质基础;各社会办学单位则要在财政部门的统一规划和监督指导下开展会计继续教育活动,为广大会计人员提供最新的知识和实用技能、技巧;为会计人员服好务;广大会计人员更应主动参加继续教育活动,提高业务素质,并在工作中严格遵守职业道德,做到爱岗敬业、熟悉法规、依法办事、客观公正搞好服务、保守秘密,认真做好会计工作。

10.1.4 单位内部的会计管理

单位负责人负责单位内部的会计工作管理,应当保证会计机构、会计人员依法履行职责,不得授意、指使、强令会计机构和会计人员违法办理会计事项,对本单位的会计工作和会计资料的真实性、完整性负责。单位负责人是指单位法定代表人或者法律、行政法规规定代表单位行使职权的主要负责人。

(一)单位内部会计监督

1. 单位内部会计监督的概念

单位内部会计监督是指为了保护单位资产的安全、完整,保证其经营活动符合国家法律、法规和内部有关管理制度,提高经营管理水平和效率,而在单位内部采取的一系列相互制约、相互监督的制度和方法。

2. 单位内部会计监督主体和对象

内部会计监督的主体是各单位的会计机构和会计人员。内部会计监督的对象是单位的经济活动。

3. 单位内部会计监督制度的基本要求

各单位应当建立、健全本单位内部会计监督制度和内部控制制度。单位内部会计监督制度应当符合以下要求:

(1)记账人员与经济业务事项或会计事项的审批人员、经办人员、财物保管人员的职责权限应当明确,并相互分离、相互制约;

(2)重大对外投资、资产处置、资金调度和其他重要经济业务事项的决策和执行的相互监督、相互制约的程序应当明确;

(3)财产清查的范围、期限和组织程序应当明确;

(4)对会计资料定期进行内部审计的办法和程序应当明确。

4. 单位内部会计监督的依据

(1)国家财政、税收、金融、外汇、价格等方面的法律、法规和规章。

(2)会计法律、法规和国家统一的会计制度。如《中华人民共和国会计法》、《总会计师条例》、《企业财务通则》、《企业会计准则》等。

(3)各省、自治区、直辖市人民政府和国务院业务主管部门根据《中华人民共和国会计法》和国家统一会计制度制定的具体实施办法或者补充规定。

(4)各单位根据《中华人民共和国会计法》和国家统一会计制度制定的单位内部会计管理制度。

5. 单位负责人在内部会计监督中的职权

(1)单位负责人应该对单位的会计工作和会计资料的真实性、完整性负责。单位负责人对本单位的全面工作负责,这是单位负责人在其基本职责范围内必须做好的工作。单位的会计工作是单位的一项重要的经济管理工作,单位负责人对会计工作具有不可推卸的责任。这里必须指出的是,强调单位负责人对会计工作负责,并不是强调单位负责人自己直接从事会计工作,而是强调单位负责人必须通过有关制度委托、授权会计机构、会计人员按章办事,严格把关。单位的会计行为是否规范、会计资料质量是否符合各方面的要求,在很大程度上取决于会计机构、会计人员在会计核算和会计监督中是否能够充分发挥作用。只要会计机构、会计人员真正发挥自己的作用,就能够减少或者避免财务收支违法违纪问题。因此,单位负责人是否能够在单位的日常生产经营活动中发挥对会计工作的管理,对加强会计监督保证会计工作和会计资料的真实性、完整性,起到很重要的作用。

(2)单位负责人有责任和义务保证内部会计监督制度的建立、健全并发挥有效作用。《会计法》确定单位负责人为单位会计行为的责任主体,其主要目的就是监督单位负责人要组织有关人员建立、健全内部制约和相关制度,保证会计工作有序进行。不仅如此,单位负责人还应通过监督检查,使内部会计监督制度发挥作用。

(3)单位负责人要以身作则,带头执法。单位负责人在组织单位的各种经济活动过程中,不得干预、阻挠会计机构、会计人员依法履行法律赋予他们的职责,更不能授意、指使、强令会计机构、会计人员违法办理会计事项,这些都是违法行为。单位负责人不能认为自己是负责人,对会计工作负责,就可以授意、指使、强令会计人员、会计机构违法办理会计事项,甚至对会计人员的解答、劝阻、抵制采取不法手段进行打击报复等。

6. 会计机构和会计人员在单位内部会计监督中的职权

(1)会计机构和会计人员对违反《会计法》和国家统一的会计制度规定的会计事项,有权拒绝办理或者按照职权予以纠正。

(2)会计人员发现会计账簿记录与实物、款项及有关资料不相符的,按照国家统一的会计制度规定有权自行处理的,应当及时处理;无权处理的,应当立即向单位负责人报告,请求查明原因,作出处理。

7. 会计机构、会计人员对财务收支的监督

(1)会计机构、会计人员对审批手续不全的财务收支应当退回,要求补充、更正。

(2)会计机构、会计人员对违反规定不纳入单位统一会计核算财务收支,应当制止和纠正。

(3)会计机构、会计人员对违反国家统一的财政、财务、会计制度规定的财务收支,不予办理。

(4)会计机构、会计人员对认为是违反国家统一的财政、财务、会计制度规定的财务收支,应当制止和纠正;制止和纠正无效的,应当向单位领导人提出书面意见请求处理。单位领导人应当在接到书面意见起 10 日内作出书面决定,并对决定承担责任。

(5)会计机构、会计人员对违反国家统一的财政、财务、会计制度规定的财务收支,不予制止和纠正,又不向单位领导人提出书面意见的,也应当承担责任。

(6)会计机构、会计人员对严重违反国家利益和社会公众利益的财务收支,应当向主管单位或者财政、审计、税务机关报告。

(二)单位内部会计控制制度

1. 内部会计控制的概念

内部会计控制是指单位为了保护资产的安全、完整,提高会计信息质量,确保有关法律法规和规章制度及单位经营管理方针政策的贯彻执行,避免或降低风险,提高经营管理效率,实现单位经营管理目标而制定和实施的一系列控制方法、措施和程序。内部会计控制是单位会计监督的重要组成部分。

2. 内部会计控制的基本结构

(1)控制环境。是指对建立或实施某项政策发生影响的各种因素,主要反映单位管理者和其他人员对会计控制的态度、认识和行动。具体包括:管理者的思想和经营作风;单位组织结构;管理者的职能及对这些职能的制约;确定职权和责任的方法;管理者监控和检查工作时所用的控制方法;人事工作方针及实施措施;影响本单位业务的各种外部关系等。

(2)会计系统。是指单位为了汇总、分析、分类、记录、报告单位的业务活动,并保持对相关资产与负债的受托责任而建立的方法和程序。有效的会计系统应当能做到:确认并记录所有真实的经济业务;及时并充分详细地描述经济业务的价值,以便在财务会计报告中记录其适当的货币价值;确定经济业务发生的期间;以

便将经济业务记录在适当的会计期间;在财务会计报告中适当地表达经济业务和披露相关事项。

(3)控制程序。是指管理者为达到自己的预定目标而制定的方针和程序。它具体包括:经济业务和经济活动批准权;明确有关人员的职责分工,并有效防止舞弊;凭证和账单的设置和使用,应保证业务和活动得到正确的记载;财产及其记录的接触使用要有保护措施;对已记录的业务及其计价要进行复核等。

3. 内部会计控制的主要方法

根据《内部会计控制规范(试行)》的规定,单位内部会计控制的方法主要包括:

(1)不相容职务相互分离控制。所谓不相容职务,是指那些如果由 1 个人担任即可能发生错误和舞弊行为,又可能掩盖其错误和舞弊行为的职务。不相容职务主要包括:授权批准与业务经办、业务经办与会计记录、会计记录与财产保管、业务经办与稽核检查、授权批准与监督检查等。对于不相容的职务如果不实行相互分离的措施,就容易发生舞弊等行为。如材料采购业务,批准进行采购与直接办理采购即属于不相容的职务,如果这两个职务由 1 个人担当,即出现该员工既有权决定采购什么,采购多少,又可以决定采购价格、采购时间等,没有其他岗位或人员监督、制约,就容易发生舞弊行为。又如销售和收款也属于不相容职务。不相容职务分离的核心是"内部牵制",因此,单位在设计、建立内部会计控制制度时,首先应确定哪些岗位的职务是不相容的;其次要明确规定各个机构和岗位的职责权限,使不相容岗位和职务之间能够相互监督、相互制约,形成有效的制衡机制。

(2)授权批准控制。授权批准是指单位在办理各项经济业务时,必须经过规定程序的授权批准。授权批准形式通常有一般授权和特别授权之分。一般授权是对办理常规性的经济业务的权利、条件和有关责任者做出的规定,这些规定在管理部门中采用文件形式或在经济业务中规定一般性交易办理的条件、范围和对该项交易的责任关系,在日常业务处理中可以按照规定的权限范围(包括制定产品销售价格的权力、购买固定资产的权力以及招聘员工的权力等)和有关职责自行办理。特别授权是指授权处理非常规性交易事件,比如重大的筹资行为、投资决策、资本支出和股票发行等。特别授权也可以用于超过一般授权限制的常规交易。

单位在设计、建立内部会计控制制度时,必须明确一般授权和特别授权的责任和权限,以及每笔经济业务的授权批准程序,并要求按照规定的权限和程序执行。

(3)会计系统控制。会计作为一个控制信息系统,对内能够向管理层提供经营管理的诸多信息,对外可以向投资者、债权人等提供用于投资等决策的信息,是重要的内部会计控制方法之一。会计系统控制主要是通过对会计主体所发生的各项能用货币计量的经济业务进行记录、归类、分类、编报等而进行的控制。其主要内容包括:建立会计工作的岗位责任制,对会计人员进行合理的分工,使之相互监督和制约;按规定取得和填制原始凭证;设计良好的凭证格式;对凭证进行连续编号;规定合理的凭证传递程序;明确凭证的装订和保管手续责任;合理设置账户,登记会计账簿,进行复式记账;按照《会计法》和国家统一的会计制度的要求编制、报送、保管财务会计报告。

(4)预算控制。预算控制的内容涵盖了单位经营活动的全过程,单位通过预算的编制和检查预算执行的情况,可以比较、分析内部各单位未完成预算的原因,并对未完成预算的不良后果采取改进措施,确保各项预算的严格执行。在实际工作中,预算编制不论采用自上而下或自下而上的方法,其决定权都应落实在内部管理的最高层,由这一权威层次进行决策、指挥和协调。预算的执行层由各预算单位组织实施,并辅之以对等的权、责、利关系,由内部审计部门负责监督预算的执行。

预算控制的基本要求:所编制预算必须体现单位的经营管理目标,明确责权;预算在执行中,应当允许经过授权批准对预算进行调整,以使预算更加切合实际;应当及时或定期反馈预算执行情况。

(5)财产保全控制。财产保全控制主要包括接近控制、定期盘点控制等。接近控制主要是指严格限制无关人员对资产的接触,只有经过授权批准的人员才能接触资产。接近控制包括限制对资产本身的接触和通过文件批准方式对资产使用和分配的间接接触。一般情况下,对货币资金、有价证券、存货等变现能力强的资产必须限制无关人员的直接接触。定期盘点是指定期对实物资产进行盘点,并将盘点结果与会计记录进行比较。盘点结果与会计记录如不一致,可能说明资产管理上出现错误、浪费、损失或其他不正常现象,应当及时采取相应的措施加强管理。

(6)风险控制。风险按其形成的原因一般可分为经营风险和财务风险两大类;经营风险是指因生产经营方面的原因给企业盈利带来的不确定性。财务风险又称筹资风险,是指由于举债而给企业财务状况带来的不确定性。借入资金就要还本付息,一旦企业无力偿付到期债务,便会陷入财务困境甚至破产。因此,企业应通过建立有效的风险管理系统,加强对经营风险和财务风险的控制。

(7)内部报告控制。内部报告的格式和种类由各单位根据各自的实际情况自行设计,可以由财会人员负责,也可由财会、业务和管理人员共同完成。内部报告可以是日报、周报、月报、季报、年报等。内部报告的格式和内容必须简明易懂,方便使用。

(8)电子信息技术控制。电子信息技术控制的内容包括两个方面:一是实现内部控制手段的电子信息化,尽可能地减少和消除人为操纵的因素,变人工管理、人工控制为计算机、网络管理和控制。二是对电子信息系统的控制。具体讲既要加强对系统开发、维护人员的控制,还要加强对数据和文字输入、输出、保存等有关人员的控制,保障电子信息系统及网络的安全。

(三)单位内部会计管理制度

1. 内部会计管理体系

单位内部会计管理体系,主要是指一个单位的会计工作组织体系。其主要内容包括:

(1)明确单位领导人对会计工作的领导职责。根据《会计法》和《会计基础工作规范》,单位领导人应当对会计工作全面负责;领导会计机构、会计人员和单位其他人员认真执行会计法律、法规、规章、制度,督促内部会计管理制度的贯彻实施;保证会计资料合法、真实、准确、完整,保障会计人员依法行使职权;对忠于职守,做出显著成绩的会计人员进行表彰奖励。

(2)明确总会计师对会计工作的领导职责。根据《会计法》和《总会计师条例》,需要设置总会计师的单位应当依法设置总会计师。设置总会计师的单位,应当按照《会计法》和《总会计师条例》的规定,明确总会计师的职责、权限。

(3)决定会计机构的设置,明确会计机构以及会计机构负责人(或者会计主管人员)的职责。会计机构的设置原则,会计机构的职责以及会计机构负责人、会计主管人员的职责,应当按照《会计法》和《会计基础工作规范》规定的原则,结合本单位实际情况作出规定。

(4)明确会计机构与其他职能机构的分工与关系。会计部门与单位内部其他部门等有着十分密切的联系,在工作中经常发生业务联系,非常有必要明确它们之间的职责、分工,有利于明确责任、加强协作,有利于管理者的监督、考核。

(5)明确单位内部的会计核算组织形式。主要是明确单位内部的会计核算组织体系。既实行集体核算,又实行分散核算(如二级核算、三级核算等)。

2. 会计人员岗位责任制度

会计人员岗位责任制度是单位内部会计人员管理的一项重要制度,主要内容包括:

(1)会计人员工作岗位的设置,各个会计工作岗位的职责和工作标准;

(2)各会计工作岗位的人员和具体分工;

(3)会计工作岗位轮换办法;

(4)对各会计工作岗位的考核办法等。

3. 账务处理程序制度

账务处理程序制度主要是对会计凭证、账簿、报表等会计核算流程和基本方法

的规定,其主要内容包括:

(1)根据国家统一会计制度的规定,确定单位会计科目和明细科目的设置和使用范围;

(2)根据《会计基础工作规范》的规定和单位会计核算的要求,确定本单位的会计凭证格式、填制要求、审核要求、传递程序、保管要求等;

(3)根据《会计基础工作规范》的规定和单位会计核算的要求,确定本单位总账、明细账、库存现金日记账、银行存款日记账、各种辅助账等的设置、格式、登记、对账、银行存款日记账、各种辅助账等的设置、格式、登记、对账、结算、改错等要求;

(4)根据国家统一会计制度的要求,确定对外财务报告的种类和编制要求,同时根据单位内部管理需要确定单位内部会计指标体系和考核要求。

4. 内部牵制制度

内部牵制制度,是内部会计控制制度的重要内容之一。确定该项制度时,应当与会计人员岗位责任制结合起来考虑。其主要内容包括:

内部牵制制度的原则,包括机构分离、职务分离、钱账分离、账物分离等;对出纳等岗位的职责和限制性规定;有关部门或领导对限制性岗位的定期检查办法。

5. 稽核制度

稽核制度是指会计机构内部指定专人对有关会计账证进行审核、复查的一种制度,该项制度的建立也应当结合会计人员岗位责任制度一并进行考虑。主要内容包括:

稽核工作的组织形式和具体分工;稽核工作的职责、权限;稽核工作的程序和基本方法等。

6. 原始记录管理制度

原始记录是会计核算工作的基础环节。建立规范的原始记录管理制度,对会计核算工作的正常进行起重要保证作用。其主要内容包括:

原始记录的格式、内容和填制方法,包括填制、签署、传递、汇集、反馈要求等;原始记录的审核要求;有关人员对原始记录管理的责任等。

7. 定额管理制度

定额管理制度是指确定定额制定依据、制定程序、考核方法、奖惩措施的制度。主要内容包括:

定额管理的范围,如劳动定额、物资定额、成本费用定额、人员定额、工时定额等;制定和修订定额的依据、方法、程序;明确定额的执行、考核、奖惩的具体办法等。

8. 计量验收制度

计量验收制度是财务会计管理工作的基础。主要包括:

计量检测手段和方法;计量验收管理的要求;计量验收人员的责任和奖惩办法等。

9. 财产清查制度

各单位应当建立财产清查制度,定期清查财产,以保证账实相符。建立财产清查制度,是保证会计核算正常进行和会计核算质量的重要措施。主要内容包括:

财产清查的范围;财产清查的组织领导;财产清查的期限、程序、方法、要求;财产清查中发现问题的处理程序、报批程序;对财产管理人员的奖惩制度等。

10. 财务收支审批制度

财务收支审批制度是指确定财务收支审批范围、审批人员、审批权限、审批程序及其责任的制度。建立健全财务收支审批制度,是财务会计工作的关键环节。其主要内容包括:

(1)确定财务收支审批人员和审批权限。具体说来,应当明确单位领导人、总会计师、会计机构负责人、其他有关机构负责人审批财务收支的范围和最高限额;超过规定限额应当报批的程序(包括管理层集体研究决定、报上级主管单位批准等)。

(2)确定财务收支审批程序,包括经办人、审核人、批准人等应当履行的手续及承担的责任等。

11. 成本核算制度

成本核算制度主要适用企业单位。主要内容包括:

成本核算对象的确定;成本核算方法和程序的确定;有关成本基础制度的制定;成本考核和成本分析等。

12. 财务会计分析制度

建立定期财务会计分析制度,检查财务会计指标落实情况,分析存在的问题和原因,提出相应改进措施,是加强单位内部管理,不断提高经济效益的重要措施。主要内容包括:

财务会计分析的时间、召集形式,参加的部门和人员;财务会计分析的内容和分析方法;财务会计分析报告的编写要求等。

10.2　会计机构和会计人员

10.2.1　会计机构设置

会计机构是指各企事业单位内部直接从事和组织领导会计工作的职能部门。建立健全会计机构,配备数量和素质都相当的、具备会计从业资格的会计人员,是各单位做好会计工作,充分发挥会计职能作用的重要保证。

(一)会计机构的设置原则

1. 会计机构的设置,必须与该企业的经营类型和业务规模相适应,以精简高效为原则

针对不同的企业经营类型、业务规模及繁简程度,设置相应的会计机构。对于规模较大、业务复杂的企业,会计机构的规模就应大一些,内部分工也应细一些;反之,对于规模较小、业务简单的企业,会计机构的规模就应小一些,内部分工也可以粗一些,做到繁简适当、精简高效,以保证会计工作效率。

2. 会计机构的设置,应当符合分工协作的原则

会计机构在进行工作时,必须根据业务内容进行分工,内部分工必须明确,做到职责清、任务明。

3. 会计机构的设置,应当符合内部控制制度的要求

各会计岗位分工负责、互相牵制、互相监督,从制度上防止各种失误或人为的舞弊。

(二)会计机构的具体设置

根据《中华人民共和国会计法》第七条规定:"国务院财政部门主管全国的会计工作。县级以上地方各级人民政府财政部门管理本行政区域内的会计工作。"国家财政部门设立会计司主管全国的会计工作。会计司在财政部门的领导下,拟定全国性的会计法令,研究、制定改进会计工作的措施和总体规划,办理会计工作的各项规章制度,管理报批外国会计公司在我国设立常驻代表机构,会同有关部门制定并实施全国会计人员专业技术职称考评制度等。地方财政部门、企业主管部门一般设财务会计局、处等,主管本地区或本系统所属企业的会计工作。其主要职责是:负责组织、领导和监督所属企业的会计工作;审核、分析、批复所属企业的财务会计报告,并编制本地区、本系统的汇总会计报表;了解和检查所属企业的会计工作情况;负责本地区、本系统会计人员的业务培训,以及会同有关部门评聘会计人员技术职称等。同时,基层企事业单位的主管部门在会计业务上受同级财政部

门的指导和监督。

《中华人民共和国会计法》第三十六条规定："各单位应当根据会计业务的需要,设置会计机构,或者在有关机构中设置会计人员并指定会计主管人员;不具备设置条件的,应当委托经批准设立从事会计代理记账业务的中介机构代理记账。"大中型企业、业务较多的行政单位、社会团体和其他组织应当设置会计机构。规模很小的企业、业务和人员都不多的行政单位可以不单独设置会计机构,将会计业务并入其他职能部门或者委托代理记账。不单独设置会计机构的单位,应当在有关机构中配备会计人员并确定会计主管人员。不具备设置会计机构和会计人员的单位,应当委托经批准设立从事会计代理记账的中介机构代理记账。

10.2.2　会计从业资格

为了加强会计从业资格管理,规范会计人员行为,根据《中华人民共和国会计法》及相关法律的规定,我国财政部制定发布《会计从业资格管理办法》,自 2005 年 3 月 1 日起施行。除《会计从业资格管理办法》另有规定外,县级以上地方人民政府财政部门负责本行政区域内的会计从业资格管理。其中,另有规定是指财政部委托中共中央直属机关事务管理局、国务院机关事务管理局按照各自权限分别负责中央在京单位的会计从业资格的管理;新疆生产建设兵团财务局负责所属单位的会计从业资格的管理;财政部委托铁道部负责铁路系统的会计从业资格管理。财政部委托中国人民武装警察部队后勤部和中国人民解放军总后勤部分别负责中国人民武装警察部队、中国人民解放军系统的会计从业资格的管理。

（一）会计从业资格的概念

会计从业资格是指进入会计职业、从事会计工作的一种法定资质,是进入会计职业的"门槛"。

（二）会计从业资格证书的使用范围

在国家机关、社会团体、公司、企业、事业单位和其他组织从事下列会计工作的人员,包括香港特别行政区、澳门特别行政区、台湾地区人员,以及外籍人员在中国大陆境内从事会计工作的人员,必须取得会计从业资格,持有会计从业资格证书:

（1）会计机构负责人（会计主管人员）。

（2）出纳。

（3）稽核。

（4）资本、基金核算。

（5）收入、支出、债权债务核算。

（6）工资、成本费用、财务成果核算。

（7）财产物资的收发、增减核算。

（8）总账。

（9）财务会计报告编制。

（10）会计机构内会计档案管理。

各单位不得任用或聘用不具备会计从业资格的人员从事会计工作。不具备会计从业资格的人员，不得从事会计工作，不得参加会计专业技术资格考试或评审、会计专业职务的聘任，不得申请取得会计人员荣誉证书。

（三）会计从业资格的取得

1. 会计从业资格的取得实行考试制度

会计从业资格的取得实行考试制度，考试科目为：财经法规和会计职业道德、会计基础、初级会计电算化（或者珠算五级）。会计从业资格考试大纲由财政部统一制定并公布。

省、自治区、直辖市、计划单列市财政厅（局），新疆生产建设兵团财务局，中共中央直属机关事务管理局、国务院机关事务管理局、铁道部、中国人民武装警察部队后勤部和中国人民解放军总后勤部负责组织实施会计从业资格考试有关工作。

2. 会计从业资格报名条件

申请参加会计从业资格考试的人员，应当符合下列基本条件：

（1）遵守会计和其他财经法律、法规；

（2）具备良好的道德品质；

（3）具备会计专业基本知识和专业技能。

3. 会计从业资格部分考试科目免试条件

申请人符合基本报名条件且具备国家教育行政主管部门认可的中专以上（含中专，下同）会计类专业学历或学位的，自毕业之日起2年内（含2年），免试会计基础、初级电算化或者珠算五级。

会计类专业包括：会计学、会计电算化、注册会计师专门化、审计学、财务管理、理财学。

4. 会计从业资格的申请

会计从业资格考试全科合格的申请人可以向会计从业资格考试所在地的县级以上地方财政部门、新疆生产建设兵团财务局和中央主管单位（以下简称"会计从业资格管理机构"）申请会计从业资格证书。县级以上地方财政部门会计从业资格证的颁发权限由各省、自治区、直辖市、计划单列市财政部门确定。

申请会计从业资格证书时，应当填写《会计从业资格证书申请表》，并持下列材料：

（1）考试成绩合格证明。

（2）有效身份证件原件。

（3）近期同一底片一寸免冠证件照两张。

符合部分考试科目免试条件的申请人，且财经法规与会计职业道德考试成绩合格的申请人，还需持学历或学位证书原件（香港特别行政区、澳门特别行政区、台湾地区居民及外国居民的学历或学位须经中华人民共和国教育行政主管部门认可）。

申请人也可以通过委托代理人申请会计从业资格证书，但申请人应当对其申请材料实质内容的真实性负责。

5. 会计从业资格管理机构的受理

申请人的申请材料齐全、符合规定形式，会计从业资格管理机构应当当场受理；申请材料不齐全或者不符合规定形式，会计从业资格管理机构应当当场或者 5 日内一次告知申请人需要补齐的全部内容，逾期不告知的，自收到申请材料之日起即为受理。

会计从业资格管理机构受理或者不予受理会计从业资格证书申请，应当出具书面证明，同时注明日期，并加盖本机构专用印章。

会计从业资格管理机构能够当场作出决定的，应当当场作出颁发会计从业资格证书的书面决定；不能当场作出决定的，应当自受理之日起 20 日内对申请人提交的申请材料进行审查，并作出是否颁发会计从业资格证书的决定；20 日内不能作出决定的，经会计从业资格管理机构负责人批准，可以延长 10 日，并应当将延长期限的理由告知申请人。

会计从业资格管理机构作出准予颁发会计从业资格证书的决定，应当自作出决定之日起 10 日内向申请人颁发会计从业资格证书。会计从业资格管理机构作出不予颁发会计从业资格证书的决定，应当说明理由，并告知申请人享有依法申请行政复议或者提起行政诉讼的权利。

6. 会计从业资格证书的有效范围

会计从业资格证书是具备会计从业资格的证明文件，在全国范围内有效。持有会计从业资格证书的人员（以下简称"持证人员"）不得涂改、转让会计从业资格证书。

（四）会计从业资格证书管理

1. 上岗注册登记

持证人员从事会计工作，应当自从事会计工作之日起 90 日内，填写注册登记表，并持会计从业资格证书和所在单位出具的从事会计工作的证明，向单位所在地或所属部门、系统的会计从业资格管理机构办理注册登记。

2. 离岗备案

持证人员离开会计工作岗位超过 6 个月的,应当填写注册登记表,并持会计从业资格证书,向原注册登记的会计从业资格管理机构备案。

3. 调转登记

持证人员调转工作单位,且继续从事会计工作的,应当按规定要求办理调转登记。持证人员在同一会计从业资格管理机构管辖范围内调转工作单位,且继续从事会计工作的,应当自离开原工作单位之日起 90 日内,填写调转登记表,持会计从业资格证书及调入单位开具的从事会计工作的证明,办理调转登记。

持证人员在不同会计从业资格管理机构管辖范围调转工作单位,且继续从事会计工作的,应当填写调转登记表,持会计从业资格证书,及时向原注册登记的会计从业资格管理机构办理调出手续;并自办理调出手续之日起 90 日内,持会计从业资格证书、调转登记表和调入单位开具的从事会计工作证明,向调入单位所在地区的会计从业资格管理机构办理调入手续。

4. 变更登记

持证人员的学历和学位、会计专业技术职务资格等发生变更的,应向所属会计从业资格管理机构办理从业档案信息变更登记。

5. 会计从业资格管理机构应当对下列情况实施监督检查

(1)从事会计工作的人员持有会计从业资格证书并注册登记情况;

(2)持证人员从事会计工作和执行国家统一的会计制度情况;

(3)持证人员遵守会计职业道德情况;

(4)持证人员接受继续教育情况。

会计从业资格管理机构在实施监督检查时,持证人员应当如实提供有关情况和材料,各有关单位应当予以配合。持证人员有违反《会计法》所列违法违纪情形之一的,由会计从业资格管理机构按照《会计法》的规定予以处理并向社会公告。

会计从业资格管理机构发现单位任用或聘用未经注册、调转登记的人员从事会计工作的,应责令其限期改正;逾期不改正的,予以公告。单位任用或聘用没有会计从业资格证书人员从事会计工作的,由会计从业资格管理机构依据《会计法》相关规定处理。

(五)会计从业资格禁止性规定

因有提供虚假财务会计报告,做假账,隐匿或者故意销毁会计凭证、会计账簿、财务会计报告,贪污,挪用公款,职务侵占等与会计职务有关的违法行为被依法追究刑事责任的人员,不得取得或者重新取得会计从业资格证书。

除前款规定的人员外,因违法违纪行为被吊销会计从业资格证书的人员,自被吊销会计从业资格证书之日起五年内,不得重新取得会计从业资格证书。

10.2.3 会计专业技术资格

(一)会计专业职务的概念

会计专业职务是区别会计人员业务技能的技术等级。会计专业职务分为高级会计师、会计师、助理会计师和会计员。高级会计师为高级职务,会计师为中级职务,助理会计师和会计员为初级职务。其中,各专业职务工作职责如下:

1. 会计员工作职责

会计员主要具体审核工业和办理财务收支,编制记账凭证,登记会计账簿,编制会计报表和输入其他会计事务等。

2. 助理会计师工作职责

助理会计师主要负责草拟一般的财务会计制度、规定、办法;解释、解答财务会计法规、制度中的一般规定;分析检查某一方面或某些项目的财务收支和预算的执行情况等。

3. 会计师工作职责

会计师主要负责草拟比较重要的财务会计制度、规定、办法;解释、解答财务会计法规、制度中的重要问题;分析检查财务收支和预算的执行情况;培养初级会计人才等。

4. 高级会计师工作职责

高级会计师主要负责草拟和解释、解答在一个地区、一个部门、一个系统或在全国实行的财务会计法规、制度、办法;组织和指导一个地区或一个部门、一个系统的经济核算和财务会计工作;培养中级以上会计人才等。

(二)会计专业技术资格

1. 会计专业技术资格考试级别

会计专业技术资格分为初级资格、中级资格和高级资格三个级别。现阶段只对初级、中级会计资格实行全国统一考试制度。高级会计师实行考试与评审相结合制度,目前尚在试点。初级会计资格考试成绩实行一年内一次通过全部科目考试的方法;中级会计资格考试成绩以 2 年为一个周期,单科成绩采取滚动计算的方法。

2. 会计专业技术资格考试报名条件

(1)坚持原则,具备良好的职业道德品质;

(2)认真执行《会计法》和国家统一的会计制度,以及有关财经法律、法规、规

章制度,无严重违反财经纪律的行为;

(3)履行岗位职责,热爱本职工作;

(4)具备会计从业资格,持有会计从业资格证书。

报考初级会计资格考试的人员,除具备上述基本条件外,还必须具备教育部门认可的高中毕业以上学历。报考中级会计资格考试的人员,除具备基本条件外,还必须具备下列条件之一:

(1)取得大学专科学历,从事会计工作满 5 年。

(2)取得大学本科学历,从事会计工作满 4 年。

(3)取得双学士学位或研究生毕业,从事会计工作满 2 年。

(4)取得硕士学位,从事会计工作满 1 年。

(5)取得博士学位,即可报考。

上述考试报名条件中所指的学历是指国家教育部门承认的学历;会计工作年限是指取得相应学历前、后从事会计工作的时间总和。

10.2.4 会计工作岗位设置

会计工作岗位是指一个单位会计机构内部根据业务分工而设置的职能岗位。《会计法》和《会计基础工作规范》对会计工作岗位的设置规定了基本原则,提出了示范性的要求:

(1)各单位应当根据会计业务需要设置会计工作岗位。

(2)符合内部牵制制度要求。会计工作岗位,可以一人一岗、一人多岗或者一岗多人。出纳人员不得兼管稽核、会计档案保管和收入、费用、债权、债务账目的登记工作。

(3)有利于会计人员全面熟悉业务,会计人员的工作岗位应有计划进行轮换。

(4)有利于建立岗位责任制。

各单位应当根据会计业务需要设置会计工作岗位。会计工作岗位一般可分为:会计机构负责人或者会计主管人员,出纳,财产物资核算,工资核算,成本费用核算,财务成果核算,资金核算,往来结算,总账报表,稽核,档案管理等。开展会计电算化和管理会计的单位,可以根据需要设置相应工作岗位,也可以与其他工作岗位相结合。

10.3　会计人员的职业道德

10.3.1　会计职业道德的概念

（一）会计职业道德概念

会计职业道德是指会计职业活动中应当遵循的、体现会计职业特征的、调整会计职业关系的职业行为准则和规范。

（二）会计职业道德的特征

1. 具有一定的强制性

一般的职业道德侧重于人们的行为动机和内心信念的调整，通常只对那些最低的要求赋予强制性。为了强化会计职业道德的调整职能，我国会计职业道德中的许多内容都直接纳入了会计法律制度。如《会计法》、《会计基础工作规范》等规定了会计职业道德的内容和要求。

2. 较多关注公众利益

会计的一个显著特征是会计活动与社会公众利益密切联系。会计人员在遵循会计职业道德的过程中，往往会受到利益因素的驱动。因此，会计职业的社会公众利益性，要求会计人员客观公正，在会计职业活动中，发生道德冲突时要坚持准则，把社会公众利益放在第一位。

10.3.1　会计职业道德的主要内容

根据我国会计工作、会计人员的实际情况，结合《公民道德建设实施纲要》和国际国内会计职业道德的一般要求，我国前任财政部部长项怀诚同志在其所著的《会计职业道德》一书中将我国会计职业道德规范的主要内容归纳为以下几个方面：

1. 爱岗敬业

爱岗就是会计人员应热爱本职工作，安心本职岗位，并为做好本职工作尽心尽力、尽职尽责；敬业就是会计人员对其所从事的会计职业或行业的正确认识和恭敬态度，并用这种严肃恭敬的态度认真地对待本职工作，将身心与本职工作融为一体。爱岗和敬业互相支持，相辅相成，爱岗是敬业的基础，敬业也是爱岗的升华。爱岗敬业应做到：正确认识会计职业，树立爱岗敬业精神；热爱会计工作，敬重会计职业；安心会计工作，任劳任怨；严肃认真，一丝不苟；忠于职守，尽职尽责。

2. 诚实守信

诚实是指言行与内心思想相一致,不弄虚作假、不欺上瞒下,做老实人、说老实话、办老实事;守信就是遵守自己所作出的承诺,讲信用,重信用,信守诺言,保守秘密。朱镕基同志提出的"诚实为本,操守为重,坚持原则,不做假账",实际上就是对会计人员诚实守信的基本要求。诚实守信应做到:做老实人,说老实话,办老实事,不搞虚假;保密守信,不为利益所诱惑;执业谨慎,信誉至上。

3. 廉洁自律

廉洁就是不收受贿赂、不贪污钱财;自律就是自律主体按照一定的标准,自己约束自己、自己控制自己的言行和思想的过程,其核心是用道德观念自觉地抵制自己的不良欲望,包括会计人员自律和行业自律。廉洁自律应做到:树立正确的人生观和价值观;公私分明,不贪不占;遵纪守纪,尽职尽责。

4. 客观公正

客观是指以客观事实为依据,真实地记录和反映实际经济业务事项,会计核算要准确、记录要可靠、凭证要合法;公正就是公平正直,一是国际统一的会计制度要公正;二是执行会计准则、制度,即公司、企业单位管理层和会计人员不仅应当具备诚实的品质,而且应公正地开展会计核算和会计监督工作。客观是公正的基础,公正是客观的反映。客观公正应做到:端正态度,依法办事,实事求是,不偏不倚。

5. 坚持准则

坚持准则就是要求会计人员在处理日常业务的过程中,要严格按照会计法律制度办事,不为主观或他人意志所左右。这里的准则不仅指会计准则,而且包括会计法律、国际统一的会计制度以及会计工作相关的法律。坚持准则应做到:熟悉准则、遵循准则、执行准则。

6. 提高技能

提高技能就是要求会计人员提高职业技能和专业胜任能力,以适应工作的需要。这里的职业技能是人们进行职业活动,承担职业责任的能力和手段。对于会计职业而言,包括会计理论水平、会计实务能力、职业判断能力、提供会计信息的能力、自动更新知识能力、沟通交流能力以及职业经验。提高技能应做到:具有勤学苦练的精神和科学的学习方法。

7. 参与管理

参与管理就是间接参加管理活动,为管理者当参谋,为管理活动服务。会计的管理是以商品价值运动为管理对象,以货币计量为主要形式,以核算、监督为基本职能,通过收集、处理和利用经济信息,对经济运行过程进行组织、调解和指导工作,促使人们权衡利弊,比较得失,讲求经济效益。参与管理应做到:努力钻研业务,熟悉财经法规和业务流程,使参与管理的决策更具针对性和有效性。

　　8. 强化服务

　　强化服务就是要求会计人员应具有文明的服务态度、强烈的服务意识和优良的服务质量。强化服务应做到:强化服务意识,提高服务质量。

　　会计职业道德规范的内容与会计职业活动有着紧密的联系,随着社会经济的不断发展,会计职业活动的内容也不断丰富,社会对会计工作的职业技能和职业要求也越来越高,会计职业道德规范的内容也在扬弃中不断地丰富和发展,或被提升为会计法律制度的内容,或由于不合时宜而被淘汰。

　　会计行为的规范化不仅要以会计法律、法规作保障,还要依赖会计人员的道德信念、道德品质来实现。会计职业道德准则只有转化为人们的内在信念和内在品质,才能使会计行为在正确的轨道上运行。

10.4　会计档案

10.4.1　会计档案的概念

　　会计档案是指会计凭证、会计账簿和会计报表等会计核算专业资料,它是记录和反映经济业务的重要史料和证据。会计档案是国家档案的重要组成部分,也是各单位的重要档案之一。各单位必须加强对会计档案管理的领导,建立和健全会计的立卷、归档、保管、调阅和销毁等管理制度,切实把会计档案管好。

　　会计档案是会计事项的历史记录,是总结经验,进行决策所需利用的重要资源,也是进行会计财务检查、审计检查的重要资料。因此,各单位的会计部门必须认真做好会计档案的管理工作。

10.4.2　会计档案的组成

　　企业的会计档案包括:

　　(1)会计凭证类:原始凭证、记账凭证、汇总凭证和其他会计凭证。

　　(2)会计账簿类:总账、明细账、日记账、固定资产卡片、辅助账簿、其他会计账簿。

　　(3)财务报告类:月度、季度、年度财务报告,包括会计报表、附表、附注及文字说明和其他财务报告。

　　(4)其他类:银行存款余额调节表、银行对账单、其他应当保存的会计核算专业资料、会计档案移交清册、会计档案保管清册、会计档案销毁清册等。

10.4.3 会计档案管理的基本内容

(一)会计档案的保存

财务部应有专人负责保存会计档案,定期将财务部归档的会计资料,按顺序立卷登记有效。会计档案的保管期限为永久保存和定期保存两类,具体和保管年限详见附表。

会计档案保管期满需要销毁时,由会计档案管理人员提出销毁意见,经部门经理审查,总经理批准,报上级有关部门批准后执行。由会计档案管理人员编制会计档案销毁清册,销毁时应由审计部和财务部有关人员共同参加,并在销毁单上签名或盖章。

(二)会计档案的借用

财务人员因工作需要查阅会计档案时,必须按规定顺序及时归还原处,若要查阅入库档案,必须办理有关借用手续。集团内各单位若因公需要查阅会计档案时,必须经本单位领导批准证明,经财务经理同意,方能由档案管理人员接待查阅。外单位人员因公需要查阅会计档案时,应持有单位介绍信,经财务经理同意后,方能由档案管理人员接待查阅,并由档案管理人员详细登记查阅会计人员的工作单位、查阅日期、会计档案名称及查阅理由。

会计档案一般不得带出室外,如有特殊情况,需带出室外复制时,必须经财务部经理批准,并限期归还。

(三)会计档案的交接

由于会计人员的变动或会计机构的改变等,会计档案需要转交时,须办理交接手续,并由监交人、移交人、接收人签字或盖章。

(四)会计档案保管期限

会计档案保管期限的规定如下:

1. 会计凭证类

原始凭证、记账凭证:15 年

其中:涉及外来和对私改造的会计凭证:永久

银行存款余额调节表:3 年

2. 会计账簿类

日记账:15 年

其中:库存现金和银行存款日记账:25 年

明细账、总账、辅助账:15 年

涉及外来和对私改造的会计账簿:永久

3. 会计报表类

主要财务指标报表:3 年

月、季度会计报表:15 年

年度会计报表: 永久

4. 其他类

会计档案保管清册及销毁清册: 25 年

财务成本计划: 3 年

主要财务会计文件、合同、协议 :永久

（五）会计档案的销毁

保管期满的会计档案,可以按以下程序销毁:

（1）由本单位档案机构会同会计机构提出销毁意见,编制会计档案销毁清册,列明销毁会计档案的名称、卷号、册数、起止年度和档案编号、应保管期限、已保管期限、销毁时间等内容。

（2）单位负责人在会计档案销毁清册上签署意见。

（3）销毁会计档案时,应当由档案机构和会计机构共同派人监督。国家机关销毁档案时,应当由同级财政部门、审计部门派员参加监销。财政部门销毁会计档案时,同级审计部门应当派员参加监销。

（4）监销人员在销毁会计档案时,应当按照会计档案销毁清册所列内容清点核对所要销毁的会计档案;销毁后,应当在会计档案销毁清册上签名盖章,并将监销情况报告本单位负责人。

必须说明的是,保管期满但未结清的债券债务原始凭证和涉及其他未了事项的原始凭证,不得销毁,应当单独抽出立卷,保管到未了事项完结时为止。单独抽出立卷的会计档案,应当在会计档案销毁清册和会计档案保管清册中列明。在建项目建设期间的建设单位,其保管期满的会计档案不得销毁。建设单位在建项目建设期间形成的会计档案,应当在办理竣工决算后移交给建设项目的单位,并按规定办理交接手续。

本章小结

国务院财政部门主管全国的会计工作,县级以上地方各级人民政府财政部门管理本行政区域内的会计工作。单位负责人负责单位内部的会计工作管理,应当保证会计机构、会计人员依法履行职责,不得授意、指使、强令会计机构和会计人员违法办理会计事项,对本单位的会计工作和会计资料的真实性、完整性负责。单位负责人是指单位法定代表人或者法律、行政法规规定代表单位行使职权的主要负责人。

会计从业资格是指进入会计职业、从事会计工作的一种法定资质,是进入会计职业的"门槛"。各单位应当根据会计业务需要设置会计工作岗位。会计工作岗位一般可分为:会计机构负责人或者会计主管人员,出纳,财产物资核算,工资核算,成本费用核算,财务成果核算,资金核算,往来结算,总账报表,稽核,档案管理等。

我国会计职业道德规范的主要内容:爱岗敬业、诚实守信、廉洁自律、客观公正、坚持准则、提高技能、参与管理、强化服务。会计档案是指会计凭证、会计账簿和会计报表等会计核算专业资料,它是记录和反映经济业务的重要史料和证据,各单位的会计部门必须认真做好会计档案的管理工作。

思考与练习

一、判断题

1. 会计人员对于弄虚作假、营私舞弊、欺骗上级等违法乱纪行为,应拒绝执行,并向单位领导人或上级机关、财政部门报告。 （ ）

2. 总会计师是单位的行政领导成员,协助单位主要行政领导人工作,直接对单位主要行政领导人负责。 （ ）

3. 在会计电算化中,规章制度能够保证系统高速有效地运行。 （ ）

4. 会计制度按照制定单位不同可分为国家统一会计制度和基层单位内部会计制度。 （ ）

5. 所有单位必须设置会计机构。 （ ）

6. 2000 年年底颁布的《企业会计制度》适用于我国境内的所有企业。 （ ）

7. 总会计师必须取得会计师任职资格,主管一个单位工作时间不少于 3 年。
（ ）

二、单项选择题

1.《中华人民共和国会计法》规定,管理全国会计工作的部门是 （ ）

    A. 国务院   B. 财政部

    C. 全国人民代表大会   D. 注册会计师协会

2. 在大中型企业中,领导和组织企业会计工作和经济核算工作的是 （ ）

    A. 厂长   B. 注册会计师

C. 高级会计师　　　　　　　　　　D. 总会计师
3. 会计人员的职责中不包括　　　　　　　　　　　　　　（　）
　　A. 进行会计核算　　　　　　　　B. 实行会计监督
　　C. 编制预算　　　　　　　　　　D. 决定经营方针
4. 在一些规模小、会计业务简单的单位,可以　　　　　　　（　）
　　A. 单独设置会计机构
　　B. 在有关机构中配备专职会计人员
　　C. 在单位领导机构中配备专职会计人员
　　D. 不进行会计核算
5. 当前,我国会计规范的第一层次是　　　　　　　　　　　（　）
　　A.《会计法》　　　　　　　　　　B.《企业财务会计报告条例》
　　C.《企业会计准则》　　　　　　　D.《企业会计制度》
6. 会计准则分为(　)两个层次。
　　A. 宏观准则和微观准则　　　　　B. 企业会计准则和预算会计准则
　　C. 基本准则和具体准则　　　　　D. 会计准则和财务通则
7. 担任单位会计机构负责人的,除取得会计从业资格证书外,还应当具备会
　计师以上专业技术职务资格或者从事会计工作(　)以上经历。
　　A. 两年　　　　B. 三年　　　　C. 四年　　　　D. 五年
8. 个人独资企业、合伙企业适用　　　　　　　　　　　　　（　）
　　A.《企业会计制度》　　　　　　　B.《金融企业会计制度》
　　C.《小企业会计制度》　　　　　　D.《非企业会计制度》

三、多项选择题

1. 我国会计专业技术职务分别规定为　　　　　　　　　　　（　）
　　A. 高级会计师　　　B. 会计师　　　　C. 注册会计师
　　D. 助理会计师　　　E. 会计员
2. 会计人员的主要权限有　　　　　　　　　　　　　　　　（　）
　　A. 督促本单位有关部门执行国家财务会计制度
　　B. 参与本单位编制计划
　　C. 对外签订经济合同
　　D. 有权检查本单位有关部门的财务收支
　　E. 参加有关生产经营管理会议
3. 下列各项中属于会计电算化的组成内容的有　　　　　　　（　）
　　A. 计算机硬件　　　B. 系统软件　　　C. 应用软件

D. 从业人员　　　　　　　E. 与会计电算化有关的规章制度

4. 总会计师的工作权限有　　　　　　　　　　　　　　　　　　（　　）

　　A. 主管审批财务收支工作

　　B. 签署预算与财务收支计划

　　C. 组织本单位各个职能部门的经济核算

　　D. 决定会计主管人员的任免

5. 会计工作组织从狭义来讲应该包括　　　　　　　　　　　　　（　　）

　　A. 会计人员的配备　　　　　　　B. 会计机构设置

　　C. 会计法规的制定与执行　　　　D. 会计档案的保管

6. 我国现行的企业会计制度包括　　　　　　　　　　　　　　　（　　）

　　A.《企业会计制度》　　　　　　　B.《金融企业会计制度》

　　C.《小企业会计制度》　　　　　　D.《非企业会计制度》

7. 我国会计规范体系包括三个层次　　　　　　　　　　　　　　（　　）

　　A. 会计法　　　　　　　　　　　B. 会计准则

　　C. 会计制度　　　　　　　　　　D. 财务通则

8. 下列属于会计职业道德内容的是　　　　　　　　　　　　　　（　　）

　　A. 爱岗敬业　　　　　　　　　　B. 诚实守信

　　C. 廉洁自律　　　　　　　　　　D. 客观公正

四、案例题

2005 年,某公司由于经营管理和市场方面的原因,经营业绩滑坡。为了获得配股资格,某公司的主要负责人张华便要求公司财务总监李兵对该年度的财务数据进行调整,以保证公司的净资产收益率符合配股条件。李兵组织公司会计人员杨丽以虚增营业额、隐瞒费用和成本开支等方法调整了公司财务数据。该公司根据调整后的财务资料,于 2006 年 7 月申请配股并获批准发行。

简析:当事人存在何种违法行为和应承担的法律责任;当事人违反了哪些会计职业道德要求并说明理由。

附录:各章《思考与练习》参考答案

第1章

一、思考题

1. 对会计的定义表述具有代表性的观点,一是"管理活动论",二是"信息系统论"。持"管理活动论"观点的学者认为:"会计是对各单位(各个会计主体)的经济业务,主要运用货币形式,借助于专门的方法和程序,进行核算,实行监督,产生一系列财务信息和其他经济信息,旨在提高经济效益的一项具有反映和控制职能的管理活动。"持"信息系统论"观点的学者认为会计是:"旨在提高微观经济效益,加强经济管理而在企业(单位)范围内建立的一个以提高财务信息为主的经济信息系统。这个系统主要用来处理各单位的资金运动(价值运动)所产生的数据而后把它加工成有助于决策的财务信息和其他信息。"

2. 会计的基本职能为:会计核算与会计监督。会计核算职能具有以下特点:第一,会计核算主要是从价值量上反映各经济实体的经济活动情况,为经济管理提供数据资料。第二,会计核算对经济活动的反映具有完整性、连续性和系统性。第三,会计核算要对各经济实体经济活动的全过程进行反映,在对已经发生的经济活动进行事中、事后核算的同时,还可以预测未来的经济活动。会计监督职能具有以下特点:第一,会计监督主要是利用价值指标。第二,会计监督贯穿于经济活动的全过程,做到事前监督、事中监督、事后监督相结合。

3. 会计对象是指会计核算和监督的内容,即会计工作所要核算和监督的客体。会计要素是会计对象的具体化,是对会计对象按经济特征所作的最基本分类。

4. 六大会计要素是资产、负债、所有者权益、收入、费用和利润。

资产具有以下基本特征:(1)资产能够直接或间接地给企业带来经济利益。(2)资产由企业拥有或者控制,是指企业享有某项资源的所有权,或者虽然不享有某项资源的所有权,但该资源能被企业所控制。(3)资产是由企业过去的交易或者事项形成的。

负债具有以下基本特征:(1)负债是企业具有的现时义务,是由过去的交易或事项形成的现已承担的义务。(2)负债的清偿预期会导致经济利益流出企业。

所有者权益具有以下特征:第一,除非发生减资、清算或分派现金股利,企业不需要偿还所有者权益。第二,企业清算时,只有在清偿所有的负债后,所有者权益才返还给所有者。第三,所有者能够参与企业利润的分配。

收入具有以下特征:(1)收入应当是企业在日常活动中形成的,而不是从偶发的交易或事项中产生的。(2)收入应当会导致经济利益的流入,该流入不包括所有者投入的资本。(3)收入应当最终会导致所有者权益的增加。(4)收入只包括本企业经济利益的流入,而不包括为第三方或客户代收的款项。

费用具有以下几方面的特征:(1)费用应当是企业在日常活动中发生的。(2)费用应当会导致经济利益的流出,该流出不包括向所有者分配的利润。(3)费用应当最终会导致所有者权益的减少。

利润是指企业在一定会计期间的经营成果。

5. 会计核算的基本前提是:会计主体、持续经营、会计期间、货币计量。

6. 收益性支出,是指支出的效益仅与本会计年度(或一个营业周期)相关的支出;而资本性支出是指支出的效益与几个会计年度(或几个营业周期)相关的支出。收益性支出是为取得本期收益而发生的支出,这样的支出应当在当期费用化,列入利润表中,与其当期收入进行配比。而资本性支出是为形成生产经营能力,以便在以后各期取得收益而发生的各种支出,这样的支出应该资本化,作为资产列于资产负债表中,并采用合理、系统的方法在不同的受益期间进行摊销。

7. 经济业务的发生对会计等式中的资产、负债与所有者权益的影响有以下四种类型:(1)经济业务的发生引起会计等式左右两方项目的金额同时增加,双方项目增加的金额相等。(2)经济业务的发生引起会计等式左右两方项目的金额同时减少,双方项目减少的金额相等。(3)经济业务的发生引起会计等式左方项目之间的金额有增有减,增加与减少的金额相等。(4)经济业务的发生引起会计等式右方项目之间的金额有增有减,增加与减少的金额相等。

8. 会计核算方法主要包括设置会计科目和账户、复式记账、填制和审核会计凭证、登记会计账簿、成本计算、财产清查和编制财务会计报告七种方法。

二、判断题

1、4、5、6 正确

2、3、7、8、9、10 错误

三、单项选择题

1. B　2. B　3. D　4. A　5. B　6. B　7. B　8. A　9. A　10. C

四、多项选择题

1. ABCD　2. ACD　3. ABCD　4. BCD　5. ABCD　6. ABCD　7. ABC　8. ACD
9. ABD　10. ABCD　11. AC　12. BC

第2章

一、思考题

1. 会计科目就是对会计要素的具体内容进行分类核算的项目。会计科目的设置应遵循下列原则：(1)设置会计科目必须结合会计对象的特点，全面反映会计核算的内容。(2)设置会计科目必须符合经济管理对会计信息的需求。(3)设置会计科目要将统一性与灵活性结合起来。(4)设置会计科目的名称要简单明确，字义相符，通俗易懂。(5)设置会计科目要保持相对稳定性。

2. 会计科目按其所反映的经济内容不同，分为资产类、负债类、所有者权益类、共同类、成本类、损益类。会计科目按其提供指标的详细程度不同，可分为总分类科目和明细分类科目。

3. 账户就是根据会计科目开设的，具有一定的格式和结构，用来分类、连续地记录经济业务，反映会计要素增减变动情况及其结果的载体。

4. 平行登记法，即对所发生的每项经济业务事项，都要以会计凭证为依据，一方面记入有关总分类账户，另一方面记入有关总分类账户所属明细分类账户的方法。平行登记法可以归纳如下：第一，时期相同。每一项经济业务发生后，在同一会计期间既要记入有关总分类账户，又要记入其所属的明细分类账户。第二，方向相同。每一项经济业务发生后，记入总分类账户的方向与记入明细分类账户的方向相同。第三，金额相同。每一项经济业务发生后，记入总分类账户的金额与记入明细分类账户的金额相同。

5. 在账户中记录的本期增加发生额、本期减少发生额、期初余额、期末余额构成账户的四项金额。这四项金额可以用下列等式表示：

期末余额 ＝ 期初余额 ＋ 本期增加发生额 － 本期减少发生额

6. 账户的基本结构一般包括下列内容：(1)账户的名称(会计科目作为账户的名称)；(2)记录经济业务的日期；(3)所依据记账凭证的种类和编号；(4)经济业务内容的摘要；(5)增加和减少的金额及余额。

7. 账户与会计科目两者之间既有联系又有区别。两者的共同点在于:账户与会计科目都是对会计对象的具体内容所进行的科学分类,都说明一定的经济业务内容。一般情况下,账户的名称就是会计科目,会计科目是设置账户的依据,账户是会计科目的具体运用。

两者的区别在于:会计科目仅仅是账户的名称,不存在结构,而账户则具有一定的格式和结构;会计科目只表示一定的经济业务内容,而账户不仅能够分类记录经济业务的内容,而且能够记录经济业务引起会计要素增减变动及其变动结果的金额。

二、判断题

1、2、3 正确

4、5 错误

三、单项选择题

1. D 2. C 3. D 4. D 5. D 6. B 7. C 8. A 9. C 10. A

四、多项选择题

1. ABCD 2. BCD 3. ABD 4. AB 5. CD 6. BCD 7. ABCD 8. ABCD

五、计算题(略)

第 3 章

一、思考题

1. 复式记账法是指对每一项经济业务,都要以相等的金额,同时在两个或两个以上相互联系的账户中进行登记的方法。

复式记账法的特点是:第一,在两个或两个以上相互联系的账户中记录一项经济业务,以反映资金运动的来龙去脉。尽管经济业务是多种多样的,但每次资金运动,都表现为不同来源或不同资产。对于每一项经济业务,要在两个或两个以上相互联系的账户中登记,不仅可以反映每一项经济业务的来龙去脉,而且可以将某一会计期间发生的全部经济业务作为一个有机的整体在整个账户体系中进行反映。也可以通过账户记录,全面、系统地了解资金运动的过程及其结果。第二,以相等的金额记入相应的账户,以便于检查账簿记录的正确性。运用复式记账,账户的记录以及账户之间的关系不再孤立,每项经济业务发生时,以相等的金额进行记录,对账户记录的内容及结果可以利用账户之间的相互关系进行试算平衡,以检查账簿记录的正确性。

2. 借贷记账法是指以资产和权益的平衡关系为基础,以"借"和"贷"作为记账符号,以"有借必有贷,借贷必相等"作为记账规则的一种复式记账法。其记账规则是"有借必有贷,借贷必相等"。

3. (1)资产类账户基本结构

对于资产类(包括成本类)账户,借方登记增加金额,贷方登记减少金额,如期末有余额,一般为借方余额,表示期末资产余额。

这类账户的基本结构如下表所示。

资产类账户

借方	贷方
期初余额(资产余额)×××	
①本期增加额	①本期减少额
②本期增加额	②本期减少额
本期发生额①+②×××	本期发生额①+②×××
期末余额(资产余额)×××	

资产类账户的期末余额计算公式如下:

$$\text{期末余额(借方)}=\text{期初余额(借方)}+\text{本期借方发生额}-\text{本期贷方发生额}$$

(2)权益类账户基本结构

对于权益类(包括负债类和所有者权类)账户,贷方登记增加额,借方登记减少额,如期末有余额,一般为贷方余额,表示期末权益余额。

这类账户的基本结构,如下表所示。

权益类账户

借方	贷方
	期初余额(权益余额)×××
①本期减少额	①本期增加额
②本期减少额	②本期增加额
本期发生额①+②×××	本期发生额①+②×××
	期末余额(权益余额)×××

权益类账户的期末余额计算公式如下:

$$\text{期末余额(贷方)}=\text{期初余额(贷方)}+\text{本期贷方发生额}-\text{本期借方发生额}$$

4. 试算平衡,就是根据资产和权益的平衡原理,检查会计分录和各个账户的记录是否正确,以保证会计核算质量,这是会计核算的重要环节。其试算平衡公式如下:

（1）发生额平衡公式

全部账户借方发生额合计＝全部账户贷方发生额合计

（2）余额平衡公式

全部账户借方余额合计＝全部账户贷方余额合计

因为有许多错误对于借贷双方的平衡并不发生影响，诸如对某项经济业务重记或漏记、记错账户、方向颠倒这样的错误，通过试算平衡就无法发现，因而不能通过试算平衡发现所有错误。

5. 会计分录是指对每项经济业务指出其应登记的账户名称、借贷方向和金额的一种记录。

会计分录有简单会计分录和复合会计分录两种。只涉及两个账户，即"一借一贷"的会计分录，称为简单会计分录。涉及两个以上账户，即"一借多贷"、"一贷多借"或"多借多贷"的会计分录，称为复合会计分录。

6. 试算平衡的作用是：检查会计分录和各个账户的记录是否正确，以保证会计核算质量。

在实际工作中，总分类账户的本期发生额和余额的试算平衡，一般是在期末通过编制"总分类账户本期发生额及余额试算平衡表"进行的。

按其检查对象的不同可分为会计分录试算平衡、发生额试算平衡及余额试算平衡。

在日常会计工作中，采用借贷记账法对发生的经济业务进行会计处理必须严格遵守其"有借必有贷，借贷必相等"的记账规则。编制的会计分录及记账方式必须方向相反而变动的金额相等。因此，某一会计期间全部账户本期借、贷方发生额及其余额合计数应分别相等，从而维护会计恒等式的平衡。其试算平衡公式如下：

（1）发生额平衡公式

全部账户借方发生额合计＝全部账户贷方发生额合计

（2）余额平衡公式

全部账户借方余额合计＝全部账户贷方余额合计

发生额平衡公式通常用来检查每笔会计分录和全部总分类账户的发生额是否平衡；余额平衡公式通常用来检查一定时期（如月、季、年）末全部总分类账户的余额是否平衡。

二、练习题

要求 1. （略）

要求 2. 会计分录

（1）借：银行存款 460 000

       贷:实收资本   460 000

（2）借:固定资产   200 000

       贷:银行存款   200 000

（3）借:应付账款   32 000

       贷:银行存款   32 000

（4）借:原材料   340 000

       贷:应付账款   340 000

（5）借:库存现金   2 000

       贷:银行存款   2 000

（6）借:其他应收款 – 张明   1 000

       贷:库存现金   1 000

（7）借:应收账款   180 000

       贷:主营业务收入   180 000

（8）借:银行存款   20 000

       贷:短期借款   20 000

（9）借:销售费用 – 广告费   18 000

       贷:银行存款   18 000

（10）借:银行存款   310 000

       贷:应收账款   310 000

要求 3.（略）

要求 4. 科目汇总表（业务题 1—10 发生额试算平衡表）

记账凭证第 1 号至 10 号   2008 年 3 月 1 日至 31 日   **总字第 3 号**

会计科目	借方金额	贷方金额	总账页数
库存现金	2 000	1000	
银行存款	790 000	252000	
应收账款	180 000	310000	
其他应收款	1 000		
原材料	340 000		
固定资产	200 000		
短期借款		20 000	
应付账款	32 000	340 000	
实收资本		460 000	
主营业务收入		180 000	
销售费用	18 000		
合计	1 563 000	1 563 000	

会计主管   记账   复核   制表

第 4 章

一、思考题(略)

二、练习题

习题 1

(1)借:其他应收款——王勇　　　　　　　　　　1 000
　　　贷:库存现金　　　　　　　　　　　　　　　　　　1 000
(2)借:生产成本　　　　　　　　　　　　　　　20 000
　　　　制造费用　　　　　　　　　　　　　　　 1 000
　　　贷:原材料　　　　　　　　　　　　　　　　　　 21 000
(3)借:生产成本　　　　　　　　　　　　　　　 8 000
　　　　制造费用　　　　　　　　　　　　　　　 1 000
　　　　管理费用　　　　　　　　　　　　　　　 1 000
　　　贷:应付职工薪酬——工资　　　　　　　　　　 10 000
(4)借:销售费用　　　　　　　　　　　　　　　 2 500
　　　贷:银行存款　　　　　　　　　　　　　　　　　 2 500
(5)借:生产成本　　　　　　　　　　　　　　　 1 120
　　　　制造费用　　　　　　　　　　　　　　　　 140
　　　　管理费用　　　　　　　　　　　　　　　　 140
　　　贷:应付职工薪酬——职工福利　　　　　　　　　 1 400
(6)借:制造费用　　　　　　　　　　　　　　　　 500
　　　　管理费用　　　　　　　　　　　　　　　　 300
　　　贷:累计折旧　　　　　　　　　　　　　　　　　　 800
(7)借:生产成本　　　　　　　　　　　　　　　 2 640
　　　贷:制造费用　　　　　　　　　　　　　　　　　 2 640
(8)借:库存商品　　　　　　　　　　　　　　　31 760
　　　贷:生产成本　　　　　　　　　　　　　　　　 31 760
(9)借:银行存款　　　　　　　　　　　　　　　70 200
　　　贷:主营业务收入　　　　　　　　　　　　　　 60 000

应交税费—应交增殖税(销项税额)		10 200
借:主营业务成本	31 760	
贷:库存商品		31 760
(10)借:主营业务收入	60 000	
贷:本年利润		60 000
借:本年利润	35 700	
贷:主营业务成本		31 760
销售费用		2 500
管理费用		1 440
借:所得税费用	6 075	
贷:应交税费—应交所得税		6 075
借:本年利润	6 075	
贷:所得税费用		6 075

"T"型账(略)。

习题 2

(1)借:银行存款	200 000	
贷:实收资本		200 000
(2)借:原材料—乙材料	400 000	
贷:实收资本		400 000
(3)借:固定资产	70 000	
贷:实收资本		45 000
累计折旧		25 000
(4)借:固定资产	35 400	
贷:营业外收入—捐赠利得		35 000
银行存款		400
(5)借:资本公积—资本溢价	100 000	
贷:实收资本		100 000
(6)借:银行存款	50 000	
贷:短期借款		50 000
借:应付账款	50 000	
贷:银行存款		50 000
(7)借:原材料—丙材料	6 200	

—丁材料	4 800		
贷：银行存款		11 000	
（8）借：材料采购—甲	6 300		
贷：应付账款—红星公司		6 300	
（9）借：材料采购—甲	47		
贷：库存现金		47	
借：原材料—甲材料	6 347		
贷：材料采购—甲材料		6 347	
（10）借：应付账款—红星公司	6 300		
贷：银行存款		6 300	
（11）借：银行存款	16 000		
贷：预收账款		16 000	
（12）借：预付账款	5 000		
贷：银行存款		5 000	
（13）借：原材料—甲材料	10 000		
贷：应付票据		10 000	
（14）借：原材料—乙材料	5 000		
贷：预付账款		5 000	
（15）借：原材料	100		
贷：库存现金		100	
（16）借：生产成本—A	25 600		
管理费用	400		
贷：原材料—甲材料		26 000	
借：生产成本—B	7 820		
制造费用	1 180		
贷：原材料—乙材料		9 000	
（17）借：生产成本—A	30 000		
生产成本—B	15 000		
制造费用	7 000		
管理费用	5 000		
销售费用	8 000		
贷：应付职工薪酬—工资		65 000	
（18）借：生产成本—A	4 200		

生产成本—B	2 100	
制造费用	980	
管理费用	700	
销售费用	1 120	
贷:应付职工薪酬—职工福利		9 100
(19)借:制造费用	500	
贷:周转材料－低值易耗品		500
(20)借:库存现金	66 000	
贷:银行存款		66 000
借:应付职工薪酬—工资	63 500	
贷:库存现金		63 500
(21)借:应付职工薪酬—职工福利	65	
贷:库存现金		65
(22)借:无形资产	1 200	
贷:银行存款		1 200
(23)借:管理费用—业务招待费	200	
贷:库存现金		200
(24)借:制造费用	1 500	
贷:周转材料		1 500
(25)借:管理费用	6 400	
制造费用	12 000	
贷:累计折旧		18 400
(26)借:财务费用－利息支出	150	
贷:应付利息－××银行		150
(27)借:管理费用	320	
贷:累计摊销		320
(28)借:预付账款	13 200	
贷:银行存款		13 200
(29)借:应付利息	2 400	
贷:银行存款		2 400
(30)借:生产成本—A	4 000	
生产成本—B	2 500	
管理费用	1 500	

	贷:银行存款		8 000
(31)	借:长期借款	1 600 000	
	贷:银行存款		1 600 000
(32)	借:财务费用－手续费	4 300	
	贷:银行存款		4 300
(33)	借:银行存款	800	
	贷:财务费用		800
(34)	借:银行存款	3 800	
	贷:应收票据		3 800
(35)	借:管理费用	14 000	
	贷:应付职工薪酬—工会经费		14 000
(36)	借:应付职工薪酬—社会保险	1 000	
	贷:银行存款		1 000
(37)	借:固定资产	82 000	
	贷:银行存款		82 000
(38)	借:其他应收款	2 000	
	贷:库存现金		2 000
(39)	借:原材料—甲材料	1 200	
	贷:生产成本		1 200
(40)	借:管理费用	800	
	贷:库存现金		800
(41)	借:管理费用	1 840	
	库存现金	160	
	贷:其他应收款		2 000
(42)	借:生产成本—A	9 000	
	生产成本—B	3 000	
	贷:制造费用		12 000
(43)	借:库存商品—A	277 500	
	贷:生产成本—A		277 500
(44)	借:银行存款	35 000	
	应收账款	5 000	
	贷:主营业务收入		40 000
(45)	借:银行存款	3 000	

```
            应收票据                                    10 000
                贷:主营业务收入                               13 000
  (46)借:银行存款                                   5 000
        贷:应收账款                                       5 000
  (47)借:销售费用－广告费                          450
        贷:银行存款                                          450
  (48)借:应收账款                                  25 500
        贷:主营业务收入                               25 000
            库存现金                                          500
  (49)借:销售费用                                  1 500
        贷:银行存款                                        1 500
  (50)借:主营业务成本—A                          35 880
                  —B                            9 450
        贷:库存商品—A                               35 880
                —B                                     9 450
  (51)借:营业税金及附加                          28 000
        贷:应交税费                                     28 000
  (52)借:应交税费                                 28 000
        贷:银行存款                                     28 000
  (53)借:库存现金                                  8 500
        贷:其他业务收入                                 8 500
      借:其他业务成本                              9 400
        贷:原材料                                         9 400
  (54)借:应付账款                                  3 500
        贷:营业外收入                                   3 500
  (55)借:银行存款                                    500
        贷:其他应付款                                     500
  (56)借:银行存款                                    600
        贷:其他业务收入                                   600
  (57)借:银行存款                                    500
        贷:营业外收入－罚没利得                         500
  (58)借:营业外支出－罚款支出                      100
        贷:库存现金                                        100
```

（59）借：其他应付款　　　　　　　　　　　　　　　　500

　　　　贷：营业外收入 – 罚没利得　　　　　　　　　　　　　500

（60）借：主营业务收入　　　　　　　　　　　　　78 000

　　　　其他业务收入　　　　　　　　　　　　　　9 000

　　　　营业外收入　　　　　　　　　　　　　　　5 000

　　　　投资收益　　　　　　　　　　　　　　　　8 000

　　　　贷：本年利润　　　　　　　　　　　　　　　100 000

　　　借：本年利润　　　　　　　　　　　　　　61 600

　　　　贷：主营业务成本　　　　　　　　　　　　　45 000

　　　　　销售费用　　　　　　　　　　　　　　　　800

　　　　　营业税金及附加　　　　　　　　　　　　2 500

　　　　　管理费用　　　　　　　　　　　　　　　9 000

　　　　　财务费用　　　　　　　　　　　　　　　2 000

　　　　　其他业务成本　　　　　　　　　　　　　1 400

　　　　　营业外支出　　　　　　　　　　　　　　　900

（61）借：所得税费用　　　　　　　　　　　　1 000 000

　　　　贷：应交税费—应交所得税　　　　　　　　1 000 000

　　　借：本年利润　　　　　　　　　　　　　1 000 000

　　　　贷：所得税费用　　　　　　　　　　　　　1 000 000

（62）借：利润分配——提取法定盈余公积　　　　300 000

　　　　贷：盈余公积——法定盈余公积　　　　　　300 000

（63）借：利润分配 – 应付现金股利或利润　　　100 000

　　　　贷：应付股利　　　　　　　　　　　　　　100 000

（64）借：利润分配——未分配利润　　　　　　400 000

　　　　贷：利润分配——提取法定盈余公积　　　　300 000

　　　　贷：利润分配——应付现金股利或利润　　　100 000

（65）借：本年利润　　　　　　　　　　　　　3 000 000

　　　　贷：利润分配——未分配利润　　　　　　3 000 000

（66）借：盈余公积　　　　　　　　　　　　　20 000

　　　　贷：实收资本　　　　　　　　　　　　　　20 000

（67）借：盈余公积　　　　　　　　　　　　　100 000

　　　　贷：利润分配——未分配利润　　　　　　　100 000

第 5 章（略）

第 6 章

一、思考题

1. 任何一个单位发生经济业务后,首先要取得或填制会计凭证,这是会计核算工作的起点和基础。但会计凭证对经济业务的反映是零散的、片面的,每一张会计凭证只能记录一笔或性质相同的若干笔经济业务,不能把一个单位在某一时期内发生的全部经济业务完整的反映出来。因此,为了全面、系统、连续地反映企事业单位的经济活动和财务收支情况,需要把会计凭证中所记载的大量分散的资料加以分类、整理,这就需要在会计凭证的基础上设置和登记账簿。通过登记账簿,既能对经济活动进行序时核算,又能进行分类核算;既能提供各项总括的核算资料,又能提供明细核算资料。

设置账簿一般应遵循以下原则:

（1）全面系统原则。全面系统原则要求单位设置账簿必须根据国家有关会计制度规定的基本要求,结合各单位的经营规模和业务特点,全面、连续、系统地反映和监督经济活动的情况,满足经营管理的需要。

（2）科学适用原则。

科学适用原则对单位设置账簿提出了三个方面的要求,一方面要根据实际需要,尽量节约人力和物力,不重复设账和因人设账;一方面要注意各种账簿结合使用,各有分工,互相配合,既不脱节,也不重复;另一方面,账簿的格式应按所记录的经济业务的内容和需要提供的会计信息进行设计,尽量简明实用,以有利于提高核算的效率和质量,有利于账簿的使用者看账及用账,使账簿最大效率的发挥作用。

账簿按其用途不同,一般可分为序时账簿、分类账簿和备查账簿三种。

账簿按其外表形式不同,可以分为订本式账簿、活页式账簿和卡片式账簿三种。

会计账簿按账页格式不同可分为三栏式账簿、多栏式账簿和数量金额式账簿三种。

2. （略）

3. 明细分类账簿是按照二级或明细科目设置的账簿,一般采用活页式账簿。各单位应结合自己的经济业务特点和经营管理要求,在总分类账的基础上设置若干明细分类账,作为总分类账的必要补充。明细分类账按账页格式不同,主要有三栏式、数量金额式、多栏式三种。

三栏式明细分类账簿的账页格式与三栏式总分类账簿的账页格式相同,即只设有借方,贷方和余额三个金额栏,不设数量栏。它适用于仅需进行金额明细分类核算,如应收账款、应付账款、其他应收款等科目的明细分类核算。

数量金额式明细账簿是在借方(收入)、贷方(发出)和余额(结存)栏下再设数量、单价和金额三个小栏,用来登记既要进行金额核算,又要进行实物数量核算的各种财产物资科目,如"原材料"、"库存商品"等明细账。

多栏式明细账簿是根据经济业务的特点和经营管理的需要,在一张账页上按明细项目分设若干专栏,用来登记明细项目多、借贷方向单一且无需数量核算的收入、费用、利润等业务,如"生产成本"、"制造费用"、"管理费用"、"主营业务收入"、"本年利润"等明细账。

4.账簿记录错误时,应根据具体情况采用正确的方法进行更正,常用的错账更正方法有划线更正法、补充登记法和红字更正法三种。

划线更正法,是指对账簿记录中的错误文字和数字,采用划红线注销,并进行更正的一种方法。它主要适用于结账以前发现账簿记录有错误,而其所依据的记账凭证没有错误,即纯属记账时文字或数字的笔误的情况。

补充登记法是指用蓝字编制一张补充凭证,补足账户中少记金额的方法。它主要适用于记账以后发现记账凭证中会计科目正确,而所记金额小于应记金额的情况。

红字更正法,是指用红字冲销或冲减原有的错误记录,以更正或调整记账错误的方法。它主要适用于下列两种情况:

(1)记账后发现原编制的记账凭证中应借、应贷会计科目或记账方向有误,应采用红字更正法更正。

(2)记账后发现原编制的记账凭证中应借、应贷会计科目和记账方向并无错误,但所记金额大于应记金额,应采用红字更正法更正。

二、填空题

1.序时账簿、分类账簿和备查账簿

2.订本式账簿、活页式账簿和卡片式账簿

3.三栏式、数量金额式、多栏式

4.账证核对、账账核对和账实核对

5.划线更正法、补充登记法和红字更正法

三、名词解释

1.会计账簿是由具有一定格式并互相联系的账页组成的,用来依据会计凭证序时地、分类地记录和反映各项经济业务的簿籍。设置和登记账簿是会计核算的一种专门方法,也是会计核算的中心环节。

2.日记账,是指根据经济业务发生的先后顺序逐日逐笔进行连续登记的账簿。按其记录的经济业务内容不同,序时账簿又分为普通日记账和特种日记账两种。

四、判断题
1. ×　2. ×　3. ×

五、选择题
1. B　2. D

六、练习题

习题 1

具体填制账簿略,答案仅提供业务分录:

(1)借:应交税费　　　　　　　　　　　　　2 000
　　　贷:银行存款　　　　　　　　　　　　　　　　2 000
(2)借:银行存款　　　　　　　　　　　　300 000
　　　贷:实收资本　　　　　　　　　　　　　　　300 000
(3)借:材料采购　　　　　　　　　　　　　9 000
　　　贷:银行存款　　　　　　　　　　　　　　　　9 000
(4)借:其他应收款—李明　　　　　　　　　1 500
　　　贷:库存现金　　　　　　　　　　　　　　　　1 500
(5)借:库存现金　　　　　　　　　　　　　2 000
　　　贷:银行存款　　　　　　　　　　　　　　　　2 000
(6)借:管理费用　　　　　　　　　　　　　　　80
　　　贷:库存现金　　　　　　　　　　　　　　　　　80
(7)借:库存现金　　　　　　　　　　　　　　200
　　　贷:其他应收款—张兰　　　　　　　　　　　　200
(8)借:管理费用　　　　　　　　　　　　　　800
　　　库存现金　　　　　　　　　　　　　　200
　　　贷:其他应收款—王楠　　　　　　　　　　　1 000
(9)借:应付账款　　　　　　　　　　　　12 000
　　　贷:银行账款　　　　　　　　　　　　　　12 000
(10)借:管理费用　　　　　　　　　　　　1 800
　　　贷:银行存款　　　　　　　　　　　　　　　1 800

（11）借：银行存款   200 000

      贷：短期借款   200 000

（12）借：应付账款   7 000

      贷：银行存款   7 000

（13）借：银行存款   30 000

      贷：应收账款   30 000

（14）借：库存现金   160 000

      贷：银行存款   160 000

（15）借：应付职工薪酬   160 000

      贷：库存现金   160 000

（16）借：制造费用   25 000

      贷：银行存款   25 000

（17）借：制造费用   1 200

      贷：银行存款   1 200

（18）借：管理费用   1 700

      贷：其他应收款   1 500

            库存现金   200

（19）借：银行存款   32 500

      贷：主营业务收入   32 500

（20）借：应交税费   33 000

      贷：银行存款   33 000

库存现金日记账

| 2008 年 | | 凭证 | | 摘要 | 借方 | 贷方 | 余额 |
月	日	字	号				
5	31			月末结存			5 000
6	5	记	004	李明预借差旅费		1 500	3 500
6	5	记	005	提现	2 000		5 500
6	6	记	006	刘斌报销市内交通费		80	5 420
6	7	记	007	张兰上交赔偿款	200		5 620
6	9	记	008	王楠退回余款	200		5 820
6	15	记	014	提现	160 000		165 820
6	15	记	015	发放工资		160 000	5 820
6	21	记	018	补付李明		200	5 620
6	30			本月合计	162 400	161 780	5 620

银行存款日记账

2008 年		凭证		摘要	借方	贷方	余额
月	日	字	号				
5	31			月末结存			78 000
6	1	记	001	支付上月应交税费		2 000	76 000
6	2	记	002	收到资本金	300 000		376 000
6	3	记	003	购料		9 000	367 000
6	5	记	005	提现		2 000	365 000
6	10	记	009	偿付料款		12 000	353 000
6	11	记	010	支付业务招待费		1 800	351 200
6	12	记	011	借入短期借款	200 000		551 200
6	12	记	012	偿还前进工厂货款		7 000	544 200
6	14	记	013	收回远大工厂前欠货款	30 000		574 200
6	15	记	014	提现		160 000	414 200
6	17	记	016	支付电费		25 000	389 200
6	20	记	017	支付水费		1 200	388 000
6	24	记	019	销售甲产品货款	32 500		420 500
6	28	记	020	上交所得税		33 000	387 500
6	30			本月合计	562 500	253 000	387 500

习题 2

答案仅提供业务分录参考:

(1)借:生产成本　　　　　　　　　　　　　　27 600
　　　贷:原材料—甲　　　　　　　　　　　　　　　10 000
　　　　　　　—乙　　　　　　　　　　　　　　　　17 600
(2)借:原材料—甲　　　　　　　　　　　　　12 000
　　　贷:应付账款—京都　　　　　　　　　　　　　　12 000
(3)借:原材料—甲　　　　　　　　　　　　　2 000
　　　　　　　—乙　　　　　　　　　　　　　8 800
　　　贷:应付账款—滨江　　　　　　　　　　　　　　10 800
(4)借:应付账款—京都　　　　　　　　　　　16 000
　　　　　　　—滨江　　　　　　　　　　　　12 000
　　　贷:银行存款　　　　　　　　　　　　　　　　28 000

习题 3

（1）补充登记法，少记了 9 000 元。

（2）红字更正法，制造费用应为生产成本。

（3）划线更正法，分录没错，库存现金登记方向错误。

（4）红字更正法，数字多记了 2 000 元。

（5）红字更正法，正确分录：借：所得税费用　　　　　　　　4 000

　　　　　　　　　　　　贷：应交税费 – 应交所得税　　　　　　4 000

第 7 章

一、思考题

1. 财产清查按照清查的范围不同，可分为全部清查和局部清查。

　　按照财产清查的时间不同，可分为定期清查和不定期清查。

　　按照财产清查的执行单位的不同，可分为内部清查和外部清查。

2. 财产清查主要包括货币资金清查、实物财产的清查和应收应付款的清查。

3. 实地盘存制虽然工作简单，工作量小，但各项财产的减少数没有严密的手续，倒轧出的各项财产的减少数中的成分复杂，除了正常耗用外，可能存在很多非正常因素，因而不便于实行会计监督。永续盘存制存货的明细账中，可以随时反映出每种存货的收入、发出和结存情况，并能进行数量和金额的双重控制。

4. 实地盘存制虽然工作简单，工作量小，但各项财产的减少数没有严密的手续，倒轧出的各项财产的减少数中的成分复杂，除了正常耗用外，可能存在很多非正常因素，因而不便于实行会计监督。所以它的适用范围很小，如商业企业的品种多、价值低、交易频繁的商品，数量不稳定、损耗大且难以控制的鲜活商品等。工业企业的财产中，很少采用这种盘存制度。

　　永续盘存制存货的明细账中，可以随时反映出每种存货的收入、发出和结存情况，并能进行数量和金额的双重控制。如发生库存短缺或溢余，均可查明原因，及时纠正，并采取相应的对策。这种盘存制度的最大优点是能够加强库存财产的管理，便于随时掌握各项财产的占用情况及其动态，有利于施行会计监督。

5. 检查企业是否以"白条"或"借据"抵充库存现金。现金出纳员每日清点库存现金实有数额，并及时与库存现金日记账的余额相核对。

　　可能会出现账实不符。库存现金采用实地盘点法。银行存款清查采用银行存款日记账与开户银行的"对账单"相核对,把清查日止所有银行存款的收、付业务登记入账,对发生的错账、漏账应及时查清更正。

6.(略)

7.首先核准金额,查明各种差异的性质和原因,确定处理方法,提出意见。然后调整账簿,做到账实相符。最后根据差异的性质和原因报经有关部门批准后,编制记账凭证,登记入账,予以核销。

8.未达账面是指在企业和银行之间,由于凭证的传递时间不同,而导致了记账时间不一致,即一方已接到有关结算凭证已经登记入账,而另一方由于尚未接到有关结算凭证尚未入账的款项:一是企业已经入账而银行尚未入账的款项,二是银行已经入账而企业尚未入账的款项。

企业已收款入账,银行未收款入账的款项;企业已付款入账,银行未付款入账的款项;银行已收款入账,企业未收款入账的款项;银行已付款入账,企业未付款入账的款项。

9.企业对财产清查的结果,应当按照国家有关准则、制度的规定进行认真处理。财产清查中发现的盘盈和盘亏等问题,首先要核准金额,然后按规定的程序报经上级部门批准后,才能进行会计处理。

二、练习题

习题1

银行余额调节表

20××年7月31日

单位:元

项目	金额	项目	金额
企业银行存款日记账余额	535 000	银行对账单金额	508 000
加:银行已收		加:企业已收	
企业未收	50 000	银行未收	77 600
减:银行已付		减:企业已付	
企业未付	1 000	银行未付	1 600
调节后的存款余额	584 000	调节后的存款余额	584 000

银行余额调节表

20××年 8 月 30 日

单位:元

项目	金额	项目	金额
企业银行存款日记账余额	42 594	银行对账单金额	24 158
加:银行已收		加:企业已收	
企业未收	488	银行未收	28 000
加:银行已收		减:企业已付	
企业未收	11 820	银行未付	376
减:银行已付			
企业未付	3 120		
调节后的存款余额	51 782	调节后的存款余额	51 782

习题 2

1. 借:累计折旧   1 400
   待处理财产损溢   3 800
       贷:固定资产   5 200
   批准后
   借:营业外支出   3 800
       贷:待处理财产损溢   3 800

2. 借:待处理财产损溢   245.7
       贷:原材料   210
           应交税费 – 应交增值税(进项税额转出)   35.7
   批准后
   借:管理费用   245.7
       贷:待处理财产损溢   245.7

3. 借:待处理财产损溢   187.52
       贷:原材料   160.27
           应交税费 – 应交增值税(进项税额转出)   27.25
   批准后
   借:其他应收款   187.52
       贷:待处理财产损溢   187.52

4. 借:原材料　　　　　　　　　　　　　　　　　750
　　贷:待处理财产损溢　　　　　　　　　　　　　　750
　批准后
　　借:待处理财产损溢　　　　　　　　　　　　750
　　　贷:原材料　　　　　　　　　　　　　　　　　600
　　　　管理费用　　　　　　　　　　　　　　　　150
5. 借:坏账准备　　　　　　　　　　　　　　　　250
　　贷:其他应收款　　　　　　　　　　　　　　　　250

第 8 章(略)

第 9 章

一、思考题

1. 账务处理程序是指记账和产生会计信息的步骤和方法。其基本内容包括填制会计凭证,根据会计凭证登记各种账簿,根据账簿记录提供会计信息这一整个过程的步骤和方法。在会计工作中,不仅要了解会计凭证的填制、账簿的设置和登记以及会计报表的编制,还必须明确规定各种会计凭证、各种账簿和会计报表之间的关系,把它们科学地组织起来,使之构成一个有机的整体。而凭证、账簿和报表之间的一定的组织形式,就形成了不同的账务处理程序。在实际工作中,由于各单位的业务性质不一样,组织规模大小各异,经济业务又有繁简之别,它们需要设置的凭证、账簿的格式和种类也会有不同的要求。为了确保会计工作有条不紊地进行,提高会计工作的质量和效率,确保账簿记录能产生管理所需的信息,各单位应根据自身的实际情况和具体条件,选用合适的凭证、账簿和会计报表,确定它们的格式、填制和登记的步骤和方法,设计并实施适合本单位经济业务特点的账务处理程序。

2. 应符合以下三个要求:

(1)要适合本单位所属行业的特点,即设计账务处理程序时,要考虑组织规模的大小。经济业务的性质和繁简程度,使之有利于会计工作的分工协作和内部控制。

(2)要能够正确、及时和完整地提供本单位的各方面会计信息,以满足各部门和人员的信息需求以及国家宏观管理的需求。

(3)在保证正确、及时和完整地提供会计信息的前提下,尽可能地提高会计工作的效率,节约账务处理的时间及费用。

3.(1)汇总收款凭证

汇总收款凭证是根据库存现金和银行存款收款凭证汇总编制而成的。编制时,汇总收款凭证应按库存现金账户、银行存款账户的借方设置,并按其对应的贷方账户归类汇总。月终时,结计出汇总收款凭证的合计数,分别记入库存现金、银行存款总分类账户的借方以及各对应账户的贷方。

(2)汇总付款凭证

汇总付款凭证是根据库存现金和银行存款付款凭证汇总编制而成的。编制时,汇总付款凭证应按库存现金账户、银行存款账户的贷方设置,并按其对应的借方账户归类汇总。月终时,结计出汇总付款凭证的合计数,分别记入库存现金、银行存款总分类账户的贷方以及各对应账户的借方。

在填制时,应注意库存现金和银行存款之间的相互划转业务,如果同时填制收款凭证和付款凭证,汇总时应以付款凭证为依据,收款凭证就不再汇总。

(3)汇总转账凭证

汇总转账凭证是根据转账凭证汇总编制而成的。编制时,汇总转账凭证应按库存现金账户、银行存款账户的贷方设置,并按其相对应的借方账户归类汇总。月终时,结计出汇总转账凭证的合计数,分别记入该汇总转账凭证所开设的应贷账户的贷方和各个对应账户的借方。

4.记账凭证账务处理程序的基本步骤如下:

(1)根据原始凭证或原始凭证汇总表,填制收款凭证、付款凭证和转账凭证或通用的记账凭证。

(2)根据收款凭证、付款凭证及所附原始凭证或通用的记账凭证,逐笔顺序登记库存现金日记账和银行存款日记账。

(3)根据各种记账凭证和原始凭证或原始凭证汇总表逐笔登记明细分类账。

(4)根据收款凭证、付款凭证和转账凭证或通用的记账凭证逐笔登记总分类账。

(5)按照对账的要求,定期将总分类账与日记账、明细分类账相核对。

(6)期末,根据总分类账和明细分类账编制会计报表。

采用记账凭证账务处理程序,总分类账能详细地反映经济业务的发生情况、账户的对应关系和经济业务的来龙去脉,清晰明了,便于查账和用账;但如果企业的规模的对应关系和经济业务数量较多,登记总账的工作量也会很大。因此,这种账务处理程序一般适用于规模较小、经济业务较小的企事业单位。

5. 科目汇总表账务处理程序的基本步骤如下：

（1）根据原始凭证或原始凭证汇总表，填制收款凭证、付款凭证和转账凭证或通用的记账凭证。

（2）根据收款凭证、付款凭证及所附原始凭证逐笔顺序登记库存现金日记账和银行存款日记账。

（3）根据记账凭证和原始凭证或原始凭证汇总表，逐笔登记明细分类账。

（4）根据各种记账凭证，定期编制科目汇总表。

（5）根据科目汇总表登记总分类账。

（6）按照对账要求，定期将总分类账与日记账、明细分类账相核对。

（7）期末根据总分类账和明细分类账编制会计报表。

6. 由于记账凭证账务处理程序是根据各种记账凭证逐笔直接登记总分类账，省去了对记账凭证汇总的手续，因此具有以下优点：①程序简单明了、手续简便，便于理解和掌握；②总分类账能够比较详细、具体地反映经济业务的发生情况；③账户之间的对应关系比较清晰，便于账目之间的核对、审查和分析；④对于不经常发生经济业务的账户，可以不设置明细账，只需在总分类账的摘要栏中，对经济业务加以说明即可。其缺点是，当经济业务量较大时，逐笔登记总分类账的工作量较大。这种账务处理程序适用于一些规模小、业务量较少且比较简单的单位。

科目汇总表程序是根据记账凭证汇总编制科目汇总表，再根据科目汇总表登记总账，因此其具有以下优点：①减少了登记总账的工作量；②有利于进行入账前的试算平衡；③汇总方法比较简便，易于掌握。其缺点是：按照相同科目归类编制的科目汇总表，只能汇总反映各账户的本期供方发生额和本期贷方发生额，无法反映账户的对应关系，不能较为具体地反映经济业务的内容和来龙去脉，不便于分析、检查经济活动情况和核对账目。这种账务处理程序一般适用于规模较大、经济业务较多的单位。实际工作中，该种程序使用普遍。

汇总记账凭证处理程序其优点主要表现在：①减少了登记总账的工作量；②能明确反映账户的对应关系，能反映经济业务的内容、来龙去脉，便于分析检查经济活动的发生情况。但是，由于汇总记账凭证按某一科目归类汇总，其缺点是不利于入账前进行试算平衡，也不利于会计核算工作的分工，并且转账凭证较多时，编制汇总转账凭证的工作量较大。该程序一般适用于规模大、业务较多的单位。

二、练习题（略）

第 10 章

一、判断题

1. √　2. √　3. √　4. ×　5. ×　6. ×　7. √

二、单选题

1. B　2. D　3. D　4. B　5. A　6. C　7. B　8. A

三、多选题

1. ABD　2. ABCDE　3. ABCDE　4. ABCD　5. ABCD

6. ABCD　7. ABD　8. ABCD

四、案例题

1. 张华、李兵、杨丽,伪造编造虚假会计资料,构成犯罪的依法追究其刑事责任;尚未构成犯罪的,处以 3 000 元~5 万元的罚款;对杨丽,由县级以上人民政府财政部门吊销其会计从业资格证。

当事人违反了诚实守信、客观公正、坚持准则等职业道德。

主要参考文献

［1］朱小平,肖镜元,徐泓.初级会计学［M］.北京:中国人民大学出版社,2001

［2］王东红,商玉琴.会计学原理［M］.北京:对外经济贸易大学出版社,2005

［3］陈金龙.会计学［M］.北京:机械工业出版社,2005

［4］王允平.会计学基础［M］.北京:中国财政经济出版社,1999

［5］张国健.新编会计学原理［M］.北京:经济管理出版社,2005

［6］徐文彬.会计学原理(新编)［M］.上海:立信会计出版社,2004

［7］张苏彤,王海民.初级会计学［M］.天津:南开大学出版社,2004

［8］胡蕴茜.新编现代会计基础［M］.上海:华东理工大学出版社,2002

［9］陈良华,戚啸艳.会计学［M］.北京:石油工业出版社,2003

［10］财政部会计资格评价中心.初级会计实务［M］.北京:中国财政经济出版社,2007

［11］财政部会计资格评价中心.中级会计实务［M］.北京:经济科学出版社,2007

［12］陈国辉.基础会计［M］.北京:中国财政经济出版社,2002

［13］唐述尧.基础会计［M］.北京:中国财政经济出版社,2004

［14］宁健,程淮中.基础会计［M］.北京:中国财政经济出版社,2005

［15］陈国辉,陈文铭,孙光国.基础会计［M］.北京:清华大学出版社,2005

［16］孙琳,程立.会计学［M］.上海:上海财经大学出版社,2007

［17］张国健.会计学原理［M］.北京:清华大学出版社,2005

［18］翟新生.会计学原理［M］.上海:立信会计出版社,2006

［19］韩星.会计学原理［M］.北京:机械工业出版社,2006

［20］赵德武.会计学原理［M］.大连:东北财经大学出版社,2003

［21］文拥军,王珍义,王义华,朱中平.会计学原理［M］.武汉:武汉理工大学出版社,2005

[22]刘晓民,赵捷.基础会计学[M].北京:清华大学出版社,2005

[23]编写组.最新企业会计准则讲解与运用[M].上海:立信会计出版社,2006

[24]唐国平,张琦,龚翔.会计学原理[M].北京:清华大学出版社,2005

[25]王秀丽等.初级会计学[M].北京:中信出版社,2006

[26]王建刚,周萍华.会计学基础[M].北京:经济管理出版社,2006

[27]张国健.会计学原理[M].北京:清华大学出版社,2005

[28]秦海敏.基础会计学[M].南京:南京大学出版社,2007

[29]李敏.基础会计[M].上海:立信会计出版社,2003

[30]朱小平等.初级会计学[M].北京:中国人民大学出版社,2003

[31]金中泉.基础会计[M].北京:中央广播电视大学出版社,2002

[32]郑新成.基础会计学[M].上海:立信会计出版社,2005

[33]杨文林等.财经法规与会计职业道德[M].北京:大众文艺出版社,2005

[34]杨纪琬,娄尔行.会计学原理(修订本)[M].北京:中国财政经济出版社,1988